U0115668

马伯庸 著

长安十二时辰 下

湖南文艺出版社

博集天卷

图书在版编目（CIP）数据

长安十二时辰. 下 / 马伯庸著. —长沙：湖南文艺出版社，2017.1
ISBN 978-7-5404-7833-9

I. ①长… Ⅱ. ①马… Ⅲ. ①长篇小说—中国—当代 Ⅳ. ①I247.5

中国版本图书馆CIP数据核字（2016）第252998号

上架建议：长篇小说

CHANG'AN SHIER SHICHEN. XIA
长安十二时辰. 下

作　　者：马伯庸
出 版 人：曾赛丰
责任编辑：薛　健　刘诗哲
监　　制：蔡明菲
出 品 人：郑冰容
特约监制：游婧怡
特约策划：邢越超　张思北
特约编辑：温雅卿　胡　可
营销支持：王钰捷　李　群　张锦涵　赵冬妮
封面设计：SilenTide
版权支持：中联百文
版式设计：潘雪琴
出版发行：湖南文艺出版社
　　　　　（长沙市雨花区东二环一段508号　邮编：410014）
网　　址：www.hnwy.net
印　　刷：三河市兴博印务有限公司
经　　销：新华书店
开　　本：787mm×1092mm　1/16
字　　数：310千字
印　　张：20
版　　次：2017 年 1 月第 1 版
印　　次：2019 年 11 月第 7 次印刷
书　　号：ISBN 978-7-5404-7833-9
定　　价：39.80 元

若有质量问题，请致电质量监督电话：010-59096394
团购电话：010-59320018

目录
—
contents

第十三章

亥正
〈10点〉
——
001

丢下这一句话，龙波不再理会这位前靖安司丞，转身从地窖口一步步走上去。待走到了地面，他环顾四周，把视线投向灯笼光芒所不能笼罩的黑暗角落中去。

第十四章

子初
〈11点〉
——
028

太真见到檀棋，大为惊喜。她在宫内日久，难得能看到昔日故交，执住檀棋的手：「可是好久没见到妹妹了，近来可好？」

第十五章

子正
〈12点〉
——
057

说着说着，萧规已经重新站了起来，反顶着弩机，向前走去。张小敬既不敢扣动悬刀，也不敢撤开，被迫步步后退，很快脊背「咚」的一声，顶在了门框之上。

第十六章

丑初
〈1点〉
——
085

李泌默默地矮下身子去，只留半个脑袋在水面。水车轮子的声音，可以帮他盖掉大部分噪声。从这个黑暗的位置，去看火炬光明之处，格外清楚。

1

第十七章

丑正 〈2点〉——

109

无论是看热闹的百姓、拔灯车上的艺人还是站在露台边缘的官员、宗室以及诸国使节，都不约而同地闭上了嘴，等待着一个盛世奇景的诞生。

第十八章

寅初 〈3点〉——

132

马车旁的马匹，也都同时转动了一下耳朵，喷出不安的鼻息。护卫们顾不得安抚坐骑，他们也齐齐把脖颈转向北方。

第十九章

寅正 〈4点〉——

155

他努力睁开独眼去分辨，终于发现那是一大串五彩的薄纱。想必这也是出自毛顺的设计，灯屋的灯火透过它们，可以呈现出更有层次感的光芒。

第二十章

卯初 〈5点〉——

181

说到这里，众人不由得一起回头，把视线集中在人群中一个姑娘身上。那是今年的拔灯红筹，她听到那个凶人提及自己，不由得脸色一变，朝后退去。

第二十一章　卯正〈6点〉———— 206

这两个人畏畏缩缩地，滑在半空之中，朝着城墙而去。看那亲密的模样，倒真好似比翼鸟翔天际一般。

第二十二章　辰初〈7点〉———— 228

看着张小敬左右为难的窘境，萧规十分享受。他努力把身子挪过去，贴着耳朵低声说出了一句话。

第二十三章　辰正〈8点〉———— 253

这时候远方东边的日头正喷薄而出，天色大亮，整个移香阁开始弥漫起醉人的香味。

第二十四章　巳初〈9点〉———— 274

如果有仙人俯瞰整个长安城的话，他会看到，在空荡荡的街道之上，有两个小黑点在拼命奔驰，一个向东，一个向南，两者越来越近，然后他们在永崇宣平的路口交会到了一起。

后记二 —— 309

后记一 —— 305

第十三章

亥正

丢下这一句话，龙波不再理会这位前靖安司丞，
转身从地窖口一步步走上去。待走到了地面，他环顾四周，
把视线投向灯笼光芒所不能笼罩的黑暗角落中去。

天宝三载元月十四日，亥正。

长安，不明。

吱呀——

许久未开的木笼门被硬生生拽开，枢轴发出生涩干瘪的声音。李泌被人一把推进去，几乎栽倒在地。他的脚踝上戴着一串铁镣铐，双手被牢牢捆缚在身后，口中还被勒了一根布带，以防其咬舌自尽。

欣赏完那一场猛火雷的"盛景"后，他就被蚍蜉带到庭院附近的一处地窖里来。这里搁着一只巨大的木笼，大概是主人曾经用来装什么海外珍禽异兽的，木缝间散发着一股淡淡的臭味。

李泌身形站得笔直，距离任何一边的栅栏都很远。他不打算坐下或躺倒，那是笼中禽兽的行为，他严守着最后一丝尊严。

整个地窖里只有一个透气的小窗口，所以气息很浑浊。两名守卫有意无意地，都靠地窖门口而站，那里有一条倾斜向上的石阶，通向地面，呼吸稍微舒服一点。

这些守卫神态很轻松，他们并不担心李泌会逃跑。这是个文弱书生，不通斗技，就算挣脱了捆缚，仍旧身困木笼；就算脱出了木笼，也身困地窖——退一万步，就算他真的从地窖离开，外头还有庭院里的大量守卫，绝对不可能脱逃。他们留在地下唯一的职责，其实是防止李泌自戕。

李泌很清楚，自己这次恐怕是不可能幸免于难了。他现在最急切的，不是保全性命，而是设法把消息传出去，至少得让张小敬知道，蚍蜉的手法是什么。

李泌不怕死，他担心的是东宫和阖城百姓。

他再一次环顾四周，努力想找出一丝丝破绽。可是李泌再一次失望了，这里戒备太过森严，且深入地穴，别说传消息出去，就连外面什么情形都看不到。

如果是张小敬在，他会怎么做？李泌不由自主地想，可他实在想象不出来。一个自幼锦衣玉食的高门子弟，实在没法揣度一个在西域死里逃生的老兵心思。

"太子啊，这次我可能要食言了……"一个声音在他内心响起，无论如何都压不下去。

就在这时，地窖口传来一阵脚步声。李泌抬起头，发现龙波居然又回转过来，这个人还咀嚼着薄荷叶，腮帮子蠕动得格外用力，脸上挂着一丝微妙的笑意。

他走到木笼前："李司丞，我是特意来贺喜的。"

李泌没作声，他知道必定又有什么坏消息——可局势还能坏到哪儿去呢？

"刚才我的手下回报，靖安司已被重建，司丞你这一副重担，可以卸掉了。"龙波盯住李泌，看着他的眉头慢慢又拧在一起，心中大快。可惜李泌口中有布条，不然听听他的话，想必会更过瘾。

"听说接手之人，是个叫吉温的殿中侍御史，新官上任的第一件事，就是全城通缉张小敬，指说他是内奸。如今靖安司的三羽令，已传遍整个长安。"

不用太多说明，龙波知道李泌一定能明白这条消息背后的意义。李相强势介入，靖安司的职权彻底失守，而解决蚍蜉的最后一线希望，正在被自己人斩断。

他特意跑下地窖来说这个，就为了给囚犯最后一击。龙波相信，这个意外的好消息会让李泌彻底放弃反抗。他笑意盈盈地看过去，果然，李泌皱起的眉毛，再也没舒展开来。

龙波一抬手指，让守卫把李泌口中的布条卸掉。李泌长长地呼出一口气来，他没有咬断自己舌头。事到如今，自尽已经毫无意义。

"你们这些虬髯背后，原来是李相？"李泌脱口问道。

龙波哈哈大笑："司丞可真是抬举我们了，我们可高攀不起那么大的人物——不过李相派去的那位新长官，不是卧底，却胜似卧底。在他的主持下，现在没人追查我们了，所有的注意力都在张小敬身上。我们应该送块匾给他才对。"

李泌没理会这个戏谑："张小敬呢？也被擒了？"

"早晚的事。张小敬若是足够聪明，现在应该已设法逃出城去了。"龙波喜气洋洋地说。

李泌动了动嘴唇，没有反驳。张小敬已经失去了被赦免的保证，又被剥夺了查案的权力，再没有任何理由坚守下去，换了他在张小敬的位置，也会这么选。

那张清俊面孔浮现出浓浓的颓丧神色，双眼光芒尽敛。这次是彻底输了。龙波知道，这个人已经失去了反抗的动力，因为他一点希望都看不到。

"所以司丞不必再心存幻想，索性好好歇息，念念咒，打打醮，说不定等会儿真能羽化登仙，还得感谢我成就您的仙缘呢。"

丢下这一句话，龙波不再理会这位前靖安司丞，转身从地窖口一步步走上去。待走到了地面，他环顾四周，把视线投向灯笼光芒所不能笼罩的黑暗角落中去。那里隐伏着一个身影，刚才就是他把最新的消息传过来。

龙波还未开口，鱼肠特有的沙哑声已传入耳中："我要走了。"

"嗯？守捉郎的线索，应该已经彻底断了吧？你还要去哪里？"龙波一愣。

"我要去杀掉张小敬。"声音还是那么平淡，可里面蕴藏着浓浓的杀机。

龙波知道，鱼肠一向自负，这次差点中了张小敬的陷阱，还丢了条胳膊，这个奇耻大辱一定得洗刷才成。他皱眉道："张小敬应该已经出城了吧？他没那么蠢。"

"他就是那么蠢。我看到他已回靖安司，若非要来这里回报，我已经缀上去了。"鱼肠固执地回答。

"靖安司？"这个消息让龙波惊讶不已，"他是要自投罗网吗？"

黑暗中没动静，鱼肠也不知道张小敬为何有如此反常的举动。

龙波看了眼庭院里的水漏，现在是亥正过一点，他对鱼肠道："不要为这个人分心了，最后一步任务马上开始，你我先去把事情办妥。张小敬那边，随他去吧，对我们应该没有威胁。"

"随便你，但我要亲自动手。"

鱼肠的声音消失了，他已经离开了庭院。龙波在原地驻足一阵，伸手往腰带里摸了摸，发现薄荷叶已经嚼光了。他懊恼地咂了咂嘴，吩咐旁边的人去准备一匹精壮骡子。

龙波站在灯烛下，用没人听见的声音喃喃了几句。

太子李亨听到外面有喧哗声，不由得放下手中的麈尾，从四望车探出身子去，恰好看到檀棋正扒住了四望车的轸板，声嘶力竭地喊着话。

黑暗中，看不清这女人的面容，可是那声音却让他心惊不已：

"太子殿下！靖安有难！"

李亨略带惊慌地看向左右，这种话在大街上喊出来，连仪仗队带周围百姓都听得见，这会惹起多大乱子？

卫兵们反应迅速，已经扑了过去。两三个人抓住檀棋，狠狠地把她从车子旁拖开，旁边还有人举起了刀，与此同时车夫也抖动缰绳，加快了速度。这是仪仗遭到意外时的正常反应，李亨急忙站起身来，挥动手臂："停下！停下！"

车夫本来已加起速度来，骤然听到要停，只得猛一勒缰绳。可惜这是一辆驷车，四匹辕马反应不一，这么急促的加速与减速，让车辕登时乱了套。后马住了脚，前马还在奔驰，四力不匀，马车歪歪地斜向右侧偏去，连续撞倒了好几个步行的百姓，还把后头车厢狠狠地甩了一下，精致的雕漆厢侧在坊墙上蹭出一道长长的口子。

同车的太子妃韦氏有些狼狈地扶住前栏，不满地问丈夫怎么了。李亨顾不得搭理她，冲后头喊道："别动手，把她带过来！"

本来士兵已经要把檀棋带离人群，可太子发话，他们只好掉转方向，抓着她的两条胳膊，一路拖行到四望车前。为防身怀利刃，他们还在檀棋身上粗暴地摸了一遍，扯开了好几条丝绦。

借助四望车旁的灯笼，李亨看到了檀棋的脸，认出她是李泌身边的家养婢女，似乎叫檀棋吧？不过不同于往日的雍容优雅，她团髻被扯散，黑长的秀发披下来，衣着不整，极之狼狈。

在韦氏狐疑的注视下，李亨下了四望车。他没有立刻接近檀棋，而是环顾左右，然后抬起手对士兵说："把她带去那里，清空四周，闲杂人等不得靠近。"

他指的地方，是一处茶棚。这是依着坊墙搭起来的一个临时竹棚，外头用几个木箱与篷布一围，权作柜台。柜台后头停放着一辆宽车，车上架起一具小车炉，把劣等散碎茶叶和姜、盐、酥椒混在一起煎煮。观灯的人渴了，都会来讨一碗喝，虽然味道淡薄，毕竟便当。

太子有令，卫兵立刻过去，把棚主和喝茶的客人都清了出去，然后竖起帷障，把茶棚隔出一片清净空间。待到屏障内没有其他人了，李亨这才问檀棋怎么回事。

檀棋见太子的脸上只有惊奇，却无焦虑，便明白他压根不知道靖安司遇袭的事。不知道这是李亨对李泌太过放心的缘故，还是有人故意不让消息传去东宫……

她收敛心神，把之前的事情简单扼要地说了一遍。李亨一听，登时倒退几步靠在车炉旁，神情如遭雷磔。他待了片刻，方才急问道："那……那长源呢？"

檀棋摇摇头，她也没回去光德坊，不太清楚到底发生了什么，但公子一定是出事了，这个确凿无疑。李亨来回踱了几步，大声唤进一个亲随，让他立刻赶到光德坊，尽快搞清楚那边发生了什么事。

亲随应了一声，立刻离去。这时太子妃韦氏一脸担心地进来，询问发生了什么，李亨却失态地咆哮起来，让她出去。他亲自把帷障重新扯下来，然后用手转着腰间的蹀躞，把上头拴着的算袋、刀子、砺石等小玩意拽来拽去——这是李亨心情烦躁时的习惯动作。

靖安司是他的心血，李泌是他的心腹，这两样李亨都绝不容失去。可现在出了这么大的事，他还得靠一个婢女冒死通报才知道。这让李亨除了愤怒之外，还有隐隐的惊慌。

檀棋默默地看着，在心中暗暗叹息。这位东宫，可以依靠的心腹实在太少了。李泌一去，他甚至连最基本的情报都无法掌握。

李亨看了眼檀棋，喃喃道："长源那么聪明，不会有事的……对吧？"与其说他在劝慰檀棋，倒不如说在为自己鼓劲。檀棋趋前一步，低声道："太子殿下，如今最急的，不是公子，而是张小敬。"

"张小敬？"李亨要回忆一下才记起这个名字。为了这个囚犯，李泌与贺知章几乎闹翻，至今贺知章还昏迷不醒。

"现在张都尉是调查阙勒霍多唯一的希望，可不知为什么，靖安司却发布命令，全城通缉他。太子殿下，您务必得设法解决此事！否则整个长安城……和公子都完了！"

李亨却疑惑道："突厥人不是解决了吗？"

檀棋急了，一时竟然连尊卑都不顾，上前一步高声道："殿下，狼卫背后，另有主谋。长安的危机，还未曾解除，非张都尉不能破此局！"

李亨皱眉道："这人真有这么神？呃，当务之急，应该是搞清楚长源……呃，还有靖安司出了什么事。等我的亲随先回报吧。"

檀棋觉得太子太优柔寡断了，现在不能浪费时间，更不能搞错轻重缓急。她正要开口催促，这时韦氏第二次掀开了帷障，先狐疑地打量了一下檀棋，然后对李亨道：

"殿下，春宴可就要开始了。"

李亨这才想起来，脸上浮现出为难的神色。

这个春宴，可不是寻常春宴，而是天子在兴庆宫中举办的上元春宴。子时开始，京中宗室与满朝重臣都会参加；宴会持续到丑正，吃饱喝足的君臣会齐聚勤政务本楼上，观看各地选送来的拔灯庆典。历年上元，都是如此。

这种重大场合，身为太子绝对不能缺席或迟到。

李亨对檀棋道："你随我上车，先去兴庆宫。等那边回报之后，再做定夺。"

话已至此，檀棋也只能无奈地走出帷障，以丫鬟的身份站到韦氏身旁。韦氏刚才挨了丈夫一顿骂，心情不佳，没给她什么好脸色。不过她也看出来了，这女人跟丈夫没感情上的瓜葛，也便失去了兴趣。

四望车与仪仗再次启动，切开四周热气腾腾的人群，朝着不远处的兴庆宫而去。越接近宫门，灯光越耀眼，檀棋已可以看到，在勤政务本楼前的广场上，有一栋高逾一百五十尺的巨大灯楼，状如葫芦，披缯彩，缀金银，在黑暗中安静地耸立着。

檀棋参加过许多次上元观灯，可她印象里从来没有一个灯楼如此巨大，简直要盖过勤政务本楼风头，就连大雁塔也没这等威势。

此时还未到丑正，它还没点起周身烛光，可那通天的气势，已彰显无余。檀棋简直不能想象，等到它点亮之时，该是何等煊赫。

张小敬和伊斯离开平康坊之后，直奔光德坊而去。伊斯不知从哪个铺子里找到一顶波斯风的宽檐尖帽，给张小敬扣上，还用油墨在他双眼周围涂了两圈。这样一来，张小敬变成了一个弄婆罗门的戏子，那滑稽的墨妆恰好遮住独眼的特征。

这样一来，除非被人拦住仔细检查，否则不用担心被看破伪装。

现在整个长安城已经彻底陷入狂欢，每一处街道、每一个转角都摩肩接踵，挤满了人。他们已经完成了第一轮观灯，现在开始把兴趣转去看各处杂耍歌舞。这让人流变得极为汹涌，如同几十条河水在交错奔流。

这种情况下，健骡比高头大马更适合骑乘。他们两个人偷了两匹骡子，一路穿城而过，见缝就钻，专挑人少的地方走。有时候还不走大道，而是从坊门穿过整个坊区。

亏得伊斯妆化得好，他们俩连过七八个有岗哨的路口，都得以顺利过关。在这种极度拥挤状况下，靖安司的通缉令，不可能被彻底执行，大部分武侯只是潦草检查了事。只有一处坊兵见张小敬是个俳优打扮，让他演个婆罗门戏的笑话。张小敬哪里会这个，幸亏伊斯打了个圆场，蒙混过去了。

张小敬全程一直抿着嘴前行，墨妆下的眼神闪着焦灼。

在之前的两个时辰里，靖安司的变化实在太奇怪，望楼传来的消息语焉不详。他觉得必须得回去看看，才能搞清楚真实情况。

尤其是姚汝能发出那一句警告："不要回去，不要回去，不要回去。"那个天真古板到有点蠢的年轻人，得是在多么绝望的情况下，才发出这样的警告啊。

靖安司的状况，到底变得有多糟糕？

张小敬忧心忡忡，除了姚汝能之外，还不知道徐宾现在怎么样？还有李泌，还有被扔在平康坊的檀棋，她又会跑去什么地方？更重要的是……还有闻染。那是他的战友在这世上最后的骨血，如果出了什么意外，让他九泉之下怎么去见闻无忌？

一个个全力以赴解救长安的人，相继被这座黑暗的大城吞噬。张小敬只觉得有绝望的藤蔓缠到脚踝，四周的黑暗如倾墙一般压过来，全无光亮。

这种心情，就像是去年他踏进闻记香铺。他看着满铺的狼藉，看到低头哭泣的闻染，看到虞部和万年县尉联合签押的文书，看到躺在地上盖着破布的闻无忌，张小敬整个人深陷泥沼，连迈出一步、发出一点声音的力气都没有。

现在越往前走，张小敬越是紧张，不知道前方到底有什么等待着自己。可在下一个瞬间，他的独眼眯起来，射出凶狠危险的光——这是压抑至极所爆发出来的戾气。

若这一切真不如愿的话，索性再发一次疯好了。他心里想。

伊斯并不知道张小敬的决心，他一直在骡子上张望，直到看到光德坊的坊门。

此时坊门站着数十名士兵，戒备森严。这里刚发生了重大袭击事件，所以警戒级别比别处要高得多。伊斯自告奋勇，说我去打探一下。结果没过多久，他就灰溜溜地回来了，说已经禁止一切胡人入内。

张小敬很惊讶，这个命令太粗糙了，毫无实际意义不说，反而会导致人人相疑。只有最懒惰的官员，才会这么一刀切。

伊斯进不去，张小敬也不能进，他的独眼太明显了，一定会被卫兵看出来。他们正在琢磨办法，恰好有一个胡人小吏从坊里走出来，一脸沮丧，手里还抱着个包袱。

张小敬认出他是靖安司中一员，可惜自己不敢出面。这时就显出伊斯的价值了。他相貌英俊，谈吐又高深，外人看来就是位有道的大德。伊斯拽住小吏询问片刻，没费多大力气便弄明白了。

原来袭击靖安司的，是一个自称"蚍蜉"的组织，他们还顺便绑走了李泌。然后一个叫吉温的御史接管了整个靖安司。"通缉张小敬令"和"排胡令"，都是他下达的。现在新的靖安司设在京兆府里，正在重建，可惜那一批有经验的幸存胡吏，就这么给赶出来了。

至于姚汝能、徐宾和闻染的下落，小吏便茫然无知了。

张小敬的脸色紧绷。这个变化，超出了他所估计的最严重的状况。蚍蜉的来历不明，但能量极大；而整个靖安司非但不能成为助力，反而变成最可怕的敌人。

一下要面对两个敌人，这是多么可怕的事。

张小敬站在光德坊之外，望着坊内深处直冲夜空的黑烟。那个方向，应该是燃烧的靖安司大殿吧？别说这座大殿，就连最初答应给他赦免承诺、委托他做事的人，都已经不在。张小敬现在，是彻底的孤家寡人，失去了一切正当性。

事到如今，一个死囚犯，又何必如此拼命？

张小敬现在如果掉头离开，绝不会有任何人指责他道义有亏。事实上，过了今晚，长安城是否还能有机会记住他的名字，都属未知之数。

伊斯站在旁边，有点迷惑。他能感觉到，张小敬身上的气势一直在变化，忽强忽弱，似乎内心在做着某种挣扎。伊斯不敢去打扰，只得在胸口画了一个十字架，默默为他祷告。

过不多时，张小敬缓缓抬起手来，习惯性地揉了揉眼窝，居然笑了：

"伊斯执事，之前听你和檀棋聊天，曾讲过景尊怜悯世人之苦，入凡降世，替万众赎罪。可有此事？"

"正是。"伊斯不明白他怎么忽然提起这一茬了。

"我记得檀棋也说，释教中有地藏菩萨，发大誓愿，地狱不空，誓不成佛。景也罢，释也罢，这些大德，都愿为自己的选择负责，身临浊世地狱，更何况人？"

说到这里，张小敬的独眼再度亮了起来，一片清明，不再有丝毫迷茫："是了，原是我想差了。事到如今，我一个死囚犯，不是何必如此拼命，而是无须任何顾忌才对。"

说罢他哈哈大笑，笑声上犯夜空，豪气干云。伊斯略带惶惑地眯起眼睛，只觉对方耀眼非常。

"走吧。"张小敬一挥手。

光德坊的两处坊门，断然是进不去了。他们两个人牵着骡子绕到光德坊的侧面。张小敬记得这里有一道水渠，可以直通靖安司后花园。可走过去一看，发现水渠也被封锁了，十几个士兵站在水渠堤上，不允许任何人靠近。

从这个位置，靖安司的大殿看得更加清楚，它仍旧在熊熊燃烧着，左、右两处偏殿也浓烟滚滚，让张小敬很担心昌明坊的证物会不会已被付之一炬。

大望楼还在，上头挂着几盏醒目的紫灯，可是排列散乱，一看就是外行人在弄。看来姚汝能已经不在那里了。

"咱们逾墙而走吧！"

伊斯文绉绉地说了一句，挽起袖子跃跃欲试。他对翻墙越舍这种事的兴趣，仅次于对景尊的热爱。张小敬却摇摇头，靖安司连水渠都看管住，说明其他地方也同样戒备森严，贸然过去，只会打草惊蛇。

在他心目中，这个新的靖安司也是敌人，必须时时提防。

张小敬忽然想起来了，慈悲寺的草庐和靖安司之间，应该还有一架梯子。于是他们默默地从水渠边退开，绕到了慈悲寺紧贴着坊墙的一处坊角。

这里青砖叠排，形成一个内倾的夹角，为了凸显出释教特色，上缘还加了一圈菩提纹的凸边，既显得佛法广大，又适宜攀爬。更关键的是，墙外无人把守，可见靖安司的警卫并未扩展到慈悲寺一带。

伊斯道了一声"天父庇佑"，然后往手心唾了两口唾沫，正要往墙上爬，张小敬忽然按住他的肩膀："伊斯执事，你助我上墙便够了。光德坊内吉凶未卜，你没必要蹚这浑水。"

他有伤在身，不易用力，需要伊斯帮忙拽一下。但接下来的冒险，张小敬自己心里也没底，犯不上牵连伊斯这个没瓜葛的人。

伊斯不满道："莫非都尉嫌弃在下年老色衰，不堪大用？"

张小敬顾不得纠正他的用词，摇摇头："我已不是都尉，只是个被通缉的死囚犯。你跟着我，非但不能为景寺正名，反而会被牵连。"伊斯伸出两个指头，点了点自己那宝石般的双目："在下这一双眸子，曾为秋水所洗，长安城中，没有看不透的。以在下的眼光判断，跟定都尉，绝不会错。"

张小敬不太清楚，伊斯从哪里来的这种自信。不过时辰已经不早，不能再有什么耽搁，他淡淡说了一句："只要你愿为自己的选择负责就好。"然后也往墙上爬去。

两人花了一番力气翻进慈悲寺。寺中此时一片安静，连烛火都不见一盏。张小敬谨慎地穿过禅林，绕过佛塔，来到草庐之前。

草庐里已经空无一人，不过里面到处有翻检痕迹。地上翻倒着一件油津津的木盘，正是数个时辰前檀棋用来盛放油馓子给他和李泌吃的。

搜查者应该已经离开了，草庐四周并没有埋伏。张小敬走到院墙那里，果然梯子也已被拆下撤走。

知道这草庐存在的人，一共就那几个。这里被抄检，说明不是姚汝能就是徐宾落到敌手，被迫说出了这个秘密。张小敬在放生池旁蹲下身子，看到冰面破了一个大窟窿，四周有几十个沾满了水渍的脚印。恐怕这里还曾经发生过打斗，只是不知是跟谁。

看到这些痕迹，张小敬感觉这重建后的靖安司，不是单纯的无能，简直恶意满满，处心积虑要把李泌任内的一切安排都抹黑清除。

草庐邻近靖安司的这道院墙，攀爬起来不算容易。好在有伊斯这样的跑窟高手，利用旁边的柏树成功跳上墙头，又垂下一根绳子拽起张小敬。

双脚落地，轻轻掀起一片尘土，张小敬再一次回到了靖安司。

上一次他在靖安司，还是当日正午时分。李泌刚气走贺知章，独掌大权，派他前往平康里查案。那时靖安司精英俱在，无论望楼体系、旅贲军还是大案牍之术，皆高效运转，张小敬如臂使指，若有千人助力。

短短六个时辰过去，这里竟已沦为一片火狱废墟，物非人非。可惜张小敬并没有时间凭吊，直奔证物间而去。

证物间设在左偏殿附近的一处库房里，里面盛放着可能有用的各种现场遗留。曹破延的那串项链，就是在这里重新串好的。张小敬和伊斯小心地沿着火场边缘移动，强忍灼人的高温，从主殿旁边穿过去，顺着一条残破走廊来到左偏殿。

左偏殿的火势，并不比主殿弱到哪里去。这里是存放文档卷宗的地方，烧起来格外迅猛。如果左偏殿也遭遇了火灾，恐怕这里也不能幸免。

张小敬他们抵达的时候，火势还未弱下去，噼啪声不绝于耳。借着火光，勉强可以看到那个证物间也被笼罩在浓烟中，里面存放的东西下场如何，不问可知。

靖安司看来也放弃了扑灭的努力，一个人也没留，任由它们燃烧着。张小敬却不死心，他环顾左右，忽然注意到旁边不远处躺着一具尸体。

说来也惨，这尸体身披火浣布，手里还握着一根麻搭，应该是第一批冲进来救火的武侯。看他身上的脚印，恐怕是生生被蜂拥而出的逃难人群踩死的。

他从尸体上拿下火浣布披在身上，又把麻搭捡起双手紧握。这麻搭其实是一根长木杆子，顶端捆缚着一大团粗麻散布条，可以蘸水带泥，扑打火苗。

张小敬对伊斯叮嘱了一句："若我没回来，你就按原路撤走，尽快离京。"伊斯也不知该说什么好，只好表示会为他祈祷。在祈祷声中，张小敬松开裤带，在麻搭头上尿了一大通，然后披好火浣布，手持麻搭，头一低冲着火场里冲去。

这一带连地面都烧得滚烫，张小敬的脚底隔着一层皮靴，都感觉踏在针尖上似的。他略微分辨了一下方向，直冲证物间去。

证物间在左偏殿的殿角外屋，与里面并不连通，张小敬不必冒坍塌的风险冲进去，总算是不幸中的万幸。他挥动麻搭，赶开灼热的空气与烟雾，碰到实在太熏人的地方，他就用浸满尿液的麻布条遮掩口鼻，臊味总比呛死强。

好不容易冲到门口，张小敬看到里面呼呼地冒着火苗子，整个木质结构还在，可已摇摇欲坠。光凭手里这点装备，没可能压出一条通道来。他靠近了几次，都被热浪逼了回来。

竹物易燃，恐怕它们是第一批化为灰烬的，即使冲进去，也意义不大。张小敬只得悻悻朝原处退去，走到半路，忽然这座左偏殿发出一阵瘆人的嘶鸣声。

"不好！"张小敬意识到，这是大梁断裂的声音，意味着整个建筑即将坍塌，届时木火乱飞，砸去哪里都有可能，对救火人员来说是最危险的时刻。

他看了眼远处，到安全距离还有三十多步，不可能瞬间赶过去。张小敬当机立断，直接趴在与左偏殿相对的一处花坛旁边，然后把麻搭高高竖起，万一有大片物件飞过来，至少能被顶歪一点，不至于被砸个正着。

他刚做完这个防护动作，就看左偏殿失去了大梁的立筋与斜撑，再也无法支撑大顶的重量，轰隆一声，在木料哀鸣声中崩裂、坍塌。无数带着火焰的木件朝着四处飞去。其中有一条燃烧的椽子，被压得直翘起来，像龟兹艺人耍火棍一样在空中旋转了几圈，正正落在了花坛旁边……

张洛是虞部主事之一，他今晚没办法像其他同僚一样放心游玩，必须盯紧各处的花灯。

长安的花灯一般都是由各处商家自行搭建，但只有虞部颁发了匠牒的营造匠人，才有资格参与搭建。如果花灯出了意外，工匠连同签发官员都要被株连。

花灯这东西，不同别物，万一出了什么乱子，众目睽睽，遮掩都没法遮。再加上长安风气奢靡，喜好斗灯，各家花灯越扎越大，烛火花样越来越多，出事的可能性也成倍增加。张洛很紧张，特意派了十来个值守的虞吏，沿街巡查，避免出什么乱子。

他的压力还不止于此。

除了民办花灯之外，皇家也要张灯结彩，而且一定要足够体面奢华，绝不能被民间比下去，这样才能体现出天潢气度。

皇家的花灯采办营造，自有内府管着，但张洛得负责日常维护以及布烛添油等琐碎的杂事。换句话说，这些花灯不经虞部之手，但出了事虞部也得负责。张洛虽有腹诽，却也不敢声张，只得加倍上心。

尤其是今年上元，不知是谁出的主意，竟然在兴庆宫前搭起了一个一百五十尺的大灯楼。华丽是华丽，可天子不知道，下面人得花多少精力去打理。别的麻烦不说，单到了四更"拔灯"之时，得派多少人在灯楼之上，才能保证让这么大个灯楼瞬间同时点亮！

大灯楼的燃烛事务，从物资调配到操作人员遴选，是张洛全权负责。这是个吃力不讨好的差事，虞部的郎中和员外郎只会透过于人，下面有点手段的主事——比如封大伦——早早推脱掉了，最后只能着落在没什么后台的倒霉鬼张洛头上。

他此时正站在安兴崇仁的路口，这里有一座拱月桥，龙首渠的河水便从桥下潺潺流过。站在桥顶，手扶栏杆，附近花灯可以一览无余。这拱月桥是个观灯的好地方，除了张洛之外，还有无数百姓试图挤上来，抢个好位置。

为了不影响工作，张洛专门派了三个壮汉围在自身左右，用木杖强行格出一圈地方来。可现在的人流实在太多了，互相簇拥挤压，桥上黑压压的全是人头。三个护卫也不济什么事，退得与张洛几乎贴身而立。

张洛看看时间，按照计划，再过一刻，所有他亲自遴选的工匠、虞吏以及皂衣小厮都会集结在兴庆宫附近，然后一起进驻大灯楼，为最后的燃烛做准备。他看桥上人越来越多，决定早点离开，再跟手下人交代一下燃烛的细节。

虽然他们事先都已经演练过许多遍了，应该不会出什么纰漏，可张洛觉得小心点总没错。

他吩咐护卫排出一条通道，正要迈步下桥，忽然人群里传来一阵惊呼，人头开始骚动，似乎有人在散花钱。张洛双眼一瞪，在这么挤的地方撒花钱？撒钱的人应该被抓起来杖毙！

很快骚乱从桥底蔓延到桥上。上头的百姓并不知道情形，有的想下去抢钱，有的想尽快离开，还有的只是盲目地跟随人流簇拥，茫然不知发生了什么。整个桥上登时乱成了一锅粥。不少人滚落桥下，压在别人身上，发出巨大的叫喊声。那三名守卫也被挤散开来，张洛被人群生生压在了石雕桥栏，上半身弯出去，狼狈不堪。

他拼命呵斥，可无济于事。就在这时候，一只手从混乱中伸过来，张洛只觉得有一股巧妙的力量推着自己折过桥栏，朝着桥下的水渠跌落下去。

"扑通"一声，水花溅起。可百姓们谁也没留意这个意外，还在声嘶力竭地挤着。三个护卫注意到长官掉下去了，他们很惊慌，但还没到绝望惊骇的程度。龙首渠不算深，淹不死人，只要他们尽快赶到河堤旁，把长官救起，最多是挨几句骂罢了。

只有张洛自己知道，他再也不可能游起来了。他的咽喉处不知何时多了一道伤口，身体只能无奈地朝水中一直沉去，不知会随渠流漂向何处。他的尸首迟早会被人打捞上来，也许明天，也许后日，届时别人就会发现，这并非一起落桥意外。

但不是今晚。

"快！有伤者！"

一声焦虑的喊叫从靖安司里传来，在附近执勤的士兵纷纷看去，只见一个波斯人搀扶着一位浑身焦黑的伤者，往外拖动。那人满脸烟灰，身披一块熏得不成样子的火浣布。

士兵们很惊讶，能逃出来的人，应该早就逃出来了，怎么里面现在又有人？况且排胡令已下，怎么又冒出一个波斯人？

"我，监牢，出来，这人还活着。"伊斯用生疏的唐语边比画边说。士兵们大概听懂了，这家伙原本是在监牢里，门是锁的，所以费了些时间才逃出来，半路正好看到这个人还活着，就顺手拖出来了。

这些执勤士兵都是临时抽调过来的，根本不知道靖安司监牢里原本都关了谁，再说了，谁会专门跑进火场撒这样的谎？加上伊斯相貌俊秀、言谈诚恳，他们立刻就相信了。

这个伤者裹着火浣布，可见是第一批冲进去救火的，士兵们看伊斯的眼神，多了几分钦佩，这个波斯囚徒出逃还不忘救人，不愧久沐中原仁德之风。

有两个士兵主动站出来，帮着伊斯抬起这个伤者，朝京兆府的设厅而去。所有的伤者都在那儿进行治疗。

伊斯一边走一边默默祈求上帝宽恕他说谎话。刚才张小敬在花坛那里，确实挨了一下砸，幸亏有麻搭支偏了一下，否则这根椽子就能要了他的命。不过椽头的火焰，还是把他的背部烧了一片。这也是士兵们并没怀疑作伪的原因。

此时靖安司外的混乱已基本平息，救援人员基本就位，各司其职，隔火带、急行道与通道也被划分出来。伤者和伊斯很快就被送到了京兆府里，有医馆的学徒负责做初步检查，然后按照轻重缓急安置在设厅里的特定区域，再呼唤医师诊治。

今夜的伤者太多，学徒已经忙得脚不沾地，根本没时间端详病人的脸，更不会去留意京兆府的通缉令。所以他看到张小敬，只是面无表情地前后检查了一遍，然后给他脚上系了一条褐色布条——意思是轻伤。至于伊斯，根本没系布条。

张小敬被搀扶进设厅，里面的榻案都被搬空，地板上横七竖八躺了几十名伤员，呻吟声此起彼伏。十几个披着青袍的医师与同样数量学徒穿梭其间，个个满头大汗。

有一个医师走过来，觉得这人很奇怪，除了背部烧伤，身上还有许多新鲜刀伤。他正待详细询问，却突然厌恶地耸耸鼻子，闻到这人脸上一股尿臊味，立刻熄了追究的心思。他粗暴地让张小敬趴在一处毡毯上，剪开上衫露出患者脊背，用生菜籽油浇到烫伤部位，又抹了点苍术粉末，然后叮嘱了一句"老实晾着！"，匆匆离去。

伊斯因为没受伤，只分得了一杯蜜水润润喉咙。

菜油充分浸润肌肤还要一段时间，张小敬只得趴在毡毯上不动。伊斯好奇地东张西望，忽然注意到，在设厅一角，有两扇镶螺钿的屏风，恰好挡出了一个小小的私密空间。在屏风外，还有两个卫兵站着，似乎那里躺着一个大人物，便走了过去。

伊斯天生就有得人信赖的能力，几句话下来，那些卫兵便放松了警惕。他们说这里是一个靖安司的内奸，要严加看管。伊斯借着攀谈的机会，从屏风缝隙看过去，里面确实躺着一个人。他没有进一步动作，默默退回去，跟张小敬小声描述了下他的相貌。

"友德……"张小敬一听是徐宾，松了口气，至少他没死。至于内奸的罪名，大概是被自己牵连了吧。他咬着牙要起身，却被伊斯按住了。

"都尉现在过去，可就身份昭然了。在下灵台倒生出一计……"

伊斯和张小敬耳语几句，悄悄走到设厅的另外一角。那里有一群杂役，正忙着在一个长条木槽里现捣菜籽油，木槽下面用丝绸包裹，用以滤净汁液，底下拿盆接着。旁边还有三四个小灶，咕嘟咕嘟煮着开水。

今晚受伤的人太多，即使是这种最简陋的药物和热水，都供应不及。

每个人都埋头忙碌，没人留意伊斯。他轻手轻脚走到厅外拐角的廊边，轻舒手臂，借助廊柱与雕栏翻到偏梁上。伊斯从怀里拿出一大包碎布条，这是刚才他偷偷搜集的废弃包扎条。他把布条卷成一个圆球，在里面塞了一块刚在小灶里掏出的火炭，这才跳下地来。

过不多时，一股浓重的黑烟从走廊飘进来。设厅里的人刚经历过大火，个个是惊弓之鸟，一见烟起，又不见明火来源，第一个反应是隔壁的火蔓延过来了。

伊斯趁乱用纯正的唐语大喊一声："走水了！"整个厅里登时大乱，卫兵们纷纷朝走廊赶去，试图寻找烟火的源头。看守徐宾的两个卫兵也待不住了，反正徐宾还昏迷着，不可能逃跑，便离开岗位去帮忙。

伊斯在一旁偷偷窥视，一见机会来了，立刻闪身钻进屏风。

徐宾仍旧躺在榻上，闭目不语。伊斯过去，趴在他耳边轻轻说了一句："福缘老友托我给您带句话。"徐宾的眼珠陡然转动，立刻产生了反应。

福缘是徐宾和张小敬经常去的酒肆，只有他们俩才知道。伊斯一说，徐宾立刻知道这是张小敬派来的人。伊斯道："情况危急，都尉不便过来。他托我来问一下，昌明坊的遗落物件，哪里还有存放？"

徐宾睁开眼睛，茫然地看着他，似乎还没反应过来。伊斯又重复了一遍："长安累卵之危，只在须臾之间。昌明坊的遗落物件，还在哪里有？"

徐宾沉默片刻，他虽不知伊斯是谁，可他信任张小敬：

"左偏殿，证物间。"

"除了那里还有哪儿？"伊斯看看外头，心中起急，卫兵们似乎已找到了浓烟的源头，恐怕很快就要回转。

徐宾这次沉默的时间长了些："京兆府……"

伊斯眼睛一亮，这么说昌明坊证物确实有另外存放的地点。他又追问："京兆府哪里？"徐宾道："右厢推事厅。"

京兆府统掌万年、长安两县，一般并不直接审案。但两县不决的案子，往往会上报京兆府裁断。所以在京兆府公廨里，专门设有推事用的房厅。

靖安司从昌明坊搜回来的证物太多，除了大部分放在证物间，还有一部分移交到了京兆府。一则反正他们正在放假，空有大量房间；二来也可以算是两家联合办案，不至于让京兆府觉得被架空。

这些琐碎的官僚制事，都是经过徐宾来处理的，连李泌都未必清楚。

伊斯得了这消息，赶紧退出屏风，一转身恰好撞见卫兵们回来。卫兵们一看刚才那波斯人居然又凑过来，都面露疑色。伊斯连忙结结巴巴解释："起火，他不动，抬走避烧。"

刚才那一声"走水了"是正宗纯熟的唐音，这个波斯和尚却是单字蹦，是以卫兵们压根没怀疑那场混乱是他造成的，只当他是好心要来救人，便挥手赶开。

伊斯跟张小敬说了情况，张小敬强忍背部痛苦，翻身起来。虽然他很担心徐宾的境况，可现在已经顾不得了，没死就好。

伊斯不知从哪里搞来了一套沾满污液的医师青衫，给自己套上，然后搀扶着张小敬朝设厅外走去。沿途的人看到，都以为是转移病患，连问都没问。

如今京兆府的公廨，除了正堂与公库封闭不允许进入之外，其他设施都已开放，提供给新靖安司作为办公地点。各种书吏忙前忙后，彼此可能都不太熟悉，更别说辨认外人了。两人在里面畅通无阻，很快便问到了推事厅的位置。

可当他们朝那边走去时，却有两名面色冷煞的亲兵挡住去路。亲兵喝问他们去哪里，伊斯连忙解释说带病人去施救。亲兵面无表情一指，说设厅在那边，这里不允许靠近。伊斯故作不解，说刚才门口的官员明明让我来这里啊，还要往里蹭。亲兵见他死缠，便喝道："这里是靖安司治所，擅入者格杀勿论！"

原来吉温把靖安司设在京兆府之后，第一件事就要找一个舒适的单间办公。他在御史台只是个殿中侍御史，跟七八个同僚同在一室，早不耐烦了。可京兆府公廨里，正堂封闭，退室太小，挑来选去，只有推事厅既宽阔，又体面，是最好的选择。

他的虚荣心得到了满足，可却给张小敬和伊斯带来莫大的麻烦。

两人暂时先退开到一处转角。伊斯对张小敬道："在下适才仔细观觇，隔壁庭院中有假山若许，从那里翻上屋檐，再从推事厅倒吊下来，或可潜入。"

张小敬却摇摇头。这里是京兆府，不比别处，屋檐上肯定也安排了弓手和弩手。伊斯想在这里跑窜，只怕会被射成刺猬。

这时一个人走过他们旁边，偶尔瞥了一眼，突然"咦"了一声，视线停留在张小敬的脸上，久久不移开。伊斯见状不妙，赶紧挡在前头。可这时那人已失声叫出来："张、张小敬？"

张小敬如饿虎一样猛扑过去，按住他的嘴，把他硬生生推到角落里去。那人惊恐地拼命挣扎，张小敬恶狠狠地低声道："再动就杀了你！"

"唔唔……是我……"

张小敬眉头一皱，很快认出这张脸来，竟然是右骁卫的赵参军。两个时辰之前，檀棋和姚汝能挟持赵参军，把张小敬劫出了右骁卫。临走之前，赵参军主动要求把自己打晕，以逃避罪责，没想到他们这么快又见面了。

"你怎么在这里？"

赵参军叹道："蚍蜉袭击靖安司后，人手五不存一。吉司丞正在从各处行署调人，下官是来补缺的。"

张小敬之失，实是因赵参军所起。纵然甘守诚不言，赵参军也知道上峰必定不悦，故主动申请来靖安司帮忙，一来将功补过，二来也算避祸——没想到又撞见这个煞星。

"现在你可是全城通缉，怎么还敢回来？"赵参军盯着张小敬，后脑勺不由得隐隐作痛。张小敬不想跟他解释，便反问道："我现在需要设法进入推事厅，你有什么办法？"

"这可难了！吉司丞正在推事厅办公，戒备森严，你要刺杀他，可不太容易。"

"谁说我要刺杀他了？！"张小敬低吼。

赵参军惊奇地瞪着眼睛："不是吗？他都通缉你了，你还不起杀心？这可不像你啊！"张小敬一把揪住他衣襟："听着，我去推事厅一不为人命，二不为财货，只为拿点微不足道的东西。你既然现在靖安司有身份，不妨帮我一下。"

赵参军一哆嗦，吓得脸都白了："不成，不成，下官的脑袋可只有一个。"

张小敬冷冷道："没错，你的脑袋只有一个，要么我现在取走，要么一会儿被吉温取走。"赵参军惊恐万状，摆着肥胖的双手，反复强调才疏学浅，演技不佳。

他说着说着，忽然眼睛一亮，想到一个绝妙的借口："我也没什么把柄在您手里，一离开，肯定第一时间上报长官，您也麻烦。要不咱们还是依循旧例，在我脑袋这儿来一下，我晕我的，您忙您去，都不耽误工夫。"

饶是心事重重，张小敬还是忍不住笑了笑，这位说话倒真是坦诚。这时伊斯在其旁边耳语了几句，张小敬点点头，对赵参军道："这样，你不必替我们去偷，只要随便找件什么事，把吉温的注意力吸过去，一炷香长短就够。"

"我一进推事厅，肯定大呼示警，于您不利呀。"赵参军赔着笑，宁可再晕一次，也不愿过去。张小敬一指伊斯："你可知他是谁？"

赵参军早注意到张小敬身边有一个波斯人，面相俊秀，双眸若玉石之华。张小敬道："这是我从波斯请来的咒士，最擅长以目光摄人魂魄。你若胆敢示警，不出三日，便会被他脖子上那件法器拘走，永世不得超生。"

这话并非凭空捏造。长安坊间一直传言西方多异士，常来中土作乱云云。每年都有那么几个人，因为散布此类妖言而被抓。张小敬办得案子太多，随手便可撷取一段素材。

伊斯嘴角轻轻抽了一下，自己这么好的面相，居然被说成毒蛊术一流的方士。他不能辩白，只得微微一笑，那一双眼睛看向赵参军，果然有种动摇心神的错觉。

赵参军果然被吓到了，只得答应。他犹自不放心，又叮嘱道："您一会儿若要动手，务必得杀死杀透才成，不然我也要被连累。"

"我他妈没说要杀他！"张小敬恨不得踹他一脚。

过不多时，赵参军战战兢兢地进了推事厅，吉温正在写一封给李相表功的书简。他写了抹，抹了写，好不容易想到一个绝妙的句子，忽然被脚步声打断，一抬头，发现赵参军恭敬地站在前头。

他有些不悦，不过赵参军只比自己低一品二阶，又是右骁卫借调，总得给点面子："参军何事？"

赵参军道："有件关于张小敬的事，下官特来禀报。"吉温一听这名字，眼睛一亮，搁下毛笔："讲来。"赵参军看看左右，为难道："此事涉及甘将军，不便明说，只能密报给司丞大人。"

一听说牵涉到甘守诚，吉温登时来了兴致。他示意赵参军上前，然后把头凑了过去。赵参军抖擞精神，给他讲起靖安司劫狱右骁卫的事。

此事赵参军乃是亲历，加上刻意渲染，吉温听得颇为入神，一时间全神贯注。

与此同时，一条绳子从房梁上缓缓吊下来，慢慢临近地面。赵参军一边讲着，一边用余光看过去，看到一个影子顺绳子吊下，心跳陡然变快。

这影子正是伊斯。他刚才勘察过，这个推事厅乃是个半厅，与邻近的架阁库共享同一个房梁。架阁库是储存文牍之用，没人会来。这样伊斯只要潜入库中，攀上大梁，便可以悄无声息地进入推事厅。

这样一来，只要赵参军把吉温注意力吸引住，伊斯便可为所欲为了。

这是最惊险最刺激的一次跑窟，伊斯轻轻落地，距离吉温不过七步，大气不敢出一声。只要吉温稍一偏头，就会发现屋中多了一人。

伊斯环顾四周，除了书案、跪毯、阁架之外，屋角还堆着一堆锦纹木箱，用屏风隔开。想来是新官嫌乱，一时又不好清走，索性一股脑藏到了屏风后头。伊斯蹑手蹑脚过去，转过屏风，打开其中一个，里面果然有一堆杂物，应该是昌明坊遗留的。不过箱中没有竹头，他便又去开了第二个。

外头赵参军见伊斯还在寻找，只得拼命拖延时间。吉温几次想回头，赵参军一见有苗头，立刻会提高嗓门，强行插入一段并没发生的悬疑情节，好把吉温注意力拉回去。他心里暗暗叫苦，自己平时爱看传奇故事，没想到有一天得亲自编。

那边伊斯手脚迅速，已经开到了第三个箱子，扒拉开一堆散碎木块和断木之后，在箱底发现一个扎紧的粗布口袋。他解开绳子，里面是一把散碎竹头。伊斯大喜，伸手把口袋捞起，却忘了撑住箱子盖。盖子猛然落下，伊斯急忙推掌一垫，总算及时托住，可也轻轻发出一声"砰"。

声音不大，但在屋子里听着却颇为明显。吉温猛然回过头，疑惑地朝这边看来。伊斯赶紧把身子靠在屏风后头，屏住呼吸。吉温抬手示意赵参军稍等，朝屏风方向走了几步。这屋子里很空阔，唯一不在视线内的，只有这屏风的后面，声音八成是从这里传来。

伊斯与吉温只有一屏之隔，汗水从鼻尖轻轻沁出来。他正在考虑，要不要出手制住吉温，挟持着硬往外闯。赵参军见势不妙，突然一捂脑袋，痛苦地蹲下来，口中惨号："可恨那张小敬，将下官打晕，至今伤痛未去！痛乎哉？痛也！"

吉温回转过去，温言相劝。伊斯趁着这个当，把平日里的本事发挥出了十二成，拽着那绳子一口气便翻上大梁，收回绳索。恰好一只老鼠跑过，伊斯随手逮住，丢了下去。那老鼠一落地，只晕了一霎，立刻跳起来朝外头跑去。

吉温这时刚好回过头来，看到一只老鼠飞窜而过，神情一松，以为声音是从它而来。

伊斯抓着口袋退回架阁库，再与外头张小敬会合。这时赵参军也满头大汗地出来了，吉温听完那故事，发现他纯在诉苦，没提供任何于今有用的消息，训斥了一顿，把他撵了出来。

伊斯拽着张小敬要走，张小敬却看向赵参军："你可知道姚汝能在何处？就是那个劫我出去的年轻人。"

赵参军在新靖安司负责内务，对这些事很熟悉："他才被抓住不久，现在被拘押在京兆府的监牢里，罪名是……和您勾结。"

又一个不幸的消息被证实，张小敬顾不得伤感，又问道："有一个叫闻染的姑娘，你可知道下落？"赵参军想了半天，摇头道："不知道，没听过。"

伊斯在旁边，听到张小敬一声很明显的叹息。他小声问道："要不要顺便去监牢劫人？或者先把徐主事弄出去？"张小敬坚决地摇摇头："我们现在没有时间，他们只能等。"

面对长安的大危机，张小敬只能有所取舍。他的大手，不由得捏紧了那个装满碎竹头的口袋。今晚他一直做着选择，至于对与错，已无暇去考虑。

"下官可以代为照顾，虽然没法开释，至少不必吃什么苦头。"赵参军乖巧地主动表态，然后偷偷瞄了一下伊斯的双眼，又赶紧挪开。

张小敬没有多做停留，放了赵参军，然后和伊斯朝京兆府外头走去。

他们真的没什么时间，因为眼下必须去找一个关键人物。

兴庆宫位于长安东北角的春明门内，本名为兴庆坊，乃是天子潜邸。天子登基之后，便把永嘉、胜业、道政三坊各划了一半给兴庆坊，大修宫阙，号曰"南内"，与太极宫、大明宫遥遥相对。一年下来，天子倒有大半时间是在这里待着，这里俨然是长安城的核心所在。

　　兴庆宫与寻常宫城迥异，北为殿群，南为御苑。其中最华丽的地方，是位于西南的两座楼。一栋叫花萼相辉楼，一栋叫勤政务本楼。上元春宴，即是在勤政务本楼举行。

　　此时楼中灯火通明，又有铜镜辉映。宾客觥筹交错，气氛热闹非凡。彩娥仆役执壶端盘，流水样行走于席间。鼓乐声中，几十个伶人正跳着黄狮子舞，这是天子之舞，其他人若非今日，根本无缘见到。有兴致高的官员和国外使节，甚至起身相舞，引得同僚阵阵喝彩。

　　太子李亨捏着个犀角侈杯，努力让自己镇定下来。可是微微颤抖的手腕，却让杯中满满的清酒不停地洒出来，在地毯上洇出一个个水点。他的脸色，和周围喜气洋洋的气氛大相径庭。

　　亲随已经打探清楚靖安司的事，回报太子。李亨没料到情况比檀棋说的更加恶劣，李泌为蚍蜉所掳，靖安司被李相趁势夺走，而这一切的起因，都是因为张小敬勾结外贼。

　　李亨忍不住埋怨起李泌来，当初他坚持任用这个死囚犯，结果却捅出这么个娄子。李亨看了上首一眼，简直不敢想象，如果这些事传到父皇耳朵里，会是怎样一个结果。

　　檀棋拿起执壶过来装作斟酒，低声对李亨道："太子殿下，而今至少设法把通缉令收回。"

　　李亨看了一眼下首，在那几排席位的最前头，正端坐着李相李林甫。他无奈地摇摇头："张小敬是否勾结外贼，目下还不确知。贸然撤销，只怕会给李相更多借口。"

　　平日有贺知章、李泌为谋主，李亨尚有自信周旋。如今两人都不在了，面对李相的攻势，太子只能把自己像刺猬一样缩成一团。

檀棋急道："张都尉一直和我在一起，不可能勾结外贼！"李亨误会了她话里意思，以为两人有私情，冷冷看了她一眼："你家公子的下落，这才是你要关心的事情吧？"

檀棋哪里听不出弦外之音，面色涨红，立刻跪倒在地："我不是为他，亦不是为公子，而是为太子与长安百姓安危着想。蚍蜉这样的凶徒，唯有张都尉能阻止。"

"哼，姑且就算张小敬是清白的吧。碰到这种事，恐怕他早就跑了。撤销不撤销通缉令，又有何意义？"

"不，张都尉不会放弃！他所求的，只是通行自由，好去捉贼。"檀棋抬起头，坚定地说。

李亨把手一摆："一个死囚犯，被朝廷通缉，仍不改初心，尽力查案？这种事连我都不信，你让我怎么去说服别人？"他说到这里，口气一缓："我等一下去找李相，只希望靖安司能尽快找到长源，其他的也顾不得了，大不了我不去做这太子。"

他自觉情真意切，可檀棋内心一团火腾腾燃烧起来，真想把酒泼过去。外面那些人为了长安，殚精竭虑出生入死，可太子反反复复纠结的，却只是这些事。

"那些蚍蜉，还在逍遥法外。阙勒霍多，随时可能会把整个长安城毁掉啊！"檀棋的声音大了点，引得附近的宾客纷纷看过来。李亨眉头一皱："噤声！让别人听到怎么得了！此事我自有分寸，你不必再管了。"说完他把酒杯往案子上一磕，鼓鼓地生起闷气来。

被一个家养婢女咄咄相逼，太子觉得实在颜面无光。全看在李泌的面子上，他才没有喝令把檀棋拖出去。

檀棋跪着向后蹭了几步，肩膀颤抖起来。太子似乎已决意袖手旁观，这让她彷徨至极。她的身份太过低微，太子不管，再也没有别的办法可以左右局势了。

等一下，还有一个办法。

"直接面求圣人？"

檀棋被自己的念头吓了一跳，这得有多疯狂？可她抬起脖颈，向太子上首看去。天子就在不远处的燕台之上，距离不过数十步。如果她真打算冲到天子面前，此时是最好的机会。檀棋知道，冲撞御座是大罪，直接被护卫当场格杀都有可能——但是至少能让天子知道，此时长安城的危机迫在眉睫。

"不退，不退，不退。"大望楼的灯光信号，在她的脑中再度亮起。

檀棋呼吸变得急促起来，她本是孤儿，若非李家收养早就成了饿殍。这个世界上除了公子之外，本也无可留恋，也就无可畏惧。檀棋相信，公子碰到这种事情，也会做出同样的选择。至于那个登徒子……一定也在某处黑暗里奋战吧？

这两个人都有一个共同点：他们从不把檀棋当成一个有着美丽躯壳的人偶，都相信她能做到比伺候人更有价值的事。

现在正是证明这一点的时候。

檀棋向李亨叩头请退，然后背靠身后云壁。

这里的所有墙壁，都用轻纱笼起，上用金线绣出祥云。有风吹过阁窗，轻纱飘动，便如云涌楼间一般。所有的宫中侍女，都会披一条相同材质的霞帔，无事时背靠云壁而立，飘飘若天女。

檀棋贴着云壁，不动声色地向前靠去。她轻提绦带，好让裙摆提得更高一点，免得一会儿奔跑时被绊倒。

勤政务本楼在设计时，就考虑到了天子与诸臣欢宴的场合，因此整个地板并非平直，而是微微有一个坡度。天子御席，就在坡顶，放眼看下去，全局一览无余。在这道坡的两侧，则是侍女仆役行菜之道。宾客更衣、退席亦走此道。

今日是节庆，天子以燕弁服出席，以示与臣同乐，是以四周也没有帷障，只用悬水珠帘略隔了一下。檀棋沿着这条道缓步而上，隔着熠熠生辉的珠帘上缘，能看到那顶天下独一无二的通天冠，连上头的十二根梁都数得清楚。

从这个位置到天子御席，之间只隔了一个老宦官和两名御前护卫。她只消突然发力，便可在他们反应之前冲到面前，不过只有喊出一句话的机会。

这一句话至关重要，檀棋在心中酝酿一番，强抑住自己紧张的心情，准备向前迈去。

这时一只纤纤玉手搭在了她的肩膀上。檀棋身子一震，下意识地回头，看到身后站着一个头戴黄冠，身披月白道袍的女道人，臂弯披帛，手执拂尘，正好奇地看着自己。

这女道士体态丰腴，眉目妩媚，双眉之间一点鹅黄钿，可谓是艳色生辉。檀棋脱口而出：

"太真姐姐？"

话音刚落，恰好外头更鼓咚咚，子时已到。

《霓裳羽衣舞》的曲调适时响起，把宴会气氛推向另外一个高潮。

第十四章

子初

太真见到檀棋，大为惊喜。她在宫内日久，难得能看到昔日故交，
执住檀棋的手："可是好久没见到妹妹了，近来可好？"

天宝三载元月十五日，子初。

长安，长安县，光德坊。

元载再一次回到京兆府门口，略带沮丧。

他好不容易逮住闻染，没想到却被王韫秀撞见，更没想到两人是旧识，亲热得很。

想劫持王韫秀的狼卫，错劫了闻染；想劫持闻染的熊火帮，错劫了王韫秀。阴错阳差两个误会，让这两位女子遭遇了不同的恐慌和惊吓。

元载对这个原委很了解，所以很头疼。如果强行要把闻染带走，势必要跟王韫秀解释清楚。可这么一解释，所谓"张小敬绑架王韫秀"的说辞就会漏洞百出。

要知道，闻染虽然是个普通女子，她的事却能从熊火帮一路牵扯到永王。

闻染不过是个添头，王韫秀却是核心利益所在，针对后者的计划，可绝不能有失。左右权衡之下，元载只能暂且放过闻染，让王韫秀把她一起带回王府。

为了保证不再出什么意外，元载也登上了王韫秀的马车。闻染很害怕，王韫秀却挺高兴，她一句话，元载立刻就答应了，这说明她的意见在对方心中很重要。

元载把她们一直送到王府门口，这才返回。他内心不无遗憾，这完美的一夜，终于还是出了一个小小的瑕疵，未竟全功。

"接下来，只剩下张小敬了。"

他沉思着下了车，正琢磨着如何布置，才能抓住这个长安建城以后最凶残的狂徒。迎面有两个人走出京兆府的大门，其中一人样子有些奇怪。元载观察向来仔细，他眯起眼睛，发现是一个波斯人，居然还穿了件青色的医师袍。

长安医馆，历来都是唐人供职。胡人很少有从医者，就算有，也只是私人开诊，断不会穿着医馆青衫。再者说，吉司丞已经下了排胡令，他怎么还能在这里？

"难道……他是混进京兆府的袭击者？"

元载想到这里，陡然生警，继续朝他看去。越看下来，疑虑越多。腰间怎么没有挂着诊袋？为何穿的是一双蒲靴而不是医师惯用的皮履？最可疑的，是那青衫污渍的位置。要知道，医师做这类外伤救治，往往要弯腰施救，前襟最易沾满秽物，而这人前襟干净，污渍位置却在偏靠胸下，几乎是不可能的——除非，这袍衫本就不是他的，而是属于一个身高更矮的人。

元载再看向那个同行者，似是病人模样，衣着并没什么怪异之处，只是脸上沾满了烟灰，脏兮兮的看不清面孔。可他的步伐，却让元载很惊骇，几乎每一步，距离都是一样的，整个人很稳。

只有一种人会这么走路，军人。

元载联想起来，不止一个人说过，袭击靖安司大殿的匪徒，似乎是军旅出身——难道就是他们？

他没有声张，这里只有区区两个人，抓住也没意义，不如放长线，看能不能钓到大鱼。元载心里一喜，今晚的运气实在是好得过分，难不成连蚍蜉的老巢也能顺便端了？

元载悄悄叫来一个不良人，耳语几句，秘授机宜。

张小敬和伊斯一路走出京兆府，无人拦阻，心中颇为庆幸。

走到外面，伊斯问接下来如何。张小敬晃了晃那个装满碎竹片的口袋，说去找高手鉴看。听到张小敬这么一说，伊斯不服气地一抬下巴："谁还能比我眼力高明？"

张小敬仰起头，看着大殿上升起的黑烟，感慨道："靖安司大殿里，曾有一座长安的缩微沙盘，那可真是精致入微，鬼斧神工。我要找的，就是制作这座沙盘的工匠。"

张小敬曾听檀棋约略讲过。李泌在组建靖安司时，要求建起一个符合长安风貌的殿中大沙盘。这是个难度极高的任务，不少名匠都为之却步，最后一个叫晁分的匠人完成了这件杰作。

有意思的是，晁分并非中原人士，他本是日本出云人，跟随遣唐使来长安学习大唐技艺。这人极有天分，在长安待了十几年，技艺已磨炼得炉火纯青。他的主人，即是大名鼎鼎的卫尉少卿晁衡——也是一位日本人。

晁分住在殖业坊内，距离这里并不算远。这长安城里若有人能看出这竹器的端倪，只能是晁分了。

两人离开光德坊，重新投入波涛汹涌的人海之中，不一会儿便赶到殖业坊中。这里紧靠朱雀大道西侧，也是甲第并列的上等地段，门口灯架鳞次栉比，热闹非凡。

不知为何，这里的花灯造型，比别处要多出一番灵动。比如金龙灯的片片鳞甲，风吹过来时，会微微掀开，看上去那龙如同活了一般；寿星手托寿桃，那桃叶还会上下摆动，栩栩如生。比起寻常花灯，这些改动其实都不大，但极见巧思，有画龙点睛之妙。

所以殖业坊附近的观灯之人，也格外地多。伊斯忧心忡忡："看这些花灯，想必都是出自那位巧匠之手。他这时候怎可能安坐家中，必然是敝帚自珍，四处去欣赏了。"

张小敬已经放弃指摘他乱用成语的努力，皱着眉头道："尽人事，听天命。"

两人分开人群，进入坊中。坊内也摆了许多小花灯，一串串挂满街道两旁，分外可爱。晁分在这坊里算是名人，稍微一打听，便打听出他的住所。

那是一处位于十字街东北角的寻常门户，门口朴实无华。若不是挂着一个写着"晁府"的灯笼，根本没人敢相信这是那位捏出了长安城沙盘的巧匠的住所。

张小敬上前敲了敲门环，很快一个学徒模样的人开了门，说老师在屋里。他们进去之后，不由得为之一怔。

整个院子里，扔满了各种竹、木、石、泥料，几乎没地方下脚。各种半成品的铜盏木俑、铁壶瓷枕，堆成一座座小山。院子旁立起一座黄砖炉窑，正熊熊燃烧，一个虎背熊腰的小矮子正全神贯注地盯着窑口。那古铜色的紧实肌肉上沁着汗水，在炉火照映下熠熠生辉。

伊斯大为惊讶，今天可是上元节啊，这家伙不出去玩玩，居然还猫在自家宅院干活，这也太异类了吧？

张小敬走近一步，咳嗽了一声。那矮子却置若罔闻，头也不回。旁边学徒低声解释道："老师一盯炉子，会一连几天不眠不休，也不理人……"

张小敬哪里有这个闲心，他上前一步："我是靖安司都尉张小敬，今夜前来，是有一样东西请先生鉴定一二。"

听到"靖安司"三字，晁分终于转过头来，漠然道："鉴定什么？"

"碎竹头。"张小敬捏住袋子，在眼前晃了晃。

"没兴趣，请回吧。"晁分拒绝得很干脆。学徒又悄声解释道："老师就是这样，他最近迷上烧瓷，对瓷器以外的东西，连看都懒得看。"

张小敬道："这关系到长安城的安危，事急如火，请务必过目。这不是请求，这是命令！"

没想到把长安城搬出来，晁分还是漠然处之。他的眼神一直盯着炉口，似乎天地万物都没有这炉中烧的东西重要。

若在平时，少不得会称赞他一句匠人之心，可如今时间宝贵，不容这家伙如此任性。张小敬伸手过去要拽，不料晁分反手一甩，居然把他的手掌生生抽开。张小敬自负手劲了得，在晁分面前却走不过一回合。

在长安这么多年，他专注于工匠手艺，早锻炼出了两条铁臂膀。

伊斯一看也急了："靖安司遭遇强袭，死伤泰半，司丞被掳，大殿被焚，这是唯一的线索……"听到这里，晁分突然转动肥厚的脖颈，一对虎目朝这边瞪过来："你再说一遍！"

"靖安司遭遇强袭，死伤泰半，司丞被掳……"

"下面一句！"

"大殿被焚。"

晁分双手猛然抓住伊斯，伊斯顿觉如同被一对铁钳夹住，根本动弹不得。晁分沉声道："大殿被焚，那么我的沙盘呢？"

"自然也被焚烧成灰。"

张小敬说。他已经号住了这个人的脉。晁分是个痴人，除了手中器物，一无兴趣，想触动他，必须得戳到让他最心痛的地方。

果然，晁分一听沙盘被毁，两团虬眉拧在一起，竟比听见真长安城遭遇危险还痛惜。他忽然低吼了一声，两条铁臂松开伊斯，在旁边木板上重重一撞，"咔嚓"一声，上好的柏木板居然断成两截。

"那是我借给靖安司的！以后要带着它返回日本，再造一个长安出来！就这么毁了？谁，是谁下的手？"

张小敬不失时机道："这些竹头，是抓住凶手的重要线索。"晁分把覆满老茧的大手伸出来，眼睛血红："拿来！"

伊斯把口袋交过去，晁分把碎竹头尽数倒出，逐一辨认，学徒连忙把烛光剪得再亮一点。晁分的手指虽然短粗，却灵巧得紧，那些细碎的竹屑在他手指之间流转，却一片都没掉下去。晁分又拿来一块磨平的透明玉石，眯起一只眼睛观察。

"这些碎片，出自十二名不同的匠人之手。他们的手劲各不相同，这竹片上的砍痕亦深浅不一。"

伊斯听得咂舌，他自负双眼犀利，可也没晁分这么厉害。晁分又道："这削竹的手法，不是出自长安的流派，应该更北一点。北竹细瘦，刀法内收，而且不少碎片边缘有两层断痕，这是切不得法，只得再补一刀的缘故，大概是朔方一带的匠人所为。"

他不愧是名匠，一眼就读透了这些碎片。可是张小敬略感失望，这些消息对阙勒霍多没什么帮助。

"那么这个呢？"他把鱼肠掉落的那枚竹片也递过去。

他略看一眼，便立刻侃侃而谈："外有八角，内有凹槽，你看，竹形扁狭，还有火灼痕迹，这是岭南方氏的典型手法，又吸收了川中林氏的小细处理……"整个大唐的工匠地域特点，晁分都精心揣摩过，这些东西在他面前无从遁形。

"这个和那些碎竹头，有什么联系吗？"

"我只能说，跟那些散碎竹片结合来看，它们都是做某种大器切削下来的遗料。"

"能看出是谁切削的吗？"张小敬觉得这事有戏。

晁分看了他一眼："长安工匠数万，我又不是算命的，怎么看出来？"张小敬一噎，知道自己这个要求确实过分了。他若真能一眼而知手笔，干脆当神仙算了。

晁分缓缓开口道："不过我倒能告诉你，这是干吗用的。"

他吩咐学徒取来两截原竹，随手拿起一柄造型怪异的长刀，咔嚓咔嚓运刀如风。张小敬和伊斯看去，落在地上的碎竹片，和带来的碎竹形状差不多。过不多时，晁分手里，多了一个造型怪异的竹筒，两头皆切削成了锯齿状，可以与另外一个竹筒彼此嵌合，甚至还能转动。

仅仅只是看了几片竹片边角料，晁分就能倒推出制造的东西，真是惊为天人。

"这能干什么用？"

"这是麒麟臂，可以衔梁接柱，驱轮掣架，功用无穷。据我所知，整个长安只有一个人的设计，需要这么精密的部件。"晁分手抚竹筒，感慨道，"也是我唯一还未超越的人。"

"谁？"

"毛婆罗的儿子，毛顺。"

毛婆罗乃是武周之时的一位高人，擅丹青，精雕琢，在朝中担任尚方丞一职。梁王武三思为巴结武后，和四夷酋长一起上书，请铸铜铁天枢，立于端门之前。而这天枢，便是毛婆罗所铸。

毛婆罗的儿子毛顺，比乃父技艺更加精妙，在长安匠界地位极高。只看晁分的赞叹，便知这人水准如何。

张小敬也听过这名字，心中飞速思索起来。之前他一直困惑的是，蚍蜉打算拿失踪的石脂做什么用。现在听晁分这么一说，恐怕这个用处，与毛顺的某个设计密不可分。只要抓住毛顺，用意也便昭然若揭。他连忙问道："大师觉得，这是用在毛顺的什么设计上？"

晁分道："毛顺得天眷顾，兼有资材，深得圣人赞赏。今年上元，他进献了一座太上玄元大灯楼，用作拔灯之礼。这楼高逾一百五十尺，广二十四间，外敷彩缦，内置灯俑，构造极复杂，一俟点燃，能轮转不休，光耀数里，是旷古未有之奇景。圣人十分赞赏，敕许他主持营造——如今只待举烛了。"

言语之间，晁分十分羡慕，谁不想自己的心血化为实物呢？他没注意到，张小敬面色已变了数变。

"麒麟臂，正是用在这个灯楼中的吗？"张小敬颤声道。

"不错。那个太上玄元大灯楼上有二十四个灯房，每间皆有不同的灯俑布景。倘若要这些灯俑自行活动，非得用麒麟臂衔接不可。"

张小敬接过晁分手里的麒麟臂，仔细端详，发现内中是空心的。晁分解释道："太上玄元大灯楼太高，木石料皆太重，只有空心毛竹最适合搭建。"

"可是这样一来，麒麟臂不是容易损坏吗？"

"竹质很轻，可以随时更换。况且灯楼只用三日，问题不大。"

张小敬脑中豁亮，他纵然不懂技术，也大致能猜出蚍蜉是什么打算。他们先把竹筒切削成麒麟臂的模样，再灌满了石脂，就是一枚枚小号的猛火雷。届时那些蚍蜉以工匠模样混入灯楼，借口检修，在众目睽睽之下更换成"麒麟臂"。

这样一来，整个太上玄元灯楼便成了一枚极其巨大的猛火雷，一旦起爆，方圆数里只怕都会一片糜烂。

"灯楼建在何处？"

"兴庆宫南，勤政务本楼前的广场。"

今夜丑正，天子将在勤政务本楼行拔灯之礼，身边文武百官都在楼中，还有万国前来朝觐的使臣。而勤政务本楼，距离太上玄元灯楼，只有三十步之隔。

蚍蜉的野心，昭然若揭。他们竟是打算把大唐朝廷一网打尽，让拔灯之礼变成一场国丧浩劫。

张小敬震惊之余，忽又转念一想。猛火雷有一个特性，用时须先加热，不可能预装上灯楼。蚍蜉若想达到目的，必须在拔灯前一个时辰去现场更换麒麟臂。丑正拔灯，现在是子初，还有不到一个半时辰。

那些蚍蜉，恐怕现在正在灯楼里安装！

张小敬猛然跳起来，顾不得跟晁分再多说什么，他甚至顾不上对伊斯解释，发足朝门口奔去。这是最后的机会，再不赶过去，可就彻底来不及了。

可他即将奔到门口时，大门却"砰"地被推开了。大批旅贲军士兵高呼"伏低不杀"，拥入院中，登时把这里围了一个水泄不通。

元载远远站在士兵身后，满脸得色地看着"蚍蜉"即将归案。

今夜负责兴庆宫外围警戒的，是龙武军。他们作为最得天子信任的禁军，早早地已经把勤政务本楼前的广场清查了一遍，在各处布置警卫，张开刺墙，力求万全。

这是一年之中，龙武军最痛苦的时刻。

再过一个时辰，各地府县选拔的拔灯车与它们的拥趸便会开进广场，做最后的斗技。届时这里将会被百姓围得水泄不通，连附近的街边坊角甚至墙上都站着人。更麻烦的是，天子还要站在勤政务本楼上，接受广场上的百姓山呼万岁。在圣人眼里，这是与民同乐，共沐盛世，可在龙武军眼里，这是数不清的安全隐患。

今天太特殊了，龙武军不能像平时一样，以重兵把闲杂人等隔绝开来，只能力保一些要津。除了勤政务本楼底下的金明、初阳、通阳诸门之外，今年还多了一个太上玄元大灯楼。

"太上玄元"四字，乃是高武时给老子上的尊号。当今圣上崇道，尤崇老聃，所以建个灯楼，也要挂上这个名字。

这个灯楼巍巍壮观，倒不担心被人偷走，就怕有好奇心旺盛的百姓跑过来，手欠攀折个什么飘珠鸾角什么的。因此龙武军设置了三层警卫，没有官匠竹籍的一概不得靠近。

十几辆柴车缓缓从东侧进入兴庆宫南广场，这是因为整个城区的交通几乎已瘫痪，它们只能取道东侧城墙和列坊之间的通道，绕进来。广场边缘的龙武军士兵早就注意到，抬手示意。车队停了下来，为首之人主动迎上去，自称是匠行的行头，递过去一串用细绳捆好的竹籍。

"灯楼举烛。"他说道。

警卫早知道会有工匠进驻灯楼，操作举烛，对他们的到来并不意外。他们接过竹籍，逐一审看。

这些竹籍上会写明工匠姓名、相貌、籍贯、师承、所属坊铺以及权限等，背面还有官府长官的签押，并没什么问题。警卫伍长放下竹籍，朝车队张望了一下，忽然觉得有些奇怪：

"张主事呢？"

按照规定，灯楼维修这种大事，必须有虞部的官员跟随才成。行头凑过去低声道："咳，别提了，张主事刚才在桥上观灯，让人给挤下水啦，到现在还没捞上来呢。我们怕耽误工夫，就自作主张，先来了。"

警卫伍长一听，居然还有这事。他为难道："工匠入驻，须有虞部主事陪同。"行头急道："张主事又不是我推下去的！他不来，我有什么办法？"

"规矩就是规矩，要不让虞部再派个人过来。"警卫建议。他身为龙武军的一员，身负天子安危，一切以规矩为重。

"外头都在观灯，让我怎么找啊……"行头越发焦虑，手搓得直响，"距离丑正还有一个时辰。稍有迁延，我们就没法按时修完。圣人一心盼着今晚灯楼大亮，昭告四方盛世。万一灯楼没亮……就因为龙武军不让咱们工匠靠近灯楼？"

一听这话，警卫伍长开始犹豫了。规矩再大，恐怕也没有天子的心情大。他看了眼那列车队："好吧，工匠可以进去，但这车里运的是什么？"

"都是更换的备件，用于维修更换的。"行头掀开苦布，大大方方请警卫检查。警卫伍长一摆手，手下每人一辆车，仔细地检查了一番。车上确实全是竹筒，竹筒的两头被切削得很奇特，与灯楼上的一些部件很相似。除此之外，再无他物。

不过这些竹筒很烫手，似乎才加热过不久。伍长不懂匠道，猜测这大概是某种加工秘法。他放下竹筒，又提了一个疑问："还有一个时辰就举烛了，还有这么多备件需要维修？"

行头这次毫不客气地一指马车："这个问题，你可以直接去问毛监。"伍长抬眼一看，坐在马车前首的是一个留山羊胡子的瘦弱老者，他正面无表情地仰头看着灯楼——正是尚灯监毛顺。

伍长一下子就不作声了。毛顺那是什么身份，哪里轮得到他一个龙武军士兵质疑？他再无疑心，吩咐抬开刺墙，让车队缓缓开进去。

连续两道警卫，都顺利放行了。虽然这些工匠没有张洛作保，不合规矩，但毛顺大师亲临，足以震慑一切刁难。于是车队顺顺当当开到了太上玄元灯楼下面。

这座灯楼太高了，所以底部是用砖石砌成一座玄观，四周黄土夯实，然后才支撑起一个硕大无朋的葫芦状大竹架。进入灯楼的通道，就在那一座玄观之中。

工匠们纷纷跳下马车，每人抱起数根麒麟臂，顺着那条通道进入灯楼。这里也有龙武军把守，不过得了前方通报，他们没做任何刁难，还过来帮忙搬运。

最后下车的是毛顺，他的动作很迟缓，似乎心不在焉。行头过去亲切挽住他的手臂，毛顺看了一眼行头，低声道："老夫已如约把你们送过来了，你可以放过我的家人了吧？"

"毛监说哪里话。"龙波笑道，"灯楼改造，还得仰仗您的才学哪。"

檀棋万万没想到，居然会在勤政务本楼上碰到太真。

说起这个女子，那可真是长安坊间津津乐道的一个传奇人物。她本名叫杨玉环，是寿王李瑁的妃子。檀棋与她相识，是在一次诸王春游之行上。寿王妃不慎跌下马崴伤了脚踝，檀棋擅于按摩，便帮她救治。两个人很谈得来，寿王妃并不看轻檀棋的婢女身份，很快便与之成为好朋友。

没想到，没过几年，天子居然把杨玉环召入宫中，说要为窦太后祈福，让她出家为道，号为太真……宫闱粉帐内的曲折之处，不足为外人道，但整个长安都知道怎么回事，一时传为奇谈。

说起来，她已经数年没见过太真，想不到今天在上元春宴上再度相逢。檀棋一看那一身婀娜道袍，就知道她虽然侍于君王之侧，可还未得名分，所以仍是出世装扮，不便公然出现在宴会上——寿王可是正坐在下面呢。

太真见到檀棋，大为惊喜。她在宫内日久，难得能看到昔日故交，执住檀棋的手："可是好久没见到妹妹了，近来可好？"檀棋好不容易鼓起的决心，一下子被打断，一时不知道该怎么回答才好。

太真只当她过于激动，把她往旁边拽了拽，亲切地拉起家常。檀棋心急如焚，口中随口应着，眼神却一直看向珠帘另外一侧，那顶通天冠，正随着《霓裳羽衣》的曼妙音律频频晃动。

太真看出檀棋心不在焉，颇有些好奇。她刚才扫了一下座次，太子在，李泌却不在，莫非是李泌把自己的家养婢送给太子了？可她这一身脏兮兮的穿着，可不像出席宴会的样子。

"妹妹怎么这身打扮？是碰到什么事了吗？"

檀棋听到这一句，眼神陡然一亮。

太真修道祈福，纯粹是天子为了掩人耳目，其实恩宠无加。她可是听说，宫中皆呼太真为娘子，早把她当成嫔妃一般。若能请她去跟天子说项，岂不比硬闯更有效果？

檀棋心念电转，忽然抓住太真的袖子哭道："姐姐，你得救我！"太真连忙搀扶起她，缓声道："何事心慌，不妨说给我听听。"她虽只是个隐居的女道，语气里却隐隐透着雍容自信。

檀棋抓住她柔软的纤手，羞赧道："我与一人私订终身，不料他遭奸人所嫉，栽赃陷害，如今竟被全城通缉。我奔走一夜，却无一人肯帮忙。实在走投无路，只好冒死来找太子，可太子也……"说到后来，泫然若泣。

檀棋很了解太真，她是个天真烂漫的人，讲长安毁灭什么的，她不懂。她只喜欢听各种传奇故事，什么凤求凰、洛神赋、梁祝、红拂夜奔，都是男女情爱之事。若要让太真动心帮忙，只能编造一段自己和张小敬的情事。

果然，太真听完以后眼泪汪汪，觉得这故事实在凄美：私订终身，爱郎落难，舍命相救，每一个点都触动她的心绪。她早年为寿王妃，如今又侍奉君上，一直身不由己，对这样的故事总怀有些许憧憬。

太真抱了抱檀棋软软的身子，发现她连脖颈处都沾着一抹脏灰，可见这一夜真是没闲着，心痛得不行。

"安心，我去跟圣人说一句。你那情郎叫什么名字？"

"叫张小敬。"檀棋说完，连忙又摇摇头，"千钧之弩岂为鼹鼠发机。圣人举动皆有风雷，哪能去管这种小事，反而看轻了姐姐。"太真觉得她到了这地步还在为自己考虑，颇为感动，宽慰道："放心好了，我常为家人求些封赏，圣人无有不准的，求个赦赦很容易。"

檀棋小声道："乞求陛下赦免，会牵涉朝中太多，我不能连累到姐姐。姐姐若有心，只消让陛下过问一句阙勒霍多，也便成了。"

"那是什么？"太真完全没听懂。

檀棋苦笑道："这是我爱郎所涉之事，被奸人遮蔽了圣听。所以只要陛下略做关注，他便可以脱难了。"

太真想了想，这比讨封赏更简单，还不露痕迹，遂点头应允。檀棋身子一矮，要跪下叩谢，却被太真挽扶起来："我在宫外除了几个姐妹，只有你是故识，不必如此。"

看着檀棋莹莹泪光，太真心里忽然有种非凡的成就感。一言而成就一段姻缘，也算替自己完成一个夙愿。她又安慰了檀棋几句，掀开珠帘去了天子身边。

檀棋停在原地，心中忐忑不安。

此前檀棋已经盘算过，无论是为张小敬洗冤，还是要把靖安司还给东宫，都没法拿到御前来说。这些事对天子来说，都是小事。要惊动天子，必须是一枚锋利的毒针，一刺即痛的那种。

这枚毒针，就是阙勒霍多，毁灭长安的阙勒霍多。

眼下太子欲忍，李相欲争，两边都有意无意把阙勒霍多的威胁给忽略了。檀棋能做的，就是彻底掀翻整个案几，把事情闹大。只要天子一垂问，所有的事情都会摆到台面。

檀棋不知道这样搅乱局势，能否救得了张小敬，但总不会比现在的局面更糟糕。不过她也知道，这一闹，自己会同时得罪太子与李相，接下来的命运恐怕会十分凄惨。

可她现在顾不得考虑这些事，只是全神贯注盯着悬水珠帘的另外一侧。只见太真的黄冠慢慢靠近通天冠，忽然歪了一下，似乎是把头偏过去讲话。过不多时，檀棋看到两名小宦官匆匆跑进帘子，又跑出来去了席间。太子和李相一起离席，趋进御案。远游冠和乌纱幞头同时低下，似在行礼，可却久久未抬起，只有通天冠不时晃动，大概是在训话。

宫中钟磬鼓乐依然演奏着，喧闹依旧。檀棋听不清御案前的谈话内容，只能靠在云壁，就像一个押下了全部身家的赌徒，等着开盅的一刻。

终于，远游冠和乌纱幞头同时抬起，其中一顶晃动的幅度略大，心神似受冲击。檀棋不知吉凶如何，咽了咽口水，也不等太真走出来，悄然退回到太子席位后面。

李亨一脸铁青地走回来，看到檀棋，眼神一下恍然："是你跟太真那女人说的？"

"是。"檀棋挺直着身躯。

"你……"李亨指着她，指头微微颤抖，气得不知说什么好了，"你这个吃里爬外的贱婢！为了一个死囚犯，什么都给卖了！"

适才父皇垂问阙勒霍多，两人都没法隐瞒。李相趁机发难，指责李泌所托非人，任用一个背叛的死囚犯以致靖安惨败。李亨别无选择，只得硬着头皮与之辩解。李相说靖安司无能被袭，他就指责御史台抢班夺权；李相说张小敬勾结蚍蜉，他就拿出张小敬在西市的英勇行为，反驳污蔑。

两人被一个小小婢女拖到一个全无准备的战争，争吵起来也只是空对空。最后天子听得不耐烦了，说"大敌未退，何故哎哎！"。他对张小敬如何毫无兴趣，可阙勒霍多可是要毁灭整个长安的。李亨和李林甫只得一起叩头谢罪，表示捐弃前嫌，力保长安平安。

檀棋虽不明内情，可听到"为了一个死囚犯"这句，便知道靖安司暂时应该不会死咬张小敬了。她已经懒得去跟李亨解释误会，把身子往后头墙壁一靠，疲悫地闭上眼睛。她听到有脚步声传来，恶狠狠地抓住自己的胳膊，往外拖去。

接下来的事情，只能靠登徒子自己了……

士兵们拥入晁分的院子里，最先反应过来的是伊斯。他二话不说，直接跃上工棚，把草篷一扯，纷纷扬扬的茅草便落了下来，遮住旅贲军的视线。

"张都尉，快走！"

张小敬知道局势已经不容任何拖延，眉头一皱，转身朝反方向跑去。可他很快看到，对面屋檐上，十几名弓手已经站定了身子，正在捋弦。这时候再想越墙而走，立刻就会成为羽箭的活靶子。

他急忙抬头喊伊斯下来，伊斯正忙着站在棚顶掀草篷，没听见。忽然黑夜中"唰唰"几声箭矢破空，伊斯身子一僵，一头栽倒在地。

"伊斯？！"

张小敬大惊，疾步想要过去接应，可一队旅贲军士兵已经扑了过来，阻断了两者之间的路。随后元载也在护卫的簇拥下，进了院子。他看了一眼躺倒在地的伊斯，得意扬扬地冲这边喊道："靖安司办事！你们已经走投无路，还不束手就擒？"

为了增加效果，元载亲自拿起一把刀，捅在了重伤的伊斯大腿上，让他发出大声的惨叫。

奇怪的是，这次张小敬居然没动声色。

元载对他的冷静有点意外，可环顾四周，放下心来。这里只有院门一个入口，众多士兵持刀谨慎地朝这边压过来。外围还有弓手和弩手，控制了所有的高点。这是一个天罗地网，这些蚍蜉无论如何也逃不掉。

不过他想起刚才自己险些被闻染挟持，又后退了几步，把自己藏在大队之中，真正万无一失。

"上灯！"元载觉得这个美好的时刻，得更亮堂一点。

立刻有士兵把灯笼挂在廊柱上，整个小院变得更加明亮。元载忽然歪了歪头，"啧"了一声。他终于看清楚，眼前这个男子，似乎是个独眼，左眼只剩一个眼窝。

"张小敬？"元载又惊又喜，他本以为是蚍蜉的两个奸细，没想到是这么一条大鱼。看来今天的大功，注定是被他独占了。

元载向前靠了一点，厉声喝道："张小敬！你罪孽深重，百死莫赎！今日本官到此，你还不自杀谢罪？"他见张小敬依然没动静，又喊道："你的党羽姚汝能、徐宾、闻染等，已被全数拿下，开刀问斩，只等你的人头来压阵！"

元载压根不希望张小敬投降。无论是绑架王韫秀还是袭击靖安司，这两口大锅都要背在一个死人身上，才最安全。所以他在激怒张小敬，只要对方反击，就立刻直接当场格杀。

听到元载的话，张小敬的肩膀开始颤抖。学徒以为他害怕了，可再仔细一看，发现他居然是在笑。嘴角咧开，笑容残忍而苦涩，两条蚕眉向两侧高高挑起，似乎遇到了什么兴奋至极的事。

张小敬随手捡起旁边晁分劈竹用的长刀，掂了掂分量，从袖子扯下一条布，把刀柄缠在手上，然后转过身子，正面对准了那些追捕者。

元载看到他拿起刀来，心中一喜，口中却怒道："死到临头，还要负隅顽抗？来人，给我抓起来！"

听到命令，士兵们一拥而上，要擒拿这"蚍蜉之魁首"。不料张小敬刀光一闪，冲在最前头的人便倒在地上，身首异处，冲天的血腥喷涌而出。后面的人吓得顿了一下脚，左右看看同伴，眼神一点，齐冲过去。又是两道刀光闪过，登时又是两人扑倒。

后面的士兵还未做出什么反应，张小敬已经反冲入他们的队伍中去。他一言不发，刀光连闪，他手中的砍刀就像是无常的拘锁，每挥动一下都要带走一条人命。一时间鲜血飞溅，惨呼四起。

学徒早吓得瑟瑟发抖，抱头蹲下。只有晁分本人稳稳坐在炉灶前，继续看着火焰跳动，对这残酷血腥的一幕熟视无睹。

元载禁不住打了个寒战，直觉告诉他什么事不太对劲，他下意识地往后退去，喝令士兵继续向前。

张小敬的攻势还在继续，他简直是七杀附体。旅贲军士兵可从来没跟这么疯狂的敌人对战过，那滔天的杀意，那血红的怒眼，在黑暗中宛若凶兽一般，触者皆亡。这院子颇为狭窄，地面上杂物又实在太多。旅贲军士兵攒集在一起，根本没法展开兵力进行围攻，只能惊恐地承受着一个人对一支军队的攻击。

倘若封大伦在侧，便会发出警告。去年张小敬闯进熊火帮寻仇，杀伤帮员三十多人，连副帮主和几个护法都惨死刀下，正是这样一个疯魔状态。

张小敬现在确实疯了。

在这之前，他无论遭遇多么危险的境地，始终手中留情，不愿多伤人命。可伊斯的中箭以及元载的连番刺激，让张小敬这一路上被压抑的怒火，终于找到了发泄的出口。

同伴们一个个被击倒，敌人还在步步前进，官僚们愚蠢而贪婪的面孔，老战友临终的嘱托，长安城百万生灵，一个又一个压力汇合在一起，终于把一股隐伏许久的狂暴力量给挤出来，让他整个人化身为一尊可怕杀魔。眼前再无取舍，遇神杀神，遇佛杀佛，更别说那些脆弱的旅贲军士兵。

更可怕的是，张小敬的狂暴表现不是疯狂乱砍，而是极度的冷，冷得像是一块岩石。他没有任何多余的动作，没有任何声音，没有任何顾忌和怜悯，甚至没有任何保全自己的想法。不闪不避，浑然一个没了血肉与思维的傀儡，唯一残留的意念就是杀戮。每一刀，都是致命一击。

在张小敬的独眼之中，眼前的惨状、熊火帮的惨状，以及当年在西域守城时那一幅修罗图景，这三重意象重叠在一起。随着杀戮在继续，张小敬已经身陷幻觉，以为自己仍守在西域那一座小堡里，正在与突厥大军浴血搏杀。

这样一头沉默的怪物冲入队伍里，让沉默变得更加恐怖。在叫嚷和惨呼声中，几乎每一个人都是被一击毙命。有个别胆大的士兵想去阻截，却发现根本拦不住。张小敬手里那把怪异的刀，削铁如泥，又极其坚韧，砍入了这么多人的身体，却依然没有卷刃。

仅一个人、一把刀，竟杀得旅贲军尸横遍野，很快硬生生给顶出了院子去。五尊阎罗，狠毒辣拗绝，享誉一百零八坊。可今夜的长安城见证了第六尊阎罗——疯。

十来盏灯笼依然挂在廊柱上，烛光闪动，让地面上那一片片血泊，映出那一个凶残而孤独的执刀黑影。

元载反应很快，第一时间逃出了院子。他发现自己的心脏几乎要跳破胸膛，裤子热乎乎、湿漉漉的——居然尿裤了。那一尊杀神的疯狂表演，彻底扯碎了元载的胆量。

元载现在终于明白，为何永王和封大伦对这个人如此忌惮。这不是疥癣之忧，这是心腹大患！！

跟随元载及时退出院子的不过七八个人，幸亏外围还有十来个后援，此时纷纷赶过来。可他们看到那凄惨的场面，也无不两股战战。

"你们快上啊！"元载催促着身边的士兵，发现自己的声音虚弱干瘪，全无气场可言。旅贲军士兵们捏紧了武器，却都神色惶然，裹足不前。他们和元载一样，已经被那一战摧毁了胆量和士气。

张小敬一步一步朝着院外走来，周身散发着一股绝望而凛然的死气。

这强烈而恐怖的气息，压迫着士兵们纷纷后退。元载在后面惊恐地喊道："用弩！用弓！"他已经不想别的，只想尽快摆脱这个噩梦，可肌肉紧绷如铁，根本动弹不得。

听到提醒的旅贲军士兵如梦初醒，后排的人纷纷取出手弩。那个人再厉害，也是个血肉之躯，绝不可能和这些弩箭抗衡。

就在张小敬即将迈出院子、士兵扣动扳机的一瞬间，那两扇院门似乎被一双无形的大手抓住，"砰"的一声骤然关上了。噗噗噗噗，那一排弩箭全都钉到了门板上。然后啪嗒一声，似乎是一条横闩架起。

元载脸色扭曲起来，如果不亲眼见到张小敬死去的话，在未来的人生里，他恐怕夜夜都会被这个噩梦所惊扰。

"快！快去撞门！"元载尖叫着，不顾胯下的尿臊味道。可是并没人听他的，仿佛那是黄泉之国的大门。

在门内侧的张小敬也停住了脚步，他也不知道那两扇门怎么就突然关上了。他抬起空洞的右眼，发现两扇门的背后，有一系列提绳和竹竿的机关，一直连接到院子里。

张小敬现在对这些没兴趣，只想杀戮。他缓缓抬起胳膊，准备砍向两门之间的横刀。这时，一只满是老茧的大手抓住他握刀的手。

"很好，你很好。"晁分的手劲奇大，直接把刀从张小敬手里夺下来。

刀一离手，张小敬的眼神恢复了清明。他看了眼死伤枕藉的院子，蚕眉紧皱，丝毫不见得意。

"你知道这世界最美的东西是什么吗？"晁分的声音一改刚才的冷漠疏离，"是极致，是纯粹，是最彻底的执。我从日本来到大唐学习技艺，正是希望能够见到这样的美。"

他把刀横过来，用大拇指把刀刃上的血迹抹掉，让它重新变得寒光闪闪。

"我走遍了许多地方，尝试了许多东西，可总是差那么一点。可刚才我在你身上，看到了我一直苦苦寻找的那种境界——那是多么美的杀戮啊，不掺杂任何杂质，纯粹到了极点。"晁分说得双眼放光。

学徒在旁边露出不可思议的表情，家里都闹成这样了，老师居然还觉得美？他战战兢兢地站起身，撒腿跑开。晁分根本不去阻拦，不屑道："这些人只知器用机巧，终究不能悟道。"

张小敬沉默不语，他还未完全从那疯魔的情绪中退出来。

晁分把刀重新递给他："我已经放弃铸剑很久，这是最后一把亲手打造的刀器。我本来觉得它不能达到我对美的要求，现在看来，只是它所托非人——我现在能听见它在震颤，在欢鸣，因为你才是它等待的人，拿去吧。"

出乎晁分意料的是，张小敬却把刀推回去了，语气苦涩："我一生杀业无算，可从不觉得杀人是一件开心的事，正相反，每次动手，都让我备感疲惫和悲伤。对你来说，也许能体会到其中的美；对我来说，杀人只是一件迫不得已的痛苦折磨而已。"

"杀戮也罢，痛苦也罢，只要极致就是美。"晁分兴奋地解释着，"只可惜生人不能下地狱，那里才是我所梦寐以求的地方。"他再一次把刀递过去。

"你就快看到了。"

张小敬不去接刀，转身去看躺在血泊中的伊斯。他身中两箭，幸运的是，总算都不是要害，不过双腿肌腱已断，今后别说跑窜，恐怕连走路都难。

"都尉，在下力有未逮，不堪大用……"伊斯挣扎着说，嘴角一抹触目惊心的血。这个波斯王族的后裔眼神还是那么温柔，光芒不改。

"我会通知波斯寺的人，把你抬回去。"张小敬只能这样安慰他。

"……是景寺。"伊斯低声纠正道，他没有多余的力气，只能可怜巴巴地看着张小敬。这一次张小敬看懂了，从他脖颈里掏出那个十字架，放在他的唇边。伊斯心满意足地叹了一口气，口中喃喃，为张小敬做祷告。

这是他现在唯一能做的事情了。

张小敬没有多余的话，他站起身来，对晁分道："麻烦你叫个医馆，把他送去救治。"

"你去哪里？"

"太上玄元大灯楼。"张小敬的声音，听起来比晁分的刀还要锋利。

"可是门外还有那么多兵等着你。"

"要么我顺利离开，要么当场战死。如果是后者，对我来说还轻松点。"

晁分把刀收了回去："既然你不要刀，那么就让我来告诉你点事情吧。"

后续的旅贲军士兵陆陆续续赶到殖业坊，数量增至三十多人。可元载还是觉得不够安全，他觉得起码得有两百人，才能踏踏实实地杀死张小敬。

长官都如此畏怯，下面的人更是不愿意出力气。他们把晁分的住所团团包围，连一只飞鸟都出不去，可就是没人敢进去。那门后的一把刀和一尊杀神，可是饮了不少人的血，谁知道今晚他还要饮多少。

这个住所的主人已经查明，是著名工匠晁分，而他的主家，则是那个日本人、卫尉少卿晁衡——那可是从四品上的高官，不能轻举妄动。所以他改变了策略，不再积极进攻，而是化攻为堵。

这个院子没有密道。张小敬如果要从院子里出来，势必要走正门。一出门便是活靶子，这里有几十把弩和长弓等着他呢。

元载的额头不停地渗出汗水，擦都擦不及。他的手至今还在微微颤抖，不明白为何对方一个人，却带来这么大的压迫感。一想到胯下还热乎乎的，元载的耻辱和愤恨便交替涌现。

一定得杀死他！一定得杀死他！

可就在这时，一个信使匆匆送来一封信，说是来自中书省的三羽文书。元载一听居然是凤阁发的，颇为奇怪。他接过文书一看，不由得愕然。

这份文书并没指定收件人，是在一应诸坊街铺等处流转广发。信使恰好见到这里聚集了大量旅贲军，也符合递送要求，便先送了过来。文书的内容很简单：针对张小敬的全城通缉令暂且押后，诸坊全力缉拿蚍蜉云云。而落款的名鉴，除了李林甫外，还有李亨。

这两股势力什么时候联手了？

张小敬是不是真的勾结蚍蜉，元载并不关心。但他的一切筹划，都是建筑在"张小敬是蚍蜉内奸"这个基础上。一旦动摇，就有全面崩盘的危险。

目前情况还好，通缉令只是押后，而不是取消。可冥冥中那运气的轮盘，似乎开始朝着不好的方向转动。这种感觉非常不好。

这时院门又"砰"的一声开启了，张小敬再度出现在他们的视野中。士兵们和元载同时咽了口唾沫，身子又紧绷了几分。

张小敬这次手里没有拿刀，他面对那么多人，全无躲闪与畏惧，就那么坦然地朝前走来。元载知道，如果现在下令放箭，眼前这个噩梦就会彻底消失。

可是他始终很在意文书上那两个签押。

李林甫和太子为何会联手？通缉令的押后，是否代表了东宫决定力保张小敬？凤阁的态度呢？似乎不太情愿但也妥协了。他天生多疑，对于政治上的任何蛛丝马迹都很敏感。元载思前想后，忽然意识到，张小敬不能杀！

这是个坑！文书里明确说了，要先全力追查蚍蜉。他在这里杀了张小敬，就等于违背了上令。万一蚍蜉做出什么大事，这就是一个背黑锅的绝好借口——"奸人得逞，一定是你的错，谁让你不尊上令？"

这不是什么虚妄的猜测，元载自忖自己如果换个位置，一定会这么干。一想到此节，元载那宽阔的额头上，又是一层冷汗。自己今晚太得意了，差点大意。

那么生擒呢？

元载很快就打消了这个念头。一看张小敬的决绝气势，就知道绝不可能，要么走，要么死，不存在第三种可能。元载经过反复盘算，发现只有把张小敬放走，风险才最小。

毕竟这是上头的命令，我只是遵照执行。

张小敬目不斜视地朝前走去，士兵们举起弓弩，手腕颤抖，等待着长官的命令。可命令却迟迟不至，这让他们的心理压力变得更大。

张小敬又走近了十步，那狰狞的独眼和沟壑纵横的脸颊都能看清楚了，可元载还是毫无动静。旅贲军的士兵们又不能动，一动阵形就全乱了。张小敬又走近五步，这时元载终于咬着牙发话："撤箭，让路！"

士兵们正要扣动扳机，手指却一哆嗦。什么？撤箭？不是听错了吧？元载又一次喝道："让路！让路！快让开！"旅贲军士兵到底训练有素，虽有不解，但还是严格执行命令。

他们齐刷刷地放下弩机，向两侧分开，让出一条通道。张小敬一怔，他做好了浴血厮杀的准备，可对方居然主动让开，这是怎么了？

张小敬迷惑不解，可脚步却不停，一直走到元载身旁，方才站住。元载紧张到了极点，觉得自己被一条毒蛇盯住。他往后躲了躲，万一对方暴起杀人，好歹还能有卫兵挡上一挡。

"我朋友们的账以后再算，现在，给我一匹快马。"张小敬冷冷道。

元载有点气恼，你杀了我这么多人，能活着离开就不错了，居然还想讨东西？可他接触到张小敬的视线，缩了缩脖子，完全丧失了辩解的勇气。

一匹快马很快被牵来，张小敬跨上去，垂头对元载道："若你们还有半点明白，就尽快赶去兴庆宫前，蚍蜉全在那儿呢。"

说完他拨转马头，飞驰而去。

从殖业坊到兴庆宫之间，是此时长安城最堵的路段，沿途务本、平康、崇仁、东市都是灯火极盛之地。今年兴庆宫前的太上玄元大灯楼高高矗立，比大雁塔还醒目，更让人们的好奇心无可遏制。如果俯瞰长安的话，能看到兴庆宫前的广场就像是一个巨大的池子，正在把整个城市的人流都吸引过来，有如万川归海。

为了缓解人流压力，诸坊纷纷打开坊门和主要街道，允许游人通行。但即使如此，交通状况也不容乐观。

尤其一过子时，大街上的热度丝毫不退，反而越发高涨起来。鼓乐喧闹之声不绝于耳，香烛脂粉味弥漫四周，满街罗绮，珠翠耀光。这无所不在的刺激汇成一只看不见的上元大手，吞噬着观灯者们，把他们变成气氛的一部分。这些人既兴奋又迷乱，如同着了魔似的随着人流盲目前行，跟着歌舞跃动，就连半空飞过一道缯彩，都会引起一阵惊呼。

张小敬的骑术高明，马也是好马，可在这种场合下毫无用处。即使从南边绕行也不成，各地人流都在朝这边流动，根本没有畅通路段可行。张小敬向前冲了几步，很快发现照这种堵法，恐怕一个时辰也挪不过去。

这一个时辰对张小敬——不，对于长安城来说，实在太奢侈了。

张小敬索性跳下马去，用独眼去搜寻，看是否还有其他方式能快速到达。可惜他失望了，从这里到去兴庆宫的大路上，全是密密麻麻的人群，别说骡子，就连老鼠都未必能钻过去。他又把视线看向附近的坊墙。坊墙厚约二尺，上头勉强可以走人。可惜如今连那上头，都爬满了人，或坐或站，像一排高高低低的脊兽。

张小敬扫了几圈，实在找不到任何快速通行的办法。徒步前行的话，至少也得半个时辰。这时一声高亢清脆的女声从远处传来，有如响鞭凌空，霎时竟盖过了一切声响。女声刚落，千百人的喝彩鼓掌化为层层声浪，汹涌而来，连街边的灯轮烛光都抖了几抖。

张小敬抬头看去，发现两个拔灯的车队又在当街斗技。一辆车上被改装成了虎形，连辕马都披着虎纹锦被，车中间凸起一圈，状如猛虎拱背。三个大汉站在虎背上，各执一套军中铙鼓，一看就知道效仿的是《秦王破阵舞》。不过他们三个此时垂头丧气，显然是败了。

而他们对面的胜利者，是一辆凤尾高车。车尾把千余根五色禽鸟羽毛粘成扇形，摆成凤凰尾翼之势，望之如百鸟朝凤。中间竖起一根高杆，杆缠彩绸，上有窄台。一位女歌者身着霓裳，立在上头，绝世独立。刚才那直震云霄的曼妙歌声，即出自她之口。

周围无数民众齐声高喊："许合子！许合子！"这是那歌者的名字，喝彩久久不息。拔灯斗技，讲究的是围观者呼声最高者胜。这位许合子能凭歌喉引得万众齐呼，可见对方真是输得一败涂地。

许合子胜了这一阵，手执金雀团扇对着兴庆宫一指，意即今晚要拔得头烛。这提前的胜利宣言，让民众更加兴奋不已。许合子一脸得色，从高台下来，钻进车厢里歇息。要等到与下一个拔灯者相遇，她才会登台迎战。

马车缓缓开动，许多拥趸簇拥在凤尾车四周，喊着名字，随车一起朝前开去。他们的信念非常坚定，要用自己的喝彩，助女神夺得上元第一的称号。

其中最疯狂的一个追随者，看装扮还是个贵家公子，此时幞头歪戴，胸襟扯开，一脸迷醉地手扶车辇，正准备把随身香囊扔过去。他忽然见一个独眼汉子也挤过来，正要呵斥，却不防那汉子狠狠给了他小腹一肘，贵公子痛得当时就趴在地上。

那汉子从他腰间随手摘下一柄小刀，一脚踏上他的背，轻轻一跃，跳进了凤尾车里。

凤尾车的车厢是特制的，四周封闭不露缝隙，不必担心有疯狂拥趸冲进来。可这汉子对车厢看都不看，噔噔噔几步来到车前，用小刀顶在了车夫的脖子上。

"一直往前开，中间不要停。"张小敬压着嗓子说。车夫吓坏了，结结巴巴说这是许娘子的拔灯车，中途要有挑战怎么办？斗技的规矩，只要两车在街上相遇，必有一战。胜者直行，败者绕路。

张小敬把刀刃稍微用了力，重复了一遍："一直往前开，中间不要停。"

车夫不知这是为什么，可刀刃贴身的威胁是真真切切的。他只得抖动缰绳，让辕马提速。周围的拥趸纷纷加快脚步，呼喊着"许合子"之名，周围民众闻听，纷纷主动让路。

张小敬这个举动看似疯狂，也实在是没办法。路上太堵，唯一能顺畅通行的，只有拔灯车。大家都要看其斗技，没人会挡在它前面，甚至狂热的拥趸还会在前方清路。

他没别的选择，只能在众目睽睽之下劫持许合子的车。

随着前方民众纷纷散开，这辆凤尾车的速度逐渐提了上去，那些拥趸有点追赶不及。它飞快地通过务本开化、平康崇仁两个路口，对着东市而去。

这时在它的右侧突然传来一阵鼓声，一辆西域风情浓郁的春壶车从东市和宣阳坊之间杀了出来，后头还跟着一大拨拥趸。春壶车顶鼓声咚咚，一个蛇腰胡姬爬上车头，摆了个妖娆姿势——这是向凤尾车发出斗技挑战。

就在所有民众都满怀期待一场惊世对决时，凤尾车却车头一掉，冲着东市北侧开去，对春壶车的挑战视若无睹。

这可是个极大的侮辱。春壶车的拥趸们发出大声的怒骂。这时凤尾拥趸们才匆匆赶过来，见到自己的女神挨骂，立刻回骂起来，骂着骂着双方动起手来，路口立成了战场。

凤尾车丝毫没有减速的意思，只要绕过东市，就是兴庆宫了。这时车厢从里面打开，一个婆子探出头来。

原来车厢里也听到挑战的鼓声，可马车却一直没停，照顾许合子的婆子便出来询问怎么回事。她看到车夫旁边，多了一个凶神恶煞的独眼龙，立刻吓得大叫起来："祸事了！祸事了！痴缠货来了！"

每年上元灯会，都会有那么几个痴迷过甚的拥趸，做出出格的事：自戕发愿的，持刀求欢的，日夜跟定的，窃取亵衣的，什么都有，都唤作"痴缠货"。这婆子一看张小敬强行上车，也把他当成一个痴缠货。

张小敬回过头，对那婆子一晃腰牌："靖安司办事，临时征调这辆车。"婆子一听是官府的人，却不肯甘休了："许娘子可是投下千贯，你张嘴就征调，耽误了拔灯大事，谁赔？"

张小敬懒得跟她啰唆，一刀剁在婆子头旁的车框上，连发髻上的簪子都砍掉半边。婆子吓得倒退一步，咕咚一声摔回车厢里。借着敞开的小门，张小敬看到一个圆脸女子端坐在里面，手捧一碗润喉梨羹，面色淡定，那件霓裳正搭在旁边小架上。

"妈妈，若是军爷征调，听他的便是。"许合子平静地说，丝毫没有惊怒。张小敬拱手道："耽误了姑娘拔灯，只是在下另有要事，不得已而为之，恕罪则个。"

"比拔灯还大的事吗？"许合子好奇道。她的声音很弱，大概在刻意保护嗓子。

"霄壤之别！"

许合子笑道："那挺好，我也正好偷个懒。"说完捧起羹碗，又小小啜了一口。她此时的举止恬淡安然，全然没有在高台上那咄咄逼人的凌厉气势。

"姑娘不害怕吗？"他眯起独眼。

"反正害怕也没用不是？"

张小敬哈哈一笑，觉得胸中烦闷减轻了少许。他冲许合子又拱了拱手，回到车夫旁边。

此时车子已经驶近兴庆宫的广场。现在距离拔灯尚有一段时间，各处入口仍在龙武军的封闭中。不少民众早早聚在这里排队，等候进场。那太上玄元大灯楼，就在不远处高高矗立，里面隐隐透着烛光，还有不少人影晃动。

张小敬观察了一会儿，开口道："好了，停在这里。"

马车在距离入口几十步的一个拐角处住了脚，还未停稳，张小敬便跳下车去。他正要走，许合子的声音从身后软软传来："靖安司的军爷，好好努力吧。"

张小敬停下脚步，叮嘱了一句："你们最好现在离开，离兴庆宫越远越好。"说完这句，他匆匆离去。

待他走远了，车夫才敢摸着脖子恨恨骂了一句："这个痴缠货！"许合子放下梨羹，两道黛眉轻轻皱起："我觉得我们应该听他的。"婆子从地上爬起来道："姑娘你糊涂啦，这个挨刀鬼的胡话也信？"

许合子望着远处那背影，轻声叹道："我相信。我从未见一个人的眼神，有那么绝望。"

张小敬并不知道他走后的这些插曲，也没兴趣。他已经混在排队的民众中，慢慢接近广场。

在不算太远的地方，勤政务本楼上传来音乐声，上元春宴仍在继续。很多老百姓跑来广场，就是想听听这声音，闻闻珍馐的味道，那会让他们感觉自己也被邀请参加了宴会。

只有张小敬的注意力，是放在了龙武军身上。如他所预料的那样，广场的戒备外松内紧，极为森严，明暗哨密布，等闲人不得入内。蚍蜉们一定是弄到了匠牒，冒充工匠混进去的。

直接闯关是绝不可能的，会被当场格杀。张小敬考虑过去找龙武军高层示警，可他的手里并没有证据。大唐官员对一个被全城通缉——张小敬此时还不知道情况有变——的死囚犯是什么态度，没人比他更清楚。

一声叹息从张小敬口中滑出，李、姚、徐、檀棋、伊斯等人全都不在了，望楼体系已告崩溃。现在的他，是真正的孤家寡人。没人支持，没人相信，甚至没人知道他在做什么，陪伴他到这一步的，只有腰间的那一枚靖安司的铜牌。

张小敬伸出手来，揠了揠眼窝。

他又看了一眼勤政务本楼，悄无声息地从队伍中离开，朝反方向走去，很快闪身钻进道政坊的坊门之内。

道政坊位于兴庆宫南广场的南侧。当初兴庆坊扩为宫殿时，侵占了一部分道政坊区，所以两者距离很近。正因为这个，龙武军在这里也驻扎了一批士兵，防止有奸人占据高点。不过他们对地势比较低的地方不那么上心，也没有封闭整个区域。

张小敬入坊之后，避开所有的龙武军巡逻，径直向东，穿过富户所住府邸，来到一处槐树成林的洼地。洼地中央有一个砌了散水的鱼池。坊中街道两侧的雨水沟，都是流至这里，然后再通过一条羊沟排入龙首渠。

此时刚是初春，鱼池干涸见底。张小敬小心地摸着池壁下到池底，然后沿羊沟往前摸索前行。在即将抵达龙首渠主流时，他蹲下身子，在排放口的边缘摸到一条长长的排水陶管。陶管很长，与龙首渠平行而走，最后把张小敬指引到了渠堤下一个黑漆漆的入口，四截龙鳞分水柱竖在其间。

这是他临走前，晁分告诉他的大秘密。

太上玄元灯楼虽是毛顺设计，但万变不离其宗。晁分指出，如果要楼内灯俑自动，非得引入水力不可。龙首渠就在兴庆宫以南几十步外，毛顺不可能不利用。最可能的方式，就是从龙首渠下挖一条垂直于渠道的暗沟，把水引到灯楼之下，推动枢轮，提供动力。

晁分计算过，以太上玄元灯楼的体积，引水量势必巨大，再加上还得方便工匠检修淤塞，这条暗沟会挖得很宽阔，足以勉强容一人通行。

这样一来，张小敬便不必穿过广场，可以从地道直通灯楼腹心。

这龙鳞分水柱的表面，是一层层鳞片状的凸起。如果有人试图从两柱之间的空隙挤过去，就会被鳞片卡住，动弹不得，连退都没法退，就算在身上涂油也没用。

不过晁分早做了准备，他送了一根直柄马牙锉给张小敬。张小敬很快便锉断一根龙鳞分水柱，然后挤了进去。果然，里面是一个足容一人弯腰行进的砖制管道，从龙首渠分过来的渠水流入洞中，发出哗哗的响动。

张小敬把身子都泡在水里，仰起头，把腰间的一柄弩机紧贴着管道上缘，向前一步步蹚去。那把弩机也是晁分给的，他见张小敬不接受那刀，便送了这么一把特制连弩，可以连射四次。晁分满心希望，张小敬能再创造一次用弩的"美"。

走了几十步，管道突然开阔起来，前方变成了一个状如地宫的地下空间。水渠在地宫正中流过，两侧渠旁各有三个硕大的木轮，被水推动着不停转动，在黑暗中嘎吱作响。这应该就是太上玄元灯楼的最底层，也是为数以百计的灯俑提供动力的地方。在穹顶之上，还有一片造型奇特的马口，不知有何功用。

大唐天子为了一个只在上元节点亮三日的灯楼，可真是花费了不少血本。

张小敬从水里爬上来，简单地拧了拧衣角的水，循着微光仔细朝前方看去。他看到在地宫尽头是一个简陋的木门，里面似乎连接着一段楼梯——这应该是出入地宫的通道了。门顶悬着一支火炬，给整个地宫提供有限的光亮。

在火炬的光芒边缘处，似乎还站着几个人影。张小敬端平弩机，轻手轻脚摸了过去。快接近时，他的鼻子里闻到一股强烈的血腥味。

张小敬把呼吸压抑住，再仔细一看，发现那几个人影不是站着，而是斜靠在几个木箱子旁，个个面色铁青，已经气绝身亡。这些人穿着褐色短袍、足蹬防水藤鞋，应该是负责看护水车的工匠。

在他们旁边，站着一个身着紧衣的精悍男子，手里正在玩着一把刀。

张小敬心中一惊，蚍蜉果然已经侵入了灯楼。

这时一阵脚步声从水车的另外一侧响起，一个高瘦汉子从阴影走出来，步调轻松，嘴里还哼着小调。不过光线昏暗，看不清脸。那精悍男子收起刀，恭敬道："龙波先生，这边已都肃清了。"

高瘦汉子若无其事地走过那一排尸体，啧啧了几声，说不上是遗憾还是赞赏。

一听这个名字，张小敬心中一动。龙波？这个靖安司苦苦搜寻的家伙，终于现身了。最初他们还以为龙波只是突厥狼卫的一个内线，现在看来，他分明才是幕后的黑手、蚍蜉的首领。

张小敬眯起眼睛，弓起腰蓄势待发。等着龙波接近门口，走到火炬光芒边缘的一瞬间。张小敬先是扬手一箭，把门上火炬射了下来，然后利用明暗变化的一瞬间，突然右足一蹬，以极快的速度冲过去，手中弩机一个两连发。

那精悍汉子的额头和咽喉各中了一箭，一头栽倒在地。张小敬直扑龙波，把他按倒在地，用手弩顶住了他的太阳穴。

火炬在地上滚了几滚，并没熄灭。张小敬闪开身子，借助火炬的余光，看到一张枯瘦的面孔，以及一只鹰钩鼻。与此同时，对方也看清了他的脸。

"呦，张大头，别来无恙。"龙波咧开嘴，居然笑了。

第十五章

子正

说着说着，萧规已经重新站了起来，反顶着弩机，向前走去。
张小敬既不敢扣动悬刀，也不敢撒开，被迫步步后退，
很快脊背"咚"的一声，顶在了门框之上。

开元二十三年七月十四日，午时。

安西都护府，拨换城北三十里，烽燧堡。

没有一丝云，也没有一丝风，只有一轮烈阳凌空高照，肆无忌惮地向这一片土地抛洒着无穷热力。整个沙漠熏蒸如笼，沙粒滚烫，可无论如何也蒸不掉空气中飘浮的浓郁血腥与尸臭味。

龙旗耷拉在劈裂了一半的旗杆上，早被狼烟熏得看不出颜色。残破不堪的城堞上下堆满尸体，有突厥突骑施部的骑兵，也有唐军。没人替他们收尸，因为几乎已经没人了。

真正还喘着气的，只有十来个士兵。他们个个袍甲污浊，连发髻也半散地披下来，看起来如同蛮人一般。这几个人横七竖八躺在半毁的碉楼阴影里，尽量避开直晒，只有一个人还在外头的尸体堆里翻找着什么。

张小敬俯身捡起一把环首刀，发现刀口已崩了，摇摇头扔开，又找到一杆长矛，可是矛柄却被一个唐军死者死死握着，无论如何都掰不开。张小敬只得将矛尖卸下，揣到怀里，双目四下扫视，搜寻有没有合用的木杆。

"我说，你不赶紧歇歇，还在外头浪什么？"闻无忌躲在一堵破墙的阴影里，嘶哑着嗓子喊道。

"兵刃都卷刃了，不找点补充，等下打起来，总不能用牙吧？"张小敬却不肯回来，继续在尸堆里翻找着。闻无忌和其他几个躺在阴影里的老兵都笑起来："得了吧。有没有武器，能有多大区别？"

他们已经苦苦守了九天，一个三百人满编的第八都护团，现在死得只剩下十三个，连校尉都战死了。突厥人下次发动攻击，恐怕没人能撑下来。在这种时候，人反而会变得豁达。

"张大头，你要是还有力气，不如替我找找薄荷叶，手有点不稳当了。"

在碉楼的最高处，一个鹰钩鼻的干瘦弓手喊道。他正在重新为一张弓绑弓弦，因为拉动太多次，他的虎口早已开裂。张小敬抬起头："萧规，你杀了几个了？"

"二十三个。"

"杀够二十五个，我给你亲自卷一条。"

"你他妈的就不能先给我？我怕你没命活到那会儿。"萧规骂道。

"等我从死人嘴里给你抠吧。"

张小敬抬起头来看看太阳高度。正午时分突厥人一般不会发动攻势，怎么也得过了未时。这几个人至少还有一个时辰好活。于是他擦了擦汗，又低头去翻找。

过不多时，他抱着两把长矛、三把短刀和一把箭矢回到阴影里，哗啦扔在地上，直接躺倒喘息。闻无忌扔给他一个水囊，张小敬往嘴里倒了倒，只有四五滴水流出来，沾在舌尖上，有如琼浆。周围的人都下意识地舔了舔干裂的嘴唇，可惜囊中已是涓滴不剩。

"这狼烟都燃了一天一夜，都护府的援军就算爬，也爬到了吧？"一个士兵说。闻无忌眯着眼睛道："不好说，突厥这次动静可是不小，也许拨换城那边也在打着。"

阴影里一阵安静，大家都明白这意味着什么。一旦拨换城陷入僵局，这边决计撑不到救援。闻无忌环顾四周，忽然叹道："咱们大老远的跑到西域来，估计是回不去了。哥几个说好了啊，活下来的人可得负责收尸，送归乡梓。"

张小敬斜靠在断垣旁道："你想得美。老王得送回河东，老樊得送回剑南，还有甘校尉、刘文办、宋十六、杜婆罗……要送回家的多了，几年也排不到你。

趁早先拿盐腌尸身，慢慢等吧。"

闻无忌走近那堆破烂兵器，一件件拿起来检查："其实我回不回去无所谓，就当为国尽忠了。你们谁活下来，记得把我女儿娶了，省得她一个人孤苦伶仃。"

"你这模样，生的女儿能是什么样？我宁可跟突厥人打生打死。"

另外一个士兵喊道，引起一片有气无力的笑声。死亡这个词，似乎也被烈日晒得麻木了，每一个人都轻松地谈论着，仿佛一群踏春的年轻士子。

闻无忌啧啧两声："哎，你们不知道，我们闻家一手祖传的调香手艺，都在她手里。听说在长安，一封芸香能卖到五十贯，你们俩开个铺子，那是抱定了金山哪。"

"你去过长安城啊？那到底是个什么样子？听说宫殿里头，比这片沙漠还大。"

"瞎扯！上哪儿找那么大屋顶去。不过我听说，城里有一百零八坊呢！地方大得很！"闻无忌得意地说。

众人惊呼，龟兹不过十几坊，想不到长安居然那么大。有人悠然神往："如果活下来，真应该去长安看看花花世界。最好赶上你女儿开了香铺，咱们都去贺喜，顺便拿走几封好香，看你个王八蛋敢不敢收钱。"

闻无忌哈哈大笑："不收，不收，你们都来，还送杯新丰酒给你们这些兔崽子尝尝。咱们第八团的兄弟，在长安好好聚聚。"

"我要去青楼，我还没碰过女人呢！"

"我要买盒花钿给我娘，她一辈子连水粉都没买过！"

"每坊吃一天，我能连吃一百零八天！"

"去长安！去长安！去长安！"一群人说得高兴，用刀鞘敲着石块，纷纷起哄。

张小敬心中一阵酸楚，忽然开口："老闻你不如先走吧，回去照顾你女儿，这里也不差你一个人。"其他人也纷纷开口，让他回去。说到后来，忽然有人顺口道："趁突厥人还没来，咱们干脆都撤了吧。"

大家一下子住口了，这个想法萦绕在很多人心中很久，却一直没人敢说出来。就着这个话题，终于有人捅破了窗户纸。眼下援军迟迟不来，敌人却越聚越多，残存的这几个人，守与不守，其实也没什么分别。

不料闻无忌脸色一沉，厉声道："谁说的？站出来！"没人接这茬。闻无忌把箭矢往地上一插："咱们接的军令，是死守烽燧城。没便宜行事，也没相机行事，就是死守。人没死完，城丢了，这算死守吗？"

"没人贪生怕死。可都打到这份儿上了……"张小敬鼓起勇气试图辩解。

闻无忌抬起手臂，向身后一摆："咱们退了，后头就是拨换城，还有沙雁、龟兹，还有整个安西都护府。每个人都这么想，这仗还打不打了？你们又不是没见过突厥人有多彪悍！"张小敬还要说点什么，他气呼呼地转过身去："反正要撤你撤，我就待在这儿，这是大唐的国土！我哪儿也不去！"

他伸出右拳，重重地捶在左肩。这是第八团的呼号礼，意思是"九死无悔"。众人神情一凛，也做了同样的手势，让张小敬颇为尴尬。

萧规在楼顶懒洋洋地喊道："我说，你们怎么吵随你们，能不能劳驾派个人送捆箭矢上来？"他及时送来一个台阶，张小敬赶紧把闻无忌插在地上的箭矢拔出来，往碉楼上送。

萧规接过箭矢，拿眼睛瞄了一下："这根不太直，你给捋一下箭翎。"他见张小敬不说话，又骂道："张大头你真是猪脑子，知道老闻那个臭脾气，还去故意挑拨干吗？"张小敬接过箭去，不服气道："又不是我撺！我是劝他走。他老婆死得早，家里孩子才多大？"

"战死沙场马革裹尸，那是当兵的本分。能让这旗子在我们死前不倒，就算是不负君恩，想那么多旁的做什么？"

他说得轻松，但表达的意思和闻无忌一样，这是大唐国土，绝不撤走。张小敬盯着他："看你平时懒懒散散的，居然也说出这样的话——你不怕死？"

萧规仰起头，背靠旗杆一脸无谓："我更害怕没有薄荷叶嚼。"

"行了行了，我已经找遍了，一片都不剩！"

萧规放弃了索要，盘腿继续绷他的弓弦。张小敬将着箭翎叹道："我无父无母，无儿无女，死了也不打紧。可老闻明明有个女儿，我记得你还有个姐姐在广武吧？你们干吗都不走？"

"在这里坚守战死，总好过在家乡城头坚守战死。"萧规缓缓道，"咱们每个人，都得为自己的选择负……"他的头突然向左偏了一点，"……责"。

下一个瞬间，一支长箭擦着萧规的耳朵，牢牢地钉在石壁缝中。

"来了！"萧规一下子从地上跳起来，拽着长弓站到女墙旁边。张小敬急忙向下面的人示警，闻无忌等人纷纷起身，拿起武器朝这边聚拢过来。

没想到突厥人居然提前动手，看来他们对在烽燧城下迟迟打不开局面也十分焦躁。萧规视力奇好，手搭凉棚，看到已有三十余突骑施的骑兵朝这边疾驰，身后黄沙扬起，少说还有一两百骑。

"大头，过来帮我！"萧规从女墙前起身，笔直地站成一个标准射姿。

张小敬手持一刀一盾，牢牢地守护在他身旁。萧规手振弓弦，箭无虚发，立刻有三个骑兵从马上跌下来。其他飞骑迅速散开，搭弓反击。不过射程太远了，弓矢飞到萧规面前，力道已缓，被张小敬一一挡掉。

萧规练得一手好箭法，又站在高处，比精熟弓马的突厥人射程还要远。但他必须要保持直立姿态，没有遮蔽，身边只能交给其他人来保护。闻无忌也飞步上来，与张小敬一起挡在萧规身旁，准备迎接更加密集的攻击。其他人则死死守在碉楼的下方。

唐军现在只有十几个人，指望他们守住整个烽燧堡是不可能的。所以他们把防线收缩到了东南侧的这一处角堡来。这个角堡是全城的制高点，萧规居高临下，对全城都保持威慑力，其他人则围在他身边和堡下，防止敌人靠近。

只要萧规的弓弦还在响，突厥人就没法安心地进城。

这是最无可奈何的战术选择，也是残军唯一有效的办法。

突厥人在损失了七八个骑士之后，主力终于冲到了堡边。这些突厥骑士跃过坍塌的石墙，朝着角堡扑过来。他们在前几次已经摸清了唐军的战术，知道纯以弓矢与角堡的高度对抗，徒增伤亡，所以这次披着厚甲，朝着角堡前的通道冲来，要来个釜底抽薪。

萧规连连开弓，很快手臂开始出现抽筋的征兆——之前的剧战消耗了太多体力。他额头青筋绽起，咬着牙又射出一箭，这次只射中了一个突厥兵的脚面。这是个危险的信号，萧规不得不暂时停下来休息。张小敬和闻无忌站在高台之上，面无表情地为他抵挡着越来越多的箭矢。

趁着这个当儿，突厥兵们一拥而上，冲上了角堡旁的斜坡。忽然两块碎墙块从高处砸下，登时把前面五六个人砸得血肉模糊。然后十来个衣衫褴褛的唐军从各处角落沉默地扑过来，他们先用右拳捶击左肩，然后与突厥兵战作一团。

他们的动作不如突厥人灵巧，但打法却完全不要命。没刀了，就用牙咬；没腿了，就用手抱，好给同伴创造机会。每个人在搏杀时，都会嘶哑地高呼着："去长安！去长安！去长安！"很快这呼声一声连一声，响彻整个烽燧堡。

突厥人的攻势，在这呼声中居然又一次被奇迹般地压回去了。

但这一次的代价也极其之大，又有五个唐军倒在血泊中，其他幸存者也几乎动弹不得。

"第八团，九死无悔！"

萧规嚷道，飞快地射出最后一箭，对面一个突厥兵滚落城下。他看到又一拨突厥人拥入城中，大概有三十个，知道最后的时刻终于到了。

闻无忌和张小敬对视一眼，同时点了点头。两人迅速搬开一块石板，露出一个通向碉楼的洞。在那个洞的下面，压着一个硕大的木桶。

萧规把大弓咔嚓一声撅断，然后纵身跳了下去。那木桶里装的是最后一点猛火雷，是他们为最后一刻特别准备的，整个第八团只有萧规会摆弄这危险的玩意。

"三十个弹指！"

萧规冷静地说，这是引爆一个猛火雷最短的操作时间。闻无忌和张小敬点点头，回身拿起盾和刀，他们没有计算到底能撑多久，反正至死方休。

突厥兵开始像蚂蚁一样攀爬碉楼。楼下的伤员纷纷用最后的力气爬起来，希望迟滞敌人哪怕一个弹指的时间也好。突厥兵毫不留情地把他们杀死，甩开，然后继续攀爬。他们的目标只有一个，那就是那个碍眼的大唐龙旗。

可惜在他们和龙旗之间，还有两个人影。

张小敬已经没什么体力了，全凭着一口气在支撑。他的神情开始恍惚，手臂动作也僵硬起来。一阵破风的声音传来，张小敬的反应却慢了一拍，没有立刻判断出袭来的方向。

"小心！"旁边的闻无忌大喊一声，一脚把他踢开，才使他避开了这必杀的一箭。就在同时，一个突厥兵已经爬上了碉楼，气势汹汹地用锋利的宽刃马刀斩去，刀切开皮肉，切开骨头，一下子砍断了闻无忌的右腿。

闻无忌惨呼一声，用尽最后的力气一把抱住突厥兵，用力顶去，两个人就这样摔下楼去。张小敬大惊，疾步探头去看，看到两个人紧抱着跌在碎石堆上，一动不动，不知是谁的脑浆流出来，染黄了一片石面。

张小敬只觉脑海里"腾"的一声，一股赤红色的热流涌遍全身。他低吼一声，丢掉小盾，只留着一把刀在手里，瞳孔里尽是血色，动作势如疯魔。刚爬上楼的三个士兵，被这突然的爆发吓到了，被张小敬一刀一个砍中脖颈。三团血瀑从无头的躯干喷出来，喷溅了张小敬一身。

"快了，还有十五个弹指。"萧规在洞里喊道，手里动作不停。

可是张小敬手里的刀彻底崩了，刚才的短暂爆发产生了严重的后遗症。现在他油尽灯枯，只能靠着龙旗的旗杆，喘息着瘫坐等死。几个突厥兵再度爬上来，呈一个扇形朝他扑来。

就在这时，一抹漆黑的石脂从洞内飞过，沾在那些突厥士兵身上。随即萧规飞快地跳出洞口，把点着的艾绒往他们身上一丢，这些人顿时发出尖厉的惨叫，化为几个人形火炬从楼顶跌下去。

萧规跌跌撞撞跑到张小敬身边，也往旗杆旁一靠。他歪歪头，看到楼下几十个突厥兵纷纷爬上来，笑了。

"还有七个弹指。这么多人陪着，够本了。"

他从怀里掏出一片腐烂的薄荷叶，要往嘴里放，可手指突然剧烈痉挛起来，根本夹不住。张小敬勉强抬起手臂，帮他一下塞进嘴里：

"你哪里找到的？"张小敬问。

"猛火雷的桶底下，我早说了，你个王八蛋压根本没仔细找。"萧规骂道，咀嚼了几下，呸地吐了出来，"一股子臭油味！"

张小敬闭上双眼："可惜了。咱们第八团，到底没法在长安相聚。"

"地府也挺好，好歹兄弟们都在……喂，帮帮我。"

萧规开弓次数太多，手臂已经疼得抬不了了。张小敬把他的右臂弯起来，搭在左肩上。萧规攥紧拳头，轻轻敲了肩膀一下，咧开嘴笑了："九死无悔。"

"九死无悔。"张小敬也同样行礼。

在他们身下，猛火雷的引子在呼呼地燃烧着。突厥人还在继续朝碉楼上爬。两个人背靠着背，安静地等待最后的时刻来临。

突然，萧规的耳朵动了一下。他眉头一皱，猛然直起身子来。张小敬没提防，一下子靠空了。萧规急速抬起脖子，朝烽燧堡南边望去。

在远处，似乎扬起了一阵沙尘暴。萧规突然叫道："是盖都护，是盖都护！"他眼神极好，能看到沙尘中，有一面高高飘扬的大纛若隐若现。整个西域，没人不认识这面旗帜。

安西都护府的主力终于赶到了！

萧规过于兴奋，全然忘了如今的处境。张小敬大喊一声："小心！"挡在萧规面前。一个攀上楼顶的突厥士兵恶狠狠地用长刀劈下来，正正劈中张小敬的左眼，登时鲜血迸流，眼球几乎被切成了两半。

张小敬满脸鲜血，状如鬼魅。他也不捂那伤口，只是死死缠住那突厥士兵，高呼着让萧规快走。既然盖嘉运已经赶到，就还有最后一线生机。两个人里，至少能活一个。

萧规看了一眼洞口，距离猛火雷爆炸还有四个弹指不到的时间。他咔嚓一下撅断龙旗的旗杆，握住半截杆子，像长矛一样捅进突厥士兵的身体，随即他拽住张小敬的腰带，扯下龙旗裹住两人身子，义无反顾地朝角楼外侧的无尽大漠跳去。

这两个唐军士兵在半空画过一条弧线，龙旗的一角迎风飘起，几乎就在同时，角楼里的猛火雷终于彻底苏醒。

这是萧规亲手调配的猛火雷，绝不会有哑火之虞。炽热的光与热力一瞬间爆裂开来，连天上的烈日都为之失色。整个角楼在爆炸声中轰然崩塌，在巨大的烟尘之中，无数碎砖石块裹挟着烈焰朝四周散射，把在附近的突厥士兵一口气全数吞噬。

强烈的冲击波，把半空中的萧规和张小敬两人又推远了一点。他们的身体，重重跌落在松软的黄沙之上。随后那面残破不堪的龙旗，方才飘然落地……

天宝三载元月十五日，子正。

长安，兴庆宫地下。

"萧规？！"

张小敬从喉咙里滚出一声沉沉的低吼，弩机不由自主地抖动起来。他万万没想到，一直苦苦追寻的龙波，竟然是昔日出生入死的同袍。

这个意外的变故，让他不知所措。

"咱们第八团，总算是在长安相见了，却未曾想过是如此重逢。"化名为龙波的萧规躺倒在地，任凭弩机顶住太阳穴，表情却露出旧友重逢的欣慰。

张小敬没有收回弩机，反而顶得更紧了一些："怎么会是你？！怎么会是你？！"

"为什么不会是我？"萧规反问。

张小敬的嘴唇微微发颤，心乱如麻。他知道，现在应该做的事情，是一箭把这个穷凶极恶的罪犯射死，然后去阻止大灯楼上的阴谋，可手指却没办法扣动悬刀——这可是当年彼此能把后背托付出去的战友啊！

张小敬不太明白，当年那个死守龙旗的萧规，为什么会变成残暴的龙波？他要毁灭的东西，不正是从前所极力保护的吗？在他身上到底发生了什么？

"你……你这些年都去哪儿了？"这是张小敬最迫切想知道的问题。

那一日，盖嘉运的大军赶到了烽燧堡，击溃了围攻的突骑施军队。事后清理战场，他们发现张小敬和萧规摔断了几根肋骨，但气息尚存，而且还在石头缝里发现奄奄一息的闻无忌。他从角楼掉下去的时候，被突厥兵垫了一下，随后滚落到石块的夹隙里去，奇迹般地躲过了猛火雷和碎石的袭击。

仅存的三个第八团成员先被送回了拨换城，然后又转送安西都护府的治所龟兹进行治疗。军方对他们的奋战很满意，大加褒奖和赏赐。

闻无忌没了一条腿，没办法留在军中，便把赏赐折成了一卷长安户籍，算是圆了一份心愿；张小敬担心闻无忌没人照顾，利用自己授勋飞骑尉的身份，在兵部找了份步射铨选的差事，也去了长安。至于萧规，他并没接受张小敬和闻无忌的邀请，而是解甲前往广武。从此以后，张小敬和闻无忌再没听过他的消息。

直到今天。

龙首渠推动着六个巨大的水车轮持续地转动，低沉的嗡嗡声在空旷的地宫中回荡。落在地上的火炬终于熄灭，黑暗中的两个人仍旧一动不动，有如两尊墓旁对立的翁仲。

沉默良久，萧规的声音在黑暗中悠悠响起："当年咱们在龟兹分别以后，我去了广武投奔姐姐。我带了许多赏赐，还带了一份捕吏告身，满心希望从此能过上好日子。可当我到家一看，却发现屋子已成一片废墟。多方打听之后我才知道，广武当地的一个县丞垂涎姐姐美色，把她侮辱至死。县丞怕家属把事情闹大，竟买通无赖放了一把火，把姐夫和两个侄儿全都烧死在家中。我要去告官，反被诬陷，说我是马匪，带回的赏赐都是当盗匪抢的，还毁去了我的告身。"

他说得很平静，似乎讲的是一件别人的事，可那森森的恨意，却早已深沁其中。张小敬一言不发，只是呼吸粗重了许多。

"我原本指望兰州都督府能帮我证明清白，可他们沆瀣一气，非但不去查证，反而通风报信，把我抓到牢里去。我在牢里待了一年多，狱里拿我去给一个死囚犯做替身，夜半处刑，结果被我觑到破绽，杀死了刽子手，连夜逃亡。我从武库里盗出一把强弓，射杀了包括县丞在内大大小小的官吏十几个，广武县衙为之一空。我在当地无法立足，只好携弓四处流亡。"

"四处流亡"说起来轻松，里面却蕴含着无限苦涩。大唐州县之间设防甚严，普通民众无有公验，不得穿越关津，也没资格住店投宿。流亡之人，只能昼伏夜出，永远担惊受怕，不见天日。

萧规能感觉到，弩机尽管还顶在太阳穴，但上面的杀意却几近于无。他笑了笑，伸手把它轻轻拨开，缓缓坐起身子来。

"为什么不到长安找我们？"张小敬问。

"找你们又能做什么？跟着我一起流亡？"萧规笑了笑，"后来我在中原无法立足，便去了灵武附近的一个守捉城，藏身在那儿，苟活至今。"

听到"守捉"二字，张小敬有所明悟。那里是混乱无法之地，像萧规这样背命案的人比比皆是。以他的箭法，很容易就能混出头。

难怪袭击长安的事情，还牵扯到守捉郎，原来两者早有渊源。

想到这里，张小敬眉毛一跳，意识到自己有点被带偏了，重新把弩机举起来："那你解释一下，眼下这个局面，你这是发的什么疯？"

"这句话，正应该是我问你才对吧？你这是发的什么疯？"萧规的声音变得阴沉起来，"我的下场如何？闻无忌的下场如何？你被投入死牢，又是拜谁所赐？为何到了这个地步，你还要甘为朝廷鹰犬？"

张小敬弩口一摆："这不一样！"

"有什么不一样？朝廷的秉性，从来都没变过。"萧规冷笑，"远的事情不说，你看看你自己现在，好不容易解决了突厥狼卫，结果呢？到头来还不是被全城通缉，走投无路。我们为朝廷浴血奋战，可他们又是如何对我们的？十年西域兵，九年长安帅，你得到的是什么？"

张小敬沉默不语，他没什么能反驳的，这是一个清楚的事实。萧规道："所以我才要问你，你脑子到底出了什么毛病，为何要极力维护这么一个让你遍体鳞伤的王八蛋？"

张小敬开口道："朝廷是有错，但这是我和朝廷之间的事。你为了一己私仇，竟然去勾结昔日的仇敌，这让死在烽燧堡的第八团兄弟们怎么想？"

萧规不屑地笑了笑："突厥人？他们才不配勾结二字，那些蠢蛋只是棋子罢了。我把他们推到前台，只是顺便给可汗挖一个大坑，让他死得快一点罢了。"说到这里，萧规忽然长长叹了一口气："我在广武的时候，确实为了一己私仇，恨不得所有人统统死了才好。不过我现在做的事情，已经超脱了那些狭隘的仇恨。"

"嗯？"张小敬眉头一皱。

"我在中原流亡那么久，又在守捉城混了许多年，终于发现，咱们第八团誓言守护的那个大唐，已经病了。守捉城里住的都是什么人？被敲诈破落的商户、被凌虐逃亡的奴婢、被租庸压弯了脊梁的农夫、被上峰欺辱的小吏，还有没钱返回家乡的胡人……你可知道为何有那么多人跟随着我？他们都是精锐老兵，有的来自折冲府，有的是来自都护府，有的甚至还是武举出身。他们几乎都和我同样的故事，为朝廷付出一切之后，到头来发现被自己守护的人从后头捅了一刀。"

萧规的眼神在黑暗中变得灼灼有神："一个人有这样的遭遇，也许是时运不济；五个人有这样的遭遇，可以说只是奸人作祟；但一百个、五百个人都有类似的遭遇，这说明这个朝廷已经病了！病入膏肓！放眼望去，一片盛世景象，歌舞升平，其实它的根子已经烂了。需要用火和血来洗刷，让所有人警醒。"

张小敬盯着这位昔日同袍，觉得他是不是疯了。

萧规说得越发亢奋起来："这个使命，守捉郎是做不来的，他们只想着苟活。所以我奔走于各地，把这些遭到不公平待遇的老兵聚集起来。我们就像是一只只蚍蜉，一个人微不足道，但聚在一起，却有着撼动整个局面的力量！"

"你们……到底想干什么？"

萧规仰起头来，对着地宫的顶部大声喊道："我要让那些大人物领教一下蚍蜉的力量，让他们知道，不是所有的虫蚁都可以任意欺压。我没有违背咱们第八团的誓言，我还是忠于这个大唐，只是效忠的方式有所不同罢了——我是蚍蜉，是苦口的良药。"

听到这里，他在黑暗中用力挥动手臂，似乎要做给地面上的人看。张小敬低吼道："焚尽长安城，伤及无辜民众，这就是你的效忠方式？"

萧规忽然哈哈大笑起来："不不，焚尽长安城，那是突厥人的野心，我可做不了这么大的题目。我的目标，只有这么一座楼罢了。"他的手指在半空画了一圈，"只有这座太上玄元灯楼。"

"你知道这楼的造价是多少？整整四百万贯！就为了三日灯火和天子的盛世脸面而已。你不知道为这个楼，各地要额外征收多少税和徭役，多少人为此倾家荡产、家破人亡！所以我要把它变成长安最明亮、最奢靡的火炬，让所有人都看到，大唐朝廷是如何烧钱的。"

说着说着，萧规已经重新站了起来，反顶着弩机，向前走去。张小敬既不敢扣动黑刀，也不敢撒开，被迫步步后退，很快脊背"咚"的一声，顶在了门框之上。看两人的气势，还以为手握武器的是萧规。

萧规的鼻子尖，几乎顶到张小敬的脸上："你可知道我蛰伏九年，为何到今日才动手？还不是因为你和闻无忌……"

张小敬眼角一颤，不知他为何这么说。

"我在长安城中也安插有耳目，知道闻记香铺的惨事。从那时候起，我加快了计划的准备，好为你们讨回一个公道。恰好突厥的可汗有意报复大唐，联络守捉郎。守捉郎一向不敢跟官府为敌，拒绝了。于是我便主动与突厥可汗联系，借他们的手定下这个计谋。"

张小敬这才明白，为何突厥人会懂得使用猛火雷。萧规当年在烽燧堡，就是首屈一指的猛火雷专家。一想到今天所奔忙的危机，追根溯源居然还是因自己而起，张小敬在一瞬间，仿佛听到命运在自己耳边讪笑。

萧规后退了半步，让凌人的气势略微减弱，语气变得柔和起来："你仔细想想，距离灯楼最近的是什么？是兴庆宫的勤政务本楼，上头是欢宴的天子和文武百官。太上玄元灯楼炸起来，倒霉的也只是这些害你的蠹虫——怎么样？大头，过来帮我？"

听到这一句话，张小敬一瞬间整个身体都僵硬了。这句话，他在烽燧堡里曾听过无数次，多年不听，现在却代表着完全不同的含义。

更让张小敬恐惧的，不是萧规的阴谋有多恐怖，而是他发现找不到拒绝的理由。

张小敬本来就对朝廷怀有恨意，那些害死闻无忌的人，至今仍旧逍遥法外。他之所以答应李泌追查这件事，完全是以阖城百姓为念。可现在老战友说了，阙勒霍多只针对这些王公大臣，正好可以报仇雪恨，不必伤及无辜，然后让突厥人承受后果，多么完美。

更何况，现在连靖安司也没了。李泌、檀棋、姚汝能、徐宾、伊斯这些人或不知所终，或身陷牢狱，一切和他有关的人，都被排除、被怀疑，不再有任何人支持他。

他找不到拒绝的理由，也找不到一个可以让自己再坚持下去的理由。

张小敬闭上眼睛，弩机当啷一声跌落在地。他后悔自己答应李泌的请求，早知道还不如老老实实待在死牢里来得清省。萧规盯着自己这位老战友，没有急着追问，而是后退一步，任由他自己天人交战。

过了良久，张小敬缓缓睁开眼睛，语气有些干涩："我加入。"

萧规眼睛一亮："好！就等你这一句！咱们第八团的袍泽，这回可又凑到一起啦。"他激动地抱住张小敬，就像在烽燧堡时爽朗地笑了起来："张大头，咱们再联手创造一次奇迹。"

张小敬僵硬地任凭他拍打肩膀，脸却一直紧绷着，褶皱里一点笑意也无。

萧规俯身把弩机捡起来，毫不顾忌地扔还给张小敬，做了个手势，让他跟上。两人离开水力宫，沿着一条狭窄的台阶走上去，约莫二十步，掀开一个木盖，便来到了太上玄元灯楼底层。

高者必有厚基。整个太上玄元灯楼高逾一百五十尺，即便都是竹制，整体重量仍旧十分可观，必须得有一方厚实的地根拽住才成。所以毛顺索性把这个灯楼的底层修成了一座宽大的飞檐玄观，纵横二十余楹，屋檐皆呈云状，远远望去，有如祥云托起灯楼，更见仙气。

他们从水力宫爬上来，正好进入这祥云玄观的后殿。此时殿中堆满了马车上卸载下来的麒麟臂，十几个人在低头忙碌着。他们一看萧规进来，并不停手，继续井然有序地埋头做事。至于张小敬，他们连正眼都不看一下。

外面的龙武军恐怕还不知道，蚍蜉已悄然控制了整个大灯楼。这不再是一个能给长安带来荣耀的奇观，而是一件前所未有的杀人利器。

有观必有鼎。在玄观后殿正中，按八卦方位摆着八个小鼎。它们本来是用来装饰的，结果现在被用来当作加热器具。每一个鼎中，都搁着几十根麒麟臂。鼎底烧着炭火，不断有人拿起一枚小冰瓶，插进竹筒。

不用介绍，张小敬也立刻猜出来，这就是他一直苦苦追寻的阙勒霍多，这里正在做最后的加热工序。那冰瓶其实是一个细颈琉璃瓶，状如锥子，里面插着一根冰柱，瓶外有刻度。把它伸在竹筒里头，看冰柱融化的速度，便可推算石脂是否已达到要求的温度。

张小敬没想到，他们连这种器物都准备出来了。萧规注意到他的眼神："这是道士们炼丹用的，被我偷学来的。猛火雷物性难驯，不把温度控制好一点，一不留神就炸了。"他兴致勃勃地又伸出手臂一指鼎底："你可知这炭是从何而来？"

张小敬看了一眼，那条炭呈雪白颜色，只见火光，却没有烟气。萧规道：“这是南山上一个卖炭翁烧的。那老头烧的炭雪白如银，火力十足，且杂烟极少。他原本每年都会拉几车来城里卖，结果宫里的采买经常拿半匹红纱和一丈绫，强行换走一车——得有一千多斤哪。所以老头听说我们要做件大事，主动来帮我们烧制，钱都没要。可见咱们要做的这件大事，实在是民心所向呀。”

张小敬默然不语，只是盯着那炭火入神。萧规道：“好了，好了，我知道你一时半会儿心思还转不过来。咱们先去探望一下李司丞吧。”

他引着张小敬来到玄观二楼，这里分出了数间灵官殿阁，都是祈福应景之用，是以里面布设极简陋。不断有人把加热达到要求的麒麟臂抱出来，经由这里的通道攀入灯楼，进行最后的安装。

萧规把其中一阁的门推开，张小敬一看，里面站着一人，直身剑眉，正是李泌。他也被偷偷运进了灯楼，看起来神情委顿不堪，但仍勉力维持着最后的尊严。

“李司丞，看看这是谁来探望你了？”萧规亲切地喊道，搂住了张小敬的肩膀。

李泌闻言，朝这边一看，先是愕然，两道眉毛登时一挑，连声冷笑道：“好！好！”

张小敬面无表情，既不躲闪也不辩解，就这么盯着他，一动不动。萧规笑眯眯地说道：“这事可巧了，想不到靖安司的都尉，竟是我当年的老战友。在烽燧堡的时候，是我们俩从死人堆里滚出来的。”

“嗯？”李泌一怔。

“不错。第八团一共活下来三个人，那时候我还叫萧规。哦，对了，还有另外一个幸存者叫闻无忌。他到底在哪儿，我想司丞也知道。”

凭李泌的才智，立刻猜出了前后因果。他看向张小敬的眼神，变得冰冷无比，可在那冰冷里，又带着那么一点绝望的意味。

一个出生入死的袍泽，和一个屡屡打压怀疑的组织，张小敬会选哪边，不言而喻。

张小敬避开李泌的眼神，抬起手臂，手指在眼窝里轻轻一掸。这不是下意识的习惯动作，而是为了不那么尴尬。萧规看看李泌，又看看张小敬，咧嘴笑道："李司丞慧眼识珠，一眼就挑中了我这兄弟。若不是我有几分侥幸，说不定真被他给搅黄！只可惜你们蠢，不能一信到底。"

李泌一言不发。萧规把自己的弩机塞到张小敬的手里，轻松道："大头，为了庆祝咱们重逢，插个茱萸呗？"

"插茱萸？"张小敬听到这个词，脸色一变。这可不是民间重阳节佩茱萸的习俗，而是西域军中习语。茱萸果成熟后呈紫红色，插茱萸的意思，是见血。

萧规笑意盈盈，下巴朝李泌摆了摆。

他的意思很明白。半个时辰之前，张小敬还是敌对的靖安都尉，现在转变阵营，为了让人信服，必须得纳一个投名状——靖安司丞李泌的人头，再合适不过。

杀死自己的上司，将彻底没有回头路可走，如此才会真正取得蚍蜉们的信任。

萧规盯着张小敬，脸上带着笑容，眼神里却闪动着几丝不善的光芒。这个生死相托的兄弟，到底能否值得继续信任，就看这道题怎么解了。他身旁的几名护卫，虎视眈眈，随时准备拔刀相向。

灵官阁里一时安静下来。李泌仰起头，就这么盯着张小敬，既没哀求，也没训斥。张小敬也没动，他沉默地肃立于李泌对面，那一只独眼微微眯着，旁人难以窥破他此时的内心活动。

见他迟迟不动手，护卫们慢慢把手向腰间摸去。只听咔嚓一声，张小敬抬起右臂，把弩机顶在了李泌的太阳穴上，手指紧紧钩住悬刀。

"李司丞，很抱歉，我也是不得已。"张小敬道，语调沉稳，不见任何波动。

"大局为重，何罪之有。"李泌闭上眼睛。他心中苦笑，没想到两人在慈悲寺关于"杀一人，救百人"的一番对话，竟然几个时辰后就成真了。更没想到，他居然成了那位被推出来献祭河神的无辜者。

张小敬面无表情，毫不犹豫地一扣悬刀。

噗的一声，李泌的脑袋仿佛被巨锤砸中似的，猛地朝反方向一摆，整个身躯以一个滑稽的姿势仆倒在地，一动不动。

靖安司的司丞，就这样被靖安司都尉亲手射杀在太上玄元灯楼里。

张小敬垂下弩机，闭上眼睛，知道从这一刻开始，他将再没有回头路可以走。为了拯救长安，他不后悔做出这个选择，可这毕竟是错的。每一次应该做的错事，都会让他心中的包袱沉重一分。

屋子里一时间安静无比，张小敬突然睁开眼睛，觉得有些不对劲。

不对，这并不是弩箭贯脑该有的反应。他看了看手里的弩机，把视线投向躺倒在地的李泌，发现他的太阳穴有一圈紫黑色的瘀血。张小敬的视线朝地面扫去，不由得瞳孔一缩。

那支射出的弩箭，居然没有箭头。

手弩的箭杆和弓箭杆不同，顶端要削圆，前宽后窄。因为手弩一般应用于狭窄、曲折的近战场合，强调在颠簸环境下的威力。眼前这支弩箭，没有尖铁头，只剩一个椭圆的木杆头。这玩意打在人身上会剧痛无比，但只会造成钝伤，不会致命。

张小敬疑惑地看向萧规。萧规拍了拍巴掌，满脸都洋溢着开心的笑容："大头，恭喜你，你通过了考验。"

"怎么回事？"

"我对大头你并不怀疑，不过总得给手下人一个交代。"萧规俯身把箭杆捡起来，"我本以为，你会犹豫，没想到你杀上司真是毫不手软，佩服，佩服。"

他对张小敬的最后一点疑惑，终于消失了。一个人是否真的起了杀心，可瞒不过他的眼睛。刚才张小敬扣动悬刀时的眼神，绝对是杀意盎然。

张小敬轻轻地喘着气，他的右手在颤抖着："你给我弩机之前，就把箭头给去掉了？"萧规笑道："你能扣动悬刀，就足以说明用心，不必真取了李司丞的狗命。他另外还有用，暂时不能死在这里。"

这时李泌咳咳地试图把身体直起来，可是刚才那一下实在太疼了，他的脑袋还晕乎乎的，神情痛苦万分，有鲜血从鼻孔里流出来。萧规拎起他的头发："李司丞，谢谢你为我找回一位好兄弟。"

"张小敬！"

一声大喝响彻整个灵官阁。李泌拖着鼻血，从来没这么愤怒过："我还是不是靖安司的司丞？你还是不是都尉？"

"是。"张小敬恭敬地回答。

"我给你的命令，是制止蚍蜉的阴谋！从来没说过要保全长官性命！对不对？"

"是。"

"你杀本官没关系，但你要拯救这长安城！元凶就在旁边，为何不动手？"

萧规从鼻孔里发出嗤笑，李泌这脑袋是被打糊涂了？这时候还打什么官腔！张小敬缓步走过去，掏出腰间那枚铜牌，恭恭敬敬插回到李泌腰间：

"李司丞，我现在向你请辞都尉之职。在你面前的，不再是靖安司的张都尉，而是第八团浴血奋战的张大头，是悍杀县尉、被打入死牢的不良帅，是被右骁卫捉拿的奸细，是被全城通缉的死囚犯，是要向长安讨个公道的一个老兵！"

他每报出一个身份，声音就会大上一分，说到最后，几乎是吼出来的。

李泌的脸色铁青，张小敬入狱的原因，以及在这几个时辰里的遭遇，他全都一清二楚，更了解其中要承受着何等的压力和委屈。现在张小敬积蓄已久的怨气终于爆发出来，那滔天的凶蛮气势汹涌扑来，让李泌几乎睁不开眼。

偏偏他没办法反驳。

吐出这些话后，张小敬双肩一坠，仿佛卸下了千斤重担。萧规在一旁欣慰地笑了。在他看来，张小敬之前的行为，纯属自找别扭，明明对朝廷满腹怨恨，偏偏要为了一个虚名大义而奔走，太纠结。

现在张大头把之前的顾虑一吐为快，又真真切切对上司动过了杀心，萧规终于放下心来。他握紧右拳，在左肩上用力一捶，张小敬也同样动作，两人异口同声："九死无悔。"

那一瞬间，第八团的盛况似乎回到两人眼前。萧规的眼眶里，泛起一点湿润。

这时李泌勉强开口道："张小敬，你承诺过我擒贼，莫非要食言吗？"

"不，我当时的回答是，人是你选的，路是我挑的，咱们都得对自己的选择负责。"

李泌听到这句话，不由得苦笑起来："你说得不错，我看走了眼，应该为自己的愚蠢承担后果。"

张小敬道: "您不适合靖安司丞这个职位，还不如回去修道。拜拜三清，求求十一曜，推推八卦命盘，访访四山五岳，什么都比在靖安司好——不过若司丞想找我报仇，恐怕得去十八层地狱了。"

萧规大笑: "说得好，我们这样的人，死后一定得下地狱才合适。大头你五尊阎罗的名头，不知到时候管用与否。"

"言尽于此，请李郎君仔细斟酌。"张小敬拱手。

称之为"郎君"，意味着张小敬彻底放弃了靖安司的身份，长安之事，与他再无关系。听到这一声称呼，李泌终于放弃了说服的努力，垂头不语。

萧规吩咐把李泌从柱子上解下来，让两个护卫在后头押送，然后招呼张小敬朝灯楼上头去。

"怎么他也去?"张小敬颇有些不自在。

萧规道: "刚才我不是说了嘛，他另外有用处。"

张小敬这才想起来，之前就有一个疑点。蚍蜉们袭击靖安司大殿，为何不辞辛苦地劫持李泌? 让他活着，一定有用处，但这个用处到底是什么?

萧规看出张小敬的疑惑，哈哈一笑，说走，我带你去看个东西就明白了。

一队人鱼贯走出灵官阁。张小敬刚迈出门槛，萧规突然脸色一变，飞起一脚踢向张小敬腰眼。张小敬没想到他会猝然对自己出手，登时倒地。就在倒地的瞬间，一道寒光擦着他头皮堪堪扫过。

元载现在正陷入巨大的矛盾。他半靠在一棵槐树旁，盯着那扇鲜血淋漓的大门，久久没能作声。

那个杀神在眼皮子底下溜走了，还把自己吓得屁滚尿流。可是他临走前说的那句话，却让元载很在意。

"若你们还有半点明白，就尽快赶去兴庆宫前，蚍蜉全聚在那儿呢。"

这是个圈套，还是一句实话? 元载不知道。若说是假的，可张小敬撒这个谎毫无必要; 可若说是实话，张小敬会这么好心? 主动给追捕他的人提供线索? 元载可不相信。

一贯以目光敏锐而自豪的他，面对张小敬这个谜，竟然不知所措。他真想干脆找一朵菊花算了，一瓣一瓣地揪下来，让老天爷来决定。

这时他身边的旅贲军伍长凑过来，悄声道："我们要不要冲进去抓人？"

他们刚才抓住一个从院子里跑出来的学徒，已经问清楚了这家主人的底细，叫作晁分，背后是日本人晁衡。院子里面似乎还有一个受了重伤的波斯人。张小敬特意跑来这里，肯定跟他们有勾结，抓起来总没错。

旅贲军在这院子里起码躺倒了十几个人，简直是前所未有的大亏，他们急于报仇。

对这个建议，元载摇摇头。他不关心旅贲军的脸面，也不怕晁衡，他只是觉得，这件事没想象中那么简单。

部下不知道，元载心里可最清楚不过：张小敬并不是内奸，这个罪名只是为了方便有人背黑锅而捏造出来的。用它来整人没问题，但如果真相信这个结论去推断查案，可就南辕北辙了。

南辕北辙？

元载忽地猛拍了一下槐树树干，双眼一亮，霎时做出了决断。

"整队，去兴庆宫！"

旅贲军的伍长一愣，以为听错了命令。

"去兴庆宫！"元载又重复了一遍，语气斩钉截铁。

他不知道张小敬的话是否真实，不过与生俱来的直觉告诉元载，兴庆宫那边的变数更大。

变数大意味着风险，风险意味着机遇。

元载相信，今晚的幸运还未彻底离开他，值得赌一赌。

张小敬倒地的一瞬间，萧规发出了一声怒吼："鱼肠！你在干吗？！"

在灵官阁外，一个黑影缓缓站定，右手拿着一把窄刃的鱼肠短剑，左手垂下。张小敬这才知道，萧规踹开自己，是为了避开那必杀的一剑。他现在心神恍惚，敏锐感下降，若不是萧规出手，恐怕就莫名其妙死在鱼肠剑下了。

"我说过了，我要亲自取走张小敬的命。"鱼肠哑着声音，阴森森地说。

萧规挡到张小敬面前，防止他再度出手："现在张小敬已经是自己人了，你不必再与他为敌。"

"你怎么知道他不是假意投降？"

"这件事我会判断！"萧规怒道，"就算是假意投降，现在周围全是我们的人，又怕什么？"

这个解释，并未让鱼肠有所收敛："他羞辱了我，折断了我的左臂，一定要死。"萧规只得再次强调，语言严厉："我再说一次，他现在是自己人，之前的恩怨，一笔勾销！"

鱼肠摇摇头："这和他在哪边没关系，我只要他死。"

灵官阁外，气氛一下子变得十分诡异。张小敬刚刚转换阵营，就要面临一次内讧。

"这是我要你做的第九件事！不许碰他！"萧规几乎是吼出来的，他一撩袍角，拿起一串红绳，那红绳上有两枚铜钱。他取下一枚，丢了过去。鱼肠在半空中把钱接到，声音颇为吃惊："你为了一个敌人，居然动用这个？"

"你听清了没？不许碰他。"萧规道。

"好，不过记住，这个约束，在你用完最后一枚铜钱后就无效了。"鱼肠强调道，"等到我替你做完最后一件事，就是他的死期。"

张小敬上前一步："鱼肠，我给你一个承诺，等到此间事了，你我公平决斗一次，生死勿论。"鱼肠盯着张小敬的眼睛："我怎么知道你会信守承诺？"

"你只能选择相信。"

鱼肠沉默了片刻，他大概也觉得在这里动手的机会不大，终于一点头："好。"

鱼肠的身影很快消失在黑暗中，然后留下了一句从不知何处飘过来的话："若你食言，我便去杀闻染。"

萧规眉头一皱，转头对张小敬满是歉疚："大头，鱼肠这个浑蛋和别人不一样，听调不听宣。等大事做完，我会处理这件事，绝不让你为难。"

张小敬不动声色道："我可以照顾自己，闻无忌的女儿可不会。"萧规恨恨道："他敢动闻染，我就亲自料理了他！"

他们从灵官阁拾级而上，一路上萧规简短地介绍了鱼肠的来历。

鱼肠自幼在灵武附近的守捉城长大，没人知道他什么来历什么出身，只知道谁得罪了鱼肠，次日就会曝尸荒野，咽喉一条极窄的伤口。当地守捉郎本来想将鱼肠收为己用，很快发现这家伙太难控制，打算反手除掉。不料鱼肠先行反击，连续刺杀数名守捉郎高官，连首领都险遭不测。守捉郎高层震怒，撒开大网围捕。鱼肠被围攻至濒死，幸亏被萧规所救，这才捡了一条命。

张小敬心想，难怪鱼肠冒充起守捉郎的火师那么熟练，原来两者早有渊源。如果守捉郎知道，他们险些捉到的刺客，竟然是鱼肠，只怕事情就没那么简单了。

萧规继续讲。鱼肠得救以后，并没有对他感激涕零，而是送了十枚铜钱，用绳子串起来给他，说他会为蚍蜉做十件事，然后便两不相欠。所以萧规说他听调不听宣，不易掌控。

现在萧规已经用掉了九枚，只剩下最后一枚铜钱。

"真是抱歉，害你白白浪费了一枚。"

萧规道："没关系，这怎么能算浪费。再说，我也只剩一件事，需要拜托鱼肠去做。结束之后，也就用不着他了……"他磨了磨牙齿，露出一个残忍的笑意，旋即又换上一副关切表情：

"大头，接下来的路，可得小心点。"

张小敬一看，原来灵官阁之上，是玄观顶阁。顶阁之上，他们便正式进入灯楼主体的底部。眼前的场景，让张小敬和李泌不由得屏住了呼吸。

在他的头顶，是一个如蜘蛛巢穴般复杂的恢宏穹顶。整个太上玄元灯楼，是以纵横交错的粗竹木梁为骨架，外蒙锦缎彩绸与竹纸。它的内部空间大得惊人，有厚松木板搭在梁架之间，彼此相搭，鳞次栉比，形成一条条不甚牢靠的悬桥，螺旋向上伸展。附近还垂落着许多绳索、枢机和轮盘，用处不明，大概只有毛顺或晁分这样的大师，才能看出其中奥妙。

他们踏着一节一节的悬桥，一路盘旋向上，一直攀到七十多尺的高度。忽然一阵夜风吹过灯楼骨架，张小敬能感觉到整个灯楼都在微微摇动，发出嘎吱嘎吱的声音。

夜风吹起外面的一片蒙皮，张小敬从空隙向北方看过去，发现勤政务本楼近在咫尺。他知道两者之间距离不远，但没想到居然近到了这地步。只消抛一根十几尺的井绳，便足以把两栋楼连接起来。

张小敬的独眼，从这个距离可以清晰地看到楼中宴会的种种细节。那些宾客头上的方冠，案几上金黄色的酥香烤羊，席间的觥筹交错，还有无数色彩艳丽的袍裙闪现其间。还有人酒酣耳热之际，离席凭栏而立，朝着灯楼这边指指点点。

"所有人都在等着太上玄元灯楼亮起，那将是千古未有的盛大奇景。我赌十贯钱，他们肯定肚子里憋了不少诗句，就等着燃烛的时候吟出来呢。"

萧规调侃了一句，迈步继续向前。张小敬收回视线，忽然发现李泌的脸色不太好。他的双臂被牢牢缚住，左右各有一个壮汉钳制，以这种状态去走摇摇欲坠的悬桥，很难控制平衡，随时可能会掉下去。

他要伸手去扶，萧规宽慰道："别担心，他不会有事。这么辛辛苦苦把李司丞弄得这么高，可不是就为推下去听个响动。"说到这里，萧规伸出右手高举，然后突然落下，嘴里还模拟着声音："咻——啪！"

一行人又向上走了数十尺，终于抵达了整个灯楼的中枢地带——天枢层。

这一层是个宽阔的环形空间，地板其实就是一个硕大的平放木轮，轮面差不多有一座校场那么大。在竹轮正中，高高竖起了一根大竹天枢，与其他部件相连，由木料和竹料混合拼接而成，大的缝隙处还用铁角和铜环镶嵌。

很多蚍蜉工匠正攀在架子上，围着这个大轮四周刀砍斧凿，更换着麒麟臂。他们身边都亮着一盏小油灯，远远望去，星星点点，好似这大轮上镶嵌了许多宝石。

张小敬没看出个所以然。但李泌抬头望去，看到四周有四五间凸出轮廓的灯屋，立刻恍然大悟。

这个太上玄元灯楼，就基本结构而言，和萧规给他展示的那个试验品是一样的。中央一个大枢轮，四周一圈独立小单元，随着枢轮转动，这些单元会在半空循环转动。不同的是，试验品用的是纸糊的十二个格子，而这个太上玄元灯楼的四周，则是二十四间四面敞开的大灯屋，每一间屋子内都有独立的布景主题，有支枢接入，可以驱使灯俑自行动作。

可以想象，当整个灯楼举火之时，高至天际的大轮缓缓转动，这二十四间灯屋在半空中升降起伏，该是何等震惊的华丽景象。喜好热闹的长安人看到这一切，只怕会激动地发疯。

一个佝偻着背的老人正蹲在天枢之前，一动不动，不时伸手过去摸一下，好似在抚摸自己即将死去的孩子。

萧规走过去拍拍他肩膀："毛大师，准备得如何了？"毛顺头也不抬："只要下面的转机与水轮扣上，这总枢便会转动，带动二十四间灯房循循相转。"他的心情很不好，任何一个得知自己的杰作要被炸掉的人，心情都不会太好。

张小敬一惊："这就是毛顺？他也是你们蚍蜉之人？"萧规道："我们自然是求贤若渴，不过大师显然更重视自己的家人。"张小敬沉默了，多半是蚍蜉绑架了毛顺的家眷，强迫他和自己合作。

难怪蚍蜉混进来得如此顺利，有毛顺作保，必然是一路畅通。

"你们到底有什么打算？"张小敬终于忍不住问道。

萧规似乎早就在等着这个问题了。一个人苦心孤诣筹划了一件惊人的事情，无论如何也希望能跟人炫耀一番。他一指那根巨大的天枢，兴致勃勃地开始解说起来。

原来那根至关重要的天枢大柱里，已被灌满了石脂。在它周围的二十四间灯房里早安放了大量石脂柱筒。一旦灯楼开始运作，灯房会陆陆续续燃烧起来。观灯之人，肯定误以为是灯火效果，不会起疑。当这二十四间灯房全部烧起时，热量会传递到正中天枢大柱。真正调配好的猛火雷，即藏身柱中。届时一炸，可谓天崩地裂。近在咫尺的勤政务本楼一定灰飞烟灭。

张小敬听完这个解说，久久不能言语。原来这才是阙勒霍多的真正面目，它从来没有蛰伏隐藏，就是这么大刺刺地矗立在长安城内。

这要何等的想象力和偏执才能做到？

萧规对张小敬的反应很满意，他仰起头来，语气感慨："费这么大周折，就是要让一位天子在最开心、最得意的一瞬间，被他最喜爱的东西毁灭。这才是最有意义的复仇嘛。"

张小敬看着这位老战友，想开口说些什么，但终于还是默默地闭上了嘴。

"哦，对了，在这之前，还有一件事要麻烦李司丞——你在这儿等一会儿。"萧规让张小敬留在天枢，跟毛大师多聊聊天，然后扯走了李泌。

离开天枢这一层，萧规把李泌带到了灯楼外围的一间灯屋里。这些灯屋都是独立的格局，四面敞开，便于从不同方向观赏。它和灯楼主体之间有一条狭窄的通道相连。

萧规和李泌来到的这间灯屋，主题叫作"棠棣"，讲的是兄友弟恭，里面有赵孝、赵礼等几个灯俑。萧规推着李泌进去，一直把他推到灯屋边缘，李泌双脚几乎要踩空，才停下来。

李泌低头一望，脚下根本看不清地面，少说也是几十尺的高度。他的双手被缚，在这晃晃悠悠的灯楼上，只靠腿掌控平衡，很是辛苦。

"李司丞，辛苦你了。"萧规咧开嘴，露出一个神秘莫测的笑容。他抬起手，打了个响指。

李泌闭上眼睛，以为对方有什么折磨人的手段。可等了半天，却什么事都没发生。他再度睁开，发现棠棣灯屋相邻的两个灯屋，纷纷亮起灯来。

一屋是孔圣问老子，以彰文治之道；一屋是李卫公扫讨阴山，以显武威之功。两边的灯烛一举，恰好把棠棣灯屋映在正中。勤政务本楼上的宾客看到有灯屋先亮了，误以为已经开始，纷纷呼朋唤友，过来凭栏一同欣赏。

就这么持续了二十个弹指，萧规又打了一个响指，两屋烛光一起灭掉。远处的宾客们发出一阵失望的叹息，这才知道那是在测试。

"好了，李司丞你的任务完成了。"萧规把他从灯屋边缘拽了回来。李泌不知就里，只好保持着沉默。

当他们再度回到天枢后，萧规叫来一名护卫，吩咐把李泌押下灯楼，送到水力宫的地宫去，然后亲热地搂住张小敬的肩膀，带着他去了天枢的另外一侧。从头到尾，李泌和张小敬两个人连对视一眼的机会都没有。

李泌被倒绑着双手，被那护卫从天枢旁边押走。他们沿着悬桥一圈圈从灯楼转下去，下到玄观，再下到玄观下的地宫。那六个巨大的水轮，依然在黑暗中哗哗地转动着。再过不久，它们将会接续上毛大师的机关，让整个灯楼彻底活过来。

"真是巧夺天工啊。"李泌观察着巨轮，不由得发出感慨。比起地表灯楼的繁华奢靡，他觉得这深深隐藏在地下的部分，才是真正的精妙所在。

护卫同情地看了他一眼，这个当官的似乎还不知道自己的命运，居然还有闲心赏景？他把腰间的刀抽了出来："李司丞，龙波大人要我捎句话，恭送司丞尸解升仙。"

李泌没有动，他也动不了，双臂还被牢牢地捆缚在背后。但李泌的神情淡然，似乎对此早有预感。

护卫狞笑着说道："我的媳妇，就是被你这样的小白脸给拐走的。今天你就代那个兔崽子受过吧，我会杀得尽量慢一些。"他的刀缓缓伸向李泌的胸口，想要先挑下一条心口肉来。

突然，李泌动了。他双臂猛然一振，绳子应声散落。这位年轻文弱的官员，右手握紧一把小铁锉，狠狠地扎入护卫的太阳穴。护卫猝然受袭，下意识飞起一脚，把李泌踢倒在墙角。

这一濒死反击，力道十足，李泌感觉自己的五脏六腑都被撞散，一缕鲜血流出嘴角。他喘息了半天，方才挣扎着起身。那个护卫已经躺在地上，气绝身亡，左边太阳穴上，只能看到铁锉的一小截把手——刚才那一扎，可真是够深的。

当啷一声，一枚铜牌从李泌身上跌落在地。这是张小敬刚才在灵官阁还给李泌的腰牌，那枚小铁锉即扣在内里，一同被掖进了腰带。除了他们两个，没人觉察到。

李泌背靠着土壁，揉着酸痛的手腕，内心百感交集。他的脑海里，不期然又浮现出张小敬一段突兀的话：

"您不适合靖安司丞这个职位，还不如回去修道。拜拜三清，求求十一曜，推推八卦命盘，访访四山五岳，什么都比在靖安司好——不过若司丞想找我报仇，恐怕得去十八层地狱了。"

张小敬并非修道之人，他一说出口，李泌便敏锐地觉察到，这里面暗藏玄机。以他的睿智，只消细细一推想，便知道其中的关键，乃在数字。

三、十一、八、四、五、十八

这是《唐韵》里的次序，靖安司的人都很熟稔。三为去声，十一队，第八个字是"退"；四为入声，第五物，第十八字是"不"。

翻译过来就是两个字。

这是姚汝能的心志、檀棋的心志，也是张小敬从未更改的心志：

不退。

第十六章

丑初

李泌默默地矮下身子去，只留半个脑袋在水面。
水车轮子的声音，可以帮他盖掉大部分噪声。
从这个黑暗的位置，去看火炬光明之处，格外清楚。

天宝三载元月十五日，丑初。

长安，兴庆宫。

四更丑正的拔灯庆典，还有半个时辰就开始了。广场周边的几百具缠着彩布的大松油火炬，纷纷点燃，把四下照得犹如白昼。龙武军开始有次序地打开四周的通道，把老百姓陆陆续续放入广场。

兴庆宫前的南广场很宽阔，事先用石灰粉区划出了一块块区域。老百姓从哪个入口进去的，就只能在哪个区域待着。一旦逾线，轻则受呵斥，重则被杖击。为了安全，龙武军可绝不介意打死几个人。

除了围观区之外，在广场正中还有二十几个大块区域。华美威风的拔灯车队结束了一夜鏖战，在拥趸们的簇拥下开进广场，停放在这里。它们都是拔灯外围战的胜利者，每一辆都至少击败了十几个对手，个个意气风发。

这些拔灯绣车将在这里等待丑正时刻最后的决战，一举获得拔灯殊荣。

不过艺人们并没闲着，他们知道在不远处的勤政务本楼上，大部分官员贵胄已经酒足饭饱，离开春宴席站在楼边，正在俯瞰整个广场。如果能趁现在引起其中一两个人的青睐，接下来几年都不用愁了。所以这些艺人继续施展浑身解数，拼命表现，把气氛推向更高潮。

在他们的引动之下，兴庆宫广场和勤政务本楼都陷入热闹的狂欢之中。老百姓们高举着双手，人头攒动，喝彩声与乐班的锣鼓声交杂一处，火树银花，歌舞喧天，视野之中尽是花团锦簇炸裂，那景象就像这大唐国运一般华盛到了极致。

在这一片热闹之中，唯独那座太上玄元灯楼还保持着黑暗和安静。不过人们并不担心，每个人都期待着，丑正一到，它将一鸣惊人。

此时在太上玄元灯楼里的人们，心思却和外面截然不同。

李泌走后，张小敬明显放松了很多。他似已卸下了心中的重担，开始主动问起一些细节。萧规对老战友疑心尽去，自然是知无不言。

不过眼看时辰将近，而蚍蜉们安装麒麟臂的进度，却比想象中要慢，萧规开始变得焦躁起来。

任何计划，都不可能顺畅如想象的那样，萧规对此早有准备。不过麒麟臂和别的不同，它里面灌注的是加热石脂，一旦过了时辰，温度降下来，就失去了爆裂的效用。所以萧规不得不亲自去盯着那些进度不快的地方。

看到首领站在身后，脸色沉得如锅底，那些蚍蜉心情也随之紧张起来。忽然一个蚍蜉不小心，失手把一枚麒麟臂掉到悬桥之下。那竹筒朝脚下的黑暗摔下去，过了好一阵，从地面传来"啪"的一声。

萧规毫不客气，狠狠地在他脸上剜了一刀，血花四溅。蚍蜉发出一声惨叫，却不敢躲闪。萧规阴森森地说道："留着你的双手，是为了不耽误安装。再犯一次错误，摔下去的可就不只是竹筒了。" 蚍蜉唯唯诺诺，捡起一条麒麟臂继续开始安装。

张小敬把萧规拽到一旁："没有更快的替换方式了吗？"

萧规摇摇头："这是毛顺大师设计的，谁能比他高明？"

"如果毛顺大师藏了私，恐怕也没人看得出来……"张小敬眯起独眼，提醒道，"他可不是心甘情愿。"

经他这么一说，萧规若有所思。毛顺并不是蚍蜉的人，他之所以选择合作，完全是因为家里人的咽喉前横着钢刀。那么在合作期间他玩一些小动作，也不是没可能。

"技术上的事，只有毛顺明白。如果他故意不提供更好的替换方式，我们是很难发现的。这样一来，他既表现出了合作态度，不必祸及家人，也不动声色地阻挠了我们的事。"张小敬已经开始使用"我们"来称呼蚍蜉。

萧规点点头，扭头朝天枢方向看去。毛顺依然蹲在那儿，一动不动，老人佝偻的背影看不出任何喜怒。他正要走过去，张小敬按住他肩膀："让我来吧。"

萧规略觉意外，张小敬冲他一笑："九年长安的不良帅，可比十年西域兵学到太多东西。"萧规也笑起来，一捶他肩膀："那就交给大头你吧。"

张小敬走到毛顺跟前，直接抓住他的后襟给拎起来。毛顺全无准备，被这一突然的举动吓了一跳。张小敬也不说话，拖着毛顺一路走到灯楼的边缘，一掀外面蒙着的锦皮，把毛顺往外一推。

旁观的卫兵发出惊讶的叫喊，下意识要阻拦。萧规却拦住他们，示意少安勿躁。只见张小敬伸腿往外迈去，一脚踏在斜支的一根竹架上，手中一揪衣摆，堪堪把要跌出去的毛顺拽住。

这样一来，他们两个人的身子都斜向灯楼外面去，伸出夜空。平衡全靠张小敬的一条腿作为支点。只要他手一松，或者腿一缩，毛顺就会摔下灯楼，摔成一摊烂泥。

毛顺惊慌地挣扎了几下，却发现根本无济于事。他的脑袋比张小敬聪明得多，力量却差得很远。

"你……你要干什么？"毛顺喊道，白头发在夜风中乱舞。

张小敬盯着他大声道："怎样才能把麒麟臂装得更快？"

毛顺气愤地说："我已经告诉你们了！"

"我想知道的，是更快的办法。"

"没有了，这是最快的！"

"哦，就是说，你已经没用了？"张小敬手一松，让毛顺的身子更往下斜，老人吓得大叫起来，响彻整个天枢层。有人担心地问万一毛顺死了怎么办，萧规摆摆手，让他们等着看。

张小敬把手臂一收，把毛顺又拽上来一点："现在想起来没有？"毛顺喘着粗气，绝望地摇摇头，张小敬的脚微微用力，竹架发出咔吧咔吧的声音，似乎要被踩裂。毛顺瞳孔霎时急缩，高喊道："别踩那个！会塌的。"他可一点也不想死在自己的造物下面。

"那我们不妨换个更好玩的地方，也许你就想起来了。"张小敬的语气里充满恶意，他把毛顺拽上来，沿着悬桥走到旁边的一座外置灯屋里去。

这个灯屋，恰好就是"棠棣"隔壁的"武威"。里头的主题是李靖破阴山，所以匠人用生牛皮做了一座阴山形状的小丘，上头有李靖、颉利可汗两个骑马灯俑，一个前行举槊，一个败逃回头。一经启动，李靖会自动上下挥槊，颉利可汗则会频频回头，以示仓皇之顾。牛皮里面还放了一排排小旗，灯烛一举，远远看去漫天遍野皆是唐军旗号。

张小敬把毛顺拽进灯屋，回头看了一眼，灯屋与灯楼之间还有一道草帘作为区格，正好可以挡住其他人的视线。他将毛顺揪到灯屋边缘，按住脑袋往外一推，让毛顺上半身折出去，做出一个胁迫的姿态，然后贴着他耳边道："别害怕，我是来救你的。"

毛顺哪里肯信，以为又是什么圈套，愤怒地摇着头。张小敬用蛮力狠狠捏住他下颌，不让他发出声音："听着，我是靖安司的都尉张小敬，混入蚍蜉，是为了阻止他们的阴谋。"

毛顺眼神中狐疑未去，可挣扎的力度却小了许多，毕竟张小敬没必要说谎。张小敬压低声音道："我知道你的家人被蚍蜉绑架，身不由己。我会尽量保证你和家人的安全，但你必须要配合我。"

毛顺呜呜了几声，张小敬道："我现在会慢慢松开你的嘴，你先发出一声惨叫，让他们听见，我会继续保持这个姿势，避免起疑。"然后他的手缓缓挪开下颌，毛顺身子一挣，从嗓子眼里发出一声尖厉的悲鸣。张小敬同时用手臂往下猛压，把毛顺推得再靠外一点。

"很好，很好。"张小敬小声宽慰道，"接下来，你得告诉我一件事。"

"什么……"毛顺警惕地反问，始终不敢完全放心。

"怎样才能阻止太上玄元灯楼运转？要最快的方式。"

这是釜底抽薪之计，只要太上玄元灯楼不运转，蚍蜉的阴谋也就无法实现了。张小敬强调最快的方式，因为距离发动的时辰迫在眉睫，而他只有一个人。

毛顺犹豫了片刻，这等于是要亲手杀掉自己的孩子。张小敬冷冷道："时辰已经不多，你不想用自己的东西把整个大唐朝廷送上天吧？"

毛顺打了个寒战，这绝对是噩梦。他终于开口道："太上玄元灯楼的动力，皆来自地宫水轮。到了丑初三刻，会有人把水轮与转机相连，带动总枢。若是转机出了问题，灯楼便如无源之水，再不能动弹半分。"

"转机在哪里？怎么捣毁？"张小敬只关心这个。

"转机在玄观天顶，因为要承接转力之用，是用精钢锻成。急切之间，可没法毁掉。"毛顺扭头看了张小敬一眼，"但我得说，这只能让灯楼停转，却不能阻止天枢内的猛火雷爆裂。"

张小敬有些烦躁，这些匠人说话永远不直奔主题，要前因后果啰唆半天。他的语气变得粗暴起来："那你说怎么办？"

"只有一个办法。"毛顺深吸一口气，痛苦地闭上眼睛，"转机与上下机关的咬合尺寸，都是事先计算过的。如果能让转机倾斜一定角度，传力就会扭曲，时间一长便可把天枢绞断。里面的石脂泄出来，最多也只能造成燃烧，自无爆炸之虞。"

"是不是就像是打造家具，榫卯位置一偏，结构不仅吃不住劲，反而会散架？"

"差不多。"

"那要如何让它倾斜？"

毛顺道："我在设计灯楼时，最怕的就是传力不匀，绞碎天枢。所以为了避免这种事，我让转机本身与整个玄观顶檐固定在一起，整个天顶都是它的固定架。天顶不动，转机就不动。唉，这个很难，很难……"他声音低下去，陷入沉思。

张小敬淡淡道："那就把天顶一并毁掉便是。"毛顺一噎，他的思路一直放在转机本身，可没想到这粗豪汉子提出这么一个蛮横的法子。

"天顶是砖石结构，怎么毁？"

张小敬沉默了一下，把视线投向灯屋上方。那里有一节节的传力杆，从灯楼连到屋内，其中造型最醒目的一节，正是刚刚装好的麒麟臂。

毛顺先是一怔，觉得这太荒唐。可仔细一想，这还真是个以力破巧的法子。

麒麟臂里装的也是加热过的密封石脂，一旦引爆，不一定能毁掉天顶，但足够让转机发生倾斜。他脑子内快速计算了一下，点了点头，表示可行。

"很好。"张小敬把毛顺从外头拉回来，"那我再问一个问题。真的没有更快的麒麟臂安装方式吗？我得问出点什么，好去取得他们的信任。"

毛顺沉默半晌，叹了一口气："有……可如果他们按时装上，阙勒霍多就会成真，万劫不复啊。"

"如果我失败了，那才是万劫不复。"

萧规看到张小敬拎着毛顺从"武威"灯屋里出来，后者瑟瑟发抖，一脸死灰。

"问得了，这家伙果然藏私。"张小敬道，然后把毛顺往前一推。毛顺趴在地上，战战兢兢地把安装方式说出来。旁边有懂行的蚍蜉，对萧规嘀咕了几句，确认这个办法确实可行。

这诀窍说穿了很简单，就是省略了几个步骤而已。可若非毛顺这种资深大匠，谁敢擅自修改规程！

"大头，原来人说你是张阎王，我还不信呢。"萧规跷起大拇指，然后恨恨地踢了毛顺一脚，"这个老东西，若早说出来，何至于让我们如此仓促！"

毛顺趴在地上，一直在抖，全无一个大师的尊严。

"既然我们都知道了，你也没什么用了。"萧规的杀气又冒了出来。张小敬连忙拦住他："我答应饶他一命。"萧规看着张小敬："大头，你这会儿怎么又心软了？这样可不成。"

"别让我违背承诺。"

萧规看了张小敬一眼，见他脸色很认真，只好悻悻把脚挪开："先做事，其他的到时候再说。"他看看时辰，吩咐把新的安装方法传给各处灯屋的蚍蜉，尽快去办。

灯楼里立刻又是一阵忙乱。张小敬环顾四周，心里盘算着。麒麟臂那么多，蚍蜉们肯定存有余量，应该就放在玄观的小鼎里吧？他应该尽快找一个理由下去，把麒麟臂拿到，并安装好。

只要拿到麒麟臂，把转机一炸，最大的危机就算解除。至于灯楼能不能保全，天子会不会丢面子，这就不是张小敬关心的事情了。

他正在沉思，萧规又走过来："大头，等会儿会有一个惊喜给你。"

"嗯？"

"灯楼里的麒麟臂安装完以后，你跟我撤出灯楼，下到水力宫。现在那儿有三十个精锐老兵等着，正准备做件大事，你我带队，做件痛快事。"

"三十个精锐老兵？在水力宫？"张小敬吓了一跳。

"当然，今晚的惊喜，又岂止是太上玄元灯楼呢。"萧规笑道，没注意张小敬的眉毛跳动了一下。

李泌站在黑暗的水力宫里，有些茫然。

虽然他顺利地干掉了守卫，可是却不知道接下来该怎么办。这里看起来四面都是封闭的土壁，顶上有纵横的十字形撑柱，就像是矿坑里用的那种。整个空间里，只有一处台阶通向上方。可是那上面都是敌人，是绝对不能去的。

张小敬或许有一个绝妙的主意，可他们两个却一直没有单独接触的机会。能传送那两个字过来，已经是不引起别人怀疑的极限。

李泌身边没有蜡烛，他只能轻手轻脚地在黑暗中向前摸索。在转了两圈之后，李泌终于确认，这里既没有敌人，也没有别的出口。李泌感觉自己身陷一个谜题之中，答案就在左近，可就是找寻不到。他估算了一下，现在是丑初，距离拔灯只剩半个时辰了。

一个疲惫的念头袭上心头。

"要不，干脆就躲在这里，等到事情结束？"

这个想法似乎合情合理。现在的自己，并没什么能做的事，只要尽量保全性命，不给别人添麻烦就够了。这个水力宫造得很牢固，就算上头炸翻天，也不会波及这里。

可李泌只迟疑了一个弹指，便用一声冷哼把这个心魔驱散。

堂堂靖安司丞，岂能像走犬一样只求苟活？被人绑架已是奇耻大辱，若再灰心丧气等别人来救，那我李泌李长源还有何颜面去见太子？再者说，张小敬还在上头拼命，难道他还不如一个死囚犯来得可靠？

一想到这个人，极复杂的情绪便涌上李泌心头。在灵官阁里，张小敬吼向他的那些话，似乎并非完全作伪。李泌能分辨得出来，那是发自内心的真实怒吼，因此才更令人心惊。

第八团浴血奋战的张大头；悍杀县尉、被打入死牢的不良帅；被右骁卫捉拿的奸细；被全城通缉的死囚犯；向长安讨个公道的一个老兵！

每一个身份都是真的，可张小敬仍旧没有叛变，这才让李泌觉得心惊。他忽然发现，自己并没有看透张小敬这个人，没看透的原因不是他太复杂，而是太单纯。在那张狠戾的面孔和粗暴行事下，到底是怎样一颗矛盾之心？

李泌相信，适才张小敬举弩对准自己，是真的起了杀心。只有如此，才能获得萧规的信任。为了拯救更多的人，哪怕要牺牲无辜之人，张小敬也会毫不犹豫地动手——李泌也是。

他们曾经讨论过这个话题，一条渡船遭遇风暴，须杀一人祭河神以救百人，杀还是不杀？张小敬和李泌的答案完全一样：杀。可张小敬对这个答案并不满意，他说这是必然的选择，并不代表它是对的。

张小敬身份与行事之间的种种矛盾之处，在这个答案之中，可以一窥渊薮。有时候张小敬比谁都单纯，李泌心想。

抛开这些纷杂的念头，李泌紧皱着眉头，再一次审视这片狭窄的黑暗。

外围都是龙武军，龙波能靠工匠身份混进来，但张小敬肯定不成。他应该有另外进来的途径——这水力官，应该就隐藏着答案。

等等，水力？

李泌把目光再度投向那六个巨轮。水推轮动，那么水从哪里来？他眼神一亮，扑通一下跳进水渠，逆着水势走到墙壁旁边，果然发现一个渠洞。

这渠洞边缘很新，还细致地包了一圈砖，尺寸有一人大小，里面的水位几乎漫到洞顶。李泌相信，沿着这条渠道逆流而上，一定可以走到某一条外露的水渠。李泌不太会游泳，但他测量了一下，只要把鼻子挺出水面，勉强还有一丝空间可以呼吸。

喜悦的心情在李泌心中绽放。只要能出去，他立刻就去通知龙武军包围灯楼，这样便可把蚍蜉一网打尽。

他深吸一口气，刚刚猫下腰，正要钻进去，忽然听到一阵响动。李泌生怕敌人会注意到这里，循声追来，连忙停止了动作，就这么泡在水里。

很快他先看到几把火炬，然后看到一支二三十人的队伍进入水力宫。他们全副武装，其中有几个人很眼熟，正是突袭靖安司那批人。

他们进来以后，把火炬围成一圈，分散在各处，开始检查身上的装备。幸亏李泌把那个守卫的尸体扔到了维护工匠的尸体旁边。这些人略扫一眼，并未发现什么异状。

李泌默默地矮下身子去，只留半个脑袋在水面。水车轮子的声音，可以帮他盖掉大部分噪声。从这个黑暗的位置，去看火炬光明之处，格外清楚。

这些蚍蜉大概也是来这里避开爆炸的吧？不对……李泌突然意识到，这些人带的全是武器，一副要出击的派头，不像只是躲避爆炸那么简单。可如果他们想打仗，为何还要跑到水力宫里来呢？难道也要从水渠入口的通道离开？

这时李泌看到，其中一人掀开箱子，拿出一堆浅灰色的鲨鱼皮水靠，分给每一个人。这个举动，似乎佐证了他的猜想。

李泌悄无声息地把身子潜得再深一点，朝着水渠入口的通道退去。他不能等了，必须立刻离开。不然一会儿这些人下水，他会被抓个正着。

李泌小心地移动着身体，逆流而行，慢慢地深入水渠入口的通道。走到一半，他突然停下来，脑海中迅速勾勒出一幅附近的长安城布局。李泌蓦然想到，萧规刚才让他站在灯屋上的诡异举动，一个可怕的猜想渐渐在他的脑海中成形。

他站在漆黑的通道内，惊骇回望，心一下子比渠水还要冰凉。

水力宫的水渠有入口，必然就有出口。入口在南方，那么出口就在北方。

水力宫正上方是太上玄元灯楼，灯楼北方只有一个地方。

兴庆宫苑。

元载带着旅贲军士兵一路朝着兴庆宫疾行，沿路观灯人数众多，十分拥堵。他也不客气，叫着"靖安司办事"，喝令大棒和刀鞘开路。前头百姓没头没脑被狠抽一顿，他们趁机在斥骂风浪中豕突猛进，很快便赶到了兴庆宫前。

一路上，带队的那个旅贲军伍长一直在询问，到底去哪里，去做什么。他是个标准的军人，对于含糊的命令有着天然的抵触。可惜元载自己也答不出来，被问急了就用官威强压下去。

当他们抵挡兴庆宫广场附近时，元载首先注意到的，不是那栋高耸入云的太上玄元灯楼，而是它旁边的勤政务本楼。那屋脊两端的琉璃吞脊鸱尾、飞檐垂挂的鎏金銮铃、云壁那飘扬起的霓裳一角，斗拱雕漆彩绘，每一个奢靡的细节，都让元载心旌动摇，对那里举办的酒席不胜向往。

此时楼上灯火通明，隐隐有音乐和香气飘过来，钻入他的耳朵和鼻孔。元载耸耸鼻子，闻出了安息香和林邑龙脑香的味道，这都是平时很少碰到的珍品，可在楼上，却只是给宴会助兴的作料。

"不知何时，我也有资格在那里欢饮。"元载羡慕地想到。他感慨了一阵，拼命让自己神游的思绪归位，这才把视线移向太上玄元灯楼。

一看到这栋黑压压的怪物，元载突然迸发出一种强烈预感，张小敬说的地方，就是那里。

按那个死囚犯的说法，蚍蜉们很可能就藏身在这个楼里。若真是如此，果然应了那句"大隐隐于市"的俗话，居然藏到了天子的鼻子底下。

不过张小敬的话，不能全信，得先调查清楚才成。元载扫视了一圈，发现首先要解决的问题，是如何靠近灯楼。

在这里负责警戒的是龙武禁军。他们和一般的警戒部队不一样，代表的是皇家的威严，所在之处即是禁地。元载身后是一群携有兵刃的旅贲士兵，这么贸然跑过去，别说打，就是碰他们一根指头，都会被视为叛乱。

再者说，就算龙武军放行，广场里头也已聚满了百姓，根本寸步难行。在这个地界，元载不敢再拿起刀鞘抽人，一旦形成混乱踩踏之势，只怕自己都没命逃出去。

几匹高头战马在广场前缓缓掠过，借着火光，元载认出他是龙武军的大将军陈玄礼。以元载现在的身份，见到陈玄礼应该不难，只消把前因后果说明白，未必不能获得对方合作。

但是！这岂不是把功劳白白分给别人吗？

在元载的想法里，功劳这种东西，是有限的稀缺珍品，不可轻易假人。直觉告诉他，恐怕这是一个比谋夺靖安司还大的好处，自然更不可能与人分润。

能单干还是单干的好。

他凭高仔细地观察了一阵，指示手下那些旅贲军的士兵，从外围绕到广场的东南角。这里是广场、道政坊和春明门之间的夹角，人群是最薄的，同时距离大灯楼也最近。

在这附近的街道，路面上有许多车辙印，有新有旧，而且很深，应该是有大量货车经过。元载研究了一番，认定这里一定是建设大灯楼的原料出入通道。长安城的人大多迷信，所以一般营造现场都把出入料口设在东南，和厕所方位一样，视为秽口，不得混走其他队伍。

秽口附近的百姓比较少，道路通畅，而且与玄观之间只隔了五十余步。不过在这段距离上，龙武军一共设下了三道警戒线，在路中横拦刺墙，戒备森严。旅贲军走到拐角处，就不再前进了，避免过于刺激禁军。

"要突进去吗？"伍长冒冒失失地问道。

"等。"元载回答。

他依靠在一根火炬柱子旁，仰起头，注视着眼前的这座巨大建筑。如果大灯楼什么都没发生，那么最多也只是白跑一趟；如果大灯楼发生了什么变化，这里将是能最快做出反应的位置。

元载需要的，只是一点点耐心，以及运气。

萧规的话，让张小敬震惊不已。

一是他没想到，除了太上玄元灯楼，蚍蜉们还有另外一个计划；二是那一批精锐老兵的集结地，居然是在水力宫——要知道，李泌可就在那里。如果他动手干掉了守卫，立刻就会被老兵发现，等于自己也将暴露。

更麻烦的是，听萧规的意思，张小敬要随他一起走。这样一来，他根本没机会去玄观窃取麒麟臂，炸坏转机也就无从谈起。

他必须要制造一次独自行动的机会才成。

"大头，你傻呆呆的想什么呢？"萧规拍拍他。

"哦哦，没什么，没什么……"

"我知道你现在脑子还有点乱，没厘清怎么回事。不过相信我，烽燧堡都坚持下来了，这点麻烦算得了什么？"萧规勾了勾手指，"别忘了，你还欠我几片薄荷叶子呢。"

"那你只能等我从死人嘴里抠了。"张小敬回答。

萧规哈哈大笑，那是只属于昔日烽燧堡的对话。笑罢之后，萧规把手放在张小敬肩膀上，忽然严肃道："大头啊，你我在突厥人围攻之下都不曾背叛彼此，我相信你这次也不会。你可莫要辜负我，辜负整个第八团。"

张小敬不太敢直视那双眼睛，只得含含糊糊地点了一下头。

"所以我希望你能参加水力宫的行动，这样我便能对手下有个交代。"萧规眨眨眼睛，"放心好了，这次行动不会让你为难，很过瘾，保证对你胃口。"

"那么它到底是什么？"

"很快你就知道了。现在还不到时候，免得惊动了外头的龙武禁军。"萧规卖了一个关子。听到这句话，张小敬心念电转，突然想到一个绝好的借口："外面是龙武禁军吗？"

"当然，天子在勤政务本楼，卫戍自然得用他们。"萧规很奇怪，张小敬怎么会问这么低级的问题。

"我是说，大灯楼的外围保卫工作，也是龙武军负责？不是左骁卫？不是千牛卫或万骑？"

萧规说肯定是龙武军，他们的车队进入广场时，接受过好几道岗的检查，一看那些哨兵肩盔上的虎贲标记就知道。他不明白张小敬纠结这个做什么。

张小敬脸色凝重："如果是龙武军的话，那我们可能会陷入麻烦。"

"嗯？"

"龙武禁军的大将军叫陈玄礼。我当万年县不良帅时，跟他打过几次交道。这个人做事十分细致，凡事都会亲自过问。大灯楼这么重要的设施，他在举烛之前，绝对会前来视察一下，你做了应对准备没有？"

萧规立刻听明白了张小敬的顾虑所在。

他事先也不是没有考虑过，很可能会有人进入灯楼窥破内情，所以在玄观里留了几个机灵的，化装成虞部的小史和守卫。这些人已被面授机宜，无论谁要闯入检查，一概挡住，理由就一个——"耽搁灯楼举烛，只怕天子震怒"，一听这个，对方多半就会放弃。

可如果真像张小敬说的，前来视察的是陈玄礼，那几个人恐怕挡不住——其实张小敬并不清楚陈玄礼是否会亲自来，但这是目前唯一一个可用的借口，他必须把五成可能说成十成。

萧规皱眉道："那该怎么办？"

"只有一个人能挡住陈玄礼。"

"谁？"

张小敬把目光往那边瞥去，毛顺从地上刚刚爬起来，正痛苦地揉着腰。

萧规眼神立刻了然。毛顺这个人性格虽然懦弱，可在匠技上却有着无上权威。若他以危害机关为由，拒绝外人进入，就算是陈玄礼，只怕也无可奈何。

张小敬见萧规已经被带入节奏，立刻开口道："反正我在此间也无事做，不妨让我带毛大师下去，在玄观以备万一。你们安装完之后，下去与我等会合，再去水力宫。"

萧规沉思片刻，觉得这提议不错，便点了点头。他又叫了两个护卫，护送张小敬及毛顺两人下去。这个安排，说明萧规的疑心仍未彻底消除。张小敬心想，萧规果然不会放心让一个刚投降的人，带着一个深谙内情的工匠离开——即使这个人是他的老战友。

他故意表现得无所谓，主动走到毛顺那边去，让萧规给两个护卫叮嘱的机会。毛顺这时还未明白发生了什么，张小敬粗暴地把他拎起来，然后凑在他耳边道："一切听我的。"

毛顺连忙点点头，舒展身体，任由张小敬牵动。那边萧规也交代完了，两名护卫过来，一前一后，保护着他们两个朝楼下走去。萧规则转身过去，继续督促工匠完成最后的安装工作。

从灯楼上下到玄观，也并非易事。那些悬桥彼此之间空隙很大，有限的烛光只能照亮周围一圈。他们必须谨慎地沿着楼边一圈圈地转，一个不小心，就可能一脚踩空，直接跌落到漆黑的楼底下去。

在昏暗的空间里，一行四人上下穿行，悬桥与竹架不时发出吱呀的声音，随时可能断裂似的，远看有如鬼魅浮空。外头的喧天歌舞，透过灯楼蒙皮阵阵传来，在这个阴森空旷的灯楼里形成了奇妙的音响效果。那种感觉，就好像是阴阳两界被撬开了一条缝隙，从人间透了一点阳气过来。

"你是哪里人？"张小敬忽然开口问道。带路的护卫开始没反应过来，直到他感觉到肩膀被拍了一下，才意识到是跟自己说话。

"在下是越州的团结兵，柱国子。"

"哦？"张小敬略觉意外，团结兵都是土镇，只守本乡，但若是父祖辈加过"柱国"的荣衔，身价可就不同了，少说也能授个旅帅。

这种级别的军官，也跟着萧规搞这种掉脑袋的营生？张小敬暗想着，头向后一摆："那你呢？"后面的护卫连忙道："在下来自营州的丁防。"

缘边诸州，皆有戍边人丁，地方军府多从中招募蕃汉健儿。张小敬道："哦？河北那边啊，我记得你们那出了个平卢节度使？"

"对，安禄山安节度，就是营州的。"护卫恭敬地回答，"我就是他麾下的越骑。"

听到这名字，张小敬就着烛光又看得仔细一点，果然这个护卫有点胡人血统："那你怎么会从平卢军跑到这里来？"

护卫苦笑道："长官擅动军粮，中饱私囊。转运使派账房来查，反被他一把火连粮仓一起给烧死了。我因为之前得罪过长官，被他说成纵火之人。无从辩白，只能逃亡了。"

"咳，哪儿不是这样？天下乌鸦，总是一般黑。"前面的护卫插嘴道，想必他也碰到过什么怨恨之事。后面的护卫辩解了一句："安节度倒是个好人，讲义气，可惜这样的官太少了。"

张小敬只是起了一个头，这两个护卫自己便大倒起苦水来。看来萧规找的这些人，经历都差不多，都是受了大委屈的军中精英。

"您又是怎么认识龙波长官的？"其中一个护卫忽然好奇地问道。

"呵呵，这可说来话长了。"张小敬把自己和萧规在烽燧堡的经历讲了出来，听得两个护卫一阵惊叹，眼里闪着钦佩与同情。

他们可没想到，眼前这独眼汉子，居然和萧规是同一场死战中幸存下来的，难怪两人关系如此融洽。他们对曾经一起上阵杀敌的人，有着天然的好感和信任。

张小敬继续讲了他回长安当不良帅的经历、闻记香铺的遭遇，还有在靖安司受的种种委屈，很坦诚，没有什么添油加醋的地方。两个护卫几乎都听傻了，这个人一个时辰之前还是最危险的敌人，可现在却成了首领的好友，可仔细一想，他转变立场的原因，实在是太让人理解了，把人逼到这份儿上，怎么可能不叛变？

这一段路走下来，两名护卫已经被张小敬完全折服，无话不说。没费多大事，张小敬便套出了萧规对他们的叮嘱："只要张小敬和毛顺不主动离开玄观外出，就不去管。"

不外出，便不能通风报信。换句话说，在灯楼和玄观内随意行动都没问题。

张小敬摸到了萧规的底线，心里就有底了，他忽然抛出一个问题："你们恨朝廷吗？"

两名护卫异口同声："恨。"

"如果你有一个机会，让大唐朝廷毁灭，但是会导致很多无辜百姓丧生，你会做吗？"张小敬的声音在黑暗中不徐不疾。

"当然做。"又是异口同声。很快一个声音又弱弱地问道："很多是多少？"

"五十。"

"做！"

"如果你们报复朝廷的行动，会让五百个无辜平民死去呢？"

"会……吧？"这次的回答，明显虚弱了不少。

"那么五千人呢？五万人呢？到底要死多少百姓，才能让你们中止这次行动？"

"我们这次只是针对朝廷，才不会对百姓动手。"一个护卫终于反应过来。

张小敬停下脚步，掀开蒙皮朝外看看："你来看看这里，现在聚集在广场上的，差不多就有五万长安居民。如果灯楼爆炸，勤政务本楼固然无幸，但这五万人也会化为冤魂。"

两名护卫轮流看了一眼，呼吸明显急促起来。外头人头攒动，几乎看不见广场地面，五万条性命只怕说少了。哪怕是不信佛、不崇道的凶残之徒，一次要杀死这么多人，也难免会觉得心中震颤。

营州籍的那个护卫疑惑道："您难道不赞同这次行动吗？"张小敬瞥了他的刀一眼，不动声色："不是不赞同，而是得要未雨绸缪。我听一位青云观的道长说过，人若因己而死，便会化为冤魂厉鬼，纠缠不休，就算轮回也无法消除业孽。有一人冤死，便算一劫，五万人的死，你算算得在地狱煎熬多长时间？"

唐人祭神之风甚浓，笃信因果。两名护卫听了，都面露不虞："那您说怎么办？"

"我刚才上来时，见到玄观顶檐旁上有一个顶阁，里面供奉着真君。我想在这里祈禳一番的话，多少能消除点罪愆。"张小敬说是商量，可口气却不容反对。

"可咱们不是去玄观……"

张小敬看了他一眼，淡淡道："这个不会花太多时间，就这么定了。"

刚才一番聊天，张小敬在两位护卫心目中的形象已颇为高大。他发出话来，无形中有强大的迫力。这一举动并不突兀。两名护卫小声商量了一下，觉得这个要求没违背萧规的叮嘱，应无不可。

"你们两个人的生辰八字拿过来，我略懂道术，祈禳的时候，可以额外帮你们消除些许业障。"

两名护卫自然是千恩万谢。

玄观顶阁是一个正方形的高阁，它的头顶即是灯楼最底部，下方则是整个玄观和地下的水力官。这高阁可谓是连接上下两个部分的重要枢纽。

张小敬推门进去，看到阁中什么都没有，柱漆潦草，窗棂粗糙，一看就是没打算给人住。在屋子正中有一个精铜所铸的大磨盘，质地透亮，表面还能隐隐看到一层层曲纹，不过没做什么纹饰。这磨盘一共分为三层，每层都有三尺之高，上下咬合，顶上最窄处有一处机关，正顶在天枢的尾部——这个物件，应该就是毛顺说的转机了。

张小敬仔细观察了一下，这转机的边缘，是用内嵌之法固定在玄观地板之间，两者浑然一体，极为牢固。看来不用猛火雷，恐怕还真撼它不动。

张小敬走出来，卫兵觉得很诧异，怎么这么快就出来了？张小敬道："这里连火烛都没有，没法拜神，我们先下去吧。"

四人离开顶阁，沿楼梯一路下到玄观大殿。那六个小鼎，还在殿后熊熊烧着，不过大部分麒麟臂已经被送上去了，鼎里的竹筒所剩无几。放眼望去，不超过十支。

张小敬冲毛顺使了一个眼色。毛顺赶紧过去，从鼎里捞起一根，从头到尾抚摸了一遍，对看守道："上头还需要一根。"看守连忙伸手要去送，毛顺一拦："时辰不早，那个位置比较特殊，还是我自己去吧。"说完把麒麟臂一抱，转身走了上去。

看守者虽觉奇怪，可毛大师在技术上的发言，谁敢质疑？

与此同时，张小敬找火工要了打火石、艾绒以及几束青香，在护卫眼前一晃："我上去补个香，很快下来。"两名护卫连忙也动身要跟去，张小敬道："外头不知何时会有人闯进来，你们守在这里便是。我去去就回。"

张小敬只是为祭神而已，并未离开玄观。于是两人乐得少爬几层楼阁，就在殿中歇息，等他回来。

摆脱了两位守卫，张小敬只身返回顶阁，毛顺已经在勘察转机位置了。他不时伸出手指比量，口中念着算诀。张小敬问他计算得如何了，毛顺回了句："催不来。"张小敬便不敢催促了，只得在一旁耐心等候。

毛顺在工作之时，气质和平时截然不同。平时不过是一个羸弱怯懦的老头，可一涉及专业领域，立刻变成一派宗师气概，舍我其谁。难怪晁分对他赞叹不已。

为了阻止爆炸，必须要让转机伤而不毁。转机角度偏斜，转起来才能把天枢像绞甘蔗一样缓缓绞碎。只要破开一处，让石脂流泻出来，失了内劲，便没有爆炸之虞了。要做到这一点，麒麟臂的安放位置，必须非常精细。这份工作，除了毛顺没人能做到。

顶阁里安静无比，只有外界的喧嚣声隐隐传来。经过一番计算后，毛顺解开前襟的扣襻，从怀内掏出一片滑石，弓着腰，在转机下方的石台上画了几道线，然后略为犹豫，把麒麟臂轻轻摆过去，比量一番。

张小敬长舒一口气，觉得这应该差不多了吧？不料毛顺弄着弄着，忽然双膝一软，把麒麟臂往地板上咣当一扔，带着哭声道："不成啊……不成，这是我毕生的心血，我不能把它毁掉啊！"

张小敬低声喝道："你现在不毁，马上就会被奸人所毁！不是一样吗？"

"可它多么美啊多么精致啊。这一次若是毁了，不可能再有第二次重建的机会……"毛顺崩溃似的瘫坐在地上。无论他之前受了多少胁迫和委屈，临到下手的一刻，匠人之心终于占据了上风。在这一点上，晁分会非常理解他。

"难道你家人的性命，也不顾了吗？"张小敬没心思去赞叹这种美学。

毛顺被这几个字打动了一下，他忽然抬起头，抱住张小敬的大腿，苦苦哀求道："别炸这个了，我设法带你出去，去报官如何？"

"来不及了！"张小敬一脚把他踹到顶阁角落，然后如同一只猛狮卡住他的脖子，"快点装好！否则你会比灯楼先死，我保证你的家人，也会死得很惨！"

"你……你不是官府的人吗？"

"我刚才跟那俩护卫讲的故事，你也听到了，句句属实。"

那一只独眼的锐利光芒，几乎要把毛顺凌迟。毛顺毕竟不是晁分，还无法做到眼中无我、六亲不认的境界。重压之下，毛顺只得百般不情愿地重新捡起麒麟臂，朝着画好线的地方塞去。

就在这时，顶阁里传来轻微的一声笑。

张小敬眉头猝皱，连忙掏出腰间弩机，毛顺惊问怎么了。张小敬让他专心做事，然后半直起身子，左顾右盼。顶阁的天花板四角都是白灰衢角，不可能有任何隐蔽之处。

他忽然想到，这个顶阁之上，就是太上玄元灯楼的主体结构，所以屋顶不可能很厚。如果有人趴在上面偷听，完全有可能听到之前的对话。张小敬悄悄抬起弩机，一点点凑过去。他忽然又听到轻轻的脚步声，二话不说，立刻对着天花板连射二箭，旋即又向前后各补了一箭。

这天花板果然只是个虚应的木板，四支弩箭皆射穿而去。听声音，似乎有一支射中了什么。张小敬本想顺着箭眼往上看，可一个阴森森的声音先传了下来：

"张小敬，你果然有异心。"

是鱼肠！

原来这家伙根本没远去，一直跟在后头。张小敬的腹部一阵绞痛，眼下这局面可以说是糟到了极点，被最棘手的敌人发现了真相，只怕没机会挽回了。

他再竖起耳朵去听，天花板上的动静消失了，鱼肠已经远去。以这家伙的身手和灯楼的复杂环境，张小敬根本不可能追上他去灭口。

一旦消息传入萧规的耳朵，他也罢，李泌和毛顺也罢，恐怕都会立刻完蛋。

张小敬有点茫然地看着天花板上的四个眼，真是一点机会也没有了吗？

不，还有机会！

一股倔强的意念从他胸口升起。张小敬一咬牙，回头对毛顺吼道："拿好火石和艾绒！立刻点捻！"只要转机一炸偏，萧规就算觉察，也来不及修理。

毛顺手一抖，现在就要炸？那他们两个可来不及撤退。

"现在不炸就没机会了！"张小敬也知道后果，可眼下这是唯一的机会。毛顺为之一怔，他没想到，这家伙居然对逃命全不在乎。

上头有密集的脚步声传来，还有那木桥竹梁咯吱咯吱的响动。留给他们的时间不多了。他转过身去，把火石和艾绒塞到毛顺手里，让他点火。毛顺蜷缩在转机石台旁边，一下一下敲打着火石，可是手抖得厉害，半天没有火星。

"拒敌殉国，通敌自毙，你给你家人选一个吧！"张小敬冷冷丢下一句话。

炸毁转机，死了算壮烈殉国，至少家人会得褒奖旌扬；没炸毁转机，等到灯楼一炸，全天下都知道是他毛顺的手笔，他一死了之，家人什么下场可想而知。

毛顺的精神已经接近崩溃。

这时脚步声已经接近顶阁，张小敬知道最后的时刻已经到了。他顾不得让毛顺表态，挺身站在了顶阁门口，从腰间摸出四支弩箭，给弩机装上。

他估算了一下，依靠这个门口，至少还能拖延上十来个弹指，勉强够让毛顺引爆麒麟臂了。

脚步声越来越近，人数可不少。张小敬手持弩箭，背贴阁门，独眼死死盯着外面，额头有汗水流出。顶阁里现在没什么光线，外头的人都打着灯笼，敌明我暗，蚍蜉会如何强攻顶阁，他必须提前做好预判。

突然，顶阁的门唰地被大剌剌推开了，萧规的脑袋探了进来。

这可完全出乎张小敬的意料。他想象过敌人会破门而入，或破天花板而入，或干脆站在门口放箭射弩，可没想过萧规居然只身推门而入，全无防备。张小敬的动作，因此有一瞬间的僵直。

"大头？你怎么跑这儿来了？"萧规问。

他的视线受光线限制，只看得到张小敬的一张脸。张小敬正要扣动悬刀，猛然听到这句话，不由得一愣。他迅速把弩机藏起来，表情僵硬，不知该说什么。萧规狐疑地打量了他一下："你不是应该在楼下等着吗？"

鱼肠没告诉他我们的事？

这是张小敬的第一个判断，但是，这怎么可能？

"哦，我上来拜拜神。"张小敬含糊地回答，心里提防着对方会不会是故意麻痹，借机偷袭。

萧规神情不似作伪，啧啧笑道："你还信这个？这里头就是个空架子，根本没神可拜呀。"

张小敬忽然发现，萧规用的是"你"，而不是"你们"。这间顶阁外亮内暗，而毛顺安装麒麟臂的位置，又在转机的另外一侧，高大的转机石台，挡住了毛顺的身影，萧规根本没注意到他的存在——恐怕还以为毛顺在玄观大殿呢。

他心中有了计较，把身子转过去，把门口挡住，悄悄别回弩机，勉强笑道："所以我这不是正准备下去？"

萧规觉得哪里有古怪，盯着张小敬看了一会儿，又越过肩膀去看那台转机。他忽然一挥手，张小敬心跳差点漏跳了一拍。

"别在这儿瞎耽搁了，下去吧。"萧规说，"上头已全部弄好，机关马上发动，咱们尽快下去水力宫集合。"他顿了顿，得意地强调道："然后就踏踏实实，等着听长安城里最大的爆竹喽。"

张小敬终于确认，鱼肠应该还没告诉萧规，不然萧规不可能跟他废这么多话。这个意外的幸运，让他暗暗长出一口气。

张小敬瞥了一眼转机的阴暗角落，故意往顶阁外走去，边走边大声道："这次可得好好把握机会，不然遗憾终生。"萧规"嗯嗯"几声，显得踌躇满志。

转台那一侧一直保持着安静，说明窝在那里的毛顺也听到了。

在顶阁外头，张小敬看到长长的通道里站着许多人，都是刚才在上头忙碌的工匠。他们按时完成了替换的任务，扔下不用的工具，一起下撤。这意味着，现在太上玄元灯楼已彻底化为阙勒霍多。

决定性的丑正时分，即将到来。而它的命运，将由创造者来决定。

带着惴惴不安的心思，张小敬和萧规离开顶阁，朝下方走去，工匠们沉默地跟在后头。张小敬装作不经意地问道："鱼肠呢？"

"嘿嘿，你是担心他向你报复？"萧规促狭地看了他一眼。

"是。"

"放心好了，他以后不会再烦你了。"萧规把手伸向腰间的带子，晃了晃，那上面有一根红绳，上头空荡荡的，一枚铜钱都没有。

这是鱼肠交给萧规的，十枚铜钱，换十件事情。

"阙勒霍多的启动，得有人在近距离点火。所以我委托他的最后一件事，是留在灯楼里，待启动后立刻点火。他身法很好，是唯一能在猛火雷爆炸前撤出来的人——只要他能及时撤出。"

张小敬看着萧规，恍然大悟："你从来就没打算让他活着离开？"

"这种危险而不可控的家伙，怎么能留他性命？"萧规仰着头，用指头绕着红线头。

看来萧规和鱼肠一直存着互相提防的心，也幸亏如此，张小敬才赚来一条死中求活的路。

外面的欢呼声，一浪高过一浪。那些在广场上的拔灯艺人，彼此的对决已到了白热化的程度。最终的"灯顶红筹"即将产生，他或她将有幸登上勤政务本楼，在天子、群臣和诸国使节面前，为太上玄元灯楼燃烛。

"啊，真是羡慕楼下那些人啊，在死前能度过这么开心的一段时光，真是几辈子修来的福分呢。"萧规掀开一块蒙皮，冷酷地评论道。

张小敬望着他："我记得你从前可不是这样的人。"

"人总是会变的，朝廷也是。"萧规阴沉地回答。

很快他们抵达了玄观。两名护卫正等得坐立不安，看到张小敬和萧规一起下来，松了一口气。萧规环顾一圈："毛大师呢？"

小鼎的看守道："毛大师抱着一根麒麟臂又上去了。""去哪里了？"萧规皱着眉头问。看守表示不知道。萧规看向张小敬："大头，他不是跟着你吗？怎么又自己跑了？"

"毛大师说想起一处疏漏要改，非要回去。我想他既然不是出去告密，也就由着他去了。"张小敬又试探着说了一句，"要不我再上去找找？"

他下意识地瞟了上面一眼，顶阁还是没有动静，不知毛顺到底还在干些什么。

萧规站在原地，有些恼火。别人也就算了，毛大师可是这灯楼的设计者，他带着麒麟臂要搞出点什么事，很容易危及整个计划。

可现在丑正即将到来，灯楼马上会变成最危险的地方，而且水力宫还有更重要的行动等着被引领。萧规一时之间，有些两难。张小敬主动道："此事是我疏忽，我回去找他。你们先下去，别等我。"萧规一听，立刻否决："不成，灯楼一转，马上就成火海，你上去就是死路一条。"

"二十四个灯屋顺序燃烧，最后才到天枢，距离爆炸尚有点时间。我想我能撤得出来。"张小敬道，"烽燧堡都挺住了，咱们第八团还怕这个小场面吗？"

萧规转过头去，对那两名护卫喝道："让你们看人都看不住！你们也去，让小敬有个照应！"两个护卫虽不太情愿，可只能诺诺应承。

"你杀了毛顺，尽快撤下来。到了水力宫，你会知道接下来该去哪里找我们。"萧规叮嘱了一句，语气满是担心。

如果说之前他还对张小敬心存怀疑的话，现在已彻底放心。没有卧底会主动请缨去送死，只有生死与共过的战友，才会做出这样的选择。

张小敬和萧规按当年礼仪，彼此拥抱了一下，然后他便带着两个护卫，匆匆掉头向上而去。旁边的人请萧规赶紧下水力宫，萧规却没有动，一直望着张小敬消失的楼梯口，眼神闪动。

他们离开不久，灯楼外头忽然掀起一股巨大的欢呼声，如同惊涛拍岸，顷刻间席卷了整个灯楼，久久不息。看来今年上元节的拔灯红筹，已经决出来了。

密集的更鼓声，从四面八方咚咚传过来。丑正已到。

萧规长长叹了一口气，弹了弹手指，下达了最后的命令："开楼！"然后转头下到水力宫去。

在旁边的机关室内，十几个壮汉一起压动数条铁杆，这股力道通过一连串复杂的机关，让水力宫顶缓缓下沉。随着数声"咔嗒"声传来，宫顶马口与六个水巨轮彼此衔接，完美啮合。六轮汇聚的恢宏力量，顺着宫顶马口一路攀升，穿龙骨，转拨舵，最终传递到那一枚精钢铸就的转机，驱动着天枢缓缓地转动起来。

天枢一动，整个太上玄元灯楼发出一声低沉的长吟，楼身略抖，终于苏醒过来。

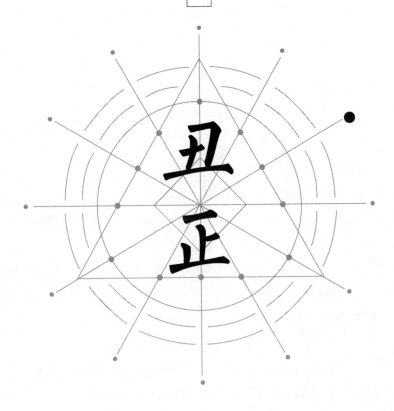

第十七章

丑正

无论是看热闹的百姓、拔灯车上的艺人还是站在露台边缘的官员、
宗室以及诸国使节，都不约而同地闭上了嘴，
等待着一个盛世奇景的诞生。

天宝三载元月十五日，丑正。

长安，兴庆宫广场东南角。

元载是一个理性的人，他认为所有的事情都可以分为两类：能享受到的，不能享受到的。人生的意义，就在于不断把后者转化成前者。

所以他始终不能理解，长安城的那些老百姓，为了一个自己永远没资格享受的拔灯红筹，怎么会激动成这副模样。元载冷静地看着远处广场上鼎沸到极点的人群，那些愚妇氓夫癫狂的面孔，让他觉得可悲。

低沉的隆隆声忽然从头顶传来，元载抬起头，看到那太上玄元灯楼终于苏醒了。它的身躯先是震了几震，发出生涩的摩擦和挤压声，然后几根外装旋杆开始动起来。二十四个灯屋，开始围绕着灯楼的核心部位，徐徐转动。

现在拔灯红筹正赶往兴庆宫内，那一道道烦琐的安检措施没法省略，估计还得花上一段时间。因此灯楼虽然开动，却还未燃烛，黑栋栋的巨影在兴庆宫广场的火炬映照下，不似仙家真修，反倒有些狰狞意味，如同上古夸父在俯瞰众生。

"这种规模的灯楼，一定得花不少钱吧？"元载盯着灯楼，心里感叹着。

突然，他眼神一凛。只见一个人影和一样东西从灯楼里冲出来，撞破蒙皮，在半空画过一道弧线，四肢无力地摆动几下，然后重重地跌到地面上，恰好就离元载不远。

意外果然出现了！

别人还没反应过来，可元载等待已久。他眼睛一亮，三步并两步冲了过去，看到那人躺在地面上，四肢扭曲，后脑勺潺潺流着鲜血。他飞速扑过去，把对方扶起来，先观察了一下面貌，发现是个佝偻着背的老人。

老人意识已经不清了，举起颤抖的手："麒麟臂……爆炸……转机……天枢。"然后脑袋一晃，没了声息。元载听得一头雾水，他伸手过去想扶住老人脖子，结果发现他脖子上有一道狭长的血痕。

这人跌出来之前，就被割开了咽喉。

这时旅贲军士兵把掉出来的东西也捡过来了，元载一看，是一个造型特别的长竹筒，晃了晃，里面似乎还有水声。他把竹筒的一头塞子拔掉，黏糊糊的黑色液体流出来。

"这是猛火雷！"有士兵惊叫道，他参与了之前对突厥狼卫的围堵，对这玩意心有余悸。

元载吓得一下子给扔开了，他读过报告，一桶延州石脂做的猛火雷，可以夷平小半个坊。这玩意若是在手里炸了，可怎么得了？

这时龙武军也被惊动了，检查哨的伍长带着几个人过来，问这里发生了什么。元载亮出自己的靖安司腰牌，说我们在查一个案子，正好看到这人和这件东西掉出灯楼，凶手还在里面。

伍长凑近老人尸体一看，大惊："这不是毛顺毛大师吗？"

"那是谁？"

"灯楼的大都料。"

元载一听这个职务，脑子里飞速转动，很快便想了个通透。他拽住龙武军伍长，语气严重："只怕有奸人潜入玄元灯楼，意图破坏。你看，这麒麟臂里装的都是猛火雷，一旦起爆，灯楼尽毁。毛大师恐怕是阻止不及，被蚍蜉悍然丢出楼来。"

这段话信息量略大，听得伍长有点不知所措，急忙说我去汇报上峰。

"来不及了！"元载断喝，"毛大师已惨遭毒手，蚍蜉一定已经在楼内准备动手了。"

伍长习惯于服从命令，对于这种突发事件却缺乏应变。元载道："我们靖安司追查的，正是这件案子，也带了足够人手。现在叫上你的人，咱们立刻进楼！"

"可是，这不合规矩……"

"等到玄元大灯楼毁了，第一个被砍头的就是你！"元载威胁道。伍长脸都吓白了，奸人入楼，他这守卫无论如何也脱不开责任。在元载的劝说下，伍长只得呼唤同僚搬开刺墙。

元载此时的脑袋分成了两部分，一块在拼命整合目前所收到的信息，试图还原袭击计划的全景；另外一部分，却在飞速计算，这次能得到多大好处。

阻止蚍蜉毁掉灯楼的阴谋，这事若是办成了，直接可以上达天听，乃是不世奇功！而且，叫上这一个小小的龙武军伍长，非但不会分薄功劳，反而在必要时刻，可以当盾牌和替罪羊。

元载计议已定，抖擞起精神。龙武军和旅贲军各自有十来个士兵，汇成一队朝着灯楼下的玄观冲去。

今晚，注定是我元载建功成名之夜！

张小敬和两名护卫再度回到大殿。此时大殿里已经空无一人，张小敬道："我猜毛顺已经爬到上面去了。现在上去太危险，你们留下来接应。"

两人对视一眼，异口同声："我们奉命保护您，岂能中途而废？"

"好吧，那你们跟上。"

张小敬没有废话，沿着楼梯朝上飞速爬去，两名护卫紧随其后。在陡峭狭窄的楼梯上，三人上下爬成一排。这一层是关押李泌的灵官阁，张小敬最先登上楼梯，后头两人还在低头攀爬。他猛然回身，抽出手弩，先啪啪两发射中最后一人，然后又是一次二连发，再射中身后的护卫。

这个次序很重要，如果先射身后的人，很可能他一摔下去，反成了最后一人的肉盾。

两轮四发几乎在瞬间射完，两个猝不及防的护卫惨叫着跌落到楼梯底部。张小敬瞄准的是他们的头颅顶部，这么近的距离，有十足把握射穿。就算他们侥幸暂时没死，也绝不可能再爬起来了。

"对不起……"张小敬的独眼里浓浓的都是悲哀神色，随手把最后四支弩箭装填好，转身飞速从灵官阁朝顶阁爬去。他的脚下能感觉到地板在颤，整个玄元灯楼已经正式运转，动起来的力量实在是太壮观。

顶阁的爆炸声迟迟不来，张小敬很担心毛顺是不是又临时反悔了。这个该死的匠人首鼠两端、犹豫不决，不盯着还真是不放心。

现在他总算争取到了最好的局面。萧规已经下到水力宫，去执行其他任务，两个护卫也被干掉，无人掣肘。他只要赶到顶阁，逼着毛顺引爆麒麟臂，应该还有时间撤出来。

很快他到了顶阁，一脚踹开门，发现里面竟然空无一人，只有转机在咔嗒咔嗒地转动着。毛顺不在，猛火雷也不在。

张小敬一下子浑身冰凉，这能跑哪里去？他转了一圈，飞快走出顶阁，朝上头的玄元灯楼望去。还未燃烛的灯楼内部，如同一张巨兽的大嘴，满口都是大大小小的獠牙。

他的脚似乎踩到什么东西，一低头，发现是火石和艾绒，还有一抹血迹。看来毛顺不是自愿，而是被人拖出顶阁的。

"鱼肠！"张小敬从嘴里挤出两个字。

有能力做这件事的人，只有鱼肠！他这是在向张小敬挑衅，逼着张小敬去找他决斗。

张小敬回过头去，看到转机旁边有一段毛顺用滑石画出的线，这是标定的引爆位置。也就是说，现在就算毛顺不在，张小敬自己也能操作。

可是麒麟臂也不在，它很可能被鱼肠一并带走了。

望着徐徐带动天枢旋转的转机，张小敬拼命让自己冷静下来。他忽然想起，玄观大殿旁的那一排小鼎中，应该还剩下几根，之前毛顺就是从那里拿的。萧规撤离时，并没全带走，现在返回，应该还在！

张小敬离开顶阁，顺着刚才那段楼梯，又返回到大殿中来。那两名护卫瘫倒在楼梯底部，张小敬顾不上检查他们生死，大步流星冲到殿后。那六个小鼎的火已经被压灭了，但其中几个鼎里，还斜放着几根麒麟臂。

张小敬随手挑出一根，扛在肩上，从殿后跑回大殿。他正准备攀爬楼梯，就听玄观门口"轰"的一声，大门被人强行冲开，龙武军和旅贲军士兵混杂着冲了进来。

元载自从吃了张小敬的亏，再不敢身先士卒，所以一马当先的，是龙武军的那个伍长。他一见张小敬扛着麒麟臂往上去，大喝道："奸人休走！"直直往前冲来。

张小敬暗暗叫苦，他眼下的举动，没法不引起误会。可时间紧迫，根本不容他做解释。他掏出弩机，朝前一射，正中伍长大腿。张小敬又连射三箭，分别击倒三人，迫使先锋停下脚步来。他趁机朝楼梯口冲去。

"快！射箭啊！"元载在门外愤怒地大吼。

如梦初醒的士兵们纷纷抬腕，无数飞弩如飞蝗般钉到这一侧的墙壁上。幸亏张小敬早一步爬上楼梯，避开箭雨，穿过灵官阁，再次回到顶阁。

他飞快地把麒麟臂搁到画线的位置，捋出火捻，然后猛烈击打火石。外头的官军已经快速赶来，蹬在楼梯上的脚步声，比外面的欢呼声还响亮。张小敬觉得命运这东西实在太奇妙了，没想到把他围堵在这里的，居然是同一阵营的官军。

不过也怪不得他们，任谁看到一个通缉犯抱着猛火雷要炸灯楼转机，都会认定是在搞破坏吧？要给他们解释清楚炸转机其实是在救人的道理，得平心静气对谈。张小敬可不奢望那些人会给自己这个机会。

无论如何，得坚持到麒麟臂爆炸！

张小敬皱着眉头，听着外面越来越近的脚步声，手腕突然一振，火镰划出一道耀眼的火花，直接溅在火捻上，火捻开始咝咝地燃烧起来。

李泌在冰冷的水中跋涉了很久，终于走到了通道的出口。这里竖着四根龙鳞分水柱，柱子上是一层层的鳞片覆盖，不过其中一根柱子已经断开，显然是被人锉开的。

　　说不定张小敬就是从这里潜入的，李泌心想。他拖着湿漉漉的身体，侧身穿过分水柱，揪着渠堤上的水草，爬上岸去。此时的他，发髻已经完全被泡散开来，脸色也非常不好，在冷水里泡得一丝血色也无。

　　他顾不得喘息，抬头观望了一下方位，猜测自己应该是在道政坊中的某处。

　　这个很好判断，因为从北方传来了汹涌的欢呼声和鼓声，那栋巨大无比的玄元灯楼也开始运转起来。李泌用手简单地绾了一下头发，拂去脸上的水珠，一脚深一脚浅地朝人多处跑去，他知道留给自己的时间不多了。

　　如果他猜得不错，蚍蜉是打算入侵兴庆宫，直抵大内！

　　毛顺在道政坊水渠挖的那一条地下水道，从南至北流入灯楼，势必要有一个向北的排水口——最近的地方，正是兴庆宫内的龙池。

　　龙池位于兴庆宫南边的宫苑之内，水深而阔，其上可走小舟画舫。池中有荷叶芦荡，池边周植牡丹、柳树，宫苑内的诸多建筑如龙亭、沉香亭、花萼相辉楼、勤政务本楼等，皆依池而起，号称四时四景。

　　道政坊龙首渠的水流入灯楼水渠，再排入龙池，无形中构成了一条避开禁军守备、潜入兴庆宫的隧道。灯楼一炸，四周便糜烂数十坊。蚍蜉便可以趁机大摇大摆进入龙池，突入兴庆宫，对幸免于难的皇族、高官乃至天子本人发起第二轮攻击——所以他们要准备水靠。

　　如果让蚍蜉这个计谋得逞的话，这次上元节将会是大唐有史以来最耻辱的一天。

　　他跌跌撞撞沿着渠道跑了一段，终于看到前方影影绰绰，有几个坊兵正站在那里聊天。他们是负责守卫龙首渠的，可是马上就拔灯了，他们都忙着抻长脖子朝那边看去。

　　李泌冲过去，大声喊道。坊兵们看到一个披头散发的黑影忽然从水渠里跳出来，都吓了一跳，纷纷端起长矛和棍棒。

　　李泌把张小敬留的铜牌亮出来，说我是靖安司丞，立刻带我去找龙武军。坊兵们对这个变故有点意外，终于有一个老兵接过铜牌看了看，又见李泌细皮嫩手，双手无茧，那一身袍子虽然湿透了，可还能看出官服痕迹，这才确认无误。

很快李泌联系到了在道政坊门布防的龙武军，他们一听是失踪的靖安司丞，都大为惊讶。李泌说你们必须马上采取措施，去疏散兴庆宫和广场观灯人群。

龙武军的军官为难地表示，这是不可能的。现在广场上五万人挤得严严实实，动弹不得，龙武军分驻各处，也根本没法集结。如果这时候强令疏散，光是百姓彼此踩踏就得死伤惨重。

李泌也知道，他们这些低级军官，根本没办法定夺，便说立刻带我去见陈玄礼陈将军。军官见李泌气势汹汹，不敢怠慢，连忙备了一匹马。龙武军有自己的临行通道，李泌沿着这条通道飞驰，绕过水泄不通的广场，一口气跑到了兴庆宫的西南角。

此时陈玄礼作为禁军主帅，正在金明门前坐镇。

兴庆宫南边一共有三座城门，西南金明门，正南通阳门，东南初阳门，合称"三阳"。勤政务本楼正对广场的位置，是通阳门。拔灯红筹会在众目睽睽之下，穿过这个门登上楼台，向天子谢恩，向广场诸多拥趸致谢。它主要承担的，是礼仪方面的作用。

而靠近西南的金明门，则是一条功能通道。上元宴会的诸多物资与人员、醉酒过度的官员贵胄、各地通传和飞骑、梨园的歌者舞者乐班等，都经由此门，出入兴庆宫。

所以对安保来说，最关键的节点是在金明门，而不是通阳门。陈玄礼亲自坐镇，也就不足为怪。

李泌飞驰到金明门前，远远已经看到陈玄礼一身明光甲，威风凛凛地站在门顶敌楼。他转头看了眼那更加威风凛凛的玄元灯楼，虽然开转，但楼上还是一片黑魆魆，还未燃烛，还残存着少许时间。

"陈将军，靖安司急报！"

李泌骑在马上，纵声高呼，可很快他就像是被人猛然卡住脖子，一下子哑掉了。胯下坐骑感受到主人在猛勒缰绳，不甘心地发出嘶鸣。

他瞪大了眼睛，看到金明门的重门半开，一辆华贵的四望车从里面匆匆驶出。本来四望车该是驷马牵引，可此时车辕上只挽了两匹马，车尾连旗幡也没插，若是被御史们见到，少不得会批评一句"有失典仪"。

李泌一眼就认出来了，那是太子的座驾，而且太子本人就在车中。他不止一次跟太子同车出行，知道李亨怕车厢憋闷，每次乘车，都会把旁窗拉开三分之一，习惯性地把手搭在窗棂上。

此时在马车的右侧窗棂上，正搭着那一只雍容富贵的手。手指轻轻敲击，显得主人有些心绪不宁。

上元春宴刚刚结束，拔灯之后，尚有群臣赏灯之聚、御前献诗、赏饮洞天圣酒等环节，怎么太子却偏偏选在这个时刻匆匆离去？李泌一时之间，竟不知所措，想要喊住马车，嗓子却被什么东西堵住似的。

他勒住马匹，呆呆地望着四望车从自己身旁呼啸而过。

与此同时，远处通阳门前爆发出一阵巨大的喝彩声。拔灯红筹已经登上勤政务本楼，步上七层摘星殿，站在外展露台之上，亲手向太上玄元灯楼抛去了一根燃烛。

张小敬眼见火捻已被点燃，微微松了一口气。这捻子是麻藤芯子浸油制成，一经点燃，便不会轻易熄灭，美中不足是速度略慢，烧进竹筒里怎么也得七八个弹指，引爆少说也在十个弹指之后。

张小敬扔下火镰，起身冲到了顶阁门前，指望能暂时挡住后头的追兵，只消挡住一下，便可争取到足够引爆的时间。

讽刺的是，这是张小敬在短短半个时辰之内，第二次在同一地点面临几乎相同的境况。更讽刺的是，两次在外面的追兵，分明是彼此敌对的立场。

龙武军和旅贲军士兵已经扑到了门前，张小敬的弩机已经空了，手里没有别的武器，只能靠一双肉掌抵挡。他大吼一声，拆下顶阁的门板当作盾牌，直接倾斜着压出去，登时压倒一片追兵。

可无论是旅贲军还是龙武禁军，都是京中百里挑一的精锐之师。楼梯下不断有人冲上来，压力持续增大，士兵们虽然单挑不及张小敬，却可以群起而攻之。张小敬只能凭空手抓住门板，利用狭窄的走廊通道，拼命把他们往外推。无数刀光剁在门板上，木屑飞溅，眼看门板就要被劈成篱笆。

一个龙武军士兵见刀砍暂时不能奏效，索性双臂伸开，整个人压上去。其他人得到提示，也纷纷如法炮制。张小敬既无法伤敌，也没办法对抗这么多人的体重，一下子竟被反压在门板下面，动弹不得。

　　一直到这会儿，元载才登上楼梯。张小敬一看是那个在晁分门前被自己杀破胆的新靖安司官员，开口大叫道："是我提示你来兴庆宫的，我不是蚍蜉！自己人！是自己人！"

　　元载盯着张小敬，心中越发复杂。这个人当面杀死了自己十几个部属，还吓得自己尿裤子——但确实是他提示，自己才来到兴庆宫，难道说张小敬真是冤枉的？可元载很快又否定了。他明明抱着猛火雷来炸灯楼，这是众目睽睽之下的行为，难道不是个叛贼吗？

　　这个独眼死囚犯的种种矛盾行为，聪明如元载，完全摸不透怎么回事。元载决定不去想了，总之先把他抓住就对了！

　　"不要相信他的话！"元载正要清清嗓子，发布下一条命令，却被张小敬的声音占了先。

　　"这灯楼里已经灌满了猛火雷，马上就要炸了！必须马上派人去阻止！"张小敬声嘶力竭地在门板下叫着。这个说法，让元载一哆嗦，连忙抬头向太上玄元灯楼的里面望去。可惜里面太空旷了，什么都看不清。

　　我的天，这灯楼里如果全是猛火雷，那岂不是连整个兴庆宫都要上天？元载的脑子一蒙。

　　"长……长官！小心！"一名龙武军士兵突然指着顶阁尖叫道。门板已经被卸掉，所以走廊里的人都能看到里面的情景。

　　一根麒麟臂正紧靠在转机的背面，那捻子已经烧入了竹筒内部。那种冰冷的死亡预感，一下子又袭上元载心头。他二话不说，抱头就朝楼梯下面滚去。而压在张小敬门板上的士兵们，一见长官如此，也纷纷跳开。

　　只见那麒麟臂的捻子燃到尽头，闪了几朵火花，然后消失了。不过张小敬知道，这不是消失，而是钻入竹筒内处，很快将唤醒一个极可怕的火焰怪兽。

　　他攥紧拳头，闭上眼睛，等待着自己被火焰席卷而得解脱的那一刻。

　　一个弹指、两个弹指、三个弹指……到了五个弹指，顶阁里还是一片安静。

张小敬没听到意料中的爆炸声，反而觉得脸庞有些灼热，他睁开独眼，看到一团热烈的大火在转机旁飞舞。

这一枚猛火雷，是臭弹。

张小敬很快就找到了原因所在。这根麒麟臂的尾部在刚才的争斗中被撞开了一条缝，有黑色黏稠的猛火油流泻而出，洒在地板上。

猛火雷的制造要诀，就是内部须压紧压实，把油劲牢牢地蓄在一处，才能使其成功起爆。若是密封有破损，泄了劲力，便只会变成普通燃烧，徒有猛火之威而失雷霆之瞬击。早些时候，突厥狼卫们携带的桶装猛火雷里，正是因为密封欠佳，导致数枚猛火雷变成臭弹。

显然，张小敬运气不够好，这一根麒麟臂尾部破损，劲力外泄，让它变成了一枚普通燃烧的猛火雷。燃烧起来固然凶猛，可对于金属质地的转机毫无影响。

它在熊熊烈火中依然冷漠地转动着，驱使着天枢旋转。张小敬无奈地闭上眼睛，他已经尽力了，这莫非就是天意吗？

躲到楼下的那群士兵，看到没有爆炸，又准备再次冲上来。这时外面的巨大声浪扑面而来，广场上举起了无数双手，无数个人声汇成了一句话："拔灯！拔灯！拔灯！"

作为拔灯之礼最高潮的一个环节，拔灯红筹站在勤政务本楼上，天子会向他或她赐予一根今年宫苑内最早发芽的柳木枝，有乐班奏起《清平乐》。拔灯红筹手持柳枝，将其点燃，再抛向灯楼，以引燃烛火——不是真的引燃，只是作为一个仪式存在，这边抛出，那边灯楼的人会同时举烛，取意春发在即。

"拔灯"的呼喊传来之时，张小敬明白，这座太上玄元灯楼，即将进入它最后的使命。鱼肠将点燃灯楼火头，让阙勒霍多吞噬掉所有人。

但不是现在！

为了确保最大效果，鱼肠的操作会分为两步。第一步，他会启动正常的机关，让二十四个灯屋依次亮起，把天子、群臣和诸国使节都吸引到勤政务本楼的边缘；当全部灯屋都点燃之后，鱼肠会点燃预先埋设的二十四枚猛火雷，让它们一起爆发，然后催炸天枢中暗藏的阙勒霍多。

也就是说，只要二十四个灯屋还未完全亮起，尚还有一线生机。

张小敬的眼神射出危险的光芒，他从门板下挣扎着爬起来。士兵们已经战战兢兢地第二次冲上来，张小敬二话不说，双手护住面孔，冒着大火再次冲进顶阁。

追兵们很惊讶，那里明明是死路一条，又燃烧着大火，这人难道是自寻死路？元载却不敢小觑这死囚犯，他催促着手下尽快冲过去，看个究竟。

几名士兵冲到顶阁前，看到大火依旧燃烧，转机依旧旋转无碍，可人却没了。元载一听，亲自跑过来，抬头一看，却看到天花板上破了一个大大的洞。

刚才张小敬袭击鱼肠时已发现，这个天花板非常薄，只是做做样子而已，他的弩箭，随便就射穿了四个洞。他再一次进入顶阁后，用捡来的一把旅贲军制式障刀，猛劈四个射洞之间的脆弱区域，很快劈出一个大洞，然后踩着滚烫的转机爬上去，进入太上玄元灯楼的内部。

一个声音从洞内传来："灯楼即将为猛火雷所炸，速发警报！"然后传来一连串逐渐远去的脚步声。

士兵们抬腿要去追，却被元载给拦住了。

"如果那家伙说得不错，现在灯楼里头全是猛火雷，太危险了。"元载眯起眼睛，看着上方黑漆漆的灯楼内部。他的预感越发强烈，断然不能继续前进了。"咱们得尽快对外头发出警报。"

"您刚才不是说，不要相信他的话吗？"一个傻乎乎的大头兵提出质疑。

元载瞪了他一眼，却没有过多解释。事实上，连元载自己都莫名其妙，不知该如何对待张小敬。如果灯楼里都是猛火雷，他不应该立刻逃走吗？现在他连追兵都不顾，强行往里钻，难不成还想阻止？他到底是哪边的？

"我们追捕的，到底是好人还是坏人？"傻乎乎的大头兵也仰望着脸，一脸糊涂。

这次元载没有呵斥他："我不知道。不过有一点可以肯定，这是个疯子。"

拔灯红筹抛出燃烛的一瞬间，兴庆宫前的广场一下子变得鸦雀无声。仿佛有一位无形的武士奋起陌刀，一刀将所有的喧嚣斩断。无论是看热闹的百姓、拔灯车上的艺人还是站在露台边缘的官员、宗室以及诸国使节，都不约而同地闭上了嘴，等待着一个盛世奇景的诞生。

勤政务本楼距离太上玄元灯楼很近，那燃烛在半空画过一个优雅的弧线，轻轻落在了灯楼预先准备好的烛龙仰首托槽里。

太上玄元灯楼岿然不动，依然冷漠地站在黑暗中，似乎对这燃烛的叩门熟视无睹。人群里掀起了小小的涟漪，楼上的官员们，也纷纷交头接耳。他们纷纷担心，会不会中间出了什么差错。

没过多久，一声宛若巨兽低吼的吱呀声从灯楼内部响起，打消了每一个人的疑惑。他们齐齐仰起脖颈，注意到那夸父般的巨大旋臂开始运作，推动着灯楼外围的二十四个灯屋缓缓旋转，此升彼降，轮转不休。

最先转到太上玄元灯楼上端的，是"仁德"灯屋。它起初只是亮起了一点点光亮，幽幽如豆，勉强看到屋内似有人影在动。它晃晃悠悠地越过灯楼天顶，从一处狻猊样式的拨片下方掠过。随着灯屋向前移动，固定架上的拨片拨开了位于屋顶的一管斜油斛口。

斛口一开，里面的灯油便流泻而出，沿沟槽流遍整个灯屋周身，最后流到了那如豆烛光处。几乎是一瞬间，整个沟槽的灯油化为一条火线，点燃了沟槽旁边的几十根白身大龙烛。

整座灯屋霎时变得极为明亮，如同一颗璀璨星辰在夜幕绽放，居高临下睥睨着尘世。它的光芒与夜幕的黑形成了鲜明的对比，围观者们可以清楚地看到，屋内有一男子负手而立，不住点头；诸多燕雀鸿鹄在四周飞翔，一张大网立起三面，只有一面垂地。

这是商汤"网开一面"的典故，以示仁德。那尊男子灯俑，即是汤；他身边的那些鸟雀做得十分精致，是用真鸟羽粘贴而成，而且每一只鸟的双翅，都在上下翻飞，就像真的从罗网冲出来似的。

围观者们张口结舌，被眼前的画面所震惊。他们何曾见过这等景象。那些高高在上的灯俑能够自行动作，栩栩如生。伴随着外围灯屋的逐渐下降，四角彩缯飘飘，流光溢彩。老百姓们如痴如醉，有人甚至跪拜在地，如同膜拜神仙下凡一般。

在接下来的半个时辰里，还有二十三个同样的奇景会依次点燃。每一个人都压抑住了心头的兴奋，屏息凝气等着接下来要发生的事。

此时在灯楼内部的张小敬，可没有外面的人那么兴奋。他凭着刚才的记忆，朝着天枢层摸去，鱼肠应该就是在那里控制机关。方向倒不会担心找错，因为那一根贯穿整个灯楼的天枢柱子绝对不会偏移，非常醒目。

但是灯楼开始运转之后，让内部的情况变得更加复杂。那些旋柱、悬桥和无处不在的木柱吊臂，构成了错综复杂的迷宫，而且这迷宫还在时时运转、变化。张小敬努力睁圆独眼，在各处平台之间跳跃。

唯一值得欣慰的是，随着一个又一个灯屋的亮起，灯楼内部的光线更加明亮，不必在黑暗中摸黑前进了。

张小敬一路向上攀爬，可很快发现自己的身体状况很不乐观，跑上几步，不得不停下来喘息一阵。今天从上午离开死牢开始，他就没停歇过，先后数次受伤，也只是在慈悲寺里稍微休息了片刻。就是铁打的汉子，恐怕也已经是强弩之末了。

张小敬很担心这样没办法与鱼肠对抗。那家伙是最危险的杀手，在这种复杂环境下更是如鱼得水，自己的胜算其实很小——必须要调整策略才行。

他仰起头来，向上看去。此时已经有四间灯屋被点亮，而天枢层还在几十尺高的上空。张小敬思忖片刻，仰头大吼道："鱼肠，我们来做个了断！"

声音在灯楼里回荡，久久不散，可是却没得到任何回应。张小敬本来想用自己为诱饵，把鱼肠诱下来，可显然对方没理睬他。

张小敬只得咬紧牙关，定了定神，朝上方跃去。不料这时灯楼发生了变动，悬板一错，让他突然脚下一空，差点跌下去。亏得张小敬眼疾手快，一把拽住一条垂吊下来的粗麻绳子，整个人几乎吊在半空。

他把障刀咬在嘴里，腾出另外一条手来，左右交替攀爬，勉强爬升一点之后，身子再一点点摆动，在半空荡到最近的一处凹处。张小敬刚一踏上去，那绳子便不堪重负，拽着上面的几片搭板，噼里啪啦地跌落到灯楼底部去。

这一下子，向上去的通路，便被扯断了，生生把张小敬困在了这一块狭窄的凹处，进退两难。

张小敬落脚的这个地方，是灯楼向外凸出的一处鹘嘹，这是工匠用来校正旋臂用的观察孔。从这里向外一探头，恰好可以看到旋臂在眼前掠过，臂心是否偏斜，一望可知。起名"鹘嘹"，一是这里落脚处极窄，有如鹘嘴；二是鹘鹰眼睛最为锐利，可以看到最小的错误。

在旋臂运转的线路上，每隔一段距离，一定会有一个鹘嘹孔，而且所有鹘嘹孔的位置都严格一致。张小敬想要继续攀爬，只有一个办法，就是从内部攀到灯楼外侧的鹘嘹孔，抓住缓缓抬升的旋臂，吊到更高处的观察孔，再次跳入灯楼内部。

这是一条极有风险的路线。灯楼的旋臂都是用粗大的圆竹所制，周身打磨得非常光滑，不太容易抓住。只要稍有不慎，整个人就会跌到楼下，摔成一摊肉泥。就算侥幸抓住，能否在不断运动中保持平衡，能否选择在合适的时机跳出，也都是未知数。

这时候第五间灯屋也已点亮，时间更加紧迫。张小敬别无选择，只得把身子勉强向外探去。这里距离地面已有四十多尺高，地面上的人和物品看上去变成了一个个小蚂蚁。夜风呼呼地吹着，几乎让他睁不开眼睛。

一根旋臂在远处缓缓地转过来，张小敬死死盯着它，默默地计算着速度和距离。他心里一点把握也没有，可这是目前他唯一能做的选择。

这个灯楼外侧有八根旋臂，每一臂都驱动着三个灯屋。它们的杆子表面被涂成了黑色。这样一来，观灯者远远看去，黑臂会被夜幕隐去，恍惚间好似灯屋悬在半空一般。这个细节对张小敬来说，无形中增加了对准的难度。

"闻无忌啊，你若觉得我做得对，就请保佑我吧。"

张小敬在心中默祈，然后把刀别在身后，纵身跳出灯楼外面。他没有等待，也没有犹豫，这两样东西都是现在最奢侈的东西。张小敬飞到半空，伸出双臂迎向旋臂。他很快发现自己选对了方向，但估错了速度。在手臂环抱住旋臂之前，整个身子已经"砰"地重重撞了上去。

这一撞让张小敬眼冒金星，几乎失去神智。幸亏他的四肢本能地伸前、弯曲，像猴子一样死死地抱住了大竹竿边缘，总算没有掉下去。旋臂发出一声轻微的吱呀声，颤了几颤，继续向上面抬升。

此时太上玄元楼将近三分之一的灯轮已次第亮起，个个光耀非常。大唐百姓最喜欢看这些神仙之景，一点不吝惜自己的欢呼与喝彩。每一个人的视线，都集中在这些荣耀精致的人间奇观上，根本不会注意到在黑漆漆的旋臂附近，一个试图拯救他们的人正在向天际攀升。

过了一小会儿，张小敬的视力稍微恢复了一点。他口中发出粗重的呼吸声，肌肉疼得厉害，却不敢稍有松懈。整个人悬吊在旋臂上，就像是一个溺水之人抓着浮木一样。一阵凛冽的风吹过来，把他已经松掉的发髻吹散。

他艰难地转动脖子，看到眼前的灯楼外壁在缓慢下降，再往上大约十尺的距离，有一个凸出如鹘鹰之喙的突起。

那就是他的目标。

只要再等十五个弹指左右的时间，旋臂就能够转到鹘喙孔旁边，就是跃回灯楼的最佳时机。可这时张小敬却发现自己的姿势不对——现在这个姿态，只能确保不会被甩下旋臂，却很难让他取得足够的借力在半空跃起。

张小敬紧贴着竹竿挪动身子，逐渐放松两脚，把压力都集中在紧抱的双手去，中间有数次差点就摔下去。他好不容易把身子调整成双手垂吊的姿态，开始像摆动的秤砣一样大幅摆动。

当鹘喙和他之间的距离终于达到最短，张小敬猛然松开双手，整个人脱离旋臂，飞向灯楼。只听"噗"的一声，他的身子竟然把蒙皮撞破了一个洞，直直跌进灯楼内。张小敬当机立断，回身右手死命扳住鹘喙，把整个身子死死吊住，才没跌下去。

这个鹘喙的联络通道并未损毁，张小敬双脚踢蹬了几次，够到边缘，然后把整个身子翻了上去。一上去，张小敬趴在地上，喘息不已。

他知道时间紧迫，可是整个人确实已经到了极限。这一串动作下来，耗时不长，可几乎耗尽了张小敬的体力。尤其是右手手腕，因为刚才承受了全身的重量，已有肌肉痉挛的征兆。

他抬起头，数了数，灯屋已经亮到了第十间。兴庆宫广场上的百姓已经掌握了大灯楼燃烛的节奏，他们会在每一个灯屋亮相时大声欢呼，然后音调逐渐低沉，直到另外一个灯屋亮起。勤政务本楼里恐怕已经空了，所有的宴会人员都拥到了外侧高栏，近距离观赏着如斯美景。

"十五，十五，只要第十五个灯屋亮起之前爬起来，就还来得及，来得及……"张小敬对自己解释道。他实在有点撑不住了，必须要休息一下。可一停下来，身子便一动都不想动。

张小敬抽出刀来，狠狠在自己手腕上割了一刀，剧烈的疼痛像烧红的铁锥，把他身体里最后的凶性给逼了出来。他一咬牙，强行支起身子，摇摇晃晃地朝上头走去。

这里距离天枢层已经很近了。张小敬一抬头，已能看到头顶那一片正在缓慢转动的木板。

天枢层是太上玄元灯楼的核心，它最明显的标志，就是在天枢周围嵌套着一轮宽阔无比的环形黄褐色木板，它太宽阔了，隔断了整个灯楼内部，看上去就好像是地板在一直转动。

张小敬把刀重新掂了掂，朝着通向上层的楼梯走去。他把脚步放轻，屏住呼吸，尽量不发出响动。可当他一踏上台阶，一道寒光突如其来。幸亏张小敬早有准备，把一块丢弃在附近的木牌当盾牌，伸在前头。

寒光一扫，那木牌登时被劈成了两半，而张小敬则趁机跃入天枢层，横刀一斩。守在楼梯口的鱼肠因为只有单臂能用，收刀不及，索性一个后翻滚，避开了张小敬的锋芒。

不过诡异的是，鱼肠并没有发起反击，反而后退数步，露出欣慰而残忍的神情："你没死可真是太好了，我等了你很久。"沙哑的声音伴随着天枢间隆隆的噪声。

张小敬也没有急忙上前，他想多争取点时间恢复些体力。于是两人三目相对，彼此相距数十步，陷入沉默的对峙。两个人脚下踩着的地板一直在徐徐转动，让他们的背景似走马灯般变化，光线时明时暗，两张面孔的神情变得颇为微妙。

张小敬忽然注意到，鱼肠身后有一处方形木台，外表涂着黑漆，上头有两根醒目的长柄，一根靛蓝，一根赤红。那应该就是控制天枢起爆的机枢所在。萧规计划的最后一步非得有人操作不可，所以鱼肠才留到最后。只要把它毁了，这一场阴谋就算是失败了。

"为什么你没去向萧规告发？"张小敬问。

"没有用，那个家伙一定不会杀你。还是我亲自动手更放心。"鱼肠舔了舔嘴唇，目光里杀意盎然。

"所以你没有告发我，却杀了毛顺？"

"没错。毛顺一死、麒麟臂一丢，你若想解决这件事，别无选择，只能上楼来找我。这样一来，我可以安心地在灯楼里操作机关，顺便等你上来送死，两件事我都不必耽误。"

张小敬皱眉道："那你知不知道，萧规原本也打算让你死？"

他本以为这句话会让鱼肠震惊愤怒，进而放弃炸灯楼，可鱼肠却认真地回答："那又如何？我答应过为他做十件事，这是最后一件，不会因为他要杀我就半途而废。"

张小敬没想到鱼肠是个这么尊重承诺的人。鱼肠伸出手来，像野兽一般盯着他，准备要动手。张小敬试图劝诱道："你先把机关停下来，我答应出去跟你决斗。"

"不，这里就很完美！"

话音刚落，鱼肠就如鬼魅般冲了过来。他的速度极快，张小敬无法躲闪，只能挥动障刀，与他正面相抗。天枢间叮叮当当，传来十数声金属相格的脆声。

鱼肠的攻击方式以快为主，讲究出其不意。所以当张小敬沉下心来，全力御守，鱼肠一时间也难以找到什么破绽。鱼肠攻了数次，一见没什么效果，忽然退开，利用身法上的优势飘到天枢层附近的灯架上去。

这一带的竹支架交错纵横，比莽莽山林还要密集。鱼肠在其中穿来跃去，张小敬很快便失去了他的踪迹，左右看顾，不知这个危险的杀手将会从哪个角度发起攻击。

张小敬的临阵经验很丰富，知道在这种情况之下，绝不能被对手掌握节奏。他想了想，忽然向后疾退数步，背靠在灯楼的内壁上，双足蹬住两个竹节凸起。

整个天枢层除了天枢本身以外，地板一直保持着缓慢旋转。张小敬背靠灯楼内壁，双足悬空，一可以保证不会后背遇敌；二来让身子不随地板转动，这样只消等上片刻，那个操控机枢的木台便会自行转到面前。

他的目的，从来不是杀死鱼肠，而是毁掉机枢木台。采取如此站位，张小敬便可以占据主动，以不变应万变。鱼肠要么跟他正面对决，要么眼睁睁看着机枢木台转到他面前，然后被毁掉。

果然，张小敬这么一站，鱼肠便看明白了形势，意识到自己不得不现身。他几下跳纵，突然从竹架上以一个匪夷所思的角度恶狠狠地扑下来。张小敬背靠楼壁，很容易便判明袭来的方位，挥起障刀，当的一声脆响，又一次挡住了偷袭。

鱼肠惯于奇袭，一击不得手，便会习惯性地立刻退去。张小敬却把长刀一绞，缠住了对手，生生将其拖入了缠战的节奏。两人情况各有优劣，张小敬吃亏在体力耗尽，力道不够；而鱼肠一条胳膊负伤，一时间竟打了个旗鼓相当。

"你还能撑多久？"鱼肠边打边说。

"彼此彼此。"张小敬咧开嘴。

此时头顶的灯屋，已经有十五间亮起，只剩九间还未转到天顶燃烛。如果鱼肠被一直拖在这里，就没人能扳动机关，让这二十四间灯屋的麒麟臂爆发。

所以这两个人，谁都拖延不得。

眼看那木台即将转过来，鱼肠手里的攻击加快了速度，试图压制住张小敬。张小敬不甘示弱，也同样予以反击。在暴风骤雨般的攻势间隙，鱼肠另外一侧残手突然抖了抖袖子，数滴绿色的绿矾油飞出袖口，朝着张小敬洒去。

谁知张小敬早就防着这一招，长刀一横，手腕顺势半转。障刀的宽阔刀背狠狠抽中飞过来的绿液，把它们反抽了回去。其中有一滴绿液正好点中了鱼肠的左肩，在布面上发出轻轻的咝声。

鱼肠肩头一阵剧痛，不由得眉头一动。他作为一名暗影里的杀手，这种与人正面缠战的情况少之又少，很不习惯。对面的这个家伙，就好似一块蘸了白芨汁液的糯米浆子，刀法未必有多精妙，可就是死缠不退，韧劲十足。

鱼肠觉得不能再这么下去。他偏过头去，看到木台已经快接近这里，索性摆出一个同归于尽的架势，朝张小敬冲过去。

张小敬一见他这般做派，张开嘴哈哈大笑起来。

他一眼便看穿，鱼肠这是在诈唬人。一个杀手，岂有与人同归于尽的决心？

这种情形，无惧生死者才能获胜。

张小敬双足稳稳踏中，又是一刀挥出。鱼肠一看对方不为所动，只得中途撤力，迅速飘远。那一个木台，已然距离张小敬不足三尺，台上那两根木制长柄清晰可见，一侧靛青，一侧赤红。

"你知道毁哪一边吗？"鱼肠的声音恶意地从上空传来。

张小敬原本已经抬起的长刀，停滞在半空。

他并不懂得机关营造之术，这一刀劈下去，谁知道是福是祸？究竟是靛青还是赤红？万一劈错了，反倒提前引发了爆炸，又该如何？张小敬原本是没想过这些的，只求一刀劈个痛快，被鱼肠这么一点，反倒成了心魔，下不去手了。

就在张小敬一愣神的工夫，机枢木台已掠过他的身前，逐渐远去。张小敬急忙身子前倾，伸手去抓，背部终于离开了灯楼内壁。

这一个小小的破绽，立刻被蓄势待发的鱼肠抓住。他一下子从脚手架上跃下来，飞刺过去。张小敬要么去抓木台，被他刺死；要么回刀自保，坐视木台远去。

现在灯屋已经亮起了二十一间，张小敬没有时间再等它转一圈回来了。

张小敬对此也心知肚明，可他面对靛蓝和赤红双色，无从下手。他一咬牙，先回刀挡住鱼肠的突袭，可也因此错过了与机枢木台接触的机会。

旋转的地板，稳稳地载着机枢木台，逐渐远去。

鱼肠没有作声，双眼却闪动着兴奋神色。这一番争斗的结果，终于要水落石出。他忽然发现，不杀掉这个家伙，任由他朝着绝望的深渊滑落，会比杀掉他更解恨。

可经过这一番缠斗，鱼肠也知道，这家伙绝不会那么容易放弃。

果然，张小敬一见固守的策略失败，也感受到了时辰的压力，索性扑了过来。这一次他什么都不顾了，直冲木台。

第二十二间灯屋，在高高的天顶亮起。

张小敬的冲势如同一头野猪，对周围不管不顾。鱼肠趁机出手，寒光一闪，割开了他的右边肋下，飞起一片鲜血。可这个伤势，丝毫没有减缓张小敬的速度。

鱼肠再一次出手，这次割伤的是他的左肩。张小敬虎吼一声，浑身鲜血淋漓地继续冲着，对身上的伤口置若罔闻。

鱼肠的表情变得僵滞起来，对方升起一股令他无比畏惧的气势，这还是生平第一次。鱼肠有预感，即使现在割开他的咽喉，对手也会先把自己撕成数块，然后再死去。

来自童年阴影的恐慌，油然在他的心头升起。那还是在他七岁那年，孤身流落在草原上，被一头受伤的孤狼缀上。一人一狼对峙了半个夜晚，幸亏后来有牧民赶到，打跑了那头狼。不过它那绿油油的眼神，给鱼肠留下了难以忘却的噩梦印记。

这噩梦，今天又化身成了张小敬，出现在鱼肠面前。鱼肠第一次失态，他有强烈的冲动，想要后退躲避。

他低吼一声，拼命想要摆脱这些混乱思绪，可张小敬已经接近了。

鱼肠已经不想与张小敬正面对决，他抑制住想要逃走的冲动，飞起一刀，砍断旁边的一根黄竹架。沉重的木轮缺少了一个支撑，登时往下沉了几分，连累正在冲锋的张小敬身子一歪。鱼肠连忙又砍断了另外一处竹架，木轮又歪倒了几分。

张小敬看到眼前的平路，忽然变成了一个倾斜的上坡。他只得掣起钢刀，加快速度向前奔去。鱼肠发狂般举起刀来，砍断了第三根支撑。

哗啦一下，天枢层的木轮坍塌下去一半，木屑飞溅。张小敬的体力已濒临谷底，加上受伤过重，一时控制不了平衡，一路滑跌到木轮边缘。他想要抓住周围的东西，可胳膊已是酸疼无力，整个身子一下子滑出半空，只靠一只手死死抠住边缘的凹槽。那柄障刀在半空旋了几个圈子，掉到了灯楼底部的深渊中去。

与此同时，第二十三间灯屋，点亮。

鱼肠爆发出一阵疯狂的大笑，他很少如此失态，可今天是个例外。这一场决斗，终究还是他赢了。张小敬这头野兽，最终还是被他打败了。

他走到木轮边缘，用皮靴踩住张小敬的五个指头，发出咯吱咯吱的声音。张小敬的身体无助地在半空晃动，面色狰狞，始终不肯松开指头。

"到头来，你谁也保不住。"

鱼肠俯视着这个手下败将，他现在可以轻易杀死张小敬，可却突然改变了主意。

刚才张小敬的疯狂，让他感受到了恐惧。单纯杀死这个浑蛋，已不足以洗刷这种屈辱。只有让这个仇敌在绝望和痛苦的情绪中煎熬良久，然后死去，才会让心中的愤怒平息。

他不再继续踩压张小敬的手指，而是指了指那个机枢木台，走过去。张小敬吼道："你来杀我好了！不要去扳动机关！"

鱼肠侧耳倾听，脚步放慢，这哀鸣比教坊的曲子还好听，他要好好享受这一过程。张小敬单手抠住凹槽，双目充血，声音嘶哑如破锣："不要扳动，你会后悔的！"

在这声声的吼叫中，鱼肠慢慢地踏到木台之上。伸出手握住两条长柄，仰起头来，向天顶望去。

最后一间"明理"灯屋，点亮。

太上玄元灯楼上的二十四间灯屋，至此终于全数点燃。二十四团璀璨的巨大灯火，在夜幕映衬下宛若星宿下凡。

它们以沛然莫御的恢宏气势次第旋转着，在半空构成了一个明亮而浑圆的轮回轨迹，居高临下睥睨着长安城的一百零八坊。屋中灯俑个个宝相庄严，仿佛众妙之门皆从此开。

在这座灯楼的顶端，有十几根极长的麻绳向不同方向斜扯，悬吊半空，绳上挂满了各色薄纱和彩旗。灯没亮时，这些装饰毫不起眼。此时灯屋齐亮，这些薄纱扑簌簌地一起抖动，把灯光滤成绯红、葡萄紫、翠芽绿、石赭黄等多彩光色，把灯楼内外都笼罩在一片迷离奇妙的彩影之中，有如仙家幻境。

无论是升斗小民还是天潢贵胄，有几人曾目睹神仙临凡？而今天，每一个人的梦想都变成了眼前的实景，这是值得谈论许多年的经历。惊涛骇浪般的欢呼声，从四面八方拍击而来。兴庆宫内外早已准备好的乐班，开始齐奏《上仙游》。长安城的上元节的欢庆，达到了最高潮。

鱼肠看了张小敬一眼，有意侧过身子去，让他能看清楚自己的动作。手腕一用力，将那赤红色的长柄推至尽头。

第十八章

寅初

马车旁的马匹，也都同时转动了一下耳朵，喷出不安的鼻息。

护卫们顾不得安抚坐骑，他们也齐齐把脖颈转向北方。

天宝三载元月十五日，寅初。

长安，万年县，安邑常乐路口。

从刚才拔灯红筹抛出燃烛开始，李泌便一直跟在那辆东宫所属的四望车后面。不过他没有急于上前表明身份，而是拉开一段距离，悄悄跟随着。

李泌手握缰绳，身体前倾，双腿虚夹马肚，保持着一个随时可以加速的姿势。但他不敢太过靠前，因为一个可怕的猜想正在浮现。这念头是道家所谓"心魔"，越是抗拒，它越是强大，一有空隙便乘虚而入，藤蔓般缠住内心，使他艰于呼吸，心下冰凉。

这一辆四望马车离开兴庆宫后，通过安邑常乐路口，一路朝南走去。这个动向颇为奇怪，因为太子居所是在长乐坊，位于安国寺东附苑城的十王宅内，眼下往南走，分明背道而驰。

既不参加春宴，又不回宅邸，值此良夜，太子到底是想要去哪里？

这一带的街道聚满了观灯的百姓，他们正如痴如醉地欣赏着远处灯楼的盛况，可不会因为四望车上竖着绛引幡，就恭敬地低头让路。马车行进得很急躁，在拥挤的人群中粗暴地冲撞，掀起一片片怒骂与叫喊——与其说是跋扈，更像是慌不择路的逃难。

四望车两侧只配了几个护卫兵随行，仪仗一概欠奉。那只搁在窗棂上的手，始终在烦躁地敲击着，不曾有一刻停顿。

李泌伏在马背上，偶尔回过头去，看到太上玄元灯楼的灯屋次第亮起。身旁百姓们连连发出惊喜呼喊，可他心中却越听越焦虑。等到二十四个灯屋都亮起来，阙勒霍多便会复活，到那时候，恐怕长安城就要遭遇大劫难了。

他在追踪马车之前，已经跟陈玄礼将军打过招呼，警告说灯楼里暗藏猛火雷，让他立刻对勤政务本楼进行疏散。至于陈玄礼听不听，就非李泌所能控制了——话说回来，就算现在开始疏散也晚了。勤政务本楼上的宾客有数百人，兴庆宫广场上还有数万民众，仓促之间根本没办法离开爆炸范围。

只能指望张小敬能及时阻止灯楼启动，那是长安城唯一的希望。

一想到这里，李泌眉头微皱，努力压抑住那股心魔。可这一次，任何道法都失效了，心魔迅速膨胀，几乎要侵染李泌的整个灵台，强迫他按照一个极不情愿的思路去思考。

在这个微妙的时间点，任何离开勤政务本楼的人，都值得怀疑。

那么，太子为何在这时候离开兴庆宫？是不是因为他早知道灯楼里有猛火雷，所以才会提前离开？

思路一念及此，便好似开闸洪水，再也收拢不住：只要猛火雷一炸，整个勤政务本楼顿时会化为齑粉，从天子到李相，绝无幸免，整个朝廷高层将为之一空。

除了太子，不，到那个时候，他已经是皇帝了。

李泌的心陡然抽紧，指甲死死抠进牛皮缰绳里去，留下极深的印痕。他没法再继续推演下去，越往下想，越觉心惊。李泌与太子相识许多年，他不相信那个忠厚而怯懦的太子，会做出这样的事情来。

可是……李亨毕竟是李氏之后。这一族人的血液里，始终埋藏着一缕噬亲的凶性。玄武门前的斑斑血迹，可是擦不干净的。想到这里，李泌的身子在马上晃了晃，信心动摇。

前方马车已经逐渐驶离了人群拥挤的区域，速度提升上来。李泌咬了一下舌尖，强迫自己冷静下来。他一抖缰绳，也让坐骑加快速度，别被甩掉。

四望车走过常乐、靖恭、新昌、升道诸坊，车头始终冲南。李泌发现，车辕所向非常坚定，车夫过路口时没有半分犹豫——这说明这辆车有一个明确的目的地。

街上灯火依然很旺盛，可毕竟已至南城，热闹程度不可与北边同日而语。这一带的东侧是长安城的东城墙，西侧是乐游原的高坡，形成一条两翼高耸、中部低陷的城中谷道。长安居民都称这一段路为"遮沟"，白天是游赏的好去处，可到了晚上，街道两侧皆是黑魆魆的高壁阴影，气势森然。

四望车走到遮沟里，车速缓缓降了下来。当它抵达修行升平道路口时，忽然朝右侧转去，恰好擦着乐游原南麓边缘而过。

李泌潜藏在后，脑子飞快地在转动，心想这附近到底有什么可疑之处。还未等他想到，那四望车已经远远地停了下来。

这附近居民不多，没有大体量的灯架，只在紧要处挂起几盏防风的厚皮灯笼，光线不是很好。马车停下的位置，南边可见一座高大的塔尖，那是修行坊中的通法寺塔；而在北边，则是一道高大的青色坊墙，坊墙上开了一道倒碑小门。这种门在启用时，不是左右推开，而是整个门板向前倒去，平铺于地，两侧用铁链牵引，可以收回。因为它状如石碑倒地，故而得名。

在长安，坊墙当街开门只有两种情况：要么是嘉许大臣功绩，敕许开门；要么是有迫不得已的实际用途，比如突厥狼卫们藏身的昌明坊砖窑，因为进出货物量太大，必须要另开一门。

那么在这里坊墙开了一扇倒碑门的，到底是什么地方？李泌的眼神扫过去，注意到那门上方是一条拱形的镂空花纹，纹路颇为繁复，有忍冬、菖蒲、青木、师草子等花草叶纹，皆是入药之物。

李泌立刻想起来了，这里是升平坊，里面有一个药圃，专为东宫培植各类草药。药圃需要大量肥、土以及草木，又是太子所用，当街开门很正常了。李泌记得，李亨曾经赏赐过自己一些草药膏子，还不无得意地夸耀是自种自焙自调，原来就是从这里拿的料。

可是太子大老远跑来药圃干吗？

李泌内心疑窦丛生，光顾得思考，忘记扯住缰绳。那坐骑看到前方有光，主人又没拦阻，便自作主张朝那边靠去。

附近行人很少，马车四周的护卫听到马蹄声，立刻发现了李泌的行藏。他们十分紧张，发出警告的呵声，亮出武器。四望车的窗棂上搁着的那只手，仿佛一只受到惊吓的兔子，一下子缩回去了。

李泌听到呼喊，知道自己的行踪已暴露，索性翻身下马，大声道："我是靖安司丞李泌！"那些护卫跟李泌都很熟悉，一听是他，纷纷放下手中武器。护卫们没注意到，四望车微微地颤动了一下。

"我要见太子。"李泌一边朝前走，一边大声喊道。护卫们面面相觑，有点不知所措。太子就在四望车内，外面的对话一定听得很清楚，可是车里始终保持着沉默，没有任何命令下来。

"臣，靖安司丞李泌，求见太子！"李泌的声音又大了几分，脚下不停，距离四望车又近了几分。他的情绪变得激动起来，必须要把这件事情弄明白，哪怕付出最惨重的代价。

四望车内还没有反应，李泌的脚步突然停住了，皱着眉头朝北方望去。马车旁的马匹，也都同时转动了一下耳朵，喷出不安的鼻息。护卫们顾不得安抚坐骑，他们也齐齐把脖颈转向北方。

无论是人还是马，都感应到了，有微微的轰轰声从远处传来，随之而至的还有脚下不安的震颤。尽管在这个位置，北方的视野全被乐游原挡住，可李泌知道，一定是太上玄元灯楼出事了。

太上玄元灯楼的二十四个灯屋，主要分成三块：灯烛部、灯俑部以及机关部。机关部深藏在灯屋底层，外用木皮、绸缎遮挡，里面是牵动灯俑的勾杆所在，百齿咬合，是毛顺大师的不传之秘。

当鱼肠推动木台上的赤红长柄后，层层传力，刹那便传到二十四间灯屋的机关部内。一个铜棘轮突然咔嗒一声，与邻近的麒麟臂错扣一齿。这个小小的错位，让一枚燃烛滑到麒麟臂的正下方，炽热的火苗，恰好撩到裸露在外的油捻子。

油捻子呼啦一下燃烧起来，它的长度只有数寸，火星很快便钻入麒麟臂内部，一路朝着内囊烧去。

灯楼上的巨轮依然在隆隆地转动着，光芒庄严，熠熠生辉，此时的长安城中没有比它更为夺目的建筑。围观者们如痴如醉，沉浸在这玄妙的氛围中不能自拔。

数十个弹指之后，"武威"灯屋的下部爆出一点极其耀眼的火花。在惊雷声中，火花先化为一团赤色花心，又迅速聚集成一簇花蕊。然后花蕊迅速向四周舒张，伸展成一片片跃动的流火花瓣。远远望去，就像是一朵牡丹怒放的速度放快了几十倍，瞬间就把整个灯俑布景吞噬。

没有一个观众意识到这是个意外，他们都认为这是演出的一部分，拼命喝彩，兴奋得几乎发了狂。

太上玄元灯楼没有让他们失望。没过多久，其他灯屋的火色牡丹也次第绽放，一个接连一个，花团锦簇，绚烂至极，整个夜空为之一亮。那震耳欲聋的爆炸声接二连三，好似雷公用羯鼓敲起了快调。

这一连串强烈爆炸在周围掀起了一场飓风。乐班的演奏戛然而止，勤政务本楼上响起一连串惊呼，许多站得离栏杆太近的官员、仆役被掀翻在地，现场一片狼狈。兴庆宫广场上的百姓也被震倒了不少，引起了小面积的混乱。不过这仍旧没引起大众的警惕，更多的人哈哈大笑，饶有兴趣地期待着接下来的噱头。

最初的爆发结束后，灯屋群变成了二十四具巨大的火炬，熊熊地燃烧起来，让兴庆宫前亮若白昼。几十个灯俑置身于烈焰之中，面目彩漆迅速剥落，四肢焦枯，有火舌从身体缝隙中喷涌而出，可它们仍旧一板一眼地动作着，画面妖冶而诡异。如果晁分在场，大概会喜欢这地狱般的景象吧。

在灯楼内部，鱼肠得意地注视向张小敬，欣赏着那个几乎跌落深渊的可怜虫。他已经启动了机关，仪式已经完成，距离阙勒霍多彻底复活只剩下几十个弹指的时间。

灯屋里隐藏的那些猛火雷，都是经过精心调整，爆发还在其次，主要还是助燃。现在二十四道腾腾的热力从四面八方笼罩在天枢周围，天枢还在转动，就如同一只在烤架上缓缓翻转的羊羔。当温度上升到足够高后，天枢体内隐藏的大猛火雷就会剧烈爆发。到那时候，方圆数里都会化为焦土。

而那个可怜虫只能眼睁睁看着这一切发生，无力阻止。

鱼肠很高兴，他极少这么赤裸裸地流露出情绪，他甚至舍不得杀掉张小敬了。那家伙的脸上浮现出的那种绝望，实在太美了，如同一瓮醇厚的新丰美酒倒入口中，真想多欣赏一会儿。

可惜这个心愿，注定不能实现。启动完机关，他和萧规之间便两不相欠。接下来，他得赶在爆发之前，迅速离开灯楼，还有一笔账要跟萧规那浑蛋算。

至于张小敬，就让他和灯楼一起被阙勒霍多吞掉吧。

鱼肠一边这么盘算，一边迈步准备踏下木台。他的脚底板还没离开地面，忽然感觉到脚心一阵灼热。鱼肠低下头想看个究竟，先是一道艳丽的光芒映入他的双眼，然后火焰自下而上炸裂而起，瞬间把他全身笼罩。

张小敬攀在木轮边缘，眼看着鱼肠化为一根人形火炬，被强烈的冲击抛至半空，然后画过一道明亮的轨迹，朝着灯楼底部的黑暗跌落下去。

萧规说过，不会容这个杀手活下去。张小敬以为他会在撤退路线上动手脚，没想到居然这么简单粗暴。木台之下，应该也埋着一枚猛火雷。鱼肠启动的机关，不止让二十四个灯屋惊醒，也引爆了自己脚下的这枚猛火雷。他亲手把自己送上了绝路。

整个身子悬吊在木轮下方的张小敬，幸运地躲开了大部分冲击波。他顾不得感慨，咬紧牙关，在手臂肌肉痉挛之前勉强翻回木轮。

此时二十四个熊熊燃烧的火团环伺于四周，如同二十四个太阳同时升起，让灯楼里亮得吓人。张小敬可以清楚地看到楼内的每一处细节。青色与赤色的火焰顺着旋臂扩散到灯楼内部，像是一群高举号旗的传令兵，所到之处，无论蒙皮、支架、悬桥、联绳还是木轮，都纷纷响应号召，扬起朱雀旌旗。

没过多久，整个灯楼内外都开满了朱红色的牡丹，它们簇拥在天枢四周，火苗跃动，跳着浑脱舞步，配合着毕毕剥剥的声音，等待着最终的绽放。

张小敬颓然靠坐在方台旁，注视着四周越发兴盛的火狱，内心陷入无比的绝望与痛苦。

　　他披荆斩棘、历经无数波折，终于冲到了阙勒霍多的身旁。可是，这已经到了极限，再无法靠近一步。一切努力，终究无法阻止这一个灾难的发生，他倒在了距离成功最近的地方。只差一点，但这一点，却是天堑般的区隔。

　　天枢庄严地转动着，在大火中岿然不动，柱顶指向天空的北极方向，正所谓"天运无穷，三光迭耀，而极星不移"。可张小敬知道，在大火的烧灼之下，枢中内藏的猛火雷已经苏醒，它随时可能爆发，给长安城带来无可挽回的重创。

　　这是多么残忍的事，让一个失去希望的拯救者，眼睁睁看着这一切迈向无尽深渊。张小敬不是轻易放弃的性子，可到了这时候，他无论如何也想不出，还有什么办法消弭这个灾难。

　　这一次，他真的已是穷途末路。

　　二十四个灯屋相继爆燃时，元载恰好率众离开太上玄元灯楼的警戒范围，朝外头匆匆而去。

　　爆炸所释放出来的冲击波，就像是一把无形的镰刀横扫过草地。元载只觉得后背被巨力一推，咣当一声被掀翻在地，摔了个眼冒金星。周围的龙武军和旅贲军士兵也纷纷倒地，有离灯楼近的倒霉鬼发出惨叫，抱着腿在地上打滚。

　　元载狼狈地从地上爬起来，耳朵被爆炸声震得嗡嗡直响。他连滚带爬地又向前跑出几十步，直到冲到一堵矮墙后头，背靠墙壁，才觉得足够安全。元载喘着粗气，宽阔额头上渗出涔涔冷汗。

　　他的心中一阵后怕，刚才若不是当机立断，命令所有人立刻退出，现在可能就被炸死或烧死在灯楼里了。

　　那些愚蠢的观灯百姓不知厉害，还在远处欢呼。元载再次仰起头，看到整个灯楼都在火焰中变得耀眼起来，二十四团腾腾怒焰，把天空燎烧成一片赤红。这绝对不是设计好的噱头，再精巧的工匠，也不会把主体结构一把火烧掉。那火焰都已经蔓延到旋臂了，绝对是事故，而且是存心的事故！

这就是张小敬说的猛火雷吧？

一想到这个名字，元载的脑袋又疼了起来。他明明看见，张小敬把一枚猛火雷往转机里塞，这不明摆着是要干坏事吗？现在阴谋终于得逞，灯楼终于被炸，无论怎么看，整件事都是张小敬干的。可元载始终想不明白，张小敬的太多行为充满矛盾，他最后从顶阁冲入灯楼时，还特意叮嘱要元载他们去发出警告，又有哪个反派会这么好心？

元载摇摇头，试图把这些疑问甩出脑子去。刚才是不是被那些爆炸声给震傻了？张小敬如何，跟我有什么关系？现在证据确凿，所有的罪责有人担着，干吗还要多费力气？还有更重要的事情要做。

元载有一种强烈预感，这件事还没完，更大的危机还在后头。而今之计，是尽快发出警报才是。这个警报不能让别人发，必须得元载亲自去，这样才能显出"危身奉上"之忠。

元载伸出双手，搓了搓脸，让自己尽快清醒起来。

此时灯楼附近的龙武军警戒圈已经乱套了，一大半士兵被刚才的爆炸波及，倒了一地，剩下的几个士兵不知所措，挥舞着武器阻止任何人靠近，也不许任何人来救治伤者。

元载没去理睬这个乱摊子，他掀起襕衫塞进腰带，飞速地沿着龙武军开辟出的紧急联络通道，朝着金明门狂奔而去。在奔跑途中，元载看到勤政务本楼上也是一片狼藉，烛影散乱，脚步纷杳，就连绵绵不绝的音乐声都中断了。

元载熟知官内规矩。这可是一年之中最重要的春宴场合，一曲未了而突然停奏，会被视为大不吉，乐班里的乐师们哪怕手断了，都得坚持演奏完。现在连音乐声都没了，可见是遭了大灾。

他一口气跑到金明门下，看到陈玄礼站在城头，已没了平时那威风凛凛的稳重劲，正不断跟周围的几个副手交头接耳，不停有士兵跑来通报。

刚才灯楼的那一番火燃景象，陈玄礼已经看到了。春宴现场的狼藉，也在第一时间传到了金明门。可陈玄礼是个谨慎的人，并没有立刻出动龙武军。即使在接到李泌的警告之后，他也没动。

龙武军是禁军，地位敏感，非令莫动。大唐前几代官内争斗，无不有禁军身影。远的不说，当今圣上亲自策动的唐隆、先天两次攻伐，都是先掌握了禁军之利，方能诛杀韦后与太平公主。两件事陈玄礼都亲身经历过，深知天子最忌惮什么。

试想一下，在没得天子调令之时，他陈玄礼带兵闯入春宴，会是什么结果？就算是为了护驾，天子不免会想，这次你无令阑入，下次也能无令阑入，然后……可能就没有然后了。

所以陈玄礼必须得先搞清楚，刚才灯楼到底是怎么回事。是设计好的噱头，还是意外事故？或者真如李泌所说，里面故意被人装满了猛火雷？视情况而定，龙武军才能做出最正确的反应。

陈玄礼正在焦头烂额，忽然发现城下有一个人正跑向金明门，而且大呼小叫，似乎有什么紧急事态要通报。看这人的青色袍色，还是个低阶官员，不过他一身脏兮兮的灰土，连头巾都歪了。

"靖安司元载求见。"很快有士兵来通报。

陈玄礼微微觉得讶异，靖安司？李泌刚走，怎么这会儿又来了一个？元载气喘吁吁地爬上城头，一见到陈玄礼，不顾行礼，大声喊道："陈将军，请尽快疏散上元春宴！"

陈玄礼一怔，刚才李泌也这么说，怎么这位也是一样的口气？他反问道："莫非阁下是说，那太上玄元灯楼中有猛火巨雷？"

"不清楚，但根据我司的情报，灯楼已被蚍蜉渗透，一定有不利于君上的手段！"元载并不像李泌那么清楚内情，只得把话尽量说得圆滑点。

陈玄礼追问道："是已经发生了，还是还未发生？"

若是前者，倒是不必着急了。春宴上只是混乱了一阵，还不至于出现伤亡；若是后者，可就麻烦大了。

元载回答："在下刚自灯楼返回，亲眼所见毛顺被抛下高楼，贼人手持猛火雷而上。只怕蚍蜉的手段，可不止灯屋燃烧这么简单。"陈玄礼轻捋髯须，游疑未定，元载上前一步，悄声道："不须重兵护驾，只需将圣人潜送而出，其他人可徐徐离开。"

他很了解陈玄礼畏忌避嫌的心思，所以建议不必大张旗鼓，只派两三个人悄悄把天子转移到安全地方。这样既护得天子周全，也不必引起猜疑。陈玄礼盯着元载，这家伙真是好大的胆子，话里话外，岂不是在暗示说只要天子安全，其他人死就死吧？那里还有宗室诸王、五品以上的股肱之臣、万国来拜的使者，这些人在元载嘴里，死就死了？可陈玄礼再仔细一想，却也想不到更妥帖的法子。

沉默片刻，陈玄礼终于下了决心。先后两位靖安司的人都发出了同样的警告，无论灯楼里有没有猛火雷的威胁，天子都不适合待在勤政务本楼了。

他立刻召集属下吩咐封闭兴庆宫诸门，防备可能的袭击，然后把头盔一摘：“我亲自去见天子。”执勤期间，不宜卸甲，不过若他戴着将军盔闯进春宴，实在太醒目了。

元载拱手道：“那么下官告辞……”

“你跟我一起去。”陈玄礼冷冷道。不知为何，他一点都不喜欢这个讲话很有道理的家伙。元载脸色变了几变：“不，不，下官品级太过低微，贸然登楼，有违朝仪。”

“你不必上楼，但必须得留在我身边。”陈玄礼坚持道。他没时间去验证元载的身份和情报，索性带在身边，万一有什么差池，当场就能解决。

元载表面上满是无奈，其实内心却乐开了花。他算准陈玄礼的谨慎个性，来了一招“以退为进”。只要跟定陈玄礼，一定能有机会见到圣人，给他老人家心中留下一个印象——这可是花多少钱，也买不来的天赐良机。

当然，这一去，风险也是极大，那栋灯楼不知何时就会炸开。可元载决定冒一次险，富贵岂不是都在险中求来的？

陈玄礼对元载的心思没兴趣，他站在城头朝广场方向看去。那灯楼已变成一个硕大的火炬，散发着热力和光芒，即使在金明门这里，都能感觉到它的威势。那熏天的火势，似乎已非常接近某一个极限。到了这个时候，所有人都开始觉得不对劲了。

上元灯楼就算再华贵，也不至于烧到这个程度。

陈玄礼紧锁眉头，大喝一声：“走！”带着元载和几名护卫匆匆下了城楼。

张小敬半靠在木台前，呆呆地望着四周的火墙逐渐向自己推移。

能做的事情，都已经做完了；想逃生的通道，也已经为火舌吞噬，想下楼也没有可能了。用尽了所有选择的他，唯有坐等最后一刻的到来。

据说人在死前的一刻，可以看到自己一生的回顾。可在张小敬眼前闪现的，却是一张张人脸。萧规的、闻无忌的、第八团兄弟们的、李泌的、徐宾的、姚汝能的、伊斯的、檀棋的、闻染的……每一张脸，都似乎要对他说些什么，可它们无法维持太久时间，很快便在火光中破灭。

张小敬集中精力注视许久，才勉强辨认出它们想说的话——其实只有一句：你后悔吗？你后悔吗？你后悔吗？

这是一个很尖锐的问题。张小敬闭上眼睛，脑海里浮现出昨天上午巳正时分，自己走出死囚牢狱的场景。如果能重来一次的话，会不会还做出同样的选择？

张小敬笑了，他嗫动干裂的嘴唇，缓缓吐出两个字："不悔。"

他并不后悔自己今日所做的选择，这不是为了某一位帝王、某一个朝廷，而是为了这座长安城和生活其中的许许多多普通人。

张小敬只是觉得，还有太多遗憾之处：没能阻止这个阴谋，辜负了李司丞的信任；没看到闻染安然无恙；没有机会让那些欺辱第八团老兵的家伙得到应有的报应；还连累了徐宾、姚汝能和伊斯……对了，也很对不起檀棋，自己大言不惭承诺要解决这件事，结果却落到这般田地，不知她现在怎么样了？

想到这里，一个曼妙而模糊的身影浮现在瞳孔里，张小敬无奈地叹了口气，摇摇头，那身影立刻消散。

回顾这一天的所作所为，张小敬觉得其实自己犯了很多低级错误。假如再给他一次机会，也许情况会完全不同。如果能早点抵达昌明坊，猛火油根本没机会运出去；如果能在平康坊抓到鱼肠的话，就能让蚍蜉的计划更早暴露；如果安装在转机上的猛火雷没有受损泄劲，顺利起爆，也就不必有后面的那些麻烦了……

张小敬在火中迷迷糊糊地想着，眼皮突然跳了一下。他略觉奇怪，自己这是怎么了？是被高温烤糊涂了？于是把思绪重新倒回去，又过了一遍，果然，眼皮又跳了一下。

如是再三，他唰地睁开眼睛，整个人扶着木台站了起来。原本逐渐散去的生机，霎时又聚拢回来。

对了！如果猛火雷密封受损，泄了劲！就不会爆炸了！无论大小，这个道理都讲得通！

毛顺要把转机炸偏，正是想利用偏斜的角度绞碎天枢的底部，把石脂泄出来。现在虽然没有转机可以利用，可天枢就在旁边转动不休——它是竹质，靠人类的力量，就算没办法绞碎，也能在外壁留下几道刀口，让石脂外泄。

张小敬没计算过，到底要劈开多少道口子，流失多少石脂，才能让这一枚巨大的猛火雷彻底失去内劲。他只是意识到了这种可能性，不想带着遗憾死去，于是来做最后一搏。

一想到希望，张小敬浑身重新迸发出活力。他扫视左右，看到在木台附近的条筐里面，扔着一件件工具。这是蚍蜉工匠们安装完麒麟臂之后，随手弃在这里的。张小敬从筐里拿起几把斧子，斧柄已经被烤得发烫，几乎握不住。

张小敬抓着这些斧子，回身冲到天枢跟前。天枢仍旧在嘎嘎地转动着，仿佛这世间没什么值得它停下脚步。周围炽热的火光，把那坑坑洼洼的泛青枢面照得一清二楚。

天枢与灯楼等高，世间不可能有这么高的竹子。毛顺在设计时，是将一节节硬竹贯穿接起，衔接之处用铸铁套子固定。若说它有什么薄弱之处，那应该就在铁套附近。

张小敬毫不客气，挥起大斧狠狠一劈。可惜天枢表面做过硬化处理，斧刃只留下一道浅浅的白痕。张小敬又劈了一下，这才勉强开了一条小缝，有黑色的石脂渗出来，如同人受伤流出血液。张小敬第三次挥动斧子，竭尽全力劈在同一个地方，这才狠狠砍开一道大口子。

醇厚黏稠的黑色石脂从窄缝里喷了出来，好似喷泉浇在木轮之上。此时外面的温度已经非常高了，石脂一喷到木轮表面，立刻呼啦一下烧成一片。一会儿工夫，木轮地板已彻底燃烧起来，成了一个火轮。

张小敬知道，这还不够。对于和灯楼几乎等高的天枢来说，这点伤口九牛一毛，还不足以把药劲泄干净。他还需要砍更多的口子，泄出更多石脂。

可此时木轮已被石脂喷燃，没法落足。张小敬只得拎起斧子，沿着残存的脚手架子继续向上爬去。每爬一段，他都挥动斧子，疯狂劈砍，直到劈出一道石脂喷泻的大口子，才继续上行。

这些喷泻而出的石脂，会让灯楼内部燃烧得更加疯狂，反过来会促使天枢更快爆发。张小敬不光在与时间竞赛，还在奔跑途中帮助对手加速。于是，在这熊熊燃烧的灯楼火狱之中，一个坚毅的身影正穿行于烈火与浓烟之中。他一次又一次冲近行将爆发的天枢大柱，竭尽全力去争取那小到几乎可以忽略不计的可能性。

大火越发旺盛，赤红色的火苗如春后野草，四处丛生，楼内的温度烫到可以媲美羊肉索饼的烤炉。张小敬的眉毛很快被燎光了，头皮也被烧得几乎起火，上下衣物无力抵御，纷纷化为一个个炭边破洞，全身被火焰烤灼——尤其是后背，他之前在靖安司内刚被烧了一回，此时再临高温，更让人痛苦万分。

可张小敬的动作，却丝毫不见停滞。他灵巧地在竹架与木架之间跃动，不时扑到天枢旁边，挥斧猛砍。他所到之处，留下一片片黑色喷泉，让下方的火焰更加喧腾。

砰砰！咔！哗——

天枢上又多了一道口子，黑油喷洒。

张小敬不知道这是破开的第几道口子，更算不出到底有多少斤石脂被喷出，他只是凭着最后的一口气，希望在自己彻底死去之前，尽可能地减少灯楼爆炸的危害。他把已经卷刃的斧子扔掉，从腰间拔出了最后一把。

他抬起头，努力分辨出向上的路径。这一带的高度，已经接近灯楼顶端，火焰暂时还未蔓延，不过烟雾却已浓郁至极。整个灯楼的浓烟，全都汇聚在这里，朝天空飘去。张小敬的独眼被熏得血红，几乎无法呼吸，只能大声咳嗽着，向上爬去。

他脚下一蹬，很快又翻上去一层。这一层比下面的空间更加狭窄，只有普通人家的天井大小，内里除了天枢之外，只有寥寥几根木架交错搭配，没有垂绳和悬桥。张小敬勉强朝四周看去，浓烟滚滚，什么都看不见。

再往上走，似乎已经没有出路了。张小敬能感觉到，身子在微微晃动。不，不是身体，是整个空间都在晃动，而且幅度颇大。他左手伸前摸去，摸到天枢，发现居然摸到顶了。

原来，张小敬已经爬到了灯楼的最顶端，天枢到这里便不再向上延伸，顶端镶嵌着一圈铜制凸浮丹篆。它的上方承接一个狻猊形制的木跨架，架子上斜垂一个舌状拨片。当天枢启动时，运动的灯屋会穿过狻猊跨架之下，让那个拨片拨开屋顶油斛，自动点燃火烛。

张小敬挥动斧子，在天枢顶端劈了几下，先把那个铜制的丹篆硬生生砸下来，然后又凿出一个口子。在这个高度，天枢里就算还有石脂，也不可能流出来了。张小敬这么做，主要是为了让心中踏实，就像是完成一个必要仪式。

做完这一切，张小敬把斧子远远丢下楼去，感觉全身都快烫到发热。他用最后的力量爬到狻猊跨架之上，背靠拨片，瘫倒在地。

这次真的是彻底结束了。他已经做到了一切能做的事情，接下来就看天意了。

太上玄元灯楼高愈一百五十尺，待在它的顶端，可以俯瞰整个长安城。可惜此时是夜里，四周烟雾缭绕，什么都看不见。张小敬觉得挺遗憾，难得爬得这么高，还是没能最后看一眼这座自己竭尽全力想要保护的城市。

四周烟火缭绕，浓烟密布，下方灯楼主体已经彻底沦为火海，灼热的气息翻腾不休。此时的灯楼顶端，算是仅有的还未被火焰彻底占领的净土。张小敬把身子软软地靠着跨架下的拨片，歪着头，内心却一阵平静。

九年前，他也是这么靠在烽燧城的旗杆上，安静地等着即将到来的结局。九年后，命运再度轮回。只是这次，不会再有什么援军了。

张小敬这么迷迷糊糊地想着，突然感觉到身下的灯楼，似乎微微颤动了一下，然后发出一声低沉的轰鸣。

兴庆宫的龙池，在长安城中是一个极其特别的景致。

早在武后临朝之年，这里只是万年县中的普通一坊，叫作隆庆坊。隆庆坊里有一口水井，突然无故喷涌，清水疯漫不止，一夜之间淹没了方圆数亩的土地，此处沦为一大片水泽。日出之时，往往有雾气升腾，景色极美。长安城的望气之士认为这是一个风水佳地，坊间更有私传，说水泊升龙气。于是李氏皇族的成员纷纷搬到这片水泽旁边居住，其中就包括了当今圣上李隆基。

后来天子践祚，把隆庆池改名为龙池，以示龙兴之兆。这一下子，龙池旁边的宗亲们都不敢久居，纷纷献出宅邸。天子便以龙池为核心，兼并数坊，修起了兴庆宫。而龙池因为沾了帝泽，多次扩建，形成了一片极宽阔的湖泊，烟波浩渺，可行长舟画舫，沿岸亭阁无数，遍植牡丹、荷花、垂柳，还豢养了不少禽鸟。

龙池湖畔，即是勤政务本楼、花萼相辉楼，彼此相距不过百十余步。此时勤政务本楼上灯火辉煌，热闹无比，宴会正酣。反观龙池，沿岸只在沉香亭、龙亭等处悬起几个灯笼，聊做点缀，大部分湖面是一片黑暗的静谧。

一只丹顶仙鹤立在湖中一座假山之上，把头藏在翅膀里，沉沉睡去。突然，它猛地抬起长长的脖颈，警惕地朝四周看去。四周一片黑暗，并没有任何异状。可鹤不安地抖了抖翎毛，还是一拍翅膀飞过水面，远远离开。

咔嗒。

就在仙鹤刚才落脚之处，假山上的一块石头松动了一下。这些石头都是终南山深处寻获的奇石，造型各异，被工匠们以巧妙的角度堆砌在一块，彼此之间连接并不牢固。过不多时，石头又动了动，居然被硬生生推开。

假山上露出一个黑洞，浑身湿漉漉的萧规从洞里猫着腰钻出来，鹰钩鼻两侧的眼神透着兴奋。这里可是兴庆宫啊，是大唐的核心、长安的枢纽，能有幸进入这里的人极为稀少，现在他却置身其中。

假山距离岸边很近，萧规谨慎地伏在山边，环顾四周。这一带没有禁军，龙武军的注意力全都放在了勤政务本楼、南广场与兴庆宫殿的外围警戒上，谁也不会特别留意龙池这种既宽阔又不重要的地方。

萧规确认安全后，对着黑洞学了一声低沉的蟋蟀叫声。很快从黑洞里鱼贯而出二十几个精悍的军汉。他们个个穿着紧身鱼皮水靠，头顶着一个油布包，浑身洋溢着凛凛的杀气。

毛顺为了方便太上玄元灯楼的动力运转，把水源从道政坊引到太上玄元灯楼之下，但是这么大的水量，必须要找一个排泄的地方。单独再修一条排水渠太过麻烦，直接排入龙池是最好的选择。龙池既深且宽，容纳这点水量不在话下。

对天子来说，对于龙池水势增厚，乐见其成，于是这件工程就这么通过了。龙武军虽然是资深宿卫，可他们形成了思维定式，眼睛只盯着门廊旱处，却完全想不到这深入大内的排水渠道，竟被蚍蜉所利用。

萧规带着这二十几个人进入湖中，高举着油布包游了十几步，便踏上了鹅卵石砌成的岸边。那些鹅卵石都是一般大小，挑拣起来可是要费一番工夫。萧规喷喷了两声，在几株柳树和灌木丛之间找了处隐秘的空地。

二十几人纷纷脱下水靠，打开油布包，取出里面的弩机零件与利刃。静谧的柳林中，响起喀里咔嚓的组装之声，却始终未有一人说话。

萧规最先组装完，他抬起弩机，对准前方柳树试射了一下，弩箭直直钉入树干，只剩下翼尾在外。萧规满意地点点头，看来机簧并未浸水失效。马上他们将见到天子，若是弩机出了差错，可就太失礼了。

他准备停当，走到灌木丛边缘，掀开柳枝朝南边看去。视线越过城墙，可以看到那栋高耸的灯楼已经变成巨大的火炬，熊熊烈焰正从它每一处肌体蹿升。那二十四团火球，仍在兀自转动。毛顺大师的手笔，就是经久耐用，不同凡响。

计划进展得很顺利，相信鱼肠也已经被炸死了。可惜不知道张小敬如今在何处，是不是已经安全撤到了水力宫。不过这个念头，只在萧规脑海里停留了一刹那。现在他已身在兴庆宫内，马上要去做一件从来没有人做过的大事，必须要专注，要把所有的顾虑都抛在脑后。

"大头啊，让你看看，我是怎么为闻无忌报仇的。"萧规暗自呢喃了一句。

这时太上玄元灯楼发出一声低沉的轰鸣，似乎有什么东西从内部爆裂。"开始了！"萧规瞪大了眼睛，满怀期待地望去。身边的部下们，也簇拥在空地旁边，屏住呼吸朝远处望去。

几个弹指之后，只见一团比周围火焰耀眼十倍的光球，从灯楼中段爆裂开来。暴怒的阙勒霍多从内部伸展肢体，伸出巨手，整个灯楼瞬间被拦腰撕扯成了两截，巨大的身躯在半空扭成一个触目惊心的形状，隐约可见骨架崩裂。兴庆宫的上空，登时风起云涌。霹雳之声，横扫四周，龙池湖面霎时响起无数惊禽的鸣叫，无数眠鸟腾空而起。

可在这时候，没人会把眼神投到它们身上。在灯楼的断裂之处，翻滚的赤焰与烟云向四周疯狂地放射，艳若牡丹初绽，耀如朱雀临世。只一瞬间，便把毗邻的勤政务本楼、花萼相辉楼和南广场吞没。

长安城在这一刻，从喧嚣一下子变为死寂。无论是延寿坊的观灯百姓、乐游原上聚餐的贵族、诸祠中做法事的僧道信士、东市欢饮歌舞的胡商，还是在光德坊里忙碌的靖安司官吏们，都在一瞬间抬起头来。原本漆黑的夜空，被一道突如其来的光芒刺中。然后整个城市仿佛被邪魔攫住了魂魄，每一处灯火都同时为之一黯。

萧规紧紧抓住柳梢，激动得浑身发抖。苦心孤诣这么久，蚍蜉们终于撼动了参天大树。当年他承受的那些痛苦，也该轮到那些家伙品尝一下了。

可是他忽然发现，似乎不太对劲！太上玄元灯楼的天枢真真切切地炸开了，可是爆炸的威力，却远比萧规预期的要小。

要知道，阙勒霍多最重要的杀伤手段，不是火，而是瞬间爆裂开来的冲击力，它无形无质，却足以摧毁最坚固的城垣。按照之前的计算，那些石脂的装量，会让灯楼上下齐裂，产生的冲击足以把邻近的勤政务本楼夷为平地。可现在，太上玄元灯楼仅仅只是被拦腰炸断。看似烟火滚滚，声势煊赫，杀伤力却大打折扣。

这种炸法，说明天枢爆炸并不完全，只引爆了中间一段。萧规睁大了眼睛，看到在烟雾缭绕中，勤政务本楼的挺拔身影还在。它被炸得不轻，但主体结构却岿然不动。

"该死，难道算错了？"萧规咬着牙，把手里的柳枝狠狠折断。

过不多时，灯楼的上半截结构，发出一声被压迫到极限的悲鸣，从变形的底座完全脱离，斜斜地朝兴庆宫内倒来。这半截熊熊燃烧的高楼有七十多尺高，带着无与伦比的压迫感，就这样从高处呼啸着倾倒下来，与泰山压顶相比不遑多让。

它正对着的位置，正是勤政务本楼。那宽大的翘檐歇山屋脊，正傲然挺立，迎接着它建成以来最大的挑战。这是两个巨人之间的对决，凡人只能观望，却绝不可能挽大厦于将倾。

灯楼上半截毫不迟疑地砸在了勤政务本楼的直脊之上，发出巨大的碰撞声，一时间木屑飞溅，乌瓦崩塌。灯楼毕竟是竹木制成，又被大火烧得酥软，与砖石构造的建筑相撞的一瞬间，登时溃散。而勤政务本楼的主体，依然挺立——不过灯楼并没有彻底失败，它的碎片残骸伴随着无数火苗，四散而飞，落上梁柱，散入屋椽，溅进每一处瓦当的间隙中。

如果不加以扑救的话，恐怕勤政务本楼很快也将沦为祝融的地狱。

"动手！"

萧规把柳枝一抛，迈出空地，眼中凶光毕露。虽然未能达到预期效果，但这么一炸一砸，勤政务本楼里恐怕也已乱成一团。龙武军恐怕还没搞明白发生了什么，这是兴庆宫防御最虚弱的时候。

他举起手，伸出食指朝那边一点，再攥紧拳头。身后的士兵们齐刷刷地站起来，端平弩机，紧紧跟随其后。

蚍蜉最后也是最凶悍的攻击，开始。

即便隔着高高的乐游原，东宫药圃里也能听到兴庆宫那边传来的巨响。李泌面色苍白，身子一晃，几乎站立不住。

这个声音，意味着张小敬终于还是失败了，也就是说，勤政务本楼恐怕已经被阙勒霍多所吞噬，楼中之人的下场不问可知。如果陈玄礼没有及时把天子撤走的话，接下来会引发的一系列可怕后果，让李泌的脑子几乎迸出血来。

四望车的帷幕缓缓掀开，露出一张略带惊慌的面孔。他朝着爆炸声的那边望去，似乎不知所措。

"太子！"李泌上前一步，极其无礼地喊道。

"长源？"李亨的第一个反应，居然是惊喜。他从车上噌地跳下来，一下子抱住李泌，兴奋地喊道："你果然还活着！！！"

李泌对太子的这个反应，十分意外。他原来预期李亨见到自己的反应，要么是愧疚，要么是冷漠，要么是计谋得逞的得意，可实在没料到居然会是这种反应。凭着两人这么多年的交情，他能感觉得到，太子的喜悦是发自真心，没有半点矫饰。

这可不像一个刚刚纵容贼人炸死自己父亲的储君，所应该有的情绪。要知道，理论上他现在已经是天子了。

李泌推开李亨，后退一步，单腿跪下："太子殿下，臣有一事不明。"李亨满脸笑容地伸出双手要去搀他，李泌却倔强地保持着原来的姿势。

"太子何以匆匆离宴？"李泌仰起头，质问道。

李亨听到这个问题，一脸迷惑："当然是来找长源你啊！"

"嗯？"

又是一个出乎意料的回答。李泌眉头紧皱，死死瞪着李亨。李亨知道，李泌一旦有什么意见，就会是这样的表情。他变得局促不安，只好开口解释。

此前檀棋告诉李亨，说靖安司被袭、李泌被掳走，这让他在春宴上坐立不安。后来檀棋还把这事闹到了天子面前，害他被父皇训斥了一通。没过多久，他接到一封密信，这信不是人送来的，而是在一曲《霓裳羽衣舞》后，不知被谁压在琉璃盏下。

信里说，他们是蚍蜉，现在掌握着李泌的性命，如果太子不信的话，可以凭栏一望。

听到这里，李泌恍然大悟，当初萧规为何把他押到灯屋里站了一阵，居然是给太子看的。他记得当时两侧的灯屋都点亮，原来不是为了测试，而是为了方便太子分辨他的容貌。

"那么然后呢？"

"我确认你落到他们手里以后，就再没心思还待在宴会现场了，一心想去救你。可我又投鼠忌器，生怕追得太狠，让你遭到毒手。这时候，第二封信又凭空出现了。"李亨讲道，"信里说，让我必须前往东宫药圃，不得耽搁。在那里会有指示我要做的事，换回你的性命。还警告我，如果告诉别人，你就死定了。"

"就是说，殿下是为了臣的性命，而不是其他原因，才匆匆离开春宴吗？"

"当然了！"李亨毫不犹豫地回答，"长源你可是要丢掉性命啊，春宴根本不重要。父皇要如何责怪，都无所谓了。"

他的表情，不似作伪，而且从语气里能听出，他甚至还不知道刚才那声响动意味着什么。

李泌心中微微一暖，他这个童年玩伴，毕竟不是那种狠辣无情的人。可是更多的疑问相继涌现，若李亨所言不虚，那么萧规这么做，到底图什么？费尽周折绑架李泌，就为了把李亨从勤政务本楼调开？而且从李亨的描述来看，至少有一个蚍蜉的内奸混入了勤政务本楼，他或她又是谁？

蚍蜉们是不是还有后续的阴谋？

李泌刚刚松弛下来的心情，再一次绞紧。李亨盯着李泌，见他脸上阴晴不定，追问这一切到底怎么回事。李泌张了张嘴，不知道该怎么回答才好。

该怎么说？灯楼爆炸，勤政务本楼被毁，你的父皇已经被炸死了，你现在是大唐天子？

事情已经演变到了最坏的局势，现在全城都成了乱摊子，凶险无比。在搞清楚情况前，李泌可不敢贸然下结论。这位太子性子太软，又容易情绪化，听到这个惊天的消息会是什么反应，根本无法预测。

当此非常之时，踏错一步，都可能万劫不复。

面对这前所未有的灾难，有人也许会号啕大哭，或六神无主，但李泌不会。既然阙勒霍多已然发生，无论如何后悔震惊，也无法逆转时辰，而今最重要的，是接下来该怎么办。

李泌努力把惊慌与愤怒从脑海中驱走，让自己冷静下来。

"信还在吗？"

"在。"李亨把两封信交过去，李泌拿过来简单地看了一下，是蝇头小楷，任何一个小吏都能写出这样的字来。

李泌把信揣到怀里，对李亨道："殿下，你可知道蚍蜉要你在东宫药圃做什么事？"

李亨摇摇头："还不知道，我刚到这里，你就来了——哎，不过既然长源你已经脱离危险，我岂不是就不用受胁迫，为他们做事了？"

李泌微微苦笑："恐怕他们从来就没指望让太子你做事。"

"啊？"

"把殿下调出勤政务本楼，就是他们的最大目的。"李泌说到这里，猛然呆立片刻，似乎想到什么，随后急促问道，"除了殿下之外，还有谁离开了上元春宴？"

李亨思忖良久，摇了摇头。春宴现场的人太多了，他又是匆匆离去，根本无暇去清点到底谁已缺席。李泌失望地皱了皱眉头，冷冽的目光朝乐游原望去，试图穿过那一片丘陵，看透另外一侧的兴庆宫。

这时四望车的马车夫怯怯地探出头来："卑……卑职大概知道。"李亨不满地瞪了他一眼："上元春宴，五品以下都没资格参加，你凭什么知道？"李泌却把李亨拦住："说来听听？"马车夫抄着手，畏畏缩缩："卑职也只是猜测，猜测。"

"但说无妨，太子不会怪罪。"李泌道。马车夫看看李亨，李亨冷哼一声，算是认可李泌的说法。马车夫这才结结巴巴说起来。

兴庆宫内不得骑乘或车乘，所以参加宴会的人到了金明门，都步行进入。他们所乘的牛马舆乘，都停放在离兴庆宫不远的一处空地驻场。整个宴会期间，车夫都会在此待命。

四望车地位殊高，有专门的区域停放，附近都是诸王、勋阶三品以上的车马，密密麻麻停成一片。在寅初前后，马车夫接到了太子即将离开的命令，赶紧套车要走。他记得在通道前挡着一辆华贵的七香车，必须得让它挪开，才能出去。他一抬头，不知何时那辆车已经不见了，他还挺高兴，因为省下了一番折腾。

"那辆七香车是谁家的？"李泌追问。

"是李相的，他家最喜欢这种奢靡玩意。"马车夫们有自己的圈子，谁家有什么样的车，套的什么马，喜好什么样的装饰风格，对于这些，他们全都耳熟能详。

没等马车夫说完，李泌已经重新跳上马，一字一顿对李亨道："请太子在此少歇，记住，从现在开始，不要去任何地方，不要听信任何人的话，除非是臣本人。"

李亨听他的语气极其严重，不由得一惊，忙问他去哪里。李泌骑在马上，眼神深邃：

"靖安司。"

第十九章

寅正

他努力睁开独眼去分辨，终于发现那是一大串五彩的薄纱。
想必这也是出自毛顺的设计，灯屋的灯火透过它们，
可以呈现出更有层次感的光芒。

天宝三载元月十五日，寅正。

长安，万年县，兴庆宫。

萧规带领着精锐蚍蜉们，飞快地沿龙池边缘前进。不过二十几个弹指的工夫，他们便已接近勤政务本楼的入口。

严格来说，勤政务本楼并不在兴庆宫内，而是兴庆宫南段城墙的一部分。它的南侧面向广场，左右连接着高耸的宫城石墙，这三面都没有通路。唯一的登楼口，是在北侧，位于兴庆宫内苑，在禁军重重包围之中。当初这么设计，是为了降低被袭击的风险，不过现在反倒成了一个麻烦……

此时的勤政务本楼，已彻底被浓密的烟雾所笼罩。眼前的视野极差，看什么都是影影绰绰的。雾中不时有火星飞过，暗红色与昏黄交错闪动。萧规等人不得不放慢速度，绕过各种残破的灯楼残骸与散碎瓦砾，免得伤中脚底。

萧规走在队伍最前头，努力分辨着前方的景象，心中并不焦虑。环境越恶劣，对他们越有利。这二十几只蚍蜉，若是跟龙武军正面对上，一定全军覆没。只有在混乱复杂的环境，他们才能争取到一丝胜机。

他忽然停下脚步，脑袋稍稍歪了一下，耳边听到一阵断断续续的喧嚣。这声音不是来自勤政务本楼，而是来自更南的地方，那是无数人的呼喊。

兴庆宫的广场上此时聚集着几万人，挤得严严实实，散个花钱，就足以造成惨重的事故，更别说发生了这么恐怖的爆炸。

尽管真正的爆发威力，并没那么大，但长安百姓何曾见过这等景象？光听声音，萧规就能想象得到，那几万骇破了胆的百姓同时惊慌地朝广场外跑去，互相拥挤，彼此踩踏，化为无比混乱的人流旋涡——这是个好消息，四面八方赶来的勤王军队，会被这巨大的乱流裹挟，无暇旁顾。

萧规只停留了一下，然后继续向前奔跑，很快看到前方出现两尊高大狰狞的兽形黑影，不由得精神一振。

蚍蜉已事先摸清了勤政务本楼周边的情况，知道在入口处的左右，各矗立着一尊灵兽石像——东方青龙，北方白虎，象征着兴庆宫在长安的东北方向。

只要看到这两尊石像，就说明找到了正确的入口。萧规抖擞精神，向身后的部下发出一个短促的命令。他们纷纷停下脚步，把挂在腰间的弩机举起来，架在手臂上端平。

勤政务本楼的入口处，除了灵兽还有不少龙武军的守卫。陈玄礼练兵是一把好手，这些守卫虽然被突如其来的爆炸所震惊，但没有一个人擅离职守，反而提高了戒备。萧规看到，入口处的活动门槛已被抬高了几分，形成一道半高的木墙，防止外人闯入。

对这种情况，蚍蜉早有预案。浓烟是最好的掩体，他们纷纷占据有利的射击位置，十几把弩机同时抬起。

"动手！"萧规低声下令。

砰！砰！砰！

弹筋松弛的声音此起彼伏。这些蚍蜉都曾是军中精锐，百步穿杨是基本素质。龙武军士兵虽然身覆盔甲，可那十几支刁钻的弩箭恰好钻进甲片的空隙，刺入要害。

只短短的一瞬间，门口的守卫便倒下大半。剩下的守卫反应极快，纷纷翻身跳过门槛，矮下身子去。可惜蚍蜉这边早已点燃了几管猛火油，丢出一条抛物线越过木槛。很快另外一侧有跃动的火焰升起，伴随着声声惨呼。

负责近战的蚍蜉趁机跃入，一刀一个，把那些守卫杀光。就在这时，一伙胡人乐师惊慌地从旁边跑来。他们是宴会的御用乐班，正在楼底的休息室内待着，听到爆炸声便怀抱着乐器，想要逃出来。

蚍蜉自然不会放过他们。无论箜篌还是琵琶，面对刀锋的犀利，都显得孱弱无比。不过数个弹指的光景，这些可怜的乐师便倒在屠刀之下，弦断管折。干掉他们之后，萧规意识到，勤政务本楼上的幸存者们，会源源不断地从楼上跑下来。他迅速把弩箭重新上箭，跃过门槛，来到一层的勤政厅之中。

这一个大厅极为空旷，有十六根红漆大柱矗立其间，上蟠虬龙。柱子之间摆满了各种奇花异草，或浓艳，或幽香，郁郁葱葱，造型各异，把这大厅装点成"道法自然"之景。

在大厅正中，斜垂下来一道宽阔的通天梯，通向二层——其实就是一道宽约五尺的木制楼梯，梯面乌黑发亮，状如云边，楼梯扶手皆用檀木雕成弯曲龙形。登高者扶此梯而上，如步青云，如骖龙翔，反复折返，可通至顶层的宴会大厅。天子和诸多宾客登楼，即是沿这里上去。

不过这通天梯如今却变了个模样。它原本结构是主体悬空，只在每一层转折处靠楼柱吊起，不占据楼内空间，但代价是根基不牢。刚才的剧烈震动，让楼梯一层层坍塌下来，梯木半毁。萧规沿天井向上望去，看到甚至有数截楼梯互相叠倾，搅成一团乱麻。

这里每一层的层高都在三丈以上，人若强行跳下，只怕死得更快。也就是说，勤政务本楼的上层，已暂时与外界隔绝开来。

萧规略微回想了一下这栋楼的构造，一指右边："这边走！"

这边有一条杂役用的通道，下接庖房，上通楼内诸层，为传菜走酒之用。正路不通，只能尝试着走这边。

杂役楼梯设在楼角，以两道转弯遮掩其出入口，以避免干扰贵人们的视线。蚍蜉们迅速穿过去，来到楼梯口。这里的楼梯自然不如通天梯那么华贵，几无装饰，但为了搬运重物，梯底造得很扎实，所以完好无损。

萧规二话不说，登楼疾上。中途不断有仆役和宫女惊慌地往下逃，都被干净利落地解决掉。偶尔有幸运的家伙躲过攻击，尖叫着掉头逃离，蚍蜉们也没兴趣追击。

他们的目标，只有一个——天子。

灯楼爆炸的瞬间，陈玄礼和元载刚刚走过兴庆宫进门处的驰道，勤政务本楼已遥遥在目。

突如其来的巨大轰鸣，以及随即而至的烈焰与浓烟，让两个人停下脚步，脸色煞白。他们的视线同时投向楼顶的宴会厅，可惜在灯楼爆裂的惊天威势遮掩之下，根本看不清那里发生了什么。

一直等到太上玄元灯楼轰然倒塌，重重砸在勤政务本楼的正面，两人才如梦初醒——可他们宁愿这是一场幻觉。

堂堂大唐天子，居然在都城的腹心被人袭击，宫城被毁，这简直就是一场最可怕的噩梦。

"救驾！"陈玄礼最先反应过来，大喝一声，往前跑去。

元载跟在他身后，动作却有些犹豫。看刚才那威势，天子搞不好已经驾崩了，这时候再冒险闯入，表现出一番忠勤护驾的举动，到底值不值得？

他一边想着，一边脚步缓了下来。不料陈玄礼回头看了他一眼，语气里满是狠戾："兴庆宫已全面封闭，擅离者格杀勿论！"元载面色一僵，昂起头道："元载身负靖安之责，又岂是贪生怕死之辈？此非常之时，救驾为重！靖安司愿为将军前驱！"

他话里话外，暗示靖安司已通报过敌情，龙武军得负起更多责任。陈玄礼冷哼一声，眼下不是扯皮的时候，得先把天子从楼上撤下来——如果他还活着的话。

他们身边本来就带着三四个护卫，在途中又收拢了十几名内巡的卫兵，形成了一支颇有战斗力的小队伍。陈玄礼心急如焚，不断催促着队伍，很快赶到了勤政务本楼的入口处。

在楼门口，他们首先看到的是横七竖八的龙武军士兵尸体，以及升高的门槛。陈玄礼的脸色铁青到了极点，眼前这番惨状，说明事情比他预想的还要糟糕。蚍蜉不光引爆了灯楼，甚至还悄无声息地潜入了兴庆宫，人数不明。

作为禁军将领，这已经不能被称为耻辱，而是严重渎职，百死莫赎。

元载也看出了事态的严重性。很显然，蚩蚘的目标只有一个，那就是御座。他在心里盘算了一下，勤政务本楼内的警卫力量，在刚才的袭击中估计死伤惨重；而现在广场上一定也乱成一团，把龙武军的主力死死拖住；至于把守兴庆宫诸门的监门卫，第一反应是严守城门，越是大乱，他们越不敢擅离岗位。

陈玄礼直属的龙武亲卫倒是可以动用，可是他们驻扎在金明门外，而金明门刚刚应陈玄礼的要求，落钥封闭。重新开启，也得花上不少时间。

也就是说，在阴错阳差之下，短时间内能赶到勤政务本楼救驾的，只有目前这十来个人。至于敌人来了多少，手里有什么武器，他们对此完全茫然无知。

元载忧心忡忡地对陈玄礼建议道："敌我不明，轻赴险地，必蹶上将军。不如等羽林、千牛卫诸军赶至，再做打算吧。"

羽林军属北衙，千牛卫属南衙，皆是同样栩扈天子的宿卫禁军。灯楼一倒，他们必然会立刻出动，从四面八方赶来勤王。

但这个建议被陈玄礼断然否决，开玩笑，现在遭遇危险的可是皇帝！坐等别军赶到救驾，等于给自己判处死刑。眼下这个局面，勤王军队的人数根本不重要，重要的是时辰！时辰！多一弹指，少一弹指，可能就是霄壤之别。

"必须现在就进去！就现在！"

陈玄礼抽出配刀，一改往日的谨慎。这时候没法再谨慎了，必须强行登楼，哪怕全死完，也不能让天子有任何闪失。

主帅既然下了命令，龙武军士兵们自无二话，毫不犹豫地冲进一楼大厅。他们很快发现，通天梯已被半毁，此路不通。

"走旁边的杂役楼梯！"陈玄礼对楼层分布很熟悉，立刻吼道。士兵们又冲到楼角，仰头一看，发现杂役楼梯蔓延起熊熊的大火，也没法走了。陈玄礼眯起眼睛检查了一番，发现梯子上端有人为破坏的痕迹。

那些该死的蚩蚘，果然从这里登楼，而且还把后路都给断了！陈玄礼一拳重重砸在楼梯扶手上，竟把硬木打断了一截。断裂处的白碴，沾着这位禁军大将军的鲜血。

两个楼梯都断了，龙武军士兵站在大厅里，一筹莫展。元载转动脖颈，忽然指着旁边道："我有办法！"

"嗯？"

"踩着那些花草！就能摸到二楼木梯的边缘。"

陈玄礼一听，双目凶光毕露，这都什么时候了，还他妈的敢说这种胡话？他伸手要去揪元载的衣襟。元载一猫腰躲过陈玄礼的手掌，自顾朝着朱漆柱子之间的花丛跑去。

陈玄礼正要追过去，却看到元载蹲下身子，然后将他身前的一块——不是一丛，是一块方方正正的花畦，从那一片花丛里单独移了出来。花畦上面是紫碧的郁金香和黄白色的那伽花，下面却发出隆隆的声音。

陈玄礼这才明白，这家伙是什么意思。

这些在勤政务本楼底层的花草，并非真的生长在地里，而是栽在一种叫作移春槛的木围车上。这种车平日里停放在御苑之内，厢内培土，土中埋种，有花匠负责浇灌。一俟车顶叶茂花开，这些移春槛可以被推到任何场所，成为可移动的御苑风光。

元载一向最好奢侈之物，这等高妙风雅的手段，他比谁都敏感。也只有他，才会注意到这种细节。

陈玄礼连忙命令所有人上前帮忙，七手八脚把那几辆移春槛推出来，倾翻车身，把里面的花草连带泥土全数倒掉。可怜这些来自异国的奇花异草，在靴子的践踏下化为春泥，无人心疼。

士兵们把空车一辆辆摞起，高度接近天花板。然后他们依次攀到车顶，手臂恰好能够到二楼的断梯边缘，略一用力便能上去。

过不多时，所有人包括元载都顺利爬上了二楼。这一层聚集了不少仆役和婢女，也有个别穿着雅服的贵人。这些人个个灰头土脸，瘫软在地，见到有救兵到来，纷纷发出呼救。

陈玄礼根本顾不上他们，大踏步朝着通往三楼的楼梯冲去。所幸这一段楼梯完好无损，并无阻滞，这一队人噔噔噔一口气踏上三楼，却不得不停住脚步。

勤政务本楼的三楼是个四面敞开的通间，没有墙壁，只有几排柱子支撑。这一层的高度，恰好高于两侧城墙，远近没有建筑物阻挡。到了夏季，四面皆有穿堂的凉风吹过，是绝佳的纳凉之所，美其名曰："邀风堂。"

这全无遮护的布局，正面遭遇到灯楼那等规模的爆炸，简直就是羊羔遇虎，惨遭蹂躏。整整一层，无论铜镜、瓷瓶、螺屏、丝席还是身在其中的活人，先被冲击波震得东倒西歪，然后又被火云洗过一遍。紧接着，灯楼上层轰然塌砸下来，燃烧的楼尖撞在外壁被折断，旋转着切入这一层，带来了无数横飞的碎片与火星，场面凄惨之至。

等到陈玄礼他们冲到第三层，只见满眼皆是烟尘与废墟，地板一片狼藉，几乎寸步难行，也听不见任何呼救和呻吟，只怕没什么幸存者。几处火头呼呼地跃动着，若不管的话，过不多时就会酿成二次火灾。

陈玄礼压住惊骇的心情，挥手赶开刺鼻的烟气，朝着通向第四层的通天梯跑去。上元春宴的举办，是在第七层，天子也在那里，这是陈玄礼唯一的目标。

元载紧随着陈玄礼，眼前这一幕肆虐惨状，让他咋舌不已。到底该不该继续上行？这个险值不值得冒？要知道，天子就算没在爆炸中身亡，现在也可能被蚍蜉控制了。风险越来越大，好处却越来越小。元载的内心不由得动摇起来。

可是，他暂时找不到任何离开的借口。陈玄礼现在这种精神状态，只要元载稍微流露出离开的意思，就会被当作逃兵当场斩杀。

这一层的地面上散落着尖利的残骸，还有大量的碎瓷，很难让人跑起来。陈玄礼以下，都小心翼翼地跳着前进。元载趁机不停地向四周搜寻，突然他眼睛一亮，不敢相信自己看到了什么。

在距离他十几步远的楼层边缘，有一根擎檐方柱，撑起高翘的楼外檐角。此时在这根方柱的下缘，正靠着一个人，衣服残破，似乎昏迷不醒。这人浑身都被燎伤，几乎看不清面目，可那只独眼，他再熟悉不过，还曾经为此吓尿了裤子。

"张小敬？！"

元载先惊后喜，他没想到会在勤政务本楼里又一次与这家伙相见。他顾不得多想，大喊着把陈玄礼叫住。陈玄礼回过头，急吼吼地问他怎么回事。

元载一指张小敬："炸楼的元凶，就是他。我们靖安司一直就在找他。"陈玄礼朝那边扫了一眼，他之前听过这个名字，似乎原来是靖安都尉，然后不知怎的被全城通缉过，很快通缉令又被取消了。

不过这名字也只是让陈玄礼停了一霎，他对破案没兴趣，天子的安危才最重要。他正要继续前进，元载又叫道："这是重要的钦犯，将军你可先去！这里我来处置！"

陈玄礼听出来了，这家伙是在找借口不想走。不过这个借口冠冕堂皇，他也没法反驳。炸楼的凶手，当然不能置之不理。他没时间多做口舌之辩，只好冷哼一声，带着其他人，匆匆冲向四楼。

元载目送着陈玄礼他们离开，然后一脚深一脚浅地走到张小敬面前。他低头玩味地笑了笑，从腰间抽出一把刀来。

这刀属于一位在入口殉职的龙武卫兵，是陈玄礼亲手捡起来交给元载。他不太习惯这种军中利器的重量，反复掂量了几下才拿稳。

"你在晁分家嚣张的时候，可没想过报应来得这么快吧？"元载晃着刀尖，对张小敬满是怨毒地说。那一次尿裤子的经历，简直就是奇耻大辱，他简直恨透了这头狂暴的五尊阎罗。

张小敬紧闭着眼睛，对元载的声音毫无反应，生死不知。

元载把刀尖对准张小敬，开始缓缓用力。他已经盘算妥当了，张小敬死在这勤政务本楼里，是最好的结果。不光是出于仇怨，也是出于利益考虑。他今晚辛苦布的局，只有张小敬一死，才算是彻底稳妥。

元载现在深深体会到了封大伦的心情：这家伙太危险了，只要活着，就是一个极大的变数，不死掉，实在是让人无法安心。

"你做的恶事，足可以让朝廷把古法里的凌迟之刑重新找回来。现在我杀你，也是为你好。"

元载念叨着无关痛痒的废话，把直刀慢慢伸过去。他从来没杀过人，略有紧张，所以运力不是很精准。那刀尖先挑开外袍，对准心口，然后刺破了沾满污烟的粗糙皮肤，立刻有鲜血涌出。这让元载吓了一跳，不由自主地后撤了一点，然后再一次进刀。

这一次刀尖很稳，只消最后用一次力，便可以彻底扎入心脏。这时元载突然感到后脑勺一阵剧痛，眼前一黑，登时晕倒过去。

"登徒子！"

檀棋抛开手里的铜燮牛烛台，踩过元载的身体，朝张小敬扑了过去。

对于自己攀上灯楼顶端之后发生的事，张小敬的记忆有点模糊。

他隐约记得，自己靠在狻猊跨架上，等着最后时刻的到来，眼前五光十色，绚丽无比。

开始张小敬以为这是人死前产生的幻觉，可耳边却总有一个强烈的声音在呐喊。他的理智虽然已经放弃逃生，可内心那一股桀骜坚忍的冲动，却从未真正服输，一直在努力寻找着求生的可能。

他努力睁开独眼去分辨，终于发现那是一大串五彩的薄纱。想必这也是出自毛顺的设计，灯屋的灯火透过它们，可以呈现出更有层次感的光芒。此时灯楼熊熊燃烧着，火焰燎天，这些薄纱悬浮在半空，随着上升气流舞动不休。

它们是怎么固定在灯楼上的呢？

张小敬抬起头，忽然发现在他的头顶，十几条麻绳皆固定于狻猊跨架之上，下端星散，分别牵向不同方向。各色薄纱，即悬挂在麻绳之上，密密麻麻地悬吊在灯楼四周，宛若春钿——这个叫作牵春绳，不过张小敬并不知道，也不关心。

他关心的，是绳子本身。经过短暂观察，他发现其中有一根格外粗大的麻绳，绳子头拴在狻猊的脖颈处，而麻绳的另外一端，则被斜扯到兴庆宫的南城墙边缘，与堞口固定在一起。远远看去，在城墙与楼顶之间，斜斜牵起了一根粗线。

一个求生的念头，就这样莫名浮现上来。

鱼肠是个很精细的人，肯定早早预留好撤退的路线，以便在启动最后的机关后，可以迅速离开。这条路线不会是往楼下走，时间必然来不及，他的撤退通道，只能在上面，那么手段就只剩一个：

牵春绳。

沿着这根牵春绳滑离灯楼，这是最快的撤退方式。

接下来的事情，张小敬委实记不清楚了。他恍惚记得自己挣扎着起身，攀上跨架，全凭直觉抓住了最粗的那根绳子，然后用一根凌空飞舞的绢带吊住双手，身子一摆，一下子滑离了灯楼顶端。

他的身子飞快滑过长安的夜空，离开灯楼，朝着兴庆宫飞去。

就在他即将抵达兴庆宫南城墙时，灯楼骤然炸裂开来，强烈的冲击波让整条绳子剧烈摆动。紧接着，灯楼的上半截翻倒，砸向兴庆宫，这个动作彻底改变了绳子的走向。张小敬本来双脚已几乎踏上城墙，结果又被忽地扯起到半空，伴随着大量碎片滚进了第三层……

……张小敬缓缓睁开眼睛，看到了檀棋的面孔。

檀棋的乌黑长发东一缕西一条地散披在额前，脸颊上沾满脏灰，那条水色短裙残破不堪，有大大小小的灼洞，裸露出星星点点的白皙肌肤。

可她此时没有半点羞怯，身躯向前，抱住张小敬的脑袋，大声呼唤着他的名字。张小敬嘴唇嗫嚅，却说不出话来。檀棋看看左右，从瓦砾中翻出一个执壶，把里面的几滴残酒滴进他的咽喉。张小敬拼命张开嘴，用舌头承接，之前在灯楼里，他整个人几乎快被烤干了，这时有水滴入口，如饮甘露。

张小敬慢慢地恢复了清醒，问她怎么跑这里来了。

檀棋自己也没想到会在这里跟张小敬重逢。之前她惹恼了太子，被护卫从上元春宴拖离，暂时关在了第三层邀风堂的一处库房。

这一层没有墙壁，所以库房的设计是半沉到二层。当灯楼爆炸时，灼热的烈风席卷了整个邀风堂，整个这一层都被蹂躏得极惨，唯独这个库房勉强逃过一劫。檀棋听到库房外那一片混乱，意识到这是阙勒霍多爆发，内心绝望到了极点。

待得外面声音小了些，她推开已经扭曲变形的房门，在烟尘弥漫中跌跌撞撞，却不知该去何处。

恰好就在这时，檀棋看到元载正准备举刀杀人。她不认识元载，但立刻认出了张小敬的脸。情急之下，她举起一根沉重的铜夒牛高脚烛台，狠狠地对元载砸去，这才救下张小敬的性命。

听完檀棋的讲述，张小敬转动脖颈，面露不解："你不是在平康里吗？为何会出现在勤政务本楼？"

他不问还好，一问，檀棋一直强行靠意志绷紧的情绪坚壁，终于四散崩塌。她扑在他的胸膛之上，放声大哭，口中不断重复着："对不起，对不起，对不起……"她觉得自己真是什么用都没有，什么事情都没做好，终究还是让阙勒霍多爆发了，枉费了公子和登徒子的一番信任。

"不要哭，到底怎么回事？"张小敬的语调僵硬。

檀棋啜泣着，把自己借太真之手惊动天子的事讲了一遍。张小敬欣慰道："若非你在御前这么一闹，让他们撤掉全城通缉，只怕我在晁分门前，已经被这个家伙射杀——所以你的努力，并没有白费。"

他试图伸手去摸她的发髻，不过一动胳膊，牵动肌肉一阵生疼。

"可是，阙勒霍多还是炸了……"檀棋的眼泪把脏脸冲出两道沟壑。刚才那一场混乱，给她的冲击实在太大。靖安司同人奔走这么久，却终究未能阻止这次袭击。强烈的挫败感，让檀棋陷入自我怀疑的流沙之中，难以拔出。

张小敬虚弱地解释道："刚才那场爆炸，本来会死更多的人，多亏有你在啊——我早说过，你能做比端茶送水更有意义的事，多少男子都不及你。"

檀棋勉强一笑，只当是张小敬在哄骗自己。他的身躯上血迹斑斑，衣衫破烂不堪，她简直难以想象，在自己被囚在勤政务本楼的这段时间，他独自一人要面对何等艰难的局面。

就算阙勒霍多真的被削弱了，那也一定是这个男人前后奔走的功劳吧？

张小敬挣扎着要起来，檀棋连忙搀扶着他半坐在柱子旁。这时元载也悠悠醒转过来，他揉着剧痛的后脑勺，抬起头来，发现砸自己的是个婢女，不由得恼怒："大胆贱婢，竟敢袭击靖安司丞？"

其实真正的靖安司丞是吉温，元载这么说，是想习惯性地扯张虎皮。谁知这触动了檀棋的逆鳞，她杏眼一瞪："你这夯货，也配冒充靖安司丞？"拿起铜烛台，又狠狠地砸了一下。这次力度比刚才更重，砸中大腿，元载不由得发出一声惨叫，又一次跌倒在地板上。

"檀棋……"张小敬叫住她，无奈道，"他确实是靖安司的人。"

一听这话，檀棋扔开烛台，眼泪扑簌簌地落了下来。这种人都进了靖安司，岂不是说公子已然无幸？元载一见求生有戏，急忙高声道："在下与张都尉之间，或有误会！"

张小敬盯着这个宽阔额头的官僚，自己的窘迫处境，有一半都是拜他所赐。他沉着脸道："我之前提醒你兴庆宫有事，如今可应验了？"元载忙不迭地点了点头。刚刚被这疯婆娘砸得生疼，他不敢再端起官架子。

"既然如此，那你为何还要杀我？"

元载心思转得极快，知道叩头求饶没用，索性一抬脖子："那么多人，都亲眼看到都尉你准备炸掉灯楼，纵然我一人相信，也没法服众。"

这句话很含糊，也很巧妙，既表示自己并无敌意，又暗示动手是形势所迫，还隐隐反过来质疑张小敬的作为。张小敬知道他是误会了，可是这个解释起来太费唇舌。如今局势紧迫，他没时间辩白，直接问道："外面现在到底什么情况？"

元载只得一边揉着大腿，一边简单扼要地讲了讲勤政务本楼遭人入侵，陈玄礼带队赴援。张小敬紧皱着眉头，久久未能作声。他知道除了阙勒霍多之外，萧规还有另外一手计划。没想到的是，这个计划比他想象得还要大胆凶狠，居然一口气杀到了御前。

这家伙的实力，虽然在大唐的对手里根本排不上号，可无疑是最接近成功的敌人。

"我得上去！"

张小敬挣扎着要起身，可他的身子一歪，差点没站住。刚才那一连串剧斗和逃离，让他的体力和意志力都消耗殆尽，浑身伤痛，状态极差。

檀棋睁大了眼睛，连忙扶住张小敬的胳膊，颤声道："登徒子，你已经做得够多了，不要再勉强自己了……"张小敬摇摇头，叹了口气："援军赶到，至少还得一百弹指之后，可萧规杀人，只要动一动指头。"

"不是还有陈玄礼将军在吗？他总比你现在这样子强吧？"檀棋道。不知为何，她不想看到这个男人再一次去搏命，一点也不想。哪怕楼上的天子危在旦夕，她也只希望他能老老实实躺在这里。

"陈玄礼是个好军人，可他不是萧规的对手。能阻止他的，只能是我。"张小敬道。他再一次狠咬牙关，勉力支撑，先是半跪，然后用力一踏，终于重新站立起来。脸上的神情疲惫至极，只有独眼依旧透着凶悍的光芒。

元载像是在看一个怪物，这家伙都伤成什么样子了，还要上楼去阻止那伙穷凶极恶的蚍蜉？他怎么计算，也算不出这个举动的价值何在。

檀棋也不明白。

"路是我选的，我会走到底。"一个嘶哑的声音在邀风堂里响起。

在废墟和跃动的火中，张小敬晃晃悠悠地朝着楼上走去。他的身影异常虚弱，却也异常坚毅。直到这一刻，檀棋才彻底明白为何公子当初会选他来做靖安都尉，公子的眼光，从来不会错。

一想到李泌，檀棋心中一痛，忍不住又发出一声啜泣。这个细微的声音，立刻被张小敬捕捉到了。他停下脚步，背对着她道："哦，对了，告诉你一个好消息。你家公子，还活着——嗯，应该说至少我见到时，还活着。"

檀棋双目一闪，心中涌出一线惊喜。不知为何，她强烈地感觉到，公子一定是被他所救。可她知道现在不是追问细节之时，便犹豫地伸出手臂，从背后环抱住张小敬，一股幽香悄然钻入张小敬的鼻孔，让他不由自主想起在景教告解室里的那片刻暧昧。

"谢谢你。"檀棋低声道，把脸贴在那满是灼伤的脊背，感到那里的肌肉有一瞬间的紧绷。

李泌几乎创造了一个奇迹。

他从升平坊赶到光德坊，横穿六坊，北上四坊，居然只用了不到两刻的时间。以上元节的交通状况，这简直是一桩不可能完成的任务。至少有十几个人被飞驰的骏马撞飞，他甚至没时间停下查看。

太上玄元灯楼的意外爆炸，在西边的万年县产生了极大的混乱。可在更远处，不知就里的老百姓只当它是个漂亮的噱头。尤其是到了东边长安县，大家该逛花灯还逛，该去找吃食还吃，完全没意识到一场大灾正在悄然发生。

按道理，这时京兆府应该发布紧急命令，敲响街鼓中止观灯，让百姓各自归坊，诸城门落钥。可整个朝廷中枢也困在勤政务本楼里，一时间连居中指挥的人都没有。承平日久，整个长安城的警惕心和效率都被已被磨蚀一空。

只有兴庆宫附近的诸多望楼，依然坚守岗位。武侯们疯狂地发着救援信号，可是缺少了大望楼的支撑，根本没人留意这些消息。那些紫色灯笼，只能一遍遍徒劳地闪动着。

李泌一口气冲到光德坊门口，远远便看到坊中有余烟袅袅，那是来自靖安司大殿的残骸，至今未熄。他顾不得感慨，纵马就要冲入坊内。

坊门口的卫兵一看惊马突至，正要举起叉杆阻拦，可听到骑士一声断喝，动作戛然停止。这不是……这不是李司丞吗？被贼人掳走的李司丞，居然自己回来了？

卫兵这一愣神，李泌一跃而入，直奔京兆府而去。

京兆府内外，仍在有条不紊地处理着靖安司被焚的善后事情，还没人意识到遥远的那一声惊雷意味着什么——靖安司居然迟钝到了这地步。

李泌冲到府前，跳下马来一甩缰绳，径直闯入大门。一个捧着卷宗的小吏正要出门，抬头一看，霎时惊呆，"啪"的一声，十几枚书卷滚落在地。他旁边有一个烧伤的轻伤员，正拄着拐往门口挪。那伤员瞥到李泌，不由得失声叫了一声："李司丞！"然后跪倒在地大哭起来。

对于旁人的反应，李泌置若罔闻。他摆动手臂，气势汹汹地往里闯去。沿途从卫兵到官吏无不震惊，他们纷纷让开一条路，对锋芒避之不及。

李泌一直走到正厅，方才停下脚步，环顾四周，然后揪住一个小文吏的前襟："现在主事的是谁？"

"是吉御史……啊，不对，是吉司丞。"小文吏战战兢兢地回答，然后指了指推事厅。

"吉温？"李泌眉头一扬。这人说起来和东宫还颇有渊源，他乃是宰相吉顼的从子，曾被太子文学薛嶷引荐到御前，结果天子说了一句："是一不良，我不用。"从此仕途不畅。想不到这家伙居然投靠了李林甫，甘为马前卒跑来夺权。

想到这里，李泌冷笑一声，松开小文吏，走到推事厅门前。门前站着几个吉温带来的护卫，他们并不认识李泌，可慑于他的强大气场，都惶惶然不敢动。李泌飞起一脚，直接踹开内门。

此时吉温正在屋里自斟自饮，心中陶陶然。他的任务是夺权，至于靖安司的其他事情，反正有元载在外头跑，不用他来操心。所以吉温唤人弄来一斛葡萄酒，关起门来，一个人美美地品了起来。

李泌这么猛然一闯进来，吉温吓得手腕一颤，杯中美酒哗啦全洒在了地毯上。这葡萄酒是千里迢迢从西域运来，所费不菲。吉温又是心疼又是恼怒，抬眼正要发作，却骤然被一只无形大手扼住咽喉，发不出声音。

"吉副端真是好雅兴。"李泌的声音，如浸透了三九冰水。

吉温一时颇有点惶惑。这家伙不是被掳走了吗？怎么突然又回来了？如果是被救回来的，为何元载不先行通报？他回来找我是打算干什么？

一连串疑问在吉温脑中迅速浮现，最终沉淀成了三个字："吉副端"——副端是殿中侍御史的雅称，他叫我副端，摆明了不承认我是靖安司丞，这是来夺权的呀！吉温迅速判断出最关键的矛盾，脸上肌肉迅速调整，堆出一个僵硬的笑容："长源，你这是怎么回来的？"

李泌直截了当道："兴庆宫前出了大事，阁下竟还在此安坐酌酒？"

"啊？"吉温没想到他一开口，问了这么一个突兀的问题，"兴庆宫前？不是正在拔灯和春宴吗？"

李泌心中暗暗叹息。这么大的事，身为靖安司丞居然浑然不觉，这得无能到什么地步？他上前一步，厉声喝道："蚍蜉伏猛火雷于灯楼，如今兴庆宫一片狼藉，前后糜烂，长安局势危殆至极！"

吉温的胡须猛地一抖，难怪刚才听见西边一声巨响，本以为是春雷萌动，原来竟是这样的惨事！勤政务本楼上可是天子和群臣，若是遭了猛火雷，岂不是……岂不是……他不敢再往下想。

"我、我尽快调集人手，去勤王……"吉温声音干涩。李泌却毫不客气地打断他的话，步步紧逼："来不及了！你若有心勤王，只有一件事可以做！"

"什么？"

"李相，如今身在何处？"

吉温迷惑地看了他一眼："李相，不是正在勤政务本楼上参加春宴吗？"李泌沉着脸道："他在爆炸之前，就已经离开勤政务本楼了，他去了哪里？"

吉温的胡须又是一颤。他并不蠢，知道在这个节骨眼离开的人，到底意味着什么。他不由得苦笑道："在下一直在京兆府收拾残局，哪里有暇旁顾？"

"你是他的人，岂会不知主人去向？"李泌根本不打算虚文试探，单刀直入。

吉温听到这话，正色道："长源你这么说就差了。在下忝为左巡使、殿中侍御史，为朝廷纠劾严正，裨补阙漏，岂是一人之私仆？李相何在，你去问凤阁还差不多。"

"你确实不知？"

"正是！"吉温回答得很坚决，心里却略为怅然。他终究不是李相的心腹，后者就算有什么计划，也不可能透露给他。

李泌道："很好！那么就请吉副端暂留此处。待靖安司查明李相去向，再来相询！"吉温心想，果然戏肉来了，翻了翻眼皮："阁下为贼人所执，靖安司群龙无首。在下以长安城治为虑，这才暂时接手，并无恋栈之心——不过在下接的乃是凤阁任命，不敢无端擅离。"

说白了，我的任命是中书省发的，你要夺回去，得先有调令才成。吉温意识到，兴庆宫出了这么大的事，李相的去向又成疑，当此非常之时，必须要把住一处要害衙署，才能在乱局中占据主动。这靖安司的权柄，绝不能放开。

李泌眼神犀利："若我坚持呢？"

吉温冷笑着一拍手，门外那些护卫都迅速进来。这些护卫都是他带来的，不是靖安司旧部，使用起来更为放心。

"来人哪，扶李翰林下去休息！"

李泌正职是待诏翰林，吉温这么称呼，是打定主意不承认他的靖安司丞身份了。

护卫们听到命令，一起冲过来，正要动手。李泌却微微一笑，也同样一拍手，一批旅贲军士兵突然从外面出现。那几个护卫反被包围，个个面露惊慌。

吉温举起大印，怒喝道："正官在此，你们要造反吗？"李泌缓缓从腰间也解下一枚印来，面色冷峻："正官在此。"

京兆府的推事厅内，两人同时亮出了两枚大印，彼此对峙。吉温拿起的官印，獬纽银绶，乃是御使台专用。今夜夺权事起仓促，中书省还不及铸新印，就行了一份文书，借此印以专事机宜之权。

至于李泌那一枚靖安司丞的龟纽铜印，按照常理，要比御史台的官印来得有力。可他此前被贼人掳走，中书省行下的文书里已特别指出，为防贼人利用，特注销该印——换句话说，吉温接手靖安司那一刻，这就变成一枚毫无用处的废印了。

吉温哈哈大笑："李翰林，这等废印，还是莫拿出来丢人了！"可李泌高擎着官印，神情依然未变。吉温的笑声到了一半，戛然而止，他的双眼越瞪越大，发现有点不对劲。

这不是龟纽铜印，而是龟纽金边铜印，那一道暗金勒线看起来格外刺眼。

这不是靖安司丞的印，而是靖安令的印！

贺知章虽重病在床，可从法理上来说，他的靖安令之职却从未交卸。

李泌申时去宣平坊"探望"过贺知章，这一枚正印顺便被他拿走了。此时亮出来，意味着他有权力"暂行靖安令事"。吉温惊骇地发现，绕来绕去，自己反而成了李泌的下属。

"这，这是矫令！贺监已经病倒，不可能把印托给你！"吉温气急败坏。李泌道："正因为贺监抱病，才特意把此印托付给我，若有疑问，可自去询问他老人家——来人哪，给我把吉司丞的印给下了！"

到了这会儿，他才称其为"吉司丞"，真是再嘲讽没有。靖安司诸人，早看这位长官不顺眼，下手毫不客气，劈手夺过官印。那几个护卫丝毫不敢反抗，也被下了武器，推搡到了一边。吉温面如死灰，没了中书省文书的法理庇护，他在靖安司根本毫无根基。

"我要见李相！我要见李相！"吉温突然疯狂地高呼起来。

"你若能见到他最好，我们也在找他！"

李泌把吉温和他那几个护卫都留在推事厅里，派人守住门口，形同软禁。然后他迅速把几个幸存的主事召集起来，询问了一下情况，才发现事情有多棘手。

蚍蜉的袭击加上大火，让靖安司伤亡惨重。吉温接手以后，什么正事没干，反而还驱逐了一批胡裔属员。从戌时到现在，将近五个时辰，整个靖安司就如同无头苍蝇一般，连望楼体系都不曾修复。更让李泌气愤的是，吉温唯一做的决定，是抓捕张小敬，把大量资源都浪费在这个错误的方向。

这是个彻头彻尾的烂摊子。

"成事不足，败事有余！"李泌重重地哼了一声，对这个废物内心充满鄙夷。几个主事小心翼翼地问道："李司丞，咱们现在怎么办？"

"尽快派人前往兴庆宫，搞清楚情况。"李泌下了第一个命令。兴庆宫的安危——或者说得再直白点，天子的生死，将直接影响接下来的一系列决策。

"还有，尽快修复大望楼，通知各处衙署与城门卫，灯会提前结束。恢复宵禁，所有民众迅速归坊。所有城门落钥封闭，无令昼夜不开。"

主事们听到这个命令，个个敛气收声。连灯会都要取消，可见事态严重到了何等地步。

"还有，得尽快找到李相。他记录在案的每一处宅邸，都要去调查清楚。"

李泌的眼神里闪过一道寒芒。倘若整件事是宰相所为，他一定还隐藏着极危险的后手。已经发生的事情，不必去想，重要的是如何在接下来的乱局中占据主动。要知道，到了这个层级的斗争，不是你死就是我活。李泌必须得估计到最坏的情况，提前做出准备。

一听还要查李相，主事们更是面面相觑，都不敢深问。李泌仰起头，微微叹道："大厦已倾，尽人事而已。"几名主事看到长官神情如此严肃，心中凛然，纷纷叉手表示遵命。

说来也怪，他一回来，整个靖安司的魂魄也随之归来，京兆府的气氛为之一变。即使是那些吉温调来的官吏，也被李泌雷厉风行的风格所感染，迅速融入节奏中去。比如来自右骁卫的赵参军，就觉得管理风格大变，比原来的懒散拖沓强太多了。

残破不堪的靖安司，在李泌的强力驱动下，又嘎吱嘎吱地运转起来。

这时一个主事小心翼翼地又问了一句："李相的宅邸，未必都在李府名下，司丞可还有什么提示？"

长安城里的宅子太多，李林甫就算有密宅，也不会大剌剌地打出自己的招牌。若没个方向，这么找无异于大海捞针。

李泌略做思忖，脑子里忽然灵光一现："你们可以去查查，京中富豪宅邸，谁家里有自雨亭。"

李泌遭蚍蜉绑架之后，被带去了一处豪奢宅院，亲眼见到他们做了一个灯楼的爆炸测试。这处宅院里最引人注意的地方，是有一座檐上有堤的自雨亭。这种亭子源自波斯，兴建所费不赀，不是随便什么人都能建起来的。

当初蚍蜉抓住李泌，没打算留他活口，所以并未特意遮掩。他如今既然已生还，便不能放过这个显眼的线索。查到这个宅邸，到底是谁在幕后资助蚍蜉，也就一目了然。

可主事们还是忧心忡忡："司里的文卷，已经被烧没了。所涉营造之事，还得去虞部调阅，时间恐怕来不及。"

李泌环顾左右："徐宾何在？他活下来了吗？"徐宾有着超强的记忆力，若他还在，靖安司查阅起来事半功倍。

一名官吏说徐主事受了伤，正在设厅修养，因为吉司丞认为他可能是蚍蜉内奸，还加派人手看管。李泌气得反笑："徐宾是我派去查内鬼的，这吉温真是瞎了狗眼！"

他吩咐下人带路，前往设厅亲自去查看。

设厅里的秩序比刚才稍微好了一点，医师们已经完成了救治，不过伤员们的呻吟声仍不绝于耳。人力已经用尽，接下来就看他们自己的造化了。李泌耸了耸鼻子，这股混杂着人体烧焦和油药的味道，让他很不舒服。可这个场面很大程度上，算是他的责任，李泌也只好带着赎罪的心情，强忍腹中的翻腾。

徐宾的休养处是在设厅一角，被两扇屏风隔出一个空间，两名士兵忠心耿耿地守在外面。李泌走过去，挥手赶开卫兵，踏了进去。徐宾正侧躺在床榻上，脸部向外，闭目不语，头上还缠着一圈圈白布条。

李泌放轻脚步走近，突然一瞬间瞳孔骤缩，整个人僵在了原地。

徐宾的身子，是向着床榻内侧反躺蜷曲。

也就是说，他的整个头颈，被人硬生生地扭转了过来。

作为天子燕居欢宴之地，勤政务本楼的装潢极尽奢华之能事。楼阙山出，雕梁画栋，上有飞檐悬铛，中有彩绫飘绢。这样式看起来极之华丽，可一旦经火，处处皆是助燃之地。无论厅间廊下，如今都被滚滚黑烟所笼罩，充塞每一个空隙，像是一个疯子在到处泼洒浓墨一般。

　从第三层到第七层的距离不算很远，可张小敬的身体状况已跌至谷底，加上沿途一片狼藉，让这段路途变成荆棘密布。他咬着牙，尽量避开地面上的碎瓷残板，朝着楼梯口摸去。

　这一路上，他看到许多仆役和大小官员，他们以各种姿势躺倒在地，生死不知，身前案几四脚朝天，玉盘珍馐洒落于地，说不出的凄惨。这些人前一刻还在欢宴畅饮，下一瞬便突遭冲击。张小敬还发现一些穿着与宾客不同的尸体，有蚍蜉的，也有龙武军的。

　看来陈玄礼登楼之后，遭遇了蚍蜉的强力阻击，不过一直保持着前进的姿态。

　张小敬一口气冲到六楼，不得不停下来喘息片刻。今天他基本没怎么进食，只在几个时辰前吃了点素油馓子，此时腹中空空，眼前隐有金星。他略一低头，看到在一扇倒下来的石屏下，露出一截烤羊腿。那羊腿烤得金黄酥软，腿骨处还被一只手捏着。

　看来在爆炸发生时，这位不幸的宾客正拿起羊腿，准备大快朵颐。结果震动一起，他还没来得及吃一口，便被压在石屏之下。张小敬俯身把羊腿拽起来，那手一动不动，看来已然不幸——讽刺的是，正是四周火势大起，让这个羊腿保持着温度，不至于腥膻凝滞。

　张小敬张开大口，毫不客气地撕下一条，在口中大嚼。到底是御厨手艺，这羊肉烤得酥香松软，还加了丁香、胡椒等名贵香料调味，还浇了杏浆在上面。一落肚中，立刻化为一股热流散去四肢百骸，稍微填补回一点元气。

　他也是饿急了，边走边吃，一条肥嫩羊腿一会儿工夫便啃得只剩骨头。张小敬总算感觉好了些，攥着这根大腿骨，来到六楼通往七楼的楼梯入口。往上一扫，眼神变得狰厉起来。

在楼梯上，横七竖八躺着四五具尸身，以龙武军的居多，可见陈玄礼在这里遭遇了一次伏击。元载说他们赶来的不过十几个人，这么算下来，陈玄礼手里的人手已经所剩无几。就算他侥幸突破，也是损失惨重。

不过这也能反证，萧规的人也绝不会太多，否则这些尸体里应该有陈玄礼在。

张小敬把骨头插在腰间，正要登上楼梯，忽然心中一动，把脚又缩了回来。第六层和第七层之间，只有客用与货用两条通道，一定被严兵把守。贸然上去，恐怕会被直接射死。

他轻手轻脚地走到楼边，这里的压檐角都很低，边缘翻出一道外凸的木唇。张小敬抠住木唇，脚踩阑干，用力一翻，整个人爬到一条铺满了乌瓦的斜脊之上。沿斜脊坡度向上小跑数步，跃过一道雕栏，便抵达了第七层。

勤政务本楼的第七层，叫作摘星殿，以北斗七星譬喻七层。它是一间轩敞无柱的长方大殿，地板有一点刻意倾斜，北边最高处是天子御席，面南背北，其他席位依次向南向下排列，拱卫在御席下首——此所谓"为政以德，譬如北辰，居其所而众星共之"。

在大殿的南边，还有一座小小的天汉桥，从大殿主体连接到外面一处宽阔的平木露台，两侧俱是云阙。站在露台之上，可以凭栏远眺，下视万民，视野极佳。露台与灯楼距离极近，刚才灯楼初启，拔灯红筹就是在这里抛出烛火，启动灯楼。

可惜正因如此，在刚才的爆炸时，那平木露台第一时间就坍塌下去，和站在上面正在赏灯的倒霉蛋们一起摔下城墙。天汉桥也被损毁了一半，剩下半截凄惨的木架半翘在空中，好似残龙哀鸣。

张小敬翻上第七层的位置，恰好是在天汉桥残留的桥头。他迅速矮下身子，躲在柱兽旁边，朝里面仔细观察。楼下的烟雾飘然而上，形成了绝佳的保护。

这一层大殿是半封闭式的，外面还有一圈兴庆宫的南城墙阻挡，加上张小敬拼命泄去了阙勒霍多的不少气劲。所以刚才的爆炸和撞击并未伤及筋骨，没有出现死伤枕藉的情况，只是场面略混乱了些。

此时在摘星殿中，分成了三个泾渭分明的人群。百余名华服宾客攒集在一起，瑟瑟发抖如一群鹌鹑；站在他们旁边的，是十来个蚍蜉，手持短弩长刀，随时可以发起屠戮。在更远靠南的地方，陈玄礼和十个人不到的龙武军士兵，平举手弩，却没有向前，形成对峙。其他无关人等，诸如杂役舞姬乐班婢女之类，都被赶到楼下去了。

看来龙武军的战斗力还是非常惊人的，连续突破防卫，一口气冲到七楼。从双方的站位来看，蚍蜉恐怕是刚刚控制局势，还没来得及做成其他事，龙武军就冲上来了。

可惜陈玄礼不能再进一步了——张小敬清楚地看到，在最高处，萧规正笑眯眯地把弩箭对准一个身穿赤黄色的袍衫的男子，他头戴通天冠，身有九环带，足蹬六合靴——正是大唐天子李隆基。

难怪陈玄礼不敢轻举妄动，天子的性命，正掌握在那个昔日的老兵手里！

大唐律令有规定，持质者，与人质同击。不过这条规矩在天子面前，就失去意义了。

而且在诸多宾客身上，都沾着大大小小的黑斑污渍，像是刚刚喷上去的黏物，地面上散落着同一规格的唧筒。不须多看，这一定是触火即燃的延州石脂——也就是说，蚍蜉们随时可以用一点小火种，把大唐精英们全部付之一炬。

张小敬有点头疼，眼前这个局面太微妙了，几方都处于高度紧张的状态，稍有变化，就可能演变成最糟糕的局面。人质又太过贵重，一点点闪失都不能有。

时间上更没法拖，再过一会儿，就会有无数援军蜂拥而至，所以萧规一定会尽快采取行动。

打不能打，拖不能拖，这根本就是一局死棋。

可惜张小敬的身体状况太差，实在是打不动，没法强行破局。唯一的办法只有……张小敬的大手把住断桥的桥柱，忽然猛力一捏，似乎在心里做出了一个极其艰难的决定。

他矮下身子，从断桥处悄悄潜入殿中。这个摘星殿太宽阔了，人又特别多，根本没人注意到他。张小敬借助那些翻倒的案几和托架，迅速接近对峙的核心地带。

萧规挟持着天子，而陈玄礼的弩箭对准了萧规。张小敬算准时机，故意先踢碎一个瓷盘，引起所有人的注意，避免过于紧张而发弩。然后他缓缓站起身来，高举双手大声道："靖安司张小敬办事！"

这个声音在大殿中响起，显得颇为突兀。陈玄礼不由得侧头看了一眼，想起这个张小敬之前曾经被全城通缉，然后通缉令又被撤销了，这让他心中略有疑惑。张小敬从腰间掏出一块腰牌，亮给龙武军的人看，确实是靖安都尉不错。这让对峙中的士兵们多少松了一口气——靖安司的人已赶到了，说明援军不远了。

萧规的弩箭仍旧顶在天子脑袋上，脸上神情不改。

陈玄礼仍旧全神贯注盯着萧规，手中弩箭纹丝不动。张小敬走到他身旁，低声道："陈将军，诸军将至，请务必再拖延片刻，一切以天子性命为要。"

这是一句废话，还用你来叮嘱？陈玄礼冷哼一声。张小敬又道："不过在这之前，有一件至急之事，要先让将军知道。"

"讲！"陈玄礼双目不移。

"我也是蚍蜉。"

说完这一句，张小敬猝然出手，用那根吃剩下的羊腿骨砸中陈玄礼手中短弩。这边弩口一低，那边萧规立刻掉转方向，对着陈玄礼就是一箭，射穿了他的肩头。张小敬下脚一钩，顺势将其绊倒，抬手接住萧规刚抛过来的匕首，对准陈玄礼的咽喉。

这一连串动作行云流水，两人配合得亲密无间，就像已演练过千百次似的。张小敬骑在陈玄礼身上，匕首虚虚一划，对周围士兵喝道："把武器放下，否则陈将军就会死！"

对此惊变，那些龙武军士兵面面相觑，不知该如何做才好。陈玄礼抬头猛喝："击质勿疑！"张小敬挥掌切中他的脖颈，直接将其切昏过去。

士兵们群龙无首，只得纷纷扔下弩机。有几个蚍蜉迅速冲了过去，把这些士兵也捆缚起来，扔到一边。

宾客那边一阵骚动，陈玄礼刚才冲上七层，他们本来觉得有点指望。可是被这个意外的家伙搅乱，瞬间就逆转了局势。有人听见他自称靖安都尉，原来还是个内鬼，甚至忍不住骂出声来。蚍蜉们立刻动手，把这个骚动弹压下去。

张小敬对那些骚动置若罔闻，他直起身来，把视线投向御席。萧规抓着天子的臂膀，欣慰地朝这边喊道："大头，我知道你一定会来的！"

"我来晚了。"他简短地说道。

"来，来，你还没觐见过天子吧？"萧规大笑道，把天子朝前面拽了拽，像是拽一条狗，这引起后者一阵不满的低哼。萧规冷笑一声："陛下，微臣与您身份之别不啻霄壤，不过你我尚有一点相同——我们都只有一条命。"

天子没奈何，只得勉强向前挪了一步。

张小敬仰起头来，缓缓地朝着他和天子走去。

上一次他离开萧规，是借口去抓毛顺。现在毛顺、鱼肠和两名护卫都死了，萧规并不知道他在灯楼里几乎坏了蚍蜉的大事，仍旧以为他是自己人。所以，若要破开这一局，张小敬别无选择，只能继续伪装成蚍蜉，为此他不惜袭击陈玄礼。

只要不让萧规起疑心，伺机接近，将其制伏，其他蚍蜉也就不是威胁了。

这个举动最大的风险是，稍有不慎，就会造成天大误会，再也无法翻身，可他没别的办法。

张小敬一级一级朝上走去，距离御席越来越近。这还是他第一次近距离地观察天子，那是一个六十岁的微胖老者，剑眉宽鼻，尖颌垂耳，看他的面相，年轻时一定英气逼人。御宇天下三十多年，让他自然生出一股威严气度，即使此时被萧规挟持，仍不失人君之威。那一双略有浑浊的眼里，并没有一丝慌乱。

是这个人，让整个大唐国力大盛，悉心营造出开元二十年的盛世之景；也是这个人，让大唐的疆域扩张到了极限，威加四海。但也是这个人，间接创造出了蚍蜉这么一头怪物。

张小敬距离萧规和天子还有十步，再近一点，他就可以发起突袭了。

走到第八步，他的肌肉微微绷紧，努力地榨出骨头里的最后一丝力量，要突然发难。这时萧规忽然开口："对了，大头，你等一下。"

张小敬只得停下脚步。

"我给你准备了一份礼物，拿去吧！"萧规做了个手势，一个蚍蜉冲进宾客，从里面揪住一个人，摔在张小敬的眼前。

张小敬定睛一看，躺倒在地瑟瑟发抖的，是一个头戴折罗巾的锦袍贵公子，凸额团鼻，脖子始终歪斜着——正是永王李璘。

两人三目相对，一瞬间把张小敬拉回去年十月的那一幕。

第
二
十
章

卯
初

说到这里，众人不由得一起回头，把视线集中在人群中一个姑娘身上。
那是今年的拔灯红筹，她听到那个凶人提及自己，
不由得脸色一变，朝后退去。

天宝二载十月七日，午正。

长安，万年县，靖恭坊。

一股浓烈刺鼻的血腥味弥漫在整个马球场上，那些矫健的西域良马都焦虑不安，不停踢着蹄子，踏起一片片黄色尘土。

张小敬站在球场中央，喘着粗气，那一只独眼赤红如疯兽。在不远处，地上丢着一把长柄陌刀，旁边一匹身材巨硕的良马躺倒在地，宛若肉山。它的脖子上系着彩带，尾束羽绳，彰显出与众不同的地位，可惜它的腹部多了一道大大的刀口，鲜血从躯体里潺潺流出，渗入黄土，很快把球场沁染成一种妖异的朱磲之色。

此时他的左手，正死死揪着永王李璘的发髻，让这位贵胄动弹不得。永王惊恐地踢动着双腿，大声喊着救命。

球场四周已经聚集了许多人，有来打马球的公子哥，有永王府邸的仆从护卫，有球场附近的民众，还有刚刚赶到的大批万年县不良人。可是他们投鼠忌器，谁都不敢靠近，谁敢保证这个疯子不会对永王动手？

张小敬低下头，睥睨着这位贵公子："闻无忌死时，可也是这般狼狈吗？"

"我不知道！我不认识他！！"永王歇斯底里地喊道。

他到现在仍未从刚才的震惊中恢复。他本来正高高兴兴打着马球，突然，一个黑影冲入球场，带着滔天的杀意，用一柄巨大的陌刀斩杀了自己心爱的坐骑，然后把自己死死按在地上。球友们试图过来救援，结果被干净利落地杀掉了两个人，其他人立刻吓得一哄而散。

永王没见过这个独眼龙，心里莫名其妙。直到独眼龙口吐"闻无忌"的名字，他才真正害怕起来。

张小敬的刀晃了晃，声音比毒蛇还冷彻："在下是万年不良帅，推案刑讯最在行不过。既然已查到了这里，永王殿下最好莫要说谎。"永王被这个威胁吓住了，他能感觉得到，这尊杀神什么都干得出来。他停了停，急忙道："我真不知道！"

张小敬面无表情地从怀里掏出一个小竹管，强行倒入永王口中，永王只觉得一股极苦的汁液顺着咽喉流入胃中，然后张小敬用一块方巾紧紧罩在他嘴上。

他呜呜直叫，试图挣扎。张小敬一拳打中永王肋部："莫担心，这是鱼腥草和白薇根熬制的催吐汤，随便哪个药铺都常备，是救中毒者的良方，嗯……不过若是嘴上有东西挡着，就不一样了。"

仿佛为了证明张小敬所言不虚，永王忽然弓起腰，剧烈地呕吐起来。胃中的粥状消化物顺着食管反涌到嘴边，正要喷泻而出，却被嘴前的方巾挡住，重新流回去，其中一部分进入呼吸道，呛得永王痛不欲生。

一边是胃部痉挛，不断反涌，一边是口中不泄，反灌入鼻。两下交叠，让永王涕泪交加，无比狼狈，甚至还有零星呕吐物从鼻孔喷出来。如果再这么持续下去，很有可能会被活活呛死。

张小敬看差不多了，伸手把方巾解下，永王如蒙大赦，趴在地上狂吐了一阵，这才消停。张小敬冷冷道："这叫万流归宗，乃是来俊臣当年发明的刑求之术，来氏八法之中最轻的一种。若殿下有闲情，咱们可以一桩一桩试来。"

这家伙居然打算在众目睽睽之下，对一位皇子用刑？永王终于确定，他就是个彻头彻尾的疯子。对疯了，权势和道理都没用处，只能乖乖服软。

"我，我说……"永王的咽喉里火辣辣的，只能哑着嗓子说。

"从头讲。"

原来在天宝二载七月七日，永王偶尔路过敦义坊，恰好看到闻染在院子里摆设香案，向天乞巧。他见到闻染容貌出众，就动了心思。回到府邸，永王跟心腹之人聊了几句，就把这事抛在脑后。后来过了几日，心腹兴冲冲地来报，说不日便可将闻染买入王府为奴，永王才知道这些人把事给搞大了。

"本王垂涎闻染美色不假，但绝无强夺之心。实在是熊火帮、万年县尉那些人有心讨好，肆意发挥，这才酿成惨祸，绝非我的本意啊！"

张小敬一听便明白了。这种事实在太多，上头也许只是无意一句，下面的人却会拿出十倍的力气去推动。恐怕熊火帮是早看中了闻记的地段，这次借永王的招牌，把一桩小事硬生生做到让人家破人亡。

"本王也狠狠责骂过他们，这些人真是无端生事！"

"无端生事？"张小敬的嘴角一抽搐，"然后还罚酒三杯是不是？你们眼中，只怕这些草民都如蝼蚁蚍蜉一样对吗？"永王这才意识到自己说错话了，半是讨好道："壮士你有心报仇，应该去找他们才对，本王陪你一道去便是。"

"不劳殿下费心，熊火帮已经被我洗了一遍，县尉大人也被我宰了。"张小敬淡淡道。永王额头一跳，感觉胃里又隐隐作痛，知道今日绝不能善了。

张小敬此前去外地查案，一回长安就听到这个惊变。他不动声色，暗中着手调查。以他不良帅的手段，轻而易举就查明涉事的几方势力。于是张小敬先找了个理由，带领不良人把熊火帮几乎连根拔起，可惜封大伦跑得快，逃得一条性命。

万年县尉闻讯赶来，连忙喝止了张小敬。他与张小敬合作过数年，关系尚可，所以张小敬本想讲讲道理。不料县尉明里假意安抚，却在酒水里下了毒，周围伏有大批刀手，要把张小敬格杀当场。幸亏有相熟的手下通风报信，张小敬率先反击，当席把县尉给一刀捅死了。

张小敬知道，灭掉熊火帮尚有理由，杀了上司，一定会被追究为死罪。他索性直冲到马球场来，先把最后一个罪魁祸首拿住再说。

永王抬起头来，试图劝诱道："你犯下了滔天大罪，只怕是要死的。本王在父皇那里还能说得上话，说不定能宽宥几分。"不料张小敬伸出大手，一把揪住永王的发髻，拎起脖子，一步步拖离球场。

永王吓坏了，以为他准备下毒手。可惜张小敬那手，如同铁钳一般，根本挣脱不开。

"甘校尉、刘文办、宋十六、杜婆罗、王河东、樊老四……"张小敬一边拖着，一边念叨着一些人名。永王不明白这是些什么人，也不知道他们和这次的事件有什么关系。

"他们都死了，都死在了西域，让突厥人给杀了。我和闻无忌把他们的骨灰都带来了，就放在闻记香铺里，第八团的兄弟，除了萧规那小子之外，好歹都来过长安了……"张小敬的声音原本平稳，可陡然变得杀气十足，"可你们却生生拆了闻记的铺子，那些个骨灰坛，也都被打碎了，洒到泥土和瓦砾里，再也找不回来了。"

"不是我，是他们！他们！"永王声嘶力竭地喊着，他觉得自己太冤枉了。

张小敬用力踏了踏马场的土地："从此以后，第八团的兄弟们，就像是这脚下的黄沙一样，每日被人和马蹄践踏。"

永王听到这种话，脊梁一股凉意攀上。他像是被一条毒蛇咬中，四肢都僵住了，任凭张小敬拖动。

周围的不良人和王府长随们紧跟着他们，可谁都不敢靠近。五尊阎罗的名字，在他们心里的威势实在太重，他们只是在外围结阵，远远观望。

永王的呼声，丝毫没有打动张小敬。他面无表情地拖着这位十六皇子一路离开马球场，来到只有一街之隔的观音寺。

这座位于靖恭坊内的观音寺，规模并不大，庙里最有名的是供奉着一尊观音玉像。这座寺庙，和永王有着很深的渊源。他出生之时，遭遇过一场大病，母亲郭氏亲自来到此寺祈祷三天三夜。结果没过多久，郭氏便去世了。说来也怪，就在郭氏去世那天，永王居然奇迹般地痊愈了。宫里都说，郭氏感动了菩萨，以一命换了一命。她的牌位，也被摆在了庙里。

有了这层缘分，永王对这座观音寺关切备至，时常打赏，逢年过节还会过来上香，一拜观音二拜母亲。他对马球的兴趣，正是因为观音寺临街有个马球场，他每次来上香都顺便去打两手，慢慢成了个中高手。

此时他发现张小敬把他往观音寺拖，心中直发毛，不知这疯子到底打算做什么。张小敬踹开庙门，用眼神狠狠地赶走了住寺的僧人，直奔观音堂而去。

那尊滴水观音正矗立在堂中，温润剔透，品相不凡。旁边还立着一尊莲花七宝侧龛，里面竖着一块牌位，自然就是永王的母亲郭氏了。

张小敬松开手，一脚把永王踢翻在地，让他跪在观音像前。永王抬头看到自己母亲的牌位，不由得失声哭了出来。

"你在菩萨和你娘亲面前，给我起个誓，我便饶你一条命。"张小敬淡淡道。永王简直不敢相信自己的耳朵："起什么誓？"

"从今之后，你不得报复或追究闻染与闻记香铺，如有违，天雷磔之。"

永王心想这也太容易了，不会又是什么折磨人的新招数吧？他张了张嘴，不敢轻易答应。

张小敬面无表情，内心却在微微苦笑。

将涉事之人统统杀个精光，固然痛快，可闻染一定会被打击报复。那些人的手段，他再熟悉不过。

他孑然一身，死也就死了。可闻染还年轻，她还有很长的人生路要走。闻无忌在天有灵，绝不会允许张小敬为了给自己报仇，去牺牲女儿的幸福。

因此张小敬疯归疯，却不能不顾及闻染的命运——她可算是整个第八团留在人间唯一的骨血。

张小敬擒拿永王，从一开始就没打算杀他，而是逼着他做出保证，不许对闻染再次下手。张小敬做过调查，永王对这观音庙诚意笃信，在这里起誓，他应该会认真对待。只要永王不敢出手，手下必然会有所收敛，闻染便能过上平静的生活。

张小敬想到这里，又一脚踢过去，催促快点。永王只好不情愿地跪在地上，用袖子擦干净嘴角的污渍。给观音上香，叩拜，再给自己娘亲上香，叩拜，然后手捏一根线香，扭扭捏捏说道："从今之后，本王与闻家恩怨一笔勾销，绝无报复追究之状，如有违，天雷磔之！"

说完之后，永王恭恭敬敬叩了三个头。无论他如何顽劣，在观音和娘亲面前，始终持礼甚恭。做完这些，他把线香一折为二，递给张小敬："这样就行了？"

张小敬接过线香，用指头碾成细细的粉末："若你破誓，就算观音菩萨不追究，我也会来寻你。"永王把头低了下去，不敢与那只恐怖的独眼对视。

张小敬长舒一口气，不再理他，转身走出佛堂，双臂一振，推开寺门走了出去。寺外已是大兵云集，一见他出来，纷纷拔刀张弩。见张小敬负手出来，那些不良人的第一反应，居然同时往后退了一步。

"万年不良帅张小敬，出降自首！"

张小敬收敛起杀气，昂起头，面对人群大声喝道，惊起门前大树上一窝漆黑的老鸹扑啦啦飞起……

事隔数月，张小敬没想到能够再次见到永王，而且是在这么一个场合。

永王也没想到，能再见张小敬。自从那一次马球场袭击之后，他落下了一个病根，一提张小敬，胃部就会一阵痉挛想吐。此时见到本尊，他更是脸色一阵青红，嘴唇一张一合，"哇"地吐出了一地的珍馐美酒。酸狞之气，扑鼻而来。

萧规大笑："大头，先前你留他一条性命，是为了保全闻染。如今不必再有顾虑，这个杀死闻无忌的凶手，就交给你处理了！"

张小敬沉默着朝前走了一步，永王惊慌地摆动右手："你答应过的，我不动闻染，你不杀我！"

"今天熊火帮绑架了闻染，你可知道？"张小敬问。

"呃……呃……我事先并不知情！"永王面色阴晴不定。他并没说谎，封大伦是事后才跟他通报的，并得到了默许。在永王心里，这不算违誓——可问题是，这事并不由他说了算。

"大头，别跟他啰唆，一刀挑出心肝来，祭祭闻无忌。"萧规在上头喝道。

大殿里的空气陡然紧张起来。所有人都知道，天子对这个十六皇子颇为宠爱，现在这些贼子要当着他的面，把永王活活开膛剖心，这该如何是好。

张小敬面无表情揪起永王的衣襟，突然伸出手臂，狠狠地给了他几个耳光。永王被打得晕头转向，脸颊高高肿起。萧规以为他要先出出气，并未催促，饶有兴趣地等着看他动手的一刻。

张小敬开口道："这等昏王，挑心实在太便宜他了。来氏八法，得一个一个上给他。"他咧开嘴，透出一股阴森怨毒之气。永王一听，浑身如筛糠般抖动。去年"万流归宗"已经折磨得他生不如死，那还是来氏八法里最轻的……

萧规看看外头的火光："不是扫你的兴啊大头，咱们的时间可不多了。"张小敬把永王一脚踢倒，踏在胸膛上，狞笑道："没关系，我想到一个好主意。"

他就像是数月之前那样，拖着永王的发髻，狠狠地把他拽到第七层的断桥旁边，往外一推。永王登时有半个身子都悬在勤政务本楼外头。萧规饶有兴趣地看着，期待着会有什么精彩的戏码。天子站在他的身旁，一动不动，可眼神里却透着愤怒。

永王已经吓得魂飞魄散，大声呕吐着，仿佛噩梦重现。张小敬揪住他衣襟，压低声音道："想活命的话，就听我的话。"

永王还在兀自尖叫着，张小敬重重给了他一耳光："我很想现在就杀了你，但现在我还需要你去做一件事。"永王一愣，不明白这个凶神到底什么意思。张小敬道："接下来我会把你推下楼去，你要仔细听好……"

他在永王耳边轻轻说了几句，永王先是睁大了眼睛，随后又拼命摇头。可惜张小敬没有给他机会，用力一推，永王惨叫着从七层断桥上直直跌落下去。这里既然叫摘星殿，自然距离地面非常高，这么摔下去，肯定变成一摊肉泥。

摔杀完皇子，张小敬气定神闲地折返大殿。萧规舔了舔嘴唇，觉得有点不过瘾："大头，你就这么便宜他了？"张小敬淡淡道："如你所说，时间不多了，咱们还是直奔主题更好。"说完把眼神飘向天子。

"够了！你们有话直接跟朕说。"

刚刚经历了丧子之痛的天子，终于开口了。他紧皱着眉头，腰杆却挺得笔直。旁边一个胖胖的老宦官见状，咕咚一声跪倒在地，不顾蚍蜉的威胁，放声大哭起来。这哭声如同信号，所有宾客呼啦啦全都跪倒在地，这贼人竟把天子逼到了这地步，群臣心中无不诚惶诚恐，羞愧不已。

蚍蜉们警惕地端平劲弩，谁敢出头，就会受当头一箭。

"陛下你终于开口了。"萧规似笑非笑。

刚才他们突入第七层时，宴会厅里一片混乱，四处鬼哭狼嚎，唯有这位天子仍留在御席之上，不肯屈尊移驾。即使被蚍蜉挟持，他也未置一词，保持着居高临下的鄙夷，努力维护着最后一点尊严。

永王的死，让这一层矜持终于遮掩不住。

"你们到底是谁？"天子把两条赤黄色的宽袖垂在两侧，微微低首，像是在垂询一位臣子。

在火光环伺之下，萧规心满意足地闭上眼睛，似乎很享受这一刻的美妙。他伸出指头，点了点自己额头："我们是西域都护府第八团的老兵。若陛下记性无差，九年前，你还曾下旨褒奖过我们。"

天子的眼神略有茫然，显然根本不记得了。萧规道："九年前，苏禄可汗犯境，围攻拨换城。第八团悍守烽燧堡二十余日，最终仅有三人幸存，今日到场的就有两人。陛下日理万机，这点小事自然不放在心上。"

天子不动声色："你们是怪罪朕穷兵黩武？还是叙功不公？"

"不，不。"萧规晃了晃手指，"我们十分荣幸能够参与到其中，为陛下尽忠。保境卫国，是我们的本分。朝廷颁下的封赏，我们也心满意足。今日到此，不为那些陈年旧事，而是为了兵谏。"

"兵谏？"天子的眉头抖动了一下，几乎想笑。天底下哪儿有这种"兵谏"。

"陛下是真龙，我们只是卑微的蚍蜉。可有时候，蚍蜉要比真龙更能看清楚这宫阙的虚实。"

他随手一指其中一只蚍蜉："这个人叫伍归一，河间人，家中连年大旱而租庸不减，妻儿离散。他离营归乡，反被诬以逃逃。"然后又指向另外一只蚍蜉："他叫莫浇儿，金城杂胡，举贷养驯骆驼良种，结果被官使驱走大半，贷不得偿，只能以身相质，几乎瘐死。

"对了，还有这位索法惠，河南县人。他和上元灯会还有点联系哩。陛下你爱看灯会热闹，所以各地府县竞相重金豢养艺人，来争拔灯红筹之名。每一队进京的拔灯车背后，都有几十辆备选，花费皆落于当地县民身上。索法惠本是个高明的车匠，为官府抽调徭役，疲于劳作，几乎破产。"

说到这里，众人不由得一起回头，把视线集中在人群中一个姑娘身上。那是今年的拔灯红筹，她听到那个凶人提及自己，不由得脸色一变，朝后退去。

好在萧规并没在这话题上太过纠缠。

"在这楼上的每一只蚍蜉，都曾是军中老兵，他们的背后都有一个故事。故事虽小，不入诸位长官法眼，却都是真真切切的。这样的遭遇，放之民间，只怕更多。这一个个蚍蜉蛀出来的小眼，在大唐的栋梁之上历历在目。"

"所以你们打算复仇？"

"曹刿那句话怎么说来着？肉食者鄙，未能远谋。陛下，咱们大唐已经病了，看起来枝繁叶茂、鲜花团簇，是盛世美景，可是根子已经烂啦，烂透了，被蛀蚀空了，眼看就要像这勤政务本楼一般，轰然坍塌下来。需要一剂烈火和鲜血的猛药，以警醒世人。"

天子大概许多年未曾听过这样刺耳的话了，他沉声道："你们到底想要什么？"

萧规一字一顿道："非巨城焚火，无以惊万众；非真龙坠堕，无以警黎民。微臣所想，是在这长安城百万百姓面前，要陛下你的一条命。"

虽然众人对蚍蜉的做法早有预感，可他这么堂而皇之地说出来，还是引起了一阵骚动。

天子不动声色，伸开双臂："朕的命，就在这里。你若想要，自己来拿。若天命如此，朕绝不退缩。"

不料萧规忽又笑道："陛下不必这么着急。我们蚍蜉的计划，是分作两层。若是那灯楼能把陛下在众目睽睽之下炸死，最好不过。若天不佑德，未竟全功，微臣便会亲自登楼觐见，到了这时候，自然是陛下活着最好。"

他一直在笑，可笑容中的恶意却越发浓郁起来。

"希望陛下暂移龙趾，猥自枉屈，跟着微臣去看看长安之外的世界，去亲眼看看蚍蜉们和蝼蚁们的世界。"

惊讶和愤怒声从人群里泛起来。这个贼子好大的胆子，竟要绑架天子出京，还要巡游各地，公开羞辱。就算是隋炀帝，也没受到过这种侮辱。倘若真的成行，大唐的脸面可就彻底丢尽了，简直比天子当场被杀还要可怕。

听到这个要求，天子脸色终于有了变化："你可以杀了朕，却别想朕跟你走。"

萧规一抬手，蚍蜉们唰地抬起短弩，对准了那群宾客："陛下就不怜惜这些臣子宾客？"

天子沉着脸道："群臣死节，可陪祭于陵寝。"他的意思很明白，今天这楼里的人都死完了，也绝不会跟着这些蚍蜉离开。

"君忧臣劳，君辱臣死！"

一个高亢的声音从宾客群里响起，这是《越语》里的句子。这一声呼喊，瞬间点燃了宾客们被绝望压抑住的愤怒。他们纷纷高喊起来，人群涌动。

二十几个蚍蜉，连忙举弩弹压，可乱子却越演越烈，宾客们似乎不再畏惧死亡的威胁。他们终于意识到，如果天子在这里被掳走或死亡，恐怕每一个人都不会有好下场。他们呼唤着，此簇拥着，无数双脚踩在瓷盘与锦缎上，朝着御席的方向冲来。

张小敬悄悄弯下膝盖，蓄起力量，想趁局面再乱一点，好对萧规发起突袭。可就在这时，突然传来一声弩弦击发的声音，然后那率先喊出口号的官员直挺挺地倒了下去，脑门多了一支弩箭。

萧规放下弩机，一脸的不耐烦。大殿内的叫喊声霎时安静下来，飞溅的血花，让他们重新认识到了死亡的可怕。那可是一位四品大员，是跺跺脚能震动京城的人物，可他就这么死了，死得如同一条狗。

刚才永王坠楼，大家只是听见惨叫，现在这人可是真真切切死在了身边，一下子，所有人都被震慑住了。

只有一个人是例外。

一个人影猛然冲到萧规面前，趁着他的弩箭未能上弦之际，发起了攻击。萧规猝不及防，只觉得脑袋被一根玉笛砸中。玉笛应声而碎，可萧规也被撞得迷糊了一刹那。那人趁机缠了上来，一拳砸中他的小腹。

直到几个弹指之后，大殿内的人才看清楚，那道黑影，居然是天子本人。周围的蚍蜉都惊呆了，都不敢发箭，以防误伤了首领，只能看着这两个人扭成一团。

天子的搏击之道颇为高明，萧规一时之间居然被压制到了下风。

承平的日子太久了，大家似乎已经忘记，这位高高在上的九五之尊，年轻时也曾经是一位弓骑高手，惯于驱马逐鹰，飞箭射兔。在唐隆、先天两场宫廷政变之中，他曾亲率精锐，上阵厮杀，才有了今日之局面。

虽然如今天子年逾六十，可年轻时的底子还在。包括萧规在内所有人，都把他当成一个年老体衰的老头子。可骨子里与生俱来的烈性，不会轻易被美酒所浇熄。

两个人打了几个回合，萧规到底是老兵，慢慢调整好节奏，开始逐渐扳回局面。天子气喘吁吁，很快已是强弩之末。萧规正要发起致命一击，忽然身子一个趔趄。

适才的爆炸声冲击了整个宴会大殿，满地皆是狼藉。萧规的右脚恰好踩进一个半开的黑漆食盒，整个身子歪斜了一下。天子觑中了这绝无仅有的一个机会，拎起腰间蹀躞带上的一把小巧的象牙柄折刀，狠狠捅进萧规的右眼。

萧规发出一声痛苦的惨叫，急速后退。天子捅得太急了，连系绳都来不及从蹀躞带上解下来，被萧规反拽着朝前冲去。两个人一起撞翻御席，沿着斜坡滚落下来，通天冠和弩机全摔在了地上。

张小敬意识到自己的机会到了，飞身而上，想去抓住萧规。可天子已经从地上爬了起来，见他靠近，格外警惕，抓起一个唾壶冲他丢去。张小敬闪过，急忙低声说了一句："陛下，我是来帮你的！"可天子的回答，则是再丢过来一柄割肉的叉子。反正地面乱七八糟，什么都能捡得着。

这不能怪天子，张小敬先打昏陈玄礼，又杀死永王，恐怕谁都不会把他当自己人，只当他是来帮萧规的。

如果张小敬是全盛时期，对付十个天子都不在话下。可他现在太衰弱了，反应速度明显下降，只能一边躲闪，一边靠近。张小敬心中一横，实在不行，就只能先把天子打昏。

他正想着，旁边那老宦官突然伸开双臂，死死抱住了张小敬的腿脚。张小敬要抽开，却根本挣扎不开。天子趁机冲过来，用那一把象牙柄折刀刺中了张小敬的咽喉。

刀尖已经刺破了外面一层薄薄的皮肤，只要再用半分力度，便可击毙这个袭击宫城的巨魁。

可天子还未及用力，便听大殿中响起一声女子的尖叫。天子脸色陡变，手腕一颤，这一刀竟没有刺下去。

萧规站在十几步开外，右眼鲜血淋漓，左手狠狠扼住了一个身穿坤道袍女子的纤细脖颈。

"太真！！！"天子惊叫道。

李泌站在徐宾的尸身面前，久久未能言语。

徐宾是他在户部捡到的一个宝。他筹建靖安司之时，从各处抽调人手。诸多衙署阳奉阴违，送来的都是平时里不受待见的文吏，无论脾性还是办事能力，都惨不忍睹。李泌大怒，请了贺知章的牌子，毫不客气，全部退回。

唯一一个留下来的，正是户部选送的徐宾。

这个人年纪不小，可对官场一窍不通，在户部混得很差，不然也不会被送过来。李泌发现他有一个优点，记忆力惊人，只要读过的东西尤其是数字，过目不忘。这样一个人才，恰好能成为大案牍之术的核心。

于是，在李泌的悉心培养之下，徐宾很快成为靖安司里举足轻重的一员。这人不善言辞，态度却十分勤恳，整个长安的资料，都装在他的脑袋里，随时调阅，比去阁架翻找要快得多。靖安司有今日之能力，与徐宾密不可分。李泌知道徐宾家里还有老母幼儿，曾向他亲口允诺，此事过后，给他释褐转官。

可现在，这一切都成了浮云。

此时徐宾躺在榻上，头折成奇怪的角度，双目微闭。他太怯懦了，即使死得如此冤屈，都不愿瞪向别人，而是选择了垂头闭目。

李泌闭上眼睛，鼻翼抽动了一下，把本来涌向眼眶的液体吸入鼻腔，发出呼噜噜的声音，有一种轻微溺水的痛感。他和徐宾只是上下级，连朋友都不算是，可他却感到格外悲伤。这不只是为了徐宾，而是为了所有在今天付出牺牲的人。

李泌强忍着内心的翻腾，伸出手去，把徐宾的头扳正，然后将他的双手交叉搁于小腹，让他看起来好似熟睡一样。"对不起……"李泌在心里默念着。

他轻轻将被子拽起来，想要盖住徐宾的面孔，可盖到一半，胳膊忽然僵住了。李泌睁大了眼睛，发现徐宾的手指有些古怪，他再凑近了仔细看，发现徐宾指甲里全是淡灰色的墙泥。

京兆府掌京城机要，所以墙壁尚白，只是涂灰的年头一长，便会转成淡淡灰泥。李泌急忙绕到床榻的另外一侧，借着烛光，看到在贴墙的一侧，有些许指甲刮成的抓痕。

李泌之前问过，徐宾神志未完全清醒，身体动不了，但可以做简单对话。所以最大的可能，是凶手进入屏风，与徐宾交谈。徐宾在谈话期间觉察到了不妥，可无法示警或逃离，只得悄悄用指甲在墙上留下痕迹，然后被灭口。

无论是突厥狼卫还是蚍蜉，都没有杀徐宾的理由。看来凶手是徐宾的熟人，搞不好。正是那个一直没捉到的内奸。

李泌蹲下身子，把烛台贴近墙壁。设厅的墙壁很厚实，抓痕太浅，而且笔画潦草。李泌看了半天，只能勉强分辨出是两个字，第一个是"四"字，第二个似乎没写完，只勉强能看清是"日"字。

四日？元月四日？还是去年某一个月份的四日？那一天，莫非发生了什么事，能联想到凶手？可为何他不直接写凶手名字，岂非更方便？

无数疑问在脑中盘旋，李泌霍地站起身来，把烛台轻轻搁在旁边。

他退出屏风，立刻召集相关人等，发出了两道命令："拘押在此看守的士兵，同时封闭所有大小门口，禁止任何人出入京兆府。"他停了一下，发觉第二个命令不太合理，于是修改成了"禁止原属靖安司身份的官吏出入京兆府"。

那个内奸，一定原来就是靖安司的人，那么其他人便不必有嫌疑了。

这两个命令得到了迅速执行。看守屏风的两名士兵，被自己的同袍死死按住，押去了僻静的房间等待审讯。同时有更多士兵前往京兆府内外出入口，取代了原来的守卫。

这是绝对必要的措施，那个内奸的破坏力实在太大，李泌可不希望做事的时候还被人拿刀子顶在背心。现在的京兆府已经成了一个滴水不漏的大瓮，至于如何从水里捞起鳖来，就看他的手段了。

审讯看守士兵的进展很快。两个倒霉的大兵一听说徐宾被杀，脸都吓绿了，忙不迭把所知道的事都抖搂出来。据他们交代，这段时间，进入屏风的人有很多，有医师，有小厮，也有各种各样的官吏，并没有留下记录。

李泌又问，究竟是谁给他们下的命令，要看守徐宾？

士兵们回答，是从元载那里得到的命令，要把徐宾当作重要的疑犯来对待。

"元载是谁？他为何有权力这么做？"李泌厉声问道。一个吉温就够了，怎么又冒出一个元载？一个主事低声把元载的来历解释了一下。

"他在哪儿？"

"几个时辰前带着一批旅贲军士兵外出，还没回来。"

李泌冷哼一声，虽然元载的行为让他十分不悦，但至少排除了内奸的嫌疑。

"为什么元载会认定徐宾是疑犯？理由是什么？"李泌问。

士兵们回答不出这个问题。最后还是赵参军站出来回答。他来的时日虽短，可内情却摸得颇为清楚："徐主事是在后花园昏倒的。在袭击事件之后，他被人发现，送来京兆府进行治疗。蚍蜉潜入靖安司大殿，正是从后花园的水道而入。元评事认为，是徐主事打开水网，放蚍蜉进来，然后故作昏倒，以逃避嫌疑。"

李泌沉默起来，修长的手指敲击着桌面。元载所说，并非全无道理。徐宾自然不是内奸，但他应该正好撞见了内奸放蚍蜉进靖安司的那一刻。内奸出手灭口，说不定是因为担心徐宾看到了他的脸。

仔细想来，这是一个最合理的推测。

这个内奸真是狠毒大胆。一想到自己身边盘踞着一条吐着芯子的毒蛇，李泌忍不住脊梁发凉。他站起身来，留下一个主事继续审讯，让卫兵把所有接近过徐宾的人都写下来，再和靖安司的成员进行比对。

接下来李泌要做的事情太多了，不能把时间都耗在这里。

他走出审讯室，双手负后，微微地叹息了一声。这时候，终于暴露出靖安司的短板了。这是一个新设立的衙署，缺少底蕴，只是强行凌驾于京兆府两县、金吾卫、巡使与城门卫之上。当有强力人物在上头镇着时，整个靖安司如臂使指；可一旦乱起来，人才便捉襟见肘。

"除了徐宾，元载还把什么人打成了内奸？"李泌忽然问道。

"还有一个姚汝能，他在大望楼上给敌人传递信号，结果被制伏，现在正关在京兆府的监狱里。"站在一旁的赵参军恭敬地答道。他在右骁卫失宠，希望能抱到另外一条大腿。

"他？给敌人传递消息？"

"具体情形不太清楚，不过应该是给一个叫张小敬的人传消息。"赵参军提起这个名字，面孔微微发窘。

李泌面色一凛，脚下步伐加快了几分，大声催促左右随从："快带我去，姚汝能很可能知道内奸是谁……"

在萧规挟持住那个女坤道的一瞬间，所有人包括张小敬，都松了一口气。

只要天子脱离了蚍蜉的威胁，最大的危机就消失了。这个女道人虽得帝王恩宠有加，可在这种场合下，她的性命显然不能和天子相比，死也就死了，不会有人觉得惋惜。

只有一个人是例外。

这回，又是天子。

天子本来已经反制住了张小敬，一击便可杀死他。可一见太真被萧规挟持，天子的动作立刻停住了，眼神流露出极度的惊惧。

"你不许伤她！"天子愤怒地大喝。刚才永王被推下楼去，他都不曾这样愤怒过。

"先把我兄弟放了！"萧规吼道。他的眼睛受了伤，整个人的手劲控制不足，太真的脖颈被他越扼越紧，呼吸越发困难，白皙的面颊一片涨红，丰满的胸部一起一伏。

天子二话不说，把象牙柄折刀撤了回来。这位老人刚才打斗了一场，也是气喘吁吁，只是双目精光不散。

张小敬没料到天子居然会为一个坤道服软，可他已经没力气去表示惊讶。张小敬只觉得双膝一软，瘫坐在地上，四肢的肌肉都开始剧烈痉挛。刚才那一番剧斗，耗尽了他最后的力量。

"陛下你过来！"萧规依旧钳制着那女人的脖子，命令道。

"先把太真放了，我跟你走。"天子道。

"请恕微臣不能遵旨。"萧规的手又加大了几分力道，太真的娇躯此时变得更软。

天子没有半分犹豫，一振袍袖，迈步走了过来。另外两个蚍蜉扑过去，踢开试图阻拦的老宦官，把天子再度控制在手里。另外一个人则扶起张小敬，也朝这边走来。

萧规狞笑道："早知道陛下是个多情种子，刚才何须费那许多唇舌！"天子却根本不看他，而是急切地注视着太真，眼神痛惜不已。

萧规略松了松手，太真发出一声长长的呼吸声，泪流满面。

那些宾客呆立在原地，感觉刚才那一番"君辱臣死"的热血呼号，变成了一个大笑话。天子因为一个女人，仅仅因为一个女人，就放弃了大好翻盘的机会，这未免太荒唐了吧？想到这里，不少人在心里腹诽，这女人是天子从儿子手里抢走的，这么荒唐的关系，再引出点别的什么荒唐事，也不奇怪。

勤政务本楼四周的黑烟弥漫得越发强烈，灯楼倒塌后的火势已逐渐过渡到楼中主体。外面隐隐可以听见兵甲铿锵声和呼喊声，禁军的援军应该就在不远处了。

萧规知道时辰差不多了。他打了个呼哨，蚍蜉们得到指令，立刻开始忙碌。他们先把天子和太真，还有没什么力气的张小敬拽到大殿内西南角的铜鹤之下，然后像赶着一群绵羊似的把宾客们向大殿中央赶去。

这时陈玄礼在地板上悠悠醒来，他的双手被反绑起来，可嘴却没被堵上。他昂起头高喊道："现在宿卫禁军正从四面八方赶来，你们就算挟持了陛下，又能逃去哪里？"

萧规瞥了陈玄礼一眼，随手从云壁上扯下一片薄纱，把眼眶里洋溢出的鲜血一抹，脸上的笑意却依然不变："这个不劳将军费心！蚍蜉上天下地，无孔不入。"

蚍蜉们对自己的首领很是信服，他们丝毫不见担忧，有条不紊地用火把和弩箭逼迫宾客，让他们向中央集结。宾客们意识到，这恐怕是为了方便一次把他们烧完，可是燃油在身，弓弩在外，谁也不敢反抗。

突然，有一个不知哪国的使节不堪忍受这种恐怖，发出一声尖叫，不管不顾地发足向外狂奔。那个叫索法惠的蚍蜉，面无表情地举起一具燃烧烛台，丢了过去。一团烛火在半空画过一道精准的曲线，正好砸中那个使节，瞬间把他变成一个火人。火人凄厉高呼，脚步不停，一直冲到楼层边缘，撞破扶阑，跌下楼去……

这个惨烈的小插曲，给其他宾客留下了深刻印象，他们只得继续顺从地朝殿中移去。他们唯一能做出的反抗举动，就是把脚步挪动得更慢一些。

萧规没再理睬这些事，他施施然走到西南角的铜鹤之下，天子、太真和张小敬等人都在那里站着。

萧规把那片沾满血的薄纱在手里一缠，然后套在头上，挡住了眼前的血腥。包扎妥当后，他对张小敬笑了笑："大头，这回咱俩一样了。"张小敬背靠铜鹤，浑身无力，只得勉强点了一下头。

在他旁边，天子环抱着太真，一脸绝望和肃然——张小敬甚至有种错觉，这位皇帝似乎被自己的选择所感动，完全沉醉在了这一折决绝凄美的悲剧里。传闻他痴迷于在梨园赏戏，这种虚实不分的情绪，大概就源出于此。

张小敬可没有天子那么神经。他的身体虽然虚弱无比，可脑子里却在不断盘算，接下来怎么办。

坏消息是，他始终找不到机会制住萧规或救出天子，接下来的机会更加渺茫；好消息是，至今萧规还当他是自己人，立场还未暴露。

而今之计，只能利用萧规的这种信任，继续跟随他们，走一步看一步。

可是他很好奇，萧规打算怎么撤退？这里是第七层摘星殿，距离地面太高，不可能跳下去。而楼内两条楼梯俱不能用，就算能用，也必须面对无数禁军，根本死路一条。

萧规似乎读出了张小敬的担忧，伸出指头晃了晃："还记得甘校尉在西域怎么教咱们的吗？凡事预则立，不预则废。预甲之外，永远还得有个预乙。他的教诲，可是须臾不能忘。"

说到这里，萧规转过头去，对大殿中喊道："再快点，敌人马上就到了！"

蚍蜉们听到催促，都纷纷加快了速度，把那些故意拖延的宾客连踢带打，朝着殿中赶去。身上沾满了油渍的诸人跌跌撞撞，哭声和骂声连成了一片。他们在殿中的聚集地点，正是从底层一路通上来的通天梯入口，也是援军的必经之路。

此时旁边已经有人把火把准备好了，一俟聚集完成，就立刻点火。这一百多具身份高贵的人形火炬，足以把援军的步伐拖缓，蚍蜉便可从容撤退——如果真的有那么一条撤退通道的话。

宾客们终于被全数赶到了通天梯附近，围成一个绝望的圆圈。每一个在附近的蚍蜉，都浮现出兴奋的笑意。他们都受过折辱和欺压，今天终得偿还，而且是以最痛快的方式。

蚍蜉们不约而同地站开一段很远的距离，举起火把或蜡烛，打算同时扔过去，共襄盛举。要知道，不是每一个平民都能有机会，一下烧死这么多高官名王。

就在这时，整个楼层发出一阵古怪的声音。这声音细切而低沉，不知从何处发出来，却又似乎无处不在。手持火种的蚍蜉们面面相觑，不知这声音是从哪里传来的。

在铜鹤旁边的萧规和天子、太真，也露出惊奇的神情，四下去寻找声音的来源。只有张小敬闭着眼睛，一缕气息缓缓从松懈的肺部吐出来，身子朝着萧规的方向悄悄挪了几步。

声音持续了片刻，开始从下方向上方蔓延。有细微的灰尘，从天花板上飘落，落在人们的鼻尖上。每个人都感觉到，似乎脚下华贵的柏木贴皮地板在微微颤动，好似地震一般。

过不多时，七层的四边地板墙角，同时发出嘎巴嘎巴的清晰的声音，就像是在筤篌奏乐中猛然加入了一段高亢笛声。随后各种噪声相继加入，变成一场杂乱不堪的大合奏。

还没等众人做出反应，剧变发生了。

七层大殿的地板先是一震，然后与四面墙体猛然分离，先是一边，然后又扯开了两边，让整个地板一头倾斜，朝着下方狠狠下挫，一口气砸沉入第六层。这个大动作扯碎了主体结构，顷刻之间，墙倾柱摧，烟尘四起，站在殿中的无论宾客、蚍蜉还是宴会器物尽皆乱成一团，纷纷倾落到第六层去。整个摘星殿为之一空，连带着屋顶都摇摇欲坠。

唯一幸免的，是摘星殿四周的一圈步道，它们承接四角主柱，与地板不属于同一部分。那只铜鹤，恰好就在西南步道一角。站在铜鹤的角度看去，第七层的中央突然坍塌成一个大坑，地板下沉，留下一个触目惊心的漆黑大洞口。

随着那一声震动，铜鹤附近的人也都东倒西歪。张小敬在摇摆中突然调整了一下方向，肩膀似是被震动所牵引，不经意地撞到了萧规的后背。萧规猝不及防，身子一歪，朝着洞口边缘跌下去。

可萧规反应也真快，身子歪倒的一瞬间，伸手一把揪住了太真的玄素腰带。太真一声尖叫，被他拽着也要跌出去。亏得天子反应迅速，一把抱住太真，拼命往回拽。得了这一个缓劲，萧规调整姿态，一手把住断裂的地板边缘，几名蚍蜉赶紧上前，七手八脚把他拉上来。

张小敬暗自叹息，这个天子真重情义，若不是他拦了一下，萧规和太真就会双双摔下去，整个局面便扳回来了。错过这个千载难逢的最后机遇，恐怕再没什么机会。他摇摇头，等待着萧规来兴师问罪。

萧规倒没怀疑张小敬的用心，毕竟刚才震动太意外，谁往哪个方向跌撞都不奇怪。他怒气冲冲地瞪向天子："这是怎么回事？"

这意外的变故，几乎埋葬了大部分蚍蜉和宾客。虽然第七层地板和第六层之间有六丈的距离，但只要运气不是太差，就不会摔死。可大批援军现在已经登楼，不可能留给蚍蜉们点火的余裕。

他烧杀百官的计划，实际上已经失败了。

"怎么回事？"萧规又一次吼道，眼伤处有血渗出纱布。

天子紧紧搂住太真，摇了摇头。他的表情，居然比萧规还要更愤慨一点。这可是勤政务本楼，自开元二十年以来，他在这里欢宴无数，可从来不知道有这么大的建筑隐患。这……这岂不是大逆不道吗？！

知道发生什么的人，只有张小敬一个。

勤政务本楼的结构，和其他宫阙迥异。它是一座建在石垣上的木作高建，为了能遍览四周景观，不能如寻常楼阁一样，靠大柱横椽支撑。尤其第三层邀风阁和第七层摘星殿，无遮无挡，四面来风，若有环竖廊柱，实在是大煞风景。

为了能够同时保证景观与安全，工部广邀高手，请来毛顺和晁分两位大师来解决这个难题，最终毛顺的想法胜出。

他指出，关键在于如何减少上四层与庑顶的重压之力。按照毛顺的计划，从第五层以上，每一层的地板都用榫卯法接成一体，不压在四角殿柱，而是把压力通过敛式斗拱和附转梁，往下传递。换句话说，等于是在勤政务本楼内，建起一套独立的地板承压结构。

这样一来，主柱不承受太多压力，可以减少根数；同时每一层的地板，也有可靠的独立支撑，没有坍塌之虞。毛顺把这套独立支撑体系，巧妙地隐藏在了楼层装饰中，毫无突兀，外行人根本看不出来。毛顺还给其起了个名字，叫作"楼内楼"。

晁分对此大为赞叹。不过他凭借专业眼光，指出这个设计有一个缺陷。如果有人存心破坏的话，不必对主体出手，只消把关键几处节点的敛式斗拱和附转梁破坏掉，便会导致地板自身无法支撑重量，层层坍塌下去。

不过工部对此不以为然，谁会胆大到来天子脚下拆楼呢？遂任命毛顺为大都料，总监营造。勤政务本楼落成之后，以开阔视野与通透的内堂，大得天子欢心。毛顺身价因此水涨船高，为日后赢得太上玄元灯楼的营造权奠定了基础……

张小敬离开之前，晁分也把这个隐患告诉他。刚才张小敬在楼下，注意到第三层殿角外那几处敛式斗拱和附转梁，都不同程度地受到了损坏。他便吩咐檀棋，去动员一批幸存下来的杂役，准备把三到六楼之间的"楼内楼"节点都破坏掉。

他力气衰微，经验仍在，知道如果摘星殿陷入对峙，靠个人的力量是没办法打破的。这个破坏"楼内楼"的计划，就是在发现事不可为时，他最后能施展的手段。以力破巧，弄塌地板造成大混乱，才好乱中取利。

至于会不会造成天子以及群臣的伤亡，张小敬没办法护得那么周全。

他故意把永王从断桥那里摔下去，正是这个计划的关键一步。在断桥下方，也就是六层展檐的位置，有一根斜伸上来的长颈兽头，凸眼宽嘴，鳞身飞翅，名曰摩羯。永王被张小敬推下断桥的位置，是精心计算过的，恰好落在摩羯兽头之上，可以溜滑回六楼。

张小敬让永王下楼报信，转告檀棋上面的局势已无可挽回，让她立刻按事先商定的计划动手。

从效果来看，永王确实老老实实去报信了，檀棋也一丝不苟地执行了张小敬的吩咐。可惜的是，地板坍塌的速度稍微慢了一点。如果能够提早哪怕二十个弹指，就能把连同萧规在内的蚍蜉一网打尽。

萧规探出头去，整个摘星殿已经完全变了一副模样，昔日欢宴恣肆的轩敞席间，如今变成了一个豁口凹凸的残破大洞。下面六层隐有火光，依稀可见人体、瓦砾、碎木料和杂物堆叠在一起，呻吟声四起。

除去萧规之外，幸存下来的蚍蜉不过五人而已，每个人都面带庆幸。刚才只要他们稍微站得靠殿中一点，就会遭到同样的下场。这些人悍不畏死，但不代表对意外事故全无畏惧。

萧规忽然看到，一块半残的柏木板被猛然掀开，露出通天梯的曲状扶手。一个个全副武装手持劲弩的士兵，从楼梯间跃了出来。虽然灯光昏暗看不清服色，但看那矫健的动作，一定是禁军无疑。他们一冲上六楼，立刻发现了在七层俯瞰的萧规，七八个人高抬弩箭，朝上猛烈射击。

萧规急忙缩回来脖子，勉强避过。有数支弩箭射中铜鹤，发出叮叮当当的清脆声。不过他们暂时还没办法爬上来。

"快走！"萧规下令道。现在去追究楼板为何会塌已无意义，重要的是尽快把这两个贵重人质转移出去。

那五个最后幸存下来的蚍蜉，两人押住天子，两人制住太真，还有一个人把张小敬背在背上。他们踩着尚未坍塌的一圈步道边缘，迅速来到勤政务本楼第七层的西南楼角。在这里，他们翻过扶栏，踏到了飞翘的乌瓦屋檐之上。这里坡度不小，众人得把脚仔细地卡在每一处瓦起，才能保证不滑下去。

这里已在勤政务本楼的外侧，位置颇高。此时天色愈加深沉，已是黎明之前最黑暗的时候。高空的夜风凛凛吹过，似乎比前半夜的风大了些。张小敬攀在蚍蜉的背上，抬头朝四外望去。虽有大量烟雾缭绕而起，但很快就被夜风撕扯得粉碎，烟隙之间，周围的景色还是可以一览无余。

此时长安城中依然是灯火璀璨，远近明亮。不过比起之前的热闹，这些灯光显出几许慌乱。张小敬注意到，沉寂许久的望楼似乎又恢复了运作，密集的如豆紫灯闪烁不已。他读出了一部分信息，那是在通知诸坊灯会结束，宵禁开始。

"这反应未免也太慢了。"张小敬心想，又朝近处俯瞰。

太上玄元灯楼的上半截倒插在勤政务本楼里，通体燃烧的火色，把这段残骸勾勒成了一个诡异形体。在附近的兴庆宫内苑里，还散落着无数火苗跃动的碎片。那画面，就好似一条垂死的火龙一头撞在擎天大柱上，火血四溅。

而在兴庆宫之外，残破不堪的灯楼半截还在熊熊燃烧着，像一只巨大的火炬，照亮了兴庆宫前的广场。广场上密密麻麻躺倒着许多人，盖满了整个石板地面。看那些服色，倒地的几乎都是观灯的白衣百姓，中间夹杂着少数龙武军的黑色甲胄和拔灯的艺人。无数人影来回跑动，哭声震天。

看到这里，张小敬心中一沉。阙勒霍多的爆炸虽然削弱了很多，可还是让观灯百姓伤亡惨重。仅仅目测，可能死伤就得数千。很多人扶老携幼，前来赏灯，恐怕阖家都死在这里，惨被灭门。

张小敬只觉一股郁愤之情在胸口积蓄，他顾不得时机合适与否，开口道："萧规，你看到了吗？那么多人命，因为我们，全都没了。"

萧规正站在直脊上向某一个方向观瞧，听到张小敬忽然发问，浑不在意地答道："做大事，总会有些许牺牲的。只要值得，不必太过介怀。"

张小敬怒道："那可是数千条人命啊，他们是和我们一样的普通百姓，就这么没有了。你就没有一点点歉疚吗？"

"可他们成功地拖住了龙武军，不然哪儿能这么容易把皇帝搞到手，也算死得其所呢。"

"人命岂能如此衡量！"

"人命就是如此衡量！"萧规强硬地反撅了回去，"守住一座烽燧堡的价格是三百人，压服一个草原部落的价格是一千人；让整个大唐警醒的价格只有一万人不到，这不是很划算吗？"

张小敬一时语塞，这个算法太过冷酷，冷酷到他都不知该说什么才好。

"你根本不是为了警醒大唐，这只是个借口。你只是想发泄你的仇恨而已。"他说道。

萧规冷冷道："大头，守烽燧堡的时候我就看出来了。大家都铁了心要死守，你偏劝闻无忌和我先撤。别看你狠劲十足，其实骨子里是我们之中心肠最软的一个。不过我没想到，你会软弱到这地步。"

"一手造出这么多无辜的冤魂，你难道不怕死后落入地狱？"

萧规转过头来，血迹斑斑的脸上满是狠戾："地狱？大头，你以为这九年来，我是生活在哪里？我早有准备，你呢？"张小敬一噎，正要说什么。萧规抬手强行阻止："有什么话，等到了安全的地方再说！"

张小敬这才想起来，他们现在还是挟持天子逃亡的小队伍。他有心继续与之争论，可一想到还有更重要的事情要做，只得闭嘴转过头去，不去看地面上的惨状。

天子站在另外一侧，也在俯瞰着兴庆宫的惨状。他面沉如水，却不动声色，谁也不知道这位帝王是什么心思。太真则瑟瑟发抖地蜷缩在旁边，现在她只希望噩梦能尽快结束，好去华清池里美美地泡上一汤。

萧规打了个手势，沿着飞檐上的直脊小心前行，不时还会踩翻几片乌瓦。后面的人依次跟上，张小敬爬在蚍蜉的背上，摇摇晃晃，感觉随时可能踩空掉下去，体验极糟糕。太真的表现比他还差，这地方这么高，又这么陡，她两脚酸软，很多时候要靠两个蚍蜉架住胳膊。她觉得自己一定会死，不禁抽抽噎噎起来。

天子忽然停下脚步道："你们已经抓住了朕，她对你们没有用了。"

萧规头也不回地说道："不，有她在我们手里，陛下你才会言听计从。"

"这里是勤政务本楼的庑顶，四面高空，你们已经穷途末路。"天子继续镇定地说道，"就此收手，朕可以保证你们活着离开京城。"

萧规发出一阵轻蔑的笑声。这一行人跌跌撞撞走了一段路，逐渐转到一条飞檐的侧角屋脊处。这里安放着一尊陶制鸱吻，立在正脊末端，兽头鱼尾，以魇火取吉之用。

而在鸱吻旁边，还搁着一件绝不可能出现在这里的东西。天子一看这物件，脸色登时变了。

"这就是我们的路。"萧规对天子得意扬扬地说道。

第二十一章

卯正

这两个人畏畏缩缩地，滑在半空之中，朝着城墙而去。
看那亲密的模样，倒真好似比翼鸟翱翔天际一般。

天宝三载元月十五日，卯正。

长安，兴庆宫。

鸱吻旁边的那一件东西，是一尊石雕的力士像。这位状如金刚的力士，胡髯虬结，身体半裸，只在肩上披着半张狮皮，头戴一圈褶边束冠，两侧饰以双翼。它的右手高举，五指戟张，左手握着一根巨棒，看起来正陶醉在杀戮之中，战意凛然。

天子虽不知其来历，但至少能看出这东西绝非中土风貌，应该来源于波斯萨珊一带，还带了点粟特风格痕迹。

雕像不算高，比鸱吻略矮一尺不足。它的位置选得极巧妙，前后皆被鸱吻和飞檐所挡，不凑近庑顶平视，根本发现不了——而整个长安城，又有几个地方能平视勤政务本楼的庑顶？

天子的脸色愈加难看。他日日都要在这栋楼里盘桓，却从不知头顶还有这么一个古怪玩意。万一有人打算行巫蛊诅咒之事，该如何是好？

萧规笑道："陛下勿忧。此神叫轧荦山，乃是波斯一带的斗战神。当初修建这楼时，想来是有波斯工匠参与，偷偷给他们祭拜的神祇修了个容身之所。"

大唐工匠本身能力很强，不过也不排斥吸纳域外诸国的技术与风格。像勤政务本楼这种皇家大型建筑，大处以中土风尚为主，细节却掺杂了突厥、波斯、吐蕃，甚至高丽、骠国、林邑等地的特点。因此在建造时，有异国工匠参与其中，并不奇怪。那些工匠偶尔会在不起眼的地方藏点私货，留个名字或一段话，实属平常。

不过像这种在皇家殿檐上偷偷摆一尊外神的行为，十分罕见，不知道当初是怎么通过监管和验收的。这工程的监管之人，必须是杀头之罪。

可是天子现在想的，却是另外一个问题：蚰蜓打算怎么逃？

这是外神不假，可它坐落于飞檐之上，四周还是无路可逃——难道这斗战神还会突然显灵，把他们背下去不成？

萧规让其他人走到轧荦山旁边，拍了拍石雕肩膀，然后轻轻用手扳住它的右手，略一用力，整个石雕哗啦一声，歪倒在一旁。众人注意到，在石雕的下方，居然出现了一个方形大孔，恰好与石雕底座形状吻合，看上去就好像这一片飞檐被截破了一个洞似的。

这个孔洞，是工匠们修建飞檐时用来运送泥瓦物料的通道。工人们会先在地上搅拌好材料，搁在桶里，绳子穿过空洞，可以在飞檐上下垂吊，非常便当。看来这些波斯工匠在完工之后，没有按规定把它封闭住，而是用轧荦山的雕像给盖住了。

"你是怎么知道的？"天子瞪着萧规，他的自尊心实在不能接受，这座勤政务本楼居然漏洞百出。

萧规略带感慨地说道："怎么说呢……这尊轧荦山的雕像，才是我想来觐见陛下的最早缘由。许多年前，当时我是个通缉犯，满腹仇恨，却不知该如何回报，只得四处游走。那一年，我在西域无意中结识了一位疾陵城出身的波斯老工匠，已经退休养老。他在一次醉酒时，夸耀自己曾为天子修楼，还偷偷把斗战神供奉到了皇帝的宫殿顶上。当然，老工匠并没有任何坏心，他只是希望轧荦山能在中土皇家占有一席之地罢了。可这个消息，听在我耳朵里，这意味就不一样了。"

听到这里，天子的肩膀因为愤怒而微微发抖。

"我灌了他几杯，他就把所有的细节都抖搂出来了：神像位置在哪儿，形象为何，如何开启，等等，说了个一清二楚。我再三询问，问不出什么新内容，便顺手把他宰了——这你们应该可以理解吧？他要再告诉别人，可就不好了。"萧规说得很轻松，像是在谈一件寻常小事，"从那时候起，我就一直在冥思苦想，怎样利用这个秘密，来对付陛下。开始是一个粗糙的想法，然后不断修改、不断完善，最终形成了一个完美的计划。若非这尊轧荦山，你我都到不了今日这地步。"

萧规拍拍雕像，语气感慨。天子久久不能言语，十多年前的一个老工匠的无心之举，居然演变成了一场灾难。运数演化之奇妙，言辞简直难以形容其万一。

萧规一边说着，一边从腰间取下一盘绳子，其他蚍蜉也纷纷解开，很快把绳子串成一个长条。不过所有人包括太真都看出来了，这个长度还不足以垂落到地面。

"这个长度只能垂到第三层，难道你们想从那个高度跳下去？"天子讥讽地说道，"就算侥幸不死，地面上已经聚满了禁军，你们还是无路可逃。"

"这个不劳陛下费心。"萧规淡淡道。

他们把绳子一头系在鸱吻的尾部，一头慢慢垂下去。正如天子估计的那样，这根绳子只垂到第三层，就到头了。而且第三层是邀风阁，四面开敞，所以不像其他层一样有飞檐伸出，没有安全落脚的地方。

天子不再嘲讽，他很想看看，到了这一步，这些该死的蚍蜉还能玩出什么花样。

萧规用手拽了拽绳子，确认系得足够结实，然后叮嘱其他五个蚍蜉看好人质，自己抓着绳子一点点溜下去。

现在勤政务本楼里一片混乱。诸部禁军已经赶到，一层一层地救人、搜捕、扑火，呼喊声和脚步声此起彼伏。此时天色黑暗依旧，他们没有一个人想到，也没有一个人看到，狡黠的蚍蜉正悬吊在楼外东侧数丈之遥的一根细绳上，慢慢地向下滑下。

眼看即将抵达第三层的高度，萧规开始晃动身体，让绳子大幅度地摆起来。来回摆动了几次，当他再一次达到东侧最高点时，他猛然一动，拽着绳子，跳到了与第三层遥遥相对的青灰色城墙之上。

勤政务本楼位于兴庆宫南侧城墙的中部，所以它的东西两端，各接着一段城墙。城墙的高度，与第三层邀风阁平齐，距离极近。不过出于安全考虑，楼层与城墙之间并不连通，刻意留出了宽约三丈的空隙。

刚才张小敬从太上玄元灯楼顶滑下来，本来是要落在城墙上的，结果因为坍塌之故，才冲进了第三层邀风阁。现在萧规算是故技重演。

这段城墙的装饰意义大于军事意义，一切以美观壮丽为要。城堞高大笔直，城头驰道足可奔马。萧规迅速把绳子固定在一面军旗旗杆的套口处，然后有规律地扯了三下。

天色太黑，萧规又不能举火，上面的人只能从绳子的抖动，判断出他已安全落地。于是蚍蜉们开始忙碌起来，他们手里有两个人质和一个动弹不得的同伴，必须分别绑在一个人身上，两人一组，慢慢溜下去。

蚍蜉倒不必担心人质反抗的问题，在天地之间命悬一线，谁也不会趁那时候造次。可是有一个麻烦必须得立刻解决：太真看到自己要从这么高的地方跳下去，直接瘫软在地，放声大哭，任凭蚍蜉如何威胁都不管用。

最终，一个蚍蜉实在忍不了，想过去把她直接打昏。天子怒道："你们不许动她！"蚍蜉扭过头来，恶狠狠地说："她如果不赶紧闭嘴，把禁军招来的话，我们就直接把她推下去！"

"我来跟她说。"天子直起身躯。蚍蜉们犹豫了一下，放开了他的胳膊。天子踩在乌瓦之间，来到太真身旁，蹲下去爱怜地撩起她散乱的额发："太真，还记得我跟你说的话吗？"

"嗯？"太真继续啜泣着。

"在天愿为比翼鸟，在地愿为连理枝。"天子抓住她的手，柔声念诵着这两句诗，仿佛回到龙池旁边的沉香亭。太真犹豫地抬起头，白皙的面颊上多了两道泪沟。

她记起来了，这两句诗来自天子一个奇妙的梦。天子说，他在梦里见到一个白姓之人，跪在丹墀之下，要为天子和贵妃进献一首诗作，以铭其情。那家伙絮絮叨叨念了好久，天子醒来时只记得两句。后来他把这件事讲给太真听，太真还故作嗔怒，说我只是个坤道，又不是什么贵妃。天子把她搂在怀里，许诺一年之内，必然会她一个名分。太真这才转嗔为喜，又交鱼水之欢。

"你看，我们现在就能像比翼鸟一样，在天空飞起来，岂不美哉？朕答应过你，绝不会离开，也绝不会让你受伤。"天子宽慰道，把她揽在怀里。太真把头埋进去，没有作声。这两句诗是她和天子之间的小秘密，其他人谁也不知道。

天子站起身来，盯着蚍蜉道："让朕绑着太真滑下去。"

蚍蜉们愣了一下，萧规不在，他们对这个意外的请求不知该如何处理。这时张小敬道："就这么办吧，反正上下两头都有人看着，他们能跑哪儿去？"

蚍蜉们站在原地没动。张小敬脸色一沉："我张小敬的话，你们可以去问问萧规，到底该不该听？"他做惯了不良帅，气势很足，蚍蜉们也知道他跟头儿的关系，轻易就被压服。

没人注意到，一听到张小敬这个名字，太真的眼睛倏然一亮。

蚍蜉们七手八脚，把天子和太真绑到一起，还在绳子上串起腰带，以防天子年老体衰一时抓不住绳子。

张小敬这时稍微恢复了一点点气力，说我来检查一下绳子。天子身份贵重，多加小心也属正常。张小敬强忍着肌肉剧痛，走到跟前，一手拽住绳子，一边低声道："陛下，我是来救你的。"

天子鼻孔里发出嗤笑，都这时候了，还玩这种伎俩。可太真却眨了眨美丽的大眼睛，小声说了一句："我知道你，你是檀棋的情郎。"

张小敬一怔，这又是哪儿传出来的？

檀棋当初为了能说服太真，冒称与张小敬两情相悦。这种羞人的细节，她在向张小敬转述时，自然不好意思提及。眼下情况紧急，张小敬也不好多问。他把绳子头又紧了紧，低声道："是真是假，陛下一会儿便知。还请见机行事。"然后站开。

太真闭紧了眼睛，双臂死死搂住天子。天子抓住绳子，往下看了一眼，连忙又收回视线，脸色苍白。大唐的皇帝，一生要经历各种危险，可像今天这种，却还是第一次遭遇。

他到底经历过大风浪，一咬牙，抓紧绳子，把两个人的重量压上去，然后顺着洞口缓缓溜下去。

这两个人畏畏缩缩地，滑在半空之中，朝着城墙而去。看那亲密的模样，倒真好似比翼鸟翱翔天际一般。他们的速度很慢，中途有数次出现过险情。好在天子平日多习马球，又得精心护理，体格和反应比寻常老人要好得多，最后总算有惊无险地落在了城墙之上。

萧规一见天子落地，立刻上前，将其制住。太真倒不用特别去理睬，她已经吓得快昏过去了。

紧接着，一个蚍蜉也顺利地溜下来，张小敬就紧紧绑在他的身上。张小敬的力气稍微恢复了点，双手也能紧紧握住绳子，分担压力，所以这两个人下来反而比天子、太真组合更顺利。

可是，当下一个蚍蜉往下滑时，意外却发生了。

他刚滑到一半，那根绳子似乎不堪重负，竟然"啪"的一声断裂散开。一个黑影连惨叫都来不及发出，从半空重重跌落到城墙上面，脊梁正好磕在凸起的城堞上，整个身躯霎时折成了两半。上半截身子又往下猛甩了一下，头颅破碎，混浊的脑浆涂满了墙身。

幸亏太真昏昏沉沉，没注意到这个惨状，不然一定会失声尖叫，给所有人都惹来杀身之祸。扶着太真的天子看到这一惨剧，眉头一挑，不由得多看了张小敬一眼。

萧规呆立在原地，露出错愕的神情。那只伤眼流出来的血糊满了他半张脸，让他看起来格外狰狞。

这可不仅是损失一个人的麻烦。绳子只有一副，现在一断开，上头的三个人的退路彻底断绝。现在萧规的人手，除了半残的张小敬，只剩一个人而已。

那根绳子是麻羊藤的篾丝与马尾鬃搓成，经冷水收缩，又用油浸过，坚韧无比，按道理不可能这么快就断掉。萧规下来之前，一寸寸检查过，也并没摸到什么隐患。怎么它会莫名断裂呢？

在萧规陷入疑惑时，张小敬悄无声息地把手一拢，将一柄不属于他的象牙柄折刀收入袖中。这是刚才张小敬与天子纠缠时，顺手偷来的。

在张小敬握住绳子时，这柄折刀已暗藏掌中，刀尖夹在两指之间。往下一溜，刀尖会悄悄切割起绳子。当然，这个力度和角度必须掌握得非常好，要保留一部分承载力，否则人没落地绳子先断，那就无异于自杀了。

张小敬之前用过这种绳子，深谙其秉性，切割时微抬刀刃，只挑开外面一圈藤篾丝。藤篾丝主拉伸，马尾鬃主弯折。篾丝一断，马尾鬃仍可保持绳子的刚强，但却再也无法支撑重量。

"走吧。"

萧规仅眺望了一眼，很快转过身来，面无表情地说道。那三个被困楼顶的蚍蜉，注定没救了，当断则断。

"你想往哪里走？"天子仍是一副讽刺口气。

即使这些蚍蜉智计百出，终于让他们落在了南城墙之上，可又能如何呢？天子对这一带太熟悉了，城墙上每隔五十步，便设有一个哨位，明暗内外各一人，每三个哨位，还有专管的城上郎。他们仍在天罗地网之中，无处逃遁。

萧规冷冷道："适才逃遁，靠的是波斯老工匠的私心；接下来的路，就要感谢陛下的恩赐了。"

"嗯？"天子顿觉不妙。

"走夹城。"萧规吐出三个字。

姚汝能蜷缩在牢房里，身心俱冷。

他还记得自己在大望楼被拘捕的一幕：手持紫色灯笼，拼了命发出信号给张小敬："不要回来，不要回来，不要回来。"靖安司已和从前不一样了。然后有穷凶极恶的卫兵扑上来，把他拽下大望楼，丢进冰冷的监牢里。

姚汝能不知道，闻染几乎在同一时间被捕；他更不知道，这条传递出去的消息对局势产生了多么大的影响。

对于接下来自己的遭遇，姚汝能心知肚明。明天吉温和元载一定会给自己栽赃一个罪名，家族的声誉会为之蒙羞。但他一点都不后悔，因为这是一件正确的事，无论外界如何抹黑，自己内心会做出公正的评断——比起这个，他更担心阙勒霍多到底被阻止了没有。

"如果有张都尉在的话,一定没问题的。"姚汝能迷迷糊糊地想着。

不知过了多久,监牢的门锁传来哗啦一声,似乎被人打开。姚汝能抬起头,看到一个熟悉的人影站在门口,负手而立。

"李司丞?!"

姚汝能惊喜莫名,连忙从稻草上爬起来。他想迎上去,可看到李泌的脸色十分严峻,于是勉强抑制住激动,简单地行了个叉手礼。

"我知道你有一肚子疑问和委屈,不过现在还不是哭诉之时。"李泌一点废话没有,直奔主题,"你立刻回去大望楼,尽快让望楼重新运转。我要所有城门即刻封锁,灯会中止,重新宵禁。"

姚汝能大吃一惊,事态已经演变到这么严重的地步了?他本想问阙勒霍多到底怎么样了,现在也只好将话头默默咽回去。

"能多快修复?"李泌问。

姚汝能略做思忖,说一刻足矣。李泌很意外,居然这么快?

望楼体系中的大部分节点,其实都运转正常,只有大望楼中枢需要重整。工作量不大,难的是要找到懂望楼技术的人。之所以在之前迟迟没能修复,是因为吉温完全不懂,加上他赶走了一批胡人官吏,在人力上更是雪上加霜。

现在最紧要的是发出消息,所以大望楼不必恢复到完满状态,只要有简单的收发功能就够了,所以他敢拍胸脯说一刻足矣。

听完姚汝能的解说,李泌很满意:"很快,即刻去办,需要什么物资尽管开口。"

"是。"

李泌做了个手势,让人把姚汝能搀扶起来,递过去一碗热羊汤,热度晾得恰到好处,里头还泡着几片面饼。姚汝能又冷又饿,毫不客气地接过去,大口喝起来。这时李泌忽然又抛出一个问题:"靖安司出了一个内奸,你可知道?"

"啊?不知道。"姚汝能很惊讶,差点把碗给摔地上,"如果我知道,肯定一早就上报了。"

李泌道:"经过分析,我们判断这个内奸应该和你有交集,而且一定露出过破绽。你仔细想想，如果想起什么，随时告诉我。"然后转身离开。

姚汝能脸色凝重地点了点头，忽又好奇道："是徐主事分析的吗？"

李泌脚步停了一下，却什么都没说，继续向前走去。姚汝能有点莫名其妙，可现在不是追问的好时机。他把羊汤一饮而尽，用力拍了拍两侧的脸颊，大声喊了声呼号，然后朝着大望楼的方向走去。

李泌听见身后活力十足的呼号，忍不住叹了口气，忽然有些羡慕姚汝能的无知。

如果他知道现在长安城的境况，恐怕就不会这么轻松了。可话说回来，又有谁能通盘掌握呢？李泌不期然又想到了张小敬，不知灯楼爆炸时，他身在何处。

李泌唯一能确定的是，只要有万一之可能，这个家伙也不会放弃。

哦，对了，还有檀棋。李泌挺奇怪，自己居然一直到现在，才想起来关心她的下落。她自从跟张小敬出去以后，就没了音讯。不过这姑娘很聪明，应该会躲去一个安全的地方吧。

这些无关的事，只在脑子里一闪而过。李泌重新把注意力放在当前局势上，这时通传匆匆跑到面前，大着嗓门说有发现，然后递来一卷纸，说是主事们刚刚翻找出来的。

李泌展开一看，发现这是一卷手实。纸质发黄，已颇有些年头。这是位于安业坊一处宅邸的契约书，买卖双方的名字都很陌生。手实里写清了宅邸的结构，足有六进之深，还包括一个宽阔花园，写明了树种、建筑、尺寸等细节，其中赫然就有一座波斯凉亭、一个囚兽用的地下室，以及大批名贵树植。

这个布局，李泌一眼就看出来，是蚍蜉把自己带去的那个宅邸。没想到这么快就挖出来了。

安业坊啊……李泌咀嚼着这个名字，神情复杂。

安业坊位于朱雀大街西侧第四坊，长安城最好的地段之一，里面住的人非富即贵。不过安业坊里最著名的建筑，是贞顺武皇后庙。

贞顺武皇后生前是圣上最宠爱的武惠妃，逝于开元二十五年，死后追封皇后头衔，谥贞顺。她的存在，在长安城中十分微妙。因为她有一个儿子叫作李瑁，娶妻杨玉环，后来竟被自己父亲夺走了。

而她和太子李亨之间，也有因果联系。武惠妃为了让李瑁有机会，将太子李瑛构陷致死。没想到天子并未属意李瑁，反而把太子头衔封给李亨。

所以这安业坊，无论对李瑁还是李亨，都是一个百感交集的场所。若这女人多活几年，恐怕许多人的命运都会随之改变。

抛开这些陈年旧事，李泌再一次把注意力放在手实上，忽然发现在买主的名字旁，籍贯是陇西。他眼神一动，忽然想起一个细节。

几年前朝廷曾经颁布过一则《授宅推恩令》，规定朱雀街两侧四坊的宅邸，非宗支勋贵不得买卖。

而手实上这个买家的名字，旁边没写官职和勋位，亦没注明族属，根本是个白身平民。他能买到安业坊的宅邸，只有一种可能——他的身份，其实是某个世家的家生子或用事奴，代表主人来买。

这种情况屡见不鲜。很多人身份敏感，既想买个别宅，又想藏匿身份，便让手下家奴出面。这种情况，叫作"隐寄"。这份手实，应该就是隐寄的买卖。

买主既然籍贯是陇西，背后的主人，自然是出身陇西的大族。

李泌冷笑一声，把手实一抖。李相李林甫，乃是高祖堂弟的曾孙，也是陇西李氏宗亲的一支。

这个推断看似粗疏无理，可现在不是在审案，不必证据确凿。只要李泌发觉一点点联系，就足够了。

"立刻集合旅贲军，我亲自带队，前去安业坊。"李泌简短地下了命令。他需要亲眼来确认那座花园，是不是自己去过的。

司丞的命令，得到了最快的执行。旅贲军士兵迅速集结了三十多人，在李泌的带领下朝安业坊疾奔而去。靖安司的有心人注意到，这些士兵不止带着刀弩，还有强弓和铁盾。

这如临大敌的阵势，到底是去查案还是打仗啊？他们心想。

从光德坊到安业坊距离不算太远，不到一刻就赶到了。根据那份手实，宅邸位于坊内西北，恰好挨着贞顺武皇后庙。

坊内此时还是灯火通明，不过观灯者已经少了许多。毕竟已是卯正时分，已经玩了大半个通宵的人纷纷回去补觉。李泌一行径直来到宅邸门前，这里的大门前既无列戟，也没乌头，看起来十分朴素低调。不过此时有一辆华贵的七香车正停在门前，那奢华的装潢，显出了主人不凡的品位。

"逮到你了，老狐狸！"李泌唇边露出一丝微笑。

两名膀大腰圆的士兵"轰"地撞开大门，后续的人一拥而入。李泌特别吩咐，一定不可马虎大意，所以他们保持着标准的进袭姿势，三人一组，分进合击，随时有十几把弩箭对准各个方向。

他们冲过前院和中庭，四周静悄悄地，一路没有任何阻碍。李泌心中起疑，可还是继续前行。当他踏入后花园时，首先映入眼帘的就是那座造型特异的自雨亭。

没错，就是这里！

李泌捏紧了拳头，我又回来了！

此时在那座自雨亭下，站着几个人。其他人都是僮仆装束，唯有正中一人身着圆领锦袍，头戴乌纱幞头，正负手而立——正是李相。

两人四目相对，还未开口，忽然有街鼓的声音从远处飞过墙垣，传入耳中。并非只有一面鼓响，而是许多面鼓，从四面八方远近各处同时响起。

长安居民对这鼓声再熟悉不过了。寻常日子，一到日落，街鼓便会响起，连击三百下，表示宵禁即将开始。如果鼓绝之前没能赶回家，宁可投宿也不能留在街上，否则会被杖责乃至定死罪。

此时街鼓竟在卯时响起，不仅意味着灯会中止，而且意味着长安城将进入全面封锁，日出之后亦不会解除。

萧规一说夹城，天子和张小敬都立刻明白了。

长安的布局，以北为尊。朱雀门以北过承天门，即是太极殿。高祖、太宗皆在此殿议事，此处乃是天下运转之枢。后来太宗在太极殿东边修起永安宫，称"东内"，以和太极殿"西内"区别，后改名为大明宫。到了高宗临朝，他不喜欢太极殿的风水，遂移入大明宫议事。

此后历任皇帝，皆在大明宫治事，屡次扩建，规模宏大。到了开元年间，天子别出机杼，把大明宫南边的兴庆坊扩建改造，成了兴庆宫，长居于此，称"南内"。

兴庆宫与大明宫之间距离颇远，天子往返两地，多有不便。于是天子在开元十六年，又一次别出机杼，从大明宫的南城墙起，修起一条夹城的复道。复道从望仙门开始，沿南城墙一路向东，与长安的外郭东侧城墙相接，再折向南，越过通化门，与兴庆宫的南城墙连通。

这样一来，天子再想往返两宫，便可以走这一条夹城复道，不必扰民。后来天子觉得这个办法着实不错，又把复道向南延伸至曲江，全长将近十六里。从此北至大明宫，南到曲江池，天子足不出宫城，即能畅游整个长安。

在这么一个混乱的夜晚，所有人都把注意力放在了勤政务本楼，没人会想到蚍蜉会把主意打到夹城复道。萧规只要挟持着天子，沿南城墙附近的楼梯下到夹城里头，便可以顺着空空荡荡的夹城，直接南逃到曲江池，出城易如反掌。

难怪他说这条逃遁路线是"拜天子所赐"，这句话还真是一点都没错。天子脸色铁青，觉得这家伙实在是太过混账了，可他的眼神里，更多的是忌惮。

从太上玄元灯楼的猛火雷到通向龙池的水力官，从勤政务本楼上的轧荦山神像到夹城复道，这家伙动手之前，真是把准备功夫做到了极致，把长安城都给研究透了。这得要多么缜密的心思和多么大的胆量，才能构建起这么一个复杂的计划。

而且这个计划，竟然成功了。

不，严谨来说，现在已经无限接近于成功，只差最后一步。

萧规深知行百里者半九十的道理，没有过于得意忘形。他让唯一剩下的那个蚍蜉扶起张小敬，然后自己站到了天子和太真的身后，喝令他们快走。

"你已经赢了，放她走吧。反正你也没有多余人手。"天子又一次开口。

萧规对这个建议，倒是有些动心。可张小敬却开口道："不行，放了她，很快禁军就会发现。一通鼓传过去，复道立刻关闭，咱们就成了瓮中之鳖了。"萧规一听，言之有理，遂把太真也推了起来。

"你……"

天子对张小敬怒目相向。自从那一个蚍蜉摔死后，他本来对张小敬有了点期待，现在又消失了。不过张小敬装作没看见，他对太真的安危没兴趣，只要能给萧规造成更多负担就行，这样才能有机会救人。

萧规简单地把押送人质的任务分配一下，带领这大大缩水的队伍再度上路。他们沿着城墙向东方走了一段，很快便看到前方城墙之间出现了一道巨大的裂隙，裂隙规整笔直，像一位高明匠人用平凿一点点攻开似的，一直延伸到远方。

一条向下的石阶平路，伸向裂隙底部。他们沿着石阶慢慢往下走去，感觉一头跌进一个截然不同的世界。

所谓的夹城复道，就是在城墙中间挖出一条可容一辆马车通行的窄路，两侧补起青砖壁，地面用河沙铺平，上垫石板。城墙厚度有限，复道也只能修得这么窄。

在这个深度，外面的一切光线和喧嚣都被遮挡住了，生生造出一片幽深。两侧砖墙高耸而逼仄，坡度略微内倾，好似两座大山向中间挤压而来。行人走在底部，感觉如同一只待在井底的蛤蟆，抬起头，只能看到头顶的一线夜幕。

复道里没有巡逻的卫兵，极为安静。他们走在里面，连彼此的呼吸都听得一清二楚。在这种环境下，每一个人都有点恍惚，仿佛刚才那光影交错的混乱，只是一场绮丽的梦。

不得不佩服天子的想象力，居然能想到在城墙之间破出一条幽静封闭的道路来。在这里行走，不必担心有百姓窥伺，完全可以轻车简从。若在白天，该是何等惬意。

步行了约莫一刻，他们看到前方的路到了尽头。这里应该就是兴庆宫南城墙的尽头，前方就是长安城外郭东城墙了。在这里有一条岔路，伸向南北两个方向。

"萧规，你打算怎么走？"张小敬问。

向北那条路，可以直入大明宫，等于自投罗网；向南那条路通向曲江池，倒是个好去处，只是路途遥远，少说也有十里。以这一行人的状况，若没有马匹，走到曲江也已经累瘫了。

萧规似乎心中早有成算，他伸手指向南方："去曲江。"

张小敬没问为什么，萧规肯定早有安排。这家伙准备太充分了，现在就算他从口袋里变出一匹马来，张小敬也不会感到意外。

一行人转向南方，又走了很长一段路。太真忽然跌坐在地上，哀求着说实在走不动了。她锦衣玉食，出入有车，何曾步行过这么远？天子俯身下去，关切地询问，她委屈地脱下云头锦履，轻轻地揉着自己的脚踝。即使在黑夜里，那欺霜赛雪的白肌也分外醒目。

萧规沉着脸，喝令她继续前进。天子直起身子挡在太真面前，坚持要求休息一下。萧规冷笑道："多留一弹指，就多一分被禁军堵截的危险。若我被逼到走投无路，陛下二人也必不得善终。"

天子听到这赤裸裸的胁迫，无可奈何，只得去帮太真把云头锦履重新套上。太真蛾眉轻蹙，泫然若泣。天子心疼地抚着她的粉背，低声安慰，好不容易让她哭声渐消。

这时张小敬开口道："我歇得差不多了，可以勉强自己走。不如就让我押送太真吧。"

萧规想想，这样搭配反而更好。太真弱不禁风，以张小敬现在的状况，能够看得住，腾出一个蚍蜉的人手，可以专心押送天子。

于是队伍简单地做了一下调整，重新把天子和太真的双手捆缚住，又继续前进。这次张小敬走在了太真的身后，他们一个娇贵，一个虚弱，正好都走不快，远远地缀在队伍的最后。太真走得跌跌撞撞，不住地小声抱怨，张小敬却始终保持着沉默。

这条复道，并非一成不变的直线。每隔二百步，道路会忽然变宽一截，向两侧扩开一圈空地，唤作跸口。这样当天子的车驾开过时，沿途的巡兵和杂役能有一个地方闪避、行礼，也方便其他车辆相错。如果有人在天空俯瞰笔直的整条复道，会发现它身上缀有一连串跸口，像一条绳子上系了许多绳结。

这支小队伍走了不知多久，前方又出现一个跸口。萧规一摆手，示意停下脚步，说休息一下。说完以后，他独自又朝前走去，很快消失在黑暗里。

太真顾不得矜持，一屁股坐在地上，娇喘不已。天子想要过来抚慰，却被蚍蜉拦住。萧规临走前有过叮嘱，不许这两个人靠得太近。天子已经认识到了自己的处境，没有徒劳地大声呵斥，悻悻瞪了张小敬一眼，走到踦口的另外一端，负手仰望着那一线漆黑的天空。

张小敬站在太真身旁，身子靠着石壁，轻轻闭着眼睛。整整一天，他的体力消耗太大，现在只是勉强能走路而已。他必须抓紧一切时间尽快恢复元气，以备接下来可能的剧战。

忽然，一个女子的低声钻入耳朵："张小敬，你其实是好人，你会救我们，对吗？"张小敬的心里一紧，睁开独眼，看到太真正好奇地仰起圆脸，眼下泪痕犹在。她的右手继续揉着脚踝。蚍蜉朝这边看过来一眼，并未生疑。

"为什么这么说？"张小敬压低声音反问道。

"我相信檀棋。"

张小敬一怔，随即微微点了一下头："那可是个冰雪聪明的姑娘——不过你相信她，与我何干？"

太真似笑非笑道："檀棋她喜欢的男人，不会是坏人。"

"呃……"

"不过我看得出来，你和檀棋之间其实没什么。恋爱中的女人，和恋爱中的男人，我都见过太多，她是，你可不是。"

张小敬有些无奈，这都是什么时候了，这女人还饶有兴趣地谈论起这个话题。太真见这个凶神恶煞的家伙居然露出尴尬表情，不由得抿嘴笑了一下。

"我就知道，你那么做一定别有用意。"

"所以你刚才那番表现，只是让蚍蜉放松警惕的演戏？"张小敬反问。

"不，从殿顶滑下来的时候，我整个人真的快崩溃了。但比起即将要失去的富贵生活，我宁可再去滑十次。"太真自嘲地笑了笑，"我一个背弃了丈夫的坤道，若再离开了天子的宠爱，什么都不是。所以我得抓住每一个可能，让天子和我都活下去。"

太真缓慢转动脖颈，双目看着前方的黑暗："檀棋之前求过我帮忙，救了你一命，现在我也只能指望你能把这个人情还掉。"说这话时，太真的脸上浮现出一种坚毅的神态，和刚才那个娇气软弱的女子判若两人。张小敬的独眼注视着她，目光变得认真起来。

"好吧，你猜得没错，我是来救人的。"张小敬终于承认。

太真松了一口气，用手指把泪痕拭去："那可太好了。如果得知有这样一位忠臣，圣人会很欣慰的。"

"忠臣？"张小敬嗤笑一声，"我可不是什么忠臣，也不是为天子尽忠才来。我对那些没兴趣。"

这个回答让太真很惊讶，不是为皇帝尽忠？那他到底为什么做这些事？可这时蚍蜉恰好溜达过来，两个人都闭上了嘴，把脸转开。

蚍蜉看了他们两个一眼，又回转过去。天子反剪着双手，焦虑地踱着步子，萧规还没回来。可惜的是，即使只有这一个蚍蜉，张小敬还是打不过，他现在的体力只能勉强维持讲话和走路而已。

面对太真意外的发言，张小敬发现自己必须修正一下计划。原本他只把太真当成一个可以给萧规增加麻烦的花瓶，但她比想象中要冷静得多，说不定可以帮到自己。

他看了一眼前头，再度把头转向太真，压低声音道："接下来，我需要你做一件事。"

"我可没有力气打架，那是我最不擅长的事……"太真说。

"不需要。我要你做的，是你最不喜欢的事。"

没过多久，萧规从黑暗中回转过来，面带喜色。他比了个手势，示意众人上路，于是这一行人又继续沿着夹城复道向南而行。

这次没走多久，萧规就让队伍停下来。前方是另外一个踏口，不过这里的左侧还多了一道向上延伸的砖砌台阶。不用说，台阶一定通往外郭东侧城墙。

复道不可能从头到尾全部封闭，它会留出一些上下城墙的阶梯，以便输送物资或应对紧急情况。萧规刚才先行离开，就是去查探这一处阶梯是否有人在把守。

按道理，这些台阶入口平时都有卫兵，防止有闲杂人员进入复道。可今天他们都被兴庆宫的变故吸引过去了，这里居然空无一人。

萧规一挥手，所有人离开复道，沿着这条阶梯缓缓爬上了城墙上头。一登上城头，环境立刻又变得喧嚣热闹，把他们一下子拽回尘世长安。

张小敬环顾左右，高大的城垣把长安城划分成泾渭分明的两个世界，城墙内侧依然灯火通明，外侧却是一片墨海般的漆黑。他眯起眼睛，看到在南边远处有一栋高大的城门楼，那里应该是延兴门。据此估算一下距离，他们此时是在与靖恭坊平行的城墙上头。

靖恭坊啊……张小敬浮现出微微的苦笑。从这个高度，他能看到坊内有一片宽阔的黑暗，那是马球场。几个月前，他站在场地中央胁迫永王，然后丢下武器成为一个死囚犯，走向自己的终点，或是另一个起点。

想不到今日转了一大圈，又回到了一切的原点。张小敬仿佛看到，冥冥之中的造化之轮，正在像太上玄元灯楼一样嘎嘎地转动着。

"我们从这里下去。"

萧规的声音打断了张小敬的感慨。他走到了城墙外侧，拍了拍身边的一个好似井台辘轳的木架子。这个木架构件比寻常辘轳要厚实很多，上头缠着十几圈粗大麻绳，又架向城墙外伸出一截，吊着一个悬空的藤筐。在它附近，紧贴城墙边缘的位置，还插着一杆号旗。不过因为没什么风，旗子耷拉在旗杆上。

长安法令严峻，入夜闭门，无敕不开。如果夜里碰到紧急事情必须进城或出城，守军有一个变通的法子：在城墙上装一具缒架，系上一个大藤筐，人或马站在里头，用辘轳把他们吊上吊下。

这是萧规计划的最后一步，利用缒架把所有人都吊出城外。此时正是黎明前最黑暗的一段时间，加上城中大乱，没人会注意到这段不起眼的城头。蚍蜉可以从容脱离长安城的束缚，然后想去哪儿就能去哪儿。

眼看距离成功只差最后一步，连萧规都有些沉不住气。他对天子笑道："陛下，趁现在再看一眼您的长安吧，以后恐怕没有机会见到了。"天子冷哼一声，背剪着双手一言不发。他知道对这个穷凶极恶的浑蛋，说什么都只会迎来更多羞辱。

两个人质，被萧规和张小敬分别看守着。仅存的那个蚍蜉，开始去解缒架上的绳索。他把绳子一圈一圈地绕下来，然后钩在大藤筐的顶端。

缒架要求必须能吊起一人一马，所以这个藤筐编得无比结实。为了保持平衡不会翻倒，筐体四面各自吊起一根绳子，在顶端收束成一股，再接起辘轳上的牵引绳。如何把这几根绳子理顺接好，是个技术活，否则藤筐很可能在吊下去的半途翻斜，那可是要出人命的。

蚍蜉忙活了一阵，累得满头大汗，总算把藤筐调好平衡。只要辘轳一松，即可往下吊人了。

接下来的问题，是人手。

藤筐要缓缓下降，要求摇动辘轳的人至少是两个人，还得是两个有力气的人。若是萧规和蚍蜉去握辘轳，那么就只剩一个虚弱的张小敬去看守两名人质。

萧规没有多做犹豫，走近天子，忽然挥出一记手刀，切中他脖颈。这位九五之尊双眼一翻，登时躺倒，昏迷不醒。之前没打昏天子，是因为要从勤政务本楼的复杂环境脱离，让他自己走路会更方便。现在眼看就能出城，便没必要顾虑了。

太真还以为天子被杀死，不由得发出一声尖叫，蹲下身子，瑟瑟发抖。萧规冷冷地瞥了她一眼，对蚍蜉吩咐道："把她也打昏。"

他知道张小敬现在身体极疲，很难把握力度，所以让蚍蜉去做。蚍蜉"嗯"了一声，走过去要对太真动手。这时张小敬道："先把她扔藤筐里，再打昏。"蚍蜉先一怔，随即会意。

这是个好建议，可以省下几分搬运的力气。于是蚍蜉拽着太真的胳膊，粗暴地将其一路拖行至城墙边缘，然后丢进藤筐。太真蜷缩在筐底，喘息不已，头上玉簪瑟瑟发抖。

蚍蜉也跨进藤筐，伸出手去捏她的脖颈，心里想着，这粉嫩纤细的脖颈，会不会被一掌切断。不料太真一见他伸手过来，吓得急忙朝旁边躲去。藤筐是悬吊在半空的，被她这么一动，整个筐体摇摆不定。

蚍蜉有点站立不住，连忙扶住筐边吼道："你想死吗？"

这声呵斥起到了反作用，太真躲闪得更厉害了，而且一边晃一边泪流满面。蚍蜉发现，她似乎有点故意而为，不由得勃然大怒，起身凑过去，要好好教训一下这个臭娘们。

他这么朝前一凑，藤筐晃得更厉害。太真为了闪避蚍蜉的侵袭，极力朝着身后靠去。突然，一声尖叫从太真的口中发出。她似乎一瞬间失去了平衡，右臂高高扬起，似乎要摔到外面去。

蚍蜉情急之下，伸手去抓太真的衣袖，指望能把她扯回来。可手掌揪住衣袖的一瞬间，却发现不对劲。

太真虽然是坤道身份，但终究是在宫里修道，穿着与寻常道人不太一样。今日上元节，在道袍之外，她还披着一条素色的纱罗披帛。这条披帛绕过脖颈，展于双肩与臂弯，末端夹在指间，显得低调而贵气。

刚才太真悄悄地把披帛重新缠了一下，不绕脖颈，一整条长巾虚缠在右臂之上，两端松弛不系，看起来很容易与衣袖混淆。这种缠法叫作"假披"，一般用于私下场合会见闺中密友。

蚍蜉哪里知道这些贵族女性的门道，他以为抓的是衣袖，其实抓的是虚缠在手臂上的披帛。披帛一吃力气，立刻从手臂上脱落。蚍蜉原本运足了力量，打算靠体重的优势把她往回扯，结果一下子落了空，整个人猛然向后仰倒，朝着筐外跌去。

好在蚍蜉也是军中好手，眼疾手快，身子虽然掉了出去，但两只手却把住了筐沿。他惊魂未定，正要用力翻回来，却突然感觉到手指一阵剧痛。

原来太真不知哪儿来的勇气，从胸口衣襟里掏出一把象牙柄折刀，闭上眼睛狠狠地戳刺过来。这柄折刀本是天子所用，后来被张小敬夺走，现在又到了她手里。

蚍蜉不敢松手，又无法反击，只得扒住藤筐外沿拼命躲闪。一个解甲的老兵和一个宫中的尤物，就这样在半空中摇摇晃晃的藤筐内外，展开了一场奇特的对决。

太真毕竟没有斗战经验，她不知什么是要害，只是一味狂刺。结果蚍蜉身上伤口虽多，却都不是致命的。蚍蜉自己也意识到这一点，知道还有反击的希望，便强忍剧痛，伸手乱抓。无意中，他竟扯到太真散落的长发，顾不上怜香惜玉，用力一拽。太真只觉得头皮一阵生痛，整个身体都被扯了过去，蚍蜉起手猛地一砸，正砸中她的太阳穴。

太真哪儿吃过这样的苦头，啊呀一声，软软地摔倒在筐底，晕厥了过去。

蚍蜉狞怒着重新往筐里爬，想要给这个娘们一记重重的教训。可这时头顶传来一阵咯咯的轻微断裂声，他一抬头，看到吊住藤筐的一边绳子，居然断了——这大概是刚才太真胡乱挥舞，误砍到了吊绳。

蚍蜉面色一变，手脚加快了速度往里翻，可惜已经来不及了。失去四分之一牵引的藤筐，陡然朝着另外一侧倒去。蚍蜉发出一声悲鸣，双手再也无法支撑，整个身体就这样跌了出去。

悲鸣声未远，在半空之中，又听到一声清脆的断裂声。

原来刚才一番缠斗，让藤筐附近的吊绳乱成一团麻线。蚍蜉摔下去时，脖颈恰好伸进了其中一个绳套里去。那声脆响，是身子猛然下坠导致颈椎骨被勒断的声音。

藤筐还在兀自摆动，太真瘫坐在筐底，昏迷不醒。在筐子下方，最后一个蚍蜉耷拉着脑袋，双眼凸起，任凭身躯被绳索吊在半空，在暗夜的城墙上吱呀吱呀地摆动。

这一切发生得太快，萧规站在辘轳边根本没反应过来。直到蚍蜉发出最后的悲鸣，他才意识到不对，三步并作两步赶到城墙边缘，朝藤筐里看去。

看到自己最后一个手下也被吊死了，萧规大怒。他凶光大露，朝筐底的太真看去，第一眼就注意到她手里紧紧握着的小象牙柄折刀。

萧规的瞳孔陡然收缩，他想起来了，这象牙柄折刀乃是天子腰间所佩，在摘星殿内被张小敬夺去，现在却落在太真手里。这意味如何，不言而喻。

一阵不正常的空气流动，从萧规耳后掠过。他急忙回头，却看到一团黑影竭尽全力冲了过来，将他死死朝城外撞去。萧规情急之下，只能勉强挪动身子，让后背靠在缒架附近那根号旗的旗杆上，勉强作为倚仗。

借着这勉强争取来的一瞬间，萧规看清了。撞向自己的，正是当年的老战友张大头。

"大头，你……"萧规叫道。可对方却黑着一张脸，并不言语。他已没有搏斗的力气，只好抱定了同归于尽之心，以身躯为武器撞过来——这是他唯一的选择。

旗杆只抵御了不到一弹指的工夫，便咔嚓一声被折断。这两个人与那一面号旗，从长安东城墙的城头跃向半空。大旗猛地兜住了一阵风，倏然展开，裹着二人朝着城外远方落去，一如当年。

　　就在同时，东方的地平线出现了第一抹晨曦。熹微的晨光向长安城投射而来，恰好映亮夜幕中那两个跌出城外之人的身影。

　　长安城内的街鼓咚咚响起，响彻全城。

第二十二章

辰初

看着张小敬左右为难的窘境，萧规十分享受。
他努力把身子挪过去，贴着耳朵低声说出了一句话。

天宝三载元月十五日，辰初。

长安，长安县，安业坊。

在街鼓急促的鼓点声中，李泌一撩袍角，疾走数步，径直来到自雨亭下。他抬起头来，毫不畏惧地盯着亭中那位大唐除了天子之外最有权势的人，也是自己最大的敌人。对方也同时在凝视着他，只是自矜身份，没有开口。

李泌身后传来纷乱的脚步声，旅贲军的士兵们也一起拥过来。他们迅速站成一个弧形，把整个自雨亭严密地包围起来。李林甫身边的护卫眉头一挑，拔刀就要上前，却被主人轻轻拦下。

李泌双手恭谨一抱，朗声说道："拜见李相。"

"李司丞有礼。"李林甫淡淡回道，带着一股不怒自威的气势。他身材瘦高，面相清癯，头顶白发梳得一丝不苟，活像是一只高挑的鹤鹳。

李泌注意到，对方用的称呼是他的使职"靖安司丞"，而非本官"待诏翰林"，可见李林甫已然判断出吉温夺权失败，并且接受了这个结果。

今天这位李相一直在跟靖安司作对，现在终于示弱认输了。想到这里，李泌不由得精神一振。李林甫为相这么多年，示弱的时候可不常见——他如此退让，果然是因为被自己击中了要害？

想想也是，这个幕后黑手在最接近胜利之时，在自己最隐秘的宅邸被靖安司堵了一个正着，心旌动摇也是应该的。一念及此，李泌含笑道："这自雨亭兼有精致大气，若非李相这等胸有丘壑之人，不能为之。"

李林甫捋着颔下的三缕长髯，眼神一抬："亭子样式确实不错，老夫致仕之后，也该学学才是。"

从回应里，李泌感觉到了对方的虚弱，他摇摇头，从怀里掏出一份手实，递过去："李相说笑了。下官已查得清楚，这里难道不是您的隐寄宅邸吗？"

蚍蜉曾在这座宅子里停留，那么只要咬定宅主身份，无论如何他也逃不脱干系。此时兴庆宫情况未明，李泌必须敲钉转角，把最大的隐患死死咬住，才能为太子谋求最大利益。

李林甫接过手实略扫了一眼，抖了抖冷笑道："不过写了陇西二字，就成了老夫的产业？长源你未免太武断了。"李泌早料到他会矢口否认："若非李相外宅，那就请解释一下，勤政务本楼春宴未完，为何您要中途离席，躲来这一处？"

他本以为李林甫会继续找借口狡辩，可对方的反应，却大大地出乎他的意料："难道不是长源你叫老夫过来，说有要事相商吗？"

李泌一怔，旋即脸色一沉："在下一直在靖安司忙碌，何曾惊动过李相？再者说，以在下之身份，岂能一言就能把您从春宴上叫走，李相未免太高看我了。"

"若在平时，自然不会。可今日先有突厥狼卫，后有蚍蜉，长安城内惊扰不安，若关系到圣人安危，老夫不得不谨慎。"李林甫从怀里亮出一卷字条，上头有一行墨字，大致意思是天子有不测之祸，速来安业坊某处宅邸相见，毋与人言云云。落款是靖安司。

李泌道："李相在靖安司安插了那么多耳目，岂会不知当时贺监昏迷不醒，我亦被蚍蜉掳走，怎么可能有人以靖安司的名义送信过来？"

"正是不知何人所写，才不能怠慢。"李林甫点了点字条背面，上头留有一个圆形的洇迹，"这字条并非通传所送，而是压在老夫酒杯之下。"

李泌一惊，因为太子在春宴现场接到的两封信，也是不知被谁压在酒杯之下。原本他推测，这是李相故意调开太子，好让他成为弑杀父皇的嫌疑，可现在李相居然也接到了同样的信，这顿时让事情变得扑朔迷离。

同时把太子和李林甫都调开春宴，这到底为什么？

不对！李泌在心里提醒自己。不可能有这种事，太子和李林甫之间，一定有一个在撒谎。他捏紧了拳头，放弃虚与委蛇的盘问，直截了当道：

"李相可知道，适才太上玄元灯楼发生爆炸？"

李林甫面色一凛，急忙朝着兴庆宫方向看去。可惜暗夜沉沉，晨曦方起，看不清那边的情形。他们刚才听见了爆炸声，可还没往那边联想。现在李泌一说，李林甫立刻意识到其中的严重性。

"怎么回事？"这位大唐中书令沉声问道，眉头紧绞在了一起。

李泌暗暗佩服他的演技，开口道："怎么回事，李相应该比我清楚。您一直觊觎靖安司，还埋下眼线，引狼入室，岂不就是为了这一刻吗？"李泌这时豁出去了，说得直白而尖锐。他一挥手，周围旅贲军士兵立刻举起弩来，防止这位权相发难。

李林甫为相这么多年，脑子一转，随即明白了李泌为何气势汹汹来围堵自己。几个护卫大惊，下意识把主人挡在身后。他处变不惊，推开护卫，挺直胸膛走到亭边，淡淡道："长源，这是一个阴谋。"

李泌忽然很想大笑，口蜜腹剑的李林甫说这是个阴谋，这是一件多么讽刺的事。

"李相难道对靖安司没有觊觎之心？难道不日思夜想扳倒太子？"

李林甫双眼透出阴鸷的光芒，唇角微微翘起："你说得不错。可在这件事上，若我早有算计，这时该死的便是长源你才对啊。"

"因为在你们的算计里，我早就该死了！"

李泌不再拘于什么礼节，上前扯住李林甫的袖子。李林甫叹了口气，缓慢地摇了一下头："你我虽然立场不同，但老夫一直很欣赏你的才干。可惜你如今的表现，真让老夫失望。"

"李相不妨随我返回靖安司，慢慢分辨剖析。"

李泌只当他是穷途末路，胡言乱语。这件事的脉络，他已完全弄清楚了：

李林甫是蚍蜉和突厥狼卫的幕后黑手，又在靖安司安插了内应。两者里应外合使得靖安司瘫痪，绑走李泌。然后李相一边趁机指使吉温夺权，一边让蚍蜉发动袭击。他自己为避免被波及，提前离开勤政务本楼，躲在这处宅子；同时又让蚍蜉用李泌把太子李亨调开。这样一来，便可让世人误以为这次袭击，是太子为弑杀父皇夺权所为，将其彻底扳倒。

谁有能力策动突厥狼卫和蚍蜉？谁对长安城内外细节如此熟稔？谁有能力把局面上的每一枚棋子都调动在最合适的位置？

整个计划环环相扣，缜密细致，绝非寻常人能驾驭。无论从动机、权柄、风格还是诸多已显露出的迹象去推演，只有李林甫才玩得起来。

这计划中的两个变数，一是张小敬，二是李泌。蚍蜉钓出李亨之后，原本要把李泌灭口，可万万没想到他居然在张小敬的协助下逃了出来。于是整个阴谋，就这样被李泌拎住安业坊的宅邸，一下子全暴露出来。

什么靖安司的字条，什么不是这座宅邸的主人，全是虚诳之言。李泌懒得一一批驳，他相信以李林甫的眼光看得出来，在如此清晰的证据链条面前，再负隅顽抗已毫无意义。他手执李林甫的手臂，从自雨亭出来，口中大喊："靖安司办事！"

护卫们试图挡住，可旅贲军士兵立刻把他们两个人围在队形之中。

这时李林甫的声音，再次响起："长源哪，你这么聪明，何至于连这一点都想不到？这件事，于我有何益处？"

这句话声音不大，可听在李泌耳中，却如同惊雷一般。他的脚步僵在了原地，转头看向这位罪魁祸首。对方神情从容，甚至眼神里还带着一点怜悯。

李泌发觉自己犯了一个错误，一个非常大的错误，一个他一直在内心极力去回避某些猜想而导致的巨大错误。

姚汝能放下酸痛的手臂，小心地将紫灯笼搁在一个倒马鞍式的固架上，这才把身子靠在大望楼顶的挡板上，长长呼出一口气，眼神里却不见轻松之色。

李泌许诺给他配备资源，可是懂得望楼通信的人实在太少，所以他只能亲力亲为。如今六街的街鼓已经响起，四方的城门也已经关闭。李泌交给他的任务，暂时算是完成了。如果想彻底恢复原来的通信能力，还得花上几天时间，但目前至少不会耽误大事。

自从在监牢被放出来以后，姚汝能大概了解了一下整个长安的局势。事态发展之奇诡，令他瞠目结舌。姚家几个长辈都是公门出身，从小就给姚汝能讲各种奇案怪案。可他们的故事加在一起，也没眼下这桩案子这么诡异。

姚汝能觉得胸口无比憋闷。眼前的这场灾难，明明可以避免，若不是有各种各样的掣肘，恐怕早就解决了。这么单纯的一件事，为何会搞得这么复杂？眼下张小敬不知所终，檀棋下落不明，徐宾甚至在靖安司的腹心被杀害，这明明都是不必要的。

难道这就是张小敬所谓"不变成和它一样的怪物，就会被它吞噬"？

姚汝能痛心地攥紧了拳头，如果不念初心，那么坚守还有什么意义！他几个时辰前在大望楼上愤然发出"不退"的誓言，正是不想变成一头沉沦于现实的怪物，哪怕代价沉重。他相信，张都尉一定也在某一个地方，努力抗拒着长安的侵蚀。

姚汝能向所有的望楼发过信号，询问张小敬的位置，可惜没有一栋望楼给出满意答复。张小敬最后一次出现在望楼记录中，是子初时分在殖业坊，然后他便彻底消失，再无目击。

姚汝能正在想着张小敬会在哪里，这时旁边的助手喊道："巽位二楼，有消息传入！"

以大望楼为核心，周围划成了八个区域，以八卦分别命名。所有远近望楼，都竖立在这八个区域的轴线之上。巽位东南，二楼则指大望楼东南方向轴线上的第二楼。

这些临时找来的助手可以做一些简单的事，但不懂信号收发解读，这些事必须得是姚汝能亲力亲为。姚汝能连忙冲到大望楼东南角，一边盯着远处的紫灯起落，一边大声报出数字，好让助手记录。等到信号传送完毕，姚汝能低头画了几笔，迅速破译。

"汝能：张都尉急召，单独前来，切。"

姚汝能的眉头紧皱起来，张都尉？为什么他不回来，反而要躲在远远的望楼上发消息？究竟是受了伤还是有难言之隐？更奇怪的是，这个消息是单发给自己，而不是给靖安司。

他看了一眼助手们，他们对这些数字懵懂无知，并不知道转译出来是什么内容。

姚汝能迅速把纸卷一折，握在手心。张小敬的这个举动，可以理解。毕竟他之前屡屡遭人怀疑，甚至还被全城通缉，对靖安司充满戒心是理所当然的。

张都尉现在一定处在一个困境内，因为某种原因没办法光明正大求援，只好通过外面的望楼发回信号。他一定知道，现在能解读信号的只有姚汝能一个人，也是他在靖安司目前唯一能信任的人。

一想到这一点，姚汝能心头一阵火热。他吩咐旁边的几个助手继续盯着周围的灯光消息，然后从大望楼的梯子匆匆攀下来。

因为内鬼还未捉到。此时京兆府以及原靖安司附近还处于严密封锁状态。但姚汝能已经洗清嫌疑，卫兵只是简单地盘问几句，就放他出去了。

巽位二楼位于光德坊东南方向的兴化坊。这一坊一共有两栋望楼，西北角的一楼，以及东南角的二楼，呈对角线分布。姚汝能一路小跑来到兴化坊，看到许多百姓纷纷打着哈欠往回走去，坊兵们已经守在门口，催促居民们尽快回家，马上就要闭门了。

姚汝能一晃腰牌，径直入坊，直奔二楼而去。那栋望楼位于一个大畜栏旁边，栏中关满了猪羊鸡鹅，粪味浓郁。他捂住鼻孔，低头穿过畜栏，很快便看到望楼下立着的那条长长木梯。

他只顾赶路，没留意身旁的畜栏里响起一阵阴沉的铿锵声。姚汝能仰起头，伸手先抓住一阶木梯，向上爬了两级，双脚也交替踏了上去。很快他的身体攀在半空，处于全无防备的状态。

畜栏里的一头猪忽然发起不安的哼叫，鸡鹅也纷纷拍动翅膀，嘎嘎大叫。一把弩机从它们身后伸出来，对准了姚汝能毫无遮掩的前胸。

砰，砰，砰，砰，砰。

连续传来五下弩箭射出的声音，然后是一声凄厉的惨叫。

姚汝能睁大了眼睛，整个人僵在了木梯之上，一动也动不了。

他居高临下，可以清楚地看到十几名旅贲军士兵从外面的巷子冲过来，个个手持短弩，身后还有一个文官跟随。他们迅速把附近全部包围，而在畜栏里，一个人影躺倒在地，手里还握着一具还未发射的弩机。

"这，这是怎么回事？"姚汝能不知道自己该上还是该下。

那文官仰起头来，扬声道："姚家郎君，你辛苦了，下来吧。"姚汝能觉得耳熟，定睛一看，原来还真是熟人，正是在右骁卫里打过交道的赵参军，如今他也在靖安司里帮忙。

"可是……"姚汝能看了眼上面，说不定张小敬还在。赵参军看穿了他的心思："这是个圈套，你还真信啊？"

姚汝能不信，继续爬到顶上一看，里面果然没有张小敬的踪迹，只有两个武侯倒在里头，已然气绝身亡。他攀下楼梯，脸色变得极差，问赵参军到底怎么回事。

"你记不记得，李司丞跟你说过，那个靖安司的内鬼，和你有交集？"

姚汝能点点头，他清晰地记得李泌的原话是："我们判断这个内奸应该和你有交集，而且一定露出过破绽。你仔细想想，如果想起什么，随时告诉我。"当时他还挺奇怪，为什么李司丞会一口咬定，认定自己一定知道内鬼的事。

赵参军略带得意地拍了拍脑袋："这可不是对你说的，是说给内鬼听的。"姚汝能为人耿直，但并不蠢，听到这里，就立刻明白了。

李司丞其实不知道内鬼和谁有交集，所以故意在姚汝能面前放出一个烟幕弹。内鬼听见，一定会很紧张，设法把姚汝能灭口，避免泄露身份。

可是京兆府内外已全面戒严，姚汝能又孤悬在大望楼上，他在内部没办法下手。于是这位内鬼便利用望楼传信不见人的特点，把姚汝能给钓到光德坊外，伺机下手。

而赵参军早得了李泌面授机宜，对姚汝能的动向严密监控。一发现他外出，立刻就缀了上去，果然奏功。

姚汝能表情有点僵硬，李司丞这是把自己当成了诱饵。如果赵参军晚上半步，内鬼固然暴露，自己也不免身死。赵参军拍了拍他肩膀，说先看看猎物吧。

姚汝能勉强打起精神，朝畜栏那边望去。牲畜们都被赶开，可以看到一个黑影正俯卧在肮脏的污泥之中，手弩丢在一旁。他的背部中了两箭，不过从微微抽搐的脊背线条可以知道，他还活着。

活着就好，这家伙打开了靖安司后院的水渠，害死了包括徐宾在内的半个靖安司班底，间接促成了阙勒霍多的爆发，真要计较起来，他可是今晚最大的罪人之一，可不能这么简单地死掉。

姚汝能上前一步，踏进畜栏，脚下溅起腥臭的泥水。他伸手把这个内鬼翻过身来。这时天色已蒙蒙发亮，在微茫的光线映照之下，姚汝能看到他脸上五官，不禁大惊。

"怎么……是你？！"

这内鬼趁着姚汝能一愣怔的瞬间，一下子从泥中跃起，双手一甩，把脏污飞溅进姚汝能的眼睛里，然后带着箭伤，转头朝反方向跑去。

赵参军倒不是很着急，这一带他都安排好了人手。这家伙中了箭，根本不可能跑掉。他招呼手下从四面八方围过去，排成一条绵密的防线，逐渐向畜栏收拢。

可收拢到一个很小的范围后，他们发现，人不见了！

赵参军气急败坏，下令彻底搜查。很快就有了结果，原来这个畜栏下方有一个排污的陶制管道，斜斜下去，直通下方暗渠。平日里清理畜栏，牲畜粪便污物就从这里排掉，顺水冲走。

管道的盖子被掀开丢在一旁，里面内径颇宽，很显然，内鬼就是顺着这里逃了出去。

赵参军喝令快追，可士兵们看到管道内外沾满了黑褐色的污物，还散发着沤烂的腥臭味道，无不犹豫，动作慢了一拍。

只有一个人是例外。

姚汝能率先冲了过去，义无反顾地钻入管道。

长安外郭的城墙高约四丈，用上好的黄土两次夯成，坚固程度堪比当年赫连勃勃的统万城。其四角与十二座城门附近，还特意用包砖加强过。在外郭城墙的根部，还围有一圈宽三丈、深二丈的护城河。

护城河的河水来自广通、永安、龙首三大渠，冬季水枯，但始终能保持一丈多高的水位。长安人闲来无事，会跑来河边钓个鱼什么的。守军对此并不禁止，只是不许洗澡或洗衣服，防止被外藩使者看到，有碍观瞻。

此时远远望去，整条护城河好似一条玄色衣带，上头缀着无数金黄色的闪动星点，那是摆在冰面上的几百盏水灯。

这些水灯构造非常简单，用木板或油纸为船，上支一根蜡烛——这本是中元节渡鬼的习俗，可老百姓觉得上元节也不能忘了过世的亲人，多少都得放点。不过这毕竟是祭鬼的阴仪，搁到城内不吉利，于是大家都跑来城外的护城河附近放，反正城门通宵不关。唯一不便的是水面结冰，灯不能漂，只能在原地闪耀。

此时在金光闪闪的河面上方，一团黑影正在急速下坠。那些随时会熄灭的冰面微火，和晨曦一起映亮了两个绝望的轮廓。

张小敬抱住萧规，连同那一面号旗一起，在半空中死死纠缠成一团，当年在烽燧堡前的那一幕，再度重演，只是这次两人的关系截然不同。萧规恶狠狠地瞪着张小敬，而张小敬则把独眼紧紧闭住，不做任何交流。

下降的速度太快，他们没有开口的余裕。随着风从耳边嗖嗖吹过，身体迅速接近地面。先是嘎吱一声，薄冰裂开，掀翻了一大堆小水灯；然后是哗啦一声，水花溅起，四周渡鬼的烛光顿灭，两个人直通通地砸入护城河内，激起一阵高高的浪头。

一丈多深的河水，不足以彻底抵消下降带来的压力。两人直接沉入最深处，重重撞在河底，泥尘乱飞，登时一片浑浊。

张小敬只觉得眼前金星乱舞，整个人像被一只大手狠狠捶中背心。五脏六腑在一瞬间凝结成团，又霎时向四方分散。这一拉一扯带来的强烈震撼，几乎把三魂七魄都震出躯壳。有那么一会儿工夫，张小敬确实看到了自己的后背，而且还看到它在逐渐远离。与此同时，有大量冰凉的水涌入肺中，让他痛苦地呛咳起来。

若换作全盛时期，张小敬可以迅速收敛心神，努力自救。可他如今太虚弱了，整整一天的奔走搏杀，榨光了骨头里的每一分力气。张小敬缓缓摊开四肢，放松肌肉，心里最后一个念头是，就这样死了也挺好。

可他的耳边，突然传来剧烈的翻腾声，身子不由得向上一浮。张小敬歪过脸去，看到萧规正用双臂努力挣扎着，朝着河面上扑腾。讽刺的是，那面号旗已被浸卷成了一条，一端缠在萧规的脚脖子上，一端绕在张小敬的腰间。号旗湿紧，没法轻易解开，所以看起来就像是萧规拽着绳子，把张小敬拼命往上拉。

张小敬不知道萧规是真想救人，还是单纯来不及解旗，不过他已没力气深思，任凭对方折腾。萧规的力量，可比张小敬要强多了，挣扎了十几下，两个人的脑袋同时露出水面，发出呼哧呼哧的喘息声。

在护城河的岸边，传来几声惊慌的叫喊："哎！这边好像有人落水了！"然后有脚步声传来。

这些人应该是在附近放水灯的老百姓，个个穿着白衫，手提灯笼。他们看到护城河的冰面裂开了一大片窟窿，里面浮着两个人头，都吓了一跳，再定睛一看，其中一个还在扑腾。几个灯笼高举，把河岸照得一片通明，几个胆大的后生踏上薄冰，战战兢兢地朝他们靠近。

有人带了几根放灯用的长竹竿，一边一根架在萧规腋窝。几个人使劲一抬，一气把他们俩都给架出水面，七手八脚拖到了岸边。

张小敬视线模糊，迷迷糊糊感觉自己的双颊被狠狠拍打，然后一根手指伸到自己鼻下，一个声音高声道："这个也还有气！"

"也还有气？这么说萧规也还活着？"张小敬的意识现在根本不连贯，只能断断续续地思考。他感觉脖颈之下几乎没有知觉，连痛、冷、酸等感觉都消失了，木木钝钝的，就像把脑袋接到一尊石像之上。

一会儿，又一个憨厚的声音传入耳朵："这，这不是张帅吗？"

这声音听起来略耳熟，张小敬勉强睁开眼睛，看到一张狮鼻厚唇的忠厚面孔。他有点想起来了，这是阿罗约，是个在东市养骆驼的林邑人，最大的梦想就是培养出最优良的"风脚野驼"。阿罗约曾经被一个小吏欺负，硬被说辛苦养的骆驼是偷的，最后还是张小敬主持公道，这才使他保住心血。

阿罗约发现居然是恩公，露出欣喜表情："真的是张帅！"他俯身把手按在张小敬的胸膛，发力按摩。那一双粗糙的大手格外有力，张小敬张开口，哇的一声吐出一大堆水，身子总算有了点知觉。

周围几个脑袋凑过来，也纷纷辨出他的身份，响起一片"张帅""张阎罗""张小敬"的呼声。这些人张小敬也记得，都是万年县的居民，或多或少都与他打过交道。

他想提醒这些人，抬头朝城墙上看看。那里悬着一个藤筐，里面装着昏倒的太真，附近还躺着一位昏迷不醒的当今天子。可是张小敬张了张嘴，发现声带完全发不出声音。

大概是落水时受到了刺激，一时麻痹，可能得缓上一阵才能恢复。

阿罗约见张小敬有了反应，大为高兴。他想到旁边还躺着一位，应该是张小敬的朋友吧，便走过去也按摩了一阵。这时他的同伴忽然说："你听见鼓声了没？"

阿罗约一愣，停步静听，果然有最熟悉不过的街鼓在城内响起，不禁有些奇怪："这都快日出了，敲哪门子街鼓？"

"哎呀，你再听！"同伴急了。

阿罗约再听，发现还有另外一种鼓声从南北两个方向传过来。这鼓声尖亢急促，与街鼓的悠长风格迥异。他脸色变了，这是城楼闭门鼓，意味着北边春明门和南边延兴门的城门即将关闭。

按例，上元节时，坊门与城门都通宵不闭。所以他们这些人才会先在城里逛一晚上灯会，快近辰时才出城在护城河放水灯。现在这是怎么了？怎么快天亮了，反倒要封闭城门？难道跟之前兴庆宫前那场爆炸有关？

阿罗约他们没去兴庆宫前看热闹，不清楚那边出的事有多大。不过他们知道，城楼守军的闭门鼓有多么严厉。如果鼓绝之前没进城的话，就别想再进去了。他们什么吃的和铜钱都没带，关在城外可会很麻烦。

"赶紧走吧！"同伴一扯他的袖子，催促道。

"可是张帅他们，总不能放任不管哪……"阿罗约语气犹豫。他看了眼远方的鱼肚白，又看了眼延兴门城楼上的灯笼，一咬牙，"你们走吧！我留下。"

"啊？"

"反正城门又不会一直不开，大不了我在外头待一天。张帅于我有恩，我不能见死不救。"阿罗约下了决心，又叮嘱了一句，"你们记得帮我喂骆驼啊。"同伴们答应了一声，纷纷朝着城门跑去。

阿罗约体格健壮，轻而易举就把张小敬扛起来，朝外走去。在距城墙两百步开外的官道旁边，有一座小小的祖道庙，长安人践行送别时，总会来此拜上一拜。阿罗约把张小敬搁在庙里，身下垫个蒲席，然后出去把萧规也扛过来，两人肩并肩躺在一起。

之前为了放水灯，这伙人在岸边留存了火种。阿罗约把火种取来，用庙里的破瓮烧了点热水，给两人灌下。过不多时，这两个人都悠悠恢复神志。阿罗约颇为高兴，说我出去弄点吃的，然后拿着竹竿出去了，庙里只剩下张小敬和萧规两人。

张小敬缓缓侧过头去，发现萧规受的伤比他要重得多，胸口塌陷下去很大一块，嘴角泛着血沫。显然在落水时，他先俯面着地，替张小敬挡掉了大部分冲击。

看到这种状况，张小敬知道他基本上是没救了。一股强烈的悲痛如闪电一样，劈入张小敬石头般僵硬的身体。上一次他有类似体验，还是听到闻无忌去世。

这时萧规睁开了眼睛。

"为什么？"这三个字里蕴含着无数疑问和愤怒。

张小敬张了张嘴，仍旧无法发出声音。

"为什么偏偏是你，要背叛我？"萧规似乎变得激动起来，嘴角的血沫又多了一些。他大概也知道自己不行了，丝毫不顾及胸口伤势，边说边咳，"不对！

咳咳……你从一开始，就没有真心帮我，对不对？"

张小敬无言地点了点头。

"没想到啊，你为了骗到我的信任，居然真对李泌下了杀手。张大头啊张大头，该说你够狠辣还是够阴险？咳咳！"

萧规此时终于觉察，这个完美的计划之所以功亏一篑，正是因为这位老战友的缘故。自己对张小敬的无限信任，反成了砍向自己的利刃。

"我不明白，你为什么会背叛一个生死与共的老战友？为什么会帮官家？我想不出理由啊，一个理由都想不出来。"萧规拼命抓住张小敬的手，眼神里充满疑惑。

他没有痛心疾首，也没有狂怒，他现在只带着深深的不解。一个备受折磨和欺辱的老战友，无论如何，都应该站在他这边才对，可张小敬却偏偏没有，反而为折磨他的那些人出生入死，不惜性命。

可惜张小敬这时发不出声音，萧规盯着他的嘴唇："你不认同我的做法？"

张小敬点头。

"你对那个天子就那么忠诚？"

张小敬摇摇头。

萧规一拳砸向小庙旁边的细柱，几乎吼出来："那你到底为什么？既然不忠于那个天子，为什么要保护他！为什么不认同我的做法！你这么做，对得起那些死难的弟兄吗？"

张小敬无声地迎上他的目光。萧规突然想起来，在勤政务本楼的楼顶，他们有过一番关于"衡量人命"的争论，张小敬似乎对这件事很有意见，坚持说人命岂能如此衡量。

"你觉得我做错了？你觉得我不择手段滥杀无辜？你觉得我不该为了干掉皇帝搞出这么多牺牲者？"

这次张小敬点头点得十分坚决。

萧规气极反笑："经历了这么多，你还是这么软弱，这么幼稚……咳咳……你想维护的到底是谁？是让我姐姐全家遇难的官吏，是害死闻无忌的永王，还是把你投入死牢几次折磨的朝廷？"

这次张小敬没有回答，他一脸凝重地把视线投向庙外，此时晨曦已逐渐驱走了黑暗，长安城的城墙轮廓已慢慢变得清晰起来，今天又是个好天气。

萧规随着张小敬的视线看过去，他们到底是曾出生入死的搭档，彼此的心思一个眼神就够了："十年西域兵，九年长安帅，你不会真把自己当成这长安城的守护者了吧？"

张小敬勉强抬起右臂，刮了刮眼窝里的水渍，那一只独眼异常肃穆。

萧规眼角一抽，几乎不敢相信："大头，你果然是第八团里最天真最愚蠢的家伙。"张小敬拼尽全力抬起右臂，在左肩上重重捶了一下。这是第八团的呼号礼，意即"九死无悔"。

萧规见状，先是沉默片刻，然后发出一阵大笑："好吧！好吧！人总得为自己的选择负责，我信任了你，你背叛了我，这都是活该。也好，让我死在自己兄弟手里，也不算亏。反正长安我也闹了，灯楼也炸了，宫殿也砸了，皇上也挟持过了，从古至今有几个反贼如我一般风光！"

他的笑声凄厉而尖锐，更多的鲜血从嘴角流出来。

张小敬勉强侧过身子，想伸手去帮他擦掉。萧规把他的手毫不客气地打掉："滚开！等到了地府，再让第八团的兄弟们决定，我们到底谁错了！咳咳咳咳……"

一阵激烈的咳嗽之后，声音戛然而止，祖道庙陷入一片死寂。张小敬以为他已死，正要凑过去细看。不料萧规突然又直起身来，眼神里发出回光返照般的炽热光芒：

"虽然他们逃过一劫，可我也不会让长安城太平。咳咳，大头，我来告诉你一个秘密。"

张小敬皱着眉头，没有靠近，不知道他葫芦里卖的什么药。萧规的脸上挂满嘲讽的笑意："你难道不想知道，我们蚍蜉何以能在长安城搞出这么大动静？"

听到这句，张小敬心中猛然一抽紧。他早就在怀疑，蚍蜉这个计划太过宏大，对诸多环节的要求都极高，光靠萧规那一批退伍老兵，不可能做到这地步，他们的背后，一定还有势力在支持。

现在萧规主动要说出这个秘密，可他却有点不敢听了。看那家伙的兴奋表情，这将是一个会让长安城大乱的秘密。可捉拿真凶是靖安都尉的职责，他又不得不听。

看着张小敬左右为难的窘境，萧规十分享受。他努力把身子挪过去，贴着耳朵低声说出了一句话。张小敬身子动弹不得，那一只独眼却骤然瞪得极大，几乎要挣破眼眶而出。

萧规头颅一垂，身子徐徐侧斜，额头不经意地贴在了张小敬的胸膛之上，就此死去。

此时的勤政务本楼里，比刚才被袭击时还要混乱。

气急败坏的诸部禁军、死里逃生的惊慌宾客、万年县与兴庆宫赶来救援的护卫与衙役、无头苍蝇一样的奴婢乐班舞姬，无数人在废墟和烟尘中来回奔走，有的往外跑，有的往里冲，有的大叫，有的大哭，每一个人都不知道应该做什么才好。

当禁军诸部得知天子被贼人挟持登楼，遁去无踪，更加惶恐不安。龙武、羽林、左右骁卫、左右千牛卫等部长官，各自下令派人四处搜寻，军令不出一处，免不了会彼此妨碍，于是互相吵架乃至发生冲突。

尤其是那陷落在六层的宾客们很快也掺和进来。他们受伤的不少，死的却不多。这些人个个身份高贵，不是宗室就是重臣，脾气又大又喜欢发号施令，人人都觉得该优先得到救治。先行登楼的士兵们不知该听谁的好，又谁都得罪不起，完全无所适从。

一时之间，楼上楼下全是人影闪动，好似一个被掘走了蚁后的蚂蚁窝。

唯一可以欣慰的是，因为拥上来的援军很多，灯楼残骸所引燃的各处火情被迅速扑灭，至少勤政务本楼不会毁于火灾。

在这一片人声鼎沸、呼喊连天的混乱中，有一男一女不动声色地朝外头走去，前头是个宽额头的男子，走路一瘸一拐，看来是在袭击中受了伤；他身后紧贴着一个胡姬女子，她也是云鬓纷乱，满面烟尘，但神情肃然。如果仔细观察的话，会发现那男子眼睛不停在眨巴，他身后那女子的右手始终按在他腰眼上，几乎是顶着男子朝前走。

楼里的伤员和死者太多了，根本没人会去特别关注这一对轻伤者，更不会去注意这些小细节。他们就这样慢慢朝外面走去，无人盘问，也无人阻拦。

他们自然是留在勤政务本楼里的元载与檀棋。

之前张小敬叮嘱檀棋破坏"楼内楼"，然后立刻离开。她顺利地完成了任务，却没有走开，反而回转过来，把元载拎了起来。

元载本以为援军将至，自己可以获救了。可他刚一站起来要呼喊，立刻又被檀棋砸中了小腿，疼得汗珠子直冒。元载没来得及问对方为什么动手，就感觉一柄硬硬的东西顶住了腰眼。不用看他也知道，那就算不是刀，也是一具足以刺破血肉的锐物。

"跟我往外走，不许和任何人交谈。"檀棋冷冷道。

"姑娘你没有必要……"元载试图辩解，可腰眼立刻一疼，吓得他赶紧把嘴闭上了。

于是檀棋就这么挟持着元载，缓缓退出了勤政务本楼，来到兴庆宫龙池附近的一处树丛里。之前的爆炸，让这里的禽鸟全都惊走，空余一片黑压压的树林。兴庆宫的宿卫此时全跑去楼里，这一带暂时无人巡视。

"莫非……姑娘你要杀我？"元载站在林中空地里，有些惊慌地回过头。

"不错。"檀棋两只大眼睛里，闪动着深深的杀意，"让你活下来，对张都尉不利。"

元载之前陷害张小敬的事，她已经问得很清楚了。檀棋很担心，如果把这家伙放回去，靖安司一定会加倍报复张小敬（她尚不知李泌已重掌靖安司）。背负了太多污名的登徒子还在奋战，她必须做些事情来帮到他，哪怕会因此沾染血腥。

事到如今，她已经顾不得自己了。

元载从檀棋的表情和呼吸能判断出，这姑娘是认真的。她也许没见过血，但动起手来一定心志坚定。抛开个人安危不谈，他对这种杀伐果断还挺欣赏的，不愧是李泌调教出的人。

檀棋狠咬银牙，手中正要发力，元载突然厉声道："你杀不杀我，张小敬一样要死！"

闻得此言，锐物一颤，竟没有继续刺下去。元载趁机道："你下楼时，也听那些人谈到张都尉的表现了吧？"

"那又如何？"

他们下楼时，恰好碰到一个侥幸未受伤的官员跑下来，激动地对禁军士兵连说带比画，把在七楼的事情讲了一遍。他们这才知道，张小敬上楼之后居然与蚍蜉联手，打昏陈玄礼不说，还公然挟持天子与太真离开。

檀棋和元载当然明白，这是张小敬的策略，可在其他人眼中，张小敬已成为恶事做尽的坏人。

"满朝文武，众目睽睽，即使姑娘把在下碎尸万段，他的污名也洗不干净。"

"我可以去作证！"檀棋道。

元载露出一丝不屑的笑意："所有人都认为他是你的情郎，你的话根本没人会相信。"元载是大理司的评事，太清楚上头的办案逻辑了。

"可我有证据证明他是清白的！"

"挟持天子，这个罪过怎么洗也洗不白。说实在的，我不太明白，张小敬为何要选这么一条吃力不讨好的路，对他来说，这根本就是死路一条嘛。"

"你……"檀棋的泪水已经在眼眶里打转，她知道元载说的是实情，正因为如此，才格外恼怒。檀棋手里一用力，要把锐物扎进去。元载下意识地往旁边一躲，脚一崴，摔倒在地上："等等，别动手，听我说完。你救不了他，可是我能。"

"你不是说，他是死路一条吗？"

"如果你杀了我，才真是死路一条。"元载躺在地上，高喊道，"现在唯一能挽回他罪名的，只有我。我是大理寺评事，又在靖安司任职，我的话他们会信的。"

檀棋冷笑道："我为什么要相信你？你之前明明把他害得不轻。现在放了你，谁能保证你转头不出卖我？"

"你不必信我是否有诚意，只要相信这事对我有好处就成。"元载虽然狼狈地躺在泥土里，可却露出一个自信的笑容。

"什么？"檀棋完全没听懂。

"此前诬陷张小敬，我也是受人之托，被许以重利。不过我刚才仔细盘算了一下，以如今之局势，若能帮他洗清嫌疑，于我有更大的好处——你要知道，人性从来都是趋利避害，可以背叛忠义仁德，但绝不会背叛利益。所以只要这事于我有利，姑娘你就不必担心我会背叛。"元载越说越流畅，俨然又回到了他熟悉的节奏。

这一番人性剖析，檀棋先前也听公子说过，朝堂之上，皆是利益之争。可元载竟这么赤裸裸地说出，让她真有点不适应，她不由得啐了一口："无耻！"

元载狼狈地从地上爬起来，看到檀棋除了斥骂并没有进一步动作，知道这姑娘已经动摇了。他拍拍衣衫上的泥土，满脸笑意。

"你能有什么好处？我想不出来。"檀棋依旧板着脸。

"万一张小敬真把圣人救出来，他就是大英雄。届时天子一查，呦，有个忠直官员先知先觉，在所有人都以为张小敬是叛贼时，他却努力在为英雄洗刷冤屈，这其中好处，可是车载斗量。"

"你这是在赌，万一他救不出来呢？"

"那长安和整个朝廷将会大乱，谁还顾得上管他啊？"元载抬起右手，手指来回拨动，好似手里拿着一枚骰子，"所以无论圣人安与危，帮张小敬洗白，对我都是最合算的。"

看着这家伙轻描淡写地说着大不敬之事，好似一个谈生意的买卖人，檀棋觉得一股凉气直冒上来。可这番话又无懈可击，几乎已把她给说服了，握住锐物的手不由得垂了下来。

檀棋不知道，元载还有个小心思没说出来。之前在晁分家门前，他被张小敬吓破了胆，放任那杀神离开。如果上头追起责来，他也要担起好大干系，甚至可能会以"纵容凶徒"的罪名处斩。因此无论如何，他也得为张小敬正名。某种意义上，他们俩已是一根绳子上的蚂蚱。

功名苦后显，富贵险中求。元载擦了擦宽脑门上的汗水，今晚他的好运气还没有完全离开，值得努力去搏上一搏。

檀棋问："那我们要怎么做？"

"首先，我们得先找到一个人。"

"谁？"

"一个恨张小敬入骨的人。"

李林甫最后那一句话，让李泌如坠冰窟。

"于我有何益处？"

无论是寻常推鞫还是宫廷阴谋，都遵循着一个最基本的原则："利高者疑"。得利最大的那一位，永远最为可疑。李林甫并没有在细枝末节跟李泌纠缠，而是直奔根子，请这位靖安司丞复习一下这条基本常识。

李林甫从开元二十年任中书令后，独得天子信重将近十年，圣眷未衰，为本朝前所未有之事。倘若天子升遐，他便成了无本之木，无源之水，即使要扶其他幼王登基，所得也未必有如今之厚。换句话说，这起针对天子的阴谋，对他来说有害无益，几乎没有好处。

李泌从种种迹象推算李林甫的阴谋布置，看似完美解释，可唯独忘了最根本的事。李林甫苦心孤诣搞出这样大的动静来，只会动摇自己的地位，他又不是傻子。

可是，依循这个原则，直接就把太子推到了嫌疑最大的位置。

他自继位东宫以来，屡受李相压迫，又为天子所疑，日夜惴惴，心不自安。倘若不幸山陵崩，太子顺理成章继位，上可继大宝之统，下可除李相之患，可谓风光独揽。

"不，不可能。你故意把太子调出去，是为了让他背负弑君弑亲的嫌疑，无法登基。"李泌试图辩解。

"弑君弑亲？我大唐诸帝，何曾少过这样的事了？"李林甫的语气里，带着浓浓的讽刺味道，"我来问你，其他诸王，可还有谁中途离席？"

李泌闭口不语。

"若我安排此事，此时就该保住一位亲王，调控南衙与北衙禁军，精骑四出，把你和东宫一系一个一个除掉。而不是只身待在这么一个大院子里，与你嚼舌。"李林甫微微一笑，可笑里还带着几丝自嘲和无奈。

"我们都被耍了。"右相忽然感叹。

听到这句话，李泌的身躯晃了晃，似乎受到了巨大的冲击。是啊，谋篡讲究的是雷霆一击，不容片刻犹豫。李林甫这么老谋深算的人，必然早有成算，后续手段源源不断，哪会这么迟钝。

难道……真的是待在东宫药圃的太子所谋划？他竟然连我都骗过了？

李泌心中先是一阵凄苦，然后是愤怒，继而升起一种奇怪的明悟。

事已至此，追责已经毫无意义。李泌知道，政治上没有对错，只有利益之争。他身为东宫谋主，哪怕事先被蒙在鼓里，哪怕没什么道理可言，也必须设法去为太子争取更多利益。

此时在这一处僻静宅院之内，太子最大的敌人李林甫身边只有寥寥几个护卫，而他带的旅贲军士兵足有十倍之多……李泌想着想着，眼神逐渐变了，手臂缓缓抬起。

自古华山只有一条路，他已经为太子做了一件悖德之事，不介意再来一次。

李林甫看到了这年轻人眼神里冒出的杀意，却只是笑了笑。在他眼中，李泌就是个毛糙小孩，行事固然有章法，可痕迹太重，欠缺磨炼。

"你就不想想，万一天子无事呢？"他只轻轻说了一句。

李林甫的话，像一阵阴风，不动声色地吹熄了李泌眼中的凶光。对啊，倘若天子平安无事呢？那他在这时候出手，非但毫无意义，而且后患无穷。

李泌不知道兴庆宫到底惨到什么程度，但既然张小敬在那边，说不定会创造出奇迹，真的将圣上救出。他忽然发现，自己有那么一刹那，竟希望张小敬失败。

这实在是今天最讽刺的事情。

真相和对太子的承诺之间，李泌现在必须得做一个抉择。

姚汝能一钻入管道，先有一股腥臭味道如长矛一般猛刺过来，连天灵盖都要被掀开。他拼命屏住呼吸，放平身子，整个人就这么哧溜一声，往下滑去。

这管道内壁上覆着层层叠叠的黄褐色粪壳，触处滑腻，所以姚汝能滑得很快。他不得不伸出双手顶住内壁，以控制下滑速度。手指飞快划过脆弱的粪壳，溅起一片片飞屑，落在身、头和脸上。

若换作平时，喜好整洁的姚汝能早就吐了。可现在的他却根本不关心这些，全副心神都放在了前方那黑漆漆的洞口。

没想到，内鬼居然是他！这可真是完全出乎姚汝能的预料。可再仔细一想，这却和所有的细节都完美贴合，除了他，不可能有别人！

这个混账东西是靖安司的大仇人，哪怕牺牲性命也得逮住他。为了长安城，张都尉一直在出生入死，我也可以做到！姚汝能的脑海里一直回荡着这样的呐喊。

快接近出口时，姚汝能看到一个圆形的出口，还能听到水渠的潺潺声。他突然想起了父亲的教诲——他父亲是个老捕吏，说接近犯人的一瞬间，是最危险的，务必要小心再小心。

他有一种强烈的直觉，于是拼命用两脚蹬住两侧，减缓滑速。刚一从管道里滑出来，姚汝能就听耳边一阵风声。那内鬼居然悍勇到没有先逃，而是埋伏在洞口，用一根用来疏通管道淤塞的齐眉木棍，当头狠狠地砸过来。

幸亏姚汝能提前减速，那棍子才没落在头上，而是重重砸到了小腹。姚汝能强忍剧痛，他右手早早握住一团硬化的粪屑，侧身朝旁边扬去。内鬼的动作因此停滞了半分，姚汝能顺势用右手抓住那人的袖摆，借着落势狠命一扯，两人同时滚落暗渠。

这条暗渠是为本坊排水之用，坊内除了畜栏之外，酒肆、饭庄、商铺以及大户人家，都会修一条排道，倾倒各种厨余污水在渠里，全靠水力冲刷。日积月累，沤烂的各种污垢淤积在渠道里，腐臭无比，熏得人几乎睁不开眼睛。

这两个人扑通落入渠中，这里地方狭窄，味道刺鼻，什么武技都失效了。内鬼不想跟他缠斗，正要挣扎着游开，不料姚汝能扑过来，伸手把他背后插着的一支弩箭硬生生拔了出来。弩箭带有倒钩，这么一拔，登时连着扯掉一大块血肉。

内鬼发出一声凄惨的痛呼，回过身来，一拳砸中姚汝能的面部，姚汝能登时鼻血狂流，扑通一声跌入脏水中。内鬼正要转身逃开，不料姚汝能哗啦一声从水里又站起来，蓬头垢面，如同水魔一般。他伸开双臂，紧紧箍住对方身体，无论内鬼如何击打，全凭着一口气死撑不放。

内鬼没料到姚汝能会如此不要命，他此时背部受伤极严重，又在这么肮脏的粪水里泡过，只怕很难愈合。内鬼不能再拖，只好一拳又一拳地砸着姚汝能脊梁，指望他放开。可姚汝能哪怕被砸得吐血，就是不放，整个人化为一块石锁，牢牢地把内鬼缚在暗渠之内。

内鬼开始还用单手，后来变成了双拳合握，狠狠往下一砸。只听得咔吧一声，姚汝能的背部忽然塌下去一小块，似乎有一截脊椎被砸断了。这个年轻人发出一声痛苦的哀鸣，双手锁势却没丝毫放松。

内鬼也快没力气了，他咬了咬牙，正要再砸一次。忽然背后连续响起数声扑通落水声，他情知不妙，身子拼命挪动，可已经陷入半昏迷的姚汝能却始终十指紧扣，让他动弹不得。

落水的是几个旅贲军士兵，他们在赵参军的逼迫下一个个跳进来，一肚子郁闷。此时见到这个罪魁祸首，恨不得直接捅死拖走。幸亏赵参军交代过要活口，于是他们拿起刀鞘狠狠抽去。

旅贲军的刀鞘是硬革包铜，杀伤力惊人。内鬼面对围攻，再没有任何反抗的余地，被连续抽打得鼻青脸肿，很快便歪倒在水里，束手就擒。

姚汝能此时已经陷入昏迷，可十指扣得太紧，士兵们一时半会儿竟然掰不开，只得把他们两个一起抬出这一片藏污纳垢的地狱，带到地面上。

赵参军一看，这两个人脏得不成样子，脸都看不清，吩咐取来清水泼浇。几桶井水泼过去，那个内鬼才露出一张憨厚而熟悉的面容。

赵参军凑近一看，大惊失色："这，这不是靖安司的那个通传吗？"

阿罗约运气不错，在外头打到了几只云雀，虽然个头不大，但多少是个肉菜。他把云雀串成一串，带回了庙里，发现另外一个人趴在张小敬的怀里，一动不动。张小敬神情激动，胸口不断起伏。

　　他以为张帅是因友人之死而难过，走过去想把萧规的尸体抱开，可张小敬却猛然抓住了他的手，大嘴张合，嗓子里似乎要喊出什么话来。

　　可阿罗约却只听到几声虚嘶，他有点无奈地对张小敬道："您还是别吭声了，在这儿歇着。等城门开了，我给您弄一匹骆驼来，尽快离开吧。"

　　他以为张小敬一定是犯了什么大案子，所以才这么急切地要跳下城墙，逃离长安城。

　　不料张小敬松开他的手，随手从身下的蒲席拔出一根篾条，在地上尘土里勾画起来。阿罗约说我不识字，您写也是白写啊，再低头一看，发现不是汉字，而是一座城楼，以及城门。张小敬用丝篾又画了一个箭头，伸向城门里，又指了指自己，抬头看着他。

　　阿罗约恍然大悟："您是想进城？立刻就进？"

　　张小敬点点头。

　　阿罗约这下可迷惑了。他刚才千辛万苦从城墙跳出来，现在为什么还要回去？他苦笑道："这您可把我难住了。我刚才去看了眼，城门真的封闭了，而且还是最厉害的那种封法。现在整个长安城已经成了一个上锁的木匣子，谁也别想进出。"

　　张小敬抓住他的双臂，嗯嗯地用着力气，那一只眼睛瞪得溜圆。

　　"要不您再等等？反正城门不可能一直封闭。"

　　张小敬拼命摇头。阿罗约猜测他是非进城不可，而且是立刻就要进去。不知道到底发生了什么事，让这位不良帅急成这样。

　　"可在下也没办法呀，硬闯的话，会被守军直接射杀……"阿罗约摊开手无奈地说。

　　张小敬又低头画了一封信函，用箭头引到城门口。阿罗约猜测道："您的意思是，只要能传一封信进去就成？"

"嗯嗯。"

阿罗约皱着眉头，知道这也很难。人不让进，守军更不会允许捎奇怪的东西进去。长安城现在是禁封，任何人、任何物资都别想进来，绝无例外。

绝无例外，绝无例外，绝无……

阿罗约抱臂念叨了一会儿，忽然眼睛一亮。他急忙冲到庙门口去看外面天色。然后回身喜道："我想到了一个办法，说不定能把您送进去。"

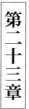

第二十三章

辰正

这时候远方东边的日头正喷薄而出，
天色大亮，整个移香阁开始弥漫起醉人的香味。

天宝三载元月十五日，辰正。

长安，长安县，兴化坊。

在靖安司里，大殿通传是一个奇妙而矛盾的角色。

他在靖安司中无处不在，无人不知。每一个人都见过这个人奔跑的身影，每一个人都熟悉他的洪亮嗓门。频频出入大殿，频频通报往来大事。长安城内多少情报都是经他之手，传达给各个主事之人。又有多少决策，是经他之手分散到望楼各处。

可奇怪的是，却偏偏根本不会有人留意到他的存在，甚至不知道他的姓名。大家都把他当作一个理所当然的存在，就好似终南山中一只趴在树上的夏日鸣蝉，蝉愈鸣，林愈静。没有人会特意把注意力放在一个通传的身上。

这样一个人，竟然就是把蚍蜉引进来的内鬼。

乍一听似乎骇人听闻，可仔细一想，再合理不过。能频繁出入靖安司各处，能第一时间掌握最新的局势动态与决策，而且还完全不会引人注意——不是他，还能是谁？

这是一个巧妙的错觉，几乎瞒过了所有人。他们都在远处拼命低头寻找，可这内鬼却站在灯下的黑暗中，面带着讥笑。

赵参军看着躺在地上奄奄一息的通传，面色凝重。他不是靖安司的人，可也清楚这个人身上干系重大，不能有任何闪失。抓住内鬼，并不意味着大功告成。这家伙一定有自己的跟脚，设法找到幕后主使，才是重中之重。

必须尽快送回京兆府才成！

姚汝能的手臂，仍旧死死抱紧通传的身体，有如铁箍一般。赵参军下令把两个人分开，几个强壮的士兵轮流使劲，这才勉强把十指掰开，可见姚汝能在昏迷前下的死力有多强硬。

士兵们七手八脚地把通传绑好，嘴里勒上布带，弄了一副担架朝京兆府抬去。赵参军看了一眼躺倒在地身负重伤的姚汝能，深深地发出一声叹息。

姚汝能背部那个伤看起来不太妙，就算醒了也是个瘫痪的命。这么有干劲的年轻人，本来前途无量，可惜却折在这里了。他曾经在右骁卫里被这小子胁迫过，但如今也不得不暗赞一句好样的。若不是姚汝能奋不顾身，搞不好这个内鬼就顺利逃掉了。

赵参军想不明白的是，他为何要如此拼命？这靖安司的俸禄有这么高吗？说起来，他今天碰到的靖安司人都是怪胎，姚汝能是一个，李泌是一个，张小敬更是一个，就连那个女的，都有点不正常。

赵参军摇摇头，收回散漫的心神，吩咐弄一副担架把姚汝能快送去施救，然后想了想，又派了一个人，把内鬼被擒的消息尽快送去安业坊。他知道李泌正在那里办事，这个消息必须得第一时间告知他。

吩咐完这些事之后，赵参军这才顾上抬头看看天色。这时晨曦的光芒越发明亮，黑色的天幕已褪成淡青色。正月十五日的天就快要亮了，喧嚣了一夜的长安城即将再次沐浴在阳光之下。

可不知为何，赵参军觉得心里沉甸甸的，全无畅快通透之感。

闻染拍了拍双手，把最后一点香灰从掌心拍掉，然后将新压出来的香柱小心地搁在中空竹筒里，挎在腰囊里。岑参站在她身后，脸色凝重：

"闻染姑娘，你确定要这么做？"

闻染对着张小敬的牌位恭敬地点了一炷降神香，看着那袅袅的烟气确实升起，这才答道："是的，我考虑清楚了。"

"你好不容易逃出生天，应该好好休息一下才是。"岑参劝道。

这姑娘从昨天早上，苦难就没停歇过。先被熊火帮绑架，然后又被靖安司关押，亥初还在慈悲寺闹出好大事端，可谓是颠沛流离，惊吓连连。寻常女孩子，只怕早已崩溃了。

闻染脸色憔悴，倔强地摇摇头。岑参叹了口气，知道没什么可说的了。

早在亥时，岑参按照闻染的叮嘱，径直赶去了闻记香铺，收了招牌，拿了张小敬的牌位。他正准备把这两样东西烧掉，没想到闻染居然也回来了。

一问才知道，她无意中得了王韫秀的庇护，元载这才放弃追捕。不过她却没留在王府，急匆匆地赶回香铺。岑参正要恭喜她逃出生天，闻染却愁眉不展。她在靖安司里听了一堆只言片语，发现恩公正陷入大麻烦。

岑参本以为这姑娘会放声哭泣，想不到她居然冒出一个异想天开的想法：封大伦是一切麻烦的根源，只要能挟持住他，就能为恩公洗清冤屈。

这个想法吓了岑参一跳，当他听完了闻染的计划后，更是愕然。没想到在那一副怯弱的身躯里，居然藏着这么坚忍的性子。不过仔细想想，若无这等决不放弃的坚忍，只怕闻染早已落入熊火帮或元载之手等死了。这姑娘表面柔弱，骨子里却强硬得很，这大概是源自其父亲的作风吧。

"恩公为闻家付出良多，若是死了，我自当四时拜祭，永世不忘；若现在还有一线生机，而我却因畏怯而袖手旁观，死后怎么去见我父亲？"闻染坚定地说道。

"可是挟持了封大伦，也未必能救你的恩公啊。"

"我能做的，就只有这些而已。"闻染回答，举起右拳捶击左肩。岑参问她这是什么意思，闻染说这是父亲闻无忌教给她的手势，意思是九死无悔。

岑参生性豪爽，他思忖再三，决定自告奋勇，去助她完成这桩义举。一个待考士子，居然打算绑架朝廷官员，这可是大罪。可岑参不在乎，这件事太有趣了，一定能写成一首流传千古的名作。

他几乎连诗作的名字都想好了。

延兴门的城门郎现在有点惶惑，也有点紧张。

他最先听到和看到的，是来自兴庆宫的巨响和烟火弥漫。可他身负守门之责，不敢擅离，只能忐忑不安地静待上峰指示。等来等去，却等到了城门监发来的一封急函，要求严查出城人员。他还没着手布置，忽然又听到街鼓咚咚响起。按照规定，鼓声六百，方才关闭城门。可很快望楼又有京兆府的命令传入，要求立即落钥闭门，严禁一切人等出入。

这些命令大同小异，一封比一封紧急。可城门郎知道，命令来自不同衙署，这意味着整个长安城已经乱了，没有一个抓总之人，各个衙署不得不依照自己的判断行事。

这上元节还没过一天呢，就闹出这么大乱子，城内那些衙署干什么吃的？城门郎暗自腹诽了几句，把架子上一领山文甲拎起来，那一片片山字形的甲片哗啦直响。非常时期，武官必须披甲，他可不敢怠慢。

城门郎穿戴好之后，略显笨拙地走出宿直屋子，没好脾气地喝令守兵们赶紧去关门。他的亲随小声道："监门那边没人，那些门仆八成看灯还没回来……"城门郎眼睛一瞪："胡闹！就没留个值班的？他们是想杀头吗？"

关闭城门很简单，几个士卒推下绞盘就是，可落钥就不是那么容易了。大唐对门户之防十分看紧，城门郎可以驱动卫兵，但城门管钥却是由监门负责。这样一来，门卫与锁钥掌在不同人手里，降低被买通的风险。城门郎如果要关门落锁，得派人去找监门，让那边派门仆送钥匙过来。

昨夜灯会，没有宵禁，城门也彻夜敞开。监门那些门仆居然擅离职守跑去看灯，一个都不留。城门郎恨得咬牙切齿，但眼下也没别的办法，只好先把城门关上再说。

就在这时，忽然又有守兵跑过来："城外有人请求入城。"城门郎心想，这肯定是出去放河灯的闲汉，想都不想就回绝："不行！让他们滚。"

"呃……要不您还是亲自去看看？"守兵面露为难之色。

城门郎眉头一皱，一振甲衣，迈步沿台阶走到城头，他探头朝下望去，愣住了。借着晨光，他看到城下有一人一骑。那骑士头戴斗笠，身着浅褐色急使号服，倒没什么特别的。可那坐骑却不一般，那畜生鼻孔翕张，嘴角微微泛着白沫，一看就是刚经长途跋涉的驿马，而且是毫不恤力的狂奔。它两侧横担着两个硕大的黄绿竹条大筐，盖上缚着锦带，黄纸封贴，马后还插着一杆锯齿边的赤色应龙旗。

一看到那面不过一尺长的小旗，城门郎神情剧变。他急忙把头缩回去，带着亲随噔噔噔下了城头，走到城门洞子里，打开一个小缝，让这一骑进来。

城门郎亲自查验了骑士的一应鱼符凭信，没有问题，又走到那大筐旁边，却没敢动那封纸。他低下头，看到有细木枝子从筐里伸出来，嗅了嗅，可以闻到一股清香。他旋即直起腰来，对使者笑道："尊使来得真及时，若是等一下落了钥，就连我也没法给你开门了。"使者不置一词，收回符信，一夹马肚子，穿过延兴门的城门洞子，径直冲入城内。

有守军好奇地问这是什么人，城门郎擦了擦汗，压低声音道："这是涪州来的急使。你看到那应龙旗的锯齿边了吗？一共七个，一齿一日，七日之内必须把货物送到长安。"

有川籍的士兵不禁惊呼："从涪州到这里怕有两千里路，七天时间，那岂不是中间不能有一刻停歇？什么货物这么值钱？"这些士兵每日看着商队进出，对于行脚使费很清楚，这么狂跑，沿途得累死多少马匹，哪怕那两个大筐里装满黄金，也得赔本吧？

面对属下的好奇，城门郎只说了两个字："荔枝。"那川籍士兵又惊道："这才一月份，哪里来的荔枝？"城门郎冷笑道："土室蓄火，温棚蒸郁，大把钱粮撒下去，什么养不出来？这还不算什么，刚才那筐里伸出来的树枝看到了么？为了让荔枝运抵长安还是新鲜的，不是直接摘果，而是连枝剪下来。运一筐荔枝，就得废去一棵荔枝树。"

士兵们怔怔道："这，这荔枝得贵成什么样？谁会去买？"

城门郎转过头去，望向北方宫城方向喃喃道："自有爱吃之人，自有愿买之人……"却没细说，而是转过头严肃地教育道："挂着应龙旗的急使，每个月都会来一次。平时都是走启夏门，所以你们不认得。今天大概启夏门关得早，他绕路跑来咱们延兴门了。下次记住，再严厉的命令，在这个旗面前都不是事，千万不能阻拦，不然大祸临头。"

众人纷纷点头，城门郎一挥手："别闲聊了，赶紧把门关上，再去找监门那群笨蛋，落不了钥我要他脑袋！"

那骑士进了延兴门，径直走了大约两坊距离。四周的行人行色匆匆，都在街鼓咚咚声中往家里赶去，已经有士卒巡街吆喝，不过没人敢阻拦那一面应龙旗。骑士观察片刻，跃马进入附近永崇坊。这里的东南角有一个废弃的放生池，传说曾经闹过妖狐，所以很少有人靠近。

到了放生池边，骑士摘下斗笠，露出阿罗约的那张憨厚面孔。他翻身下马，把坐骑右侧的大筐卸下来，蜷缩在里面的张小敬一下子滚落出来，随之滚出来的还有几十枚新鲜荔枝和几根树枝。

阿罗约每天都牵着骆驼出城喂养，知道每隔一个月，就会有一骑运送荔枝的飞使抵达长安，也知道那应龙旗比军使还威风，任何时候都畅通无阻。今天恰好就是飞使送货的日子，他为了恩公，大着胆子把那飞使给截住打昏，自己假扮骑士，带好全套符信，然后把张小敬藏进了筐里。那筐顶黄条是御封，谁也不敢擅自开启，于是就这么混进城里来了。

全天下也只这一骑，能在长安城封闭之际，还进得来。

张小敬从地上站起来，拍掉身上的果叶，环顾四周，眼神里透着些郁郁之色。他适才吃了点野味，状态略微恢复，只有嗓子仍旧说不出话来。阿罗约看向恩公，觉得他身上似乎发生了什么变化：双鬓好像又斑白了一点，那一只犀利的独眼，现在却锋芒全失，只剩下一片晦暗的浑浊。

大概是同伴的去世让他很伤心吧？阿罗约猜测，可是没敢问。

张小敬比了个手势，让阿罗约在附近找来一根烧过火的炭棍和一张废纸。他虽不能像文人一样骈四丽六地写锦绣文章，但也粗通文字。炭棍唰唰地在纸上画过，很快写成一封短信。

张小敬把信折好递给阿罗约，然后指了指远处的城楼。阿罗约看懂了意思，是让他把信交给延兴门的守军。不过他很奇怪，若这封信如此重要，为何恩公不自己送过去呢？张小敬摇摇头，指向另外一个方向，表示还有别的事。

张小敬知道自己的身份太敏感了，贸然出现在官军面前，会横生无数枝节。天子的危机现在已经解除，让阿罗约去报个信就足够了。至于他，必须立刻赶去靖安司，如果李泌还活着，他一定会留在那边。

萧规临终前留下的那句话太过骇人，他没法跟任何人讲，无论如何得先让李泌知道，而且要尽快。

阿罗约把短信揣好，向恩公鞠了一躬，转身离去。张小敬牵过那匹骏马，把两个荔枝筐卸掉丢进放生池，翻身上去，强打起精神朝坊外冲去。

借着应龙旗的威势，守军不敢阻拦。张小敬离开永崇坊，沿着大路又向西跑了一段路。坐骑忽然发出一声哀鸣，躺倒在地，口吐白沫，眼看不行了。

这匹快马从户县子午谷出来，一路狂奔，到长安已是强弩之末。现在非但没得到休息，反又被张小敬鞭挞着跑了一段，终于坚持不住，轰隆一声倒在地上。张小敬骑术高明，可衰弱的身体反应不过来，一下子被摔下马去，头上斗笠被摔落在地，滚出去很远。

他从地上咬着牙爬起来，朝四周望去，想找找是否有别的代步工具。这时对面传来一阵脚步声，原来是督促居民回坊的万年县衙巡哨。

这些巡哨看到一匹驿马躺倒在路中间，还有个使者模样的人站在旁边，十分蹊跷，纷纷举起了武器，朝这边呼喊。张小敬口不能言，只得把应龙旗拿起来挥动。巡哨里有懂行的，一看这旗，知道厉害，动作迟疑起来。

可哨头却眼神一眯，手握铁尺走过去，狠狠抽在张小敬的脖颈上，直接把他打趴在地："张阎王？你冒充皇使飞骑，真以为咱认不出来？"

那一只独眼在万年县太有名气，谁都知道怎么回事。张小敬看这哨头的脸，并不认识，大概是自己入狱后新提上来的。哨头狞笑道："张大帅收拾过的小角色太多，怎么会认识我呢？不过我知道一个人，您一定认识，而且他也一定很想见你。"

张小敬一愣，难道他们要把自己抓回万年衙门？他心中大急，此事涉及重大，岂能在这里耽搁！

哨头也不答，招呼两个人把张小敬架起来，朝着旁边一条路走去。张小敬试图挣扎，可那两个巡哨各执一条胳膊，让他无力反抗。

若换了平时，这两个人根本走不了一回合。张小敬先战突厥狼卫，又阻止了蚍蜉，却被这两个小杂鱼按得死死的，可谓是虎落平阳。

这一行人走街串巷，很快来到一处宅邸。宅邸只有一进，正中是个小庭院，修得非常精致，石灯楠阁、苍松鱼池一样不缺，北边坐落着一座浅黄色的阁楼，还散发着淡淡的香味。哨头站在庭院门口等了一阵，很快出来一个浅青官袍的中年男子，他眼狭鼻钩，看到张小敬被押在门口，眼睛不由得一亮。

哨头道："知道您一直在找这人，我们一逮到，衙门都没过，就先给您送来了。"那人递给他几吊实钱，哨头欢天喜地走了。

"张小敬，你今天做下的事情可真不小啊。真是小看你了。"这中年男子阴恻恻地说道，语气里带着压抑不住的痛快。张小敬抬头一看，果然是熟人，原来是虞部主事、熊火帮的老大封大伦。

封大伦对张小敬怕极了，他一直忐忑不安地待在移香阁里，不等到这个凶徒彻底死亡的确切消息，他就不踏实。熊火帮自有他们的情报渠道，张小敬被全城通缉，很快通缉令又被撤销，然后兴庆宫发生爆炸，全城宵禁闭门，这一系列事件之间，隐约都和这位前不良帅有关联。他甚至模模糊糊地打听到，张小敬似乎已经叛变投靠蚍蜉。元载栽赃的那个罪名，居然成真了。

没想到，事情的进展太过离奇。不知怎么回事，这家伙居然莫名其妙地被巡哨抓住，恰好这哨头是熊火帮在衙门里的内线之一，巴巴地将张小敬送到了自己面前。

看到这个昔日威风八面的家伙，如今乖乖跪在阶下，听任宰割，封大伦忐忑了一天的心情终于大为畅怀。

"当日你闯进我熊火帮，杀我帮众，有没有想过还有这么一天？"封大伦伸出一只脚，把张小敬的下巴抬起来。不料张小敬的独眼一瞪，吓得他习惯性地一哆嗦，整个人差点没站稳，连忙扶住了旁边的廊柱。

封大伦恼羞成怒，一脚直踹到张小敬的心窝，让他咕咚一下躺倒在地。封大伦犹嫌不够，走过去又狠狠踢了几脚，边踢边吼，像是疯了似的。

"你不是义薄云天要为战友报仇吗？你不是舍了性命要把我熊火帮连根拔起

吗？你不是要护着闻染那个小娼妇吗？"

那一次屠杀，给封大伦留下的阴影实在太大了，一直到现在他都对张小敬这个名字无比畏惧。这压抑太久的恐惧，现在化为凌虐的快感，全数倾泻在张小敬身上。

封大伦打得满头是汗，这才收了手。他蹲下身来，揪起张小敬的头发："天理循环，报应不爽。你今天落到我手里，可见是天意昭然。别指望我会送你见官去明正典刑，不，那不够，只有我亲手收了你的命，才能把噩梦驱除，为我死去的帮内弟兄们报仇！"

他的表情激动到有些扭曲，现在终于可以亲手将胸口的大石掀翻，封大伦的手在微微颤抖。

张小敬面无表情，可手指却紧紧地攥起来，心急如焚。封大伦注意到了这个细节："你怕了？你也会怕？哈哈哈哈，堂堂五尊阎罗居然怕了！"

这时候远方东边的日头正喷薄而出，天色大亮，整个移香阁开始弥漫起醉人的香味。封大伦把张小敬的头发再一次揪得高高，强迫他仰起头来面对日出，咽喉挺起。那只独眼骤视强光，只得勉强眯起来。封大伦却伸出另外一只手，强行把他的眼皮撑开，让那金黄色的光芒刺入瞳孔，应激的泪水从眼眶流出。

"哭吧，哭吧，你这恶鬼，最惧怕的就是人世的阳光吧？"封大伦发癫般叫道，浑然不觉一股奇怪的香味钻入鼻孔。他的手越发用力，几乎要把张小敬的头皮揪开——不，已经揪开了，封大伦分明看到，随着他把头皮一寸寸撕开，里面露出一个赤黑色的狰狞鬼头，尖头重瞳，利牙高鼻，头上还有两只牛角。

"阎罗恶鬼！去死吧！"

他抽出腰间的匕首，朝着张小敬挺起的咽喉狠狠割去，眼前顿时鲜血飞溅。

李泌踏回到京兆府的第一步，便开口问道："内鬼关在哪里？"赵参军躬身道："已经妥善地关起来了，没和任何人接触，只等司丞返回。"

李泌询问了一下拘捕细节，连礼都不回，铁青着脸匆匆朝着关押的牢房而去。

他一接到赵参军的口信，便立刻离开了那个宅邸。李林甫还留在那里，但是外面布满了旅贲军的士兵。反正李泌现在已经豁出去了，不介意多得罪一次这位朝廷重臣。

来到牢房门口，李泌隔着栏杆朝里面看了一眼，确实是靖安司大殿的通传。他顿时觉得面皮发烫，这家伙居然在自己眼皮底下来回奔走了整整一天，这对任何一位长官来说都是莫大的耻辱。

可是他有点想不通。靖安司里每一个人的注色经历，都要经过详细审查，大殿通传自然不会例外。这家伙到底是怎么躲过这么严格的检查，混入殿中的？

李泌不相信突厥狼卫或者蚍蜉能做到这一点，这不同于杀人放火，操作者对官僚体系必须十分了解，且有着深厚根底，才能摆平方方面面，把一个人送入靖安司内。

可惜所有的卷宗档案，都随着大殿付之一炬，现在想去查底也不可能了。

现在回想起来，之前把安业坊宅邸的地址告知李泌的，正是这位通传。当时他说消息来自一位主事，李泌根本没顾上去查证。很明显，这是幕后黑手的拨弄之计，先把李林甫诱骗过去，再把李泌引去，这样一来，兴庆宫的灾难便有了一个指使者，和一个证人。

这个幕后黑手，手段果然精妙。只是轻轻传上几句话，便把局面推到这地步。

太子确实是最大的受益者，可他真的能玩出这种手段吗？李泌一直拒绝相信，他太了解李亨了，那样一个忠厚又带点怯懦的人，实在不符合这个阴暗风格。

本来李泌想立刻赶去东宫药圃，与太子再次对质。可是他考虑再三，还是先处理内鬼的事。要知道，如今兴庆宫乱局未定，天子生死未卜。若是他龙驭宾天，也还罢了；若是侥幸没死，他老人家事后追查，发现太子居然提前离席，那才是大难临头。

李泌就算自己敢赌，也不敢拿太子的前途去赌。他能做的，就是尽快审问内鬼，揪出真正的幕后黑手——如果真不是太子的话。

这些思忖，只是一闪而过。李泌推开牢房，迈步进去。内鬼已经恢复了清醒，但是全身被五花大绑，嘴里也收着布条。

"把他的布条摘了。"李泌吩咐道。

赵参军有些担心地说他如果要咬舌自尽可怎么办？李泌冷笑道："为了不暴露自己身份，他先后要杀徐宾和姚汝能，这么怕死，怎么会自尽？"

于是有士兵过去，把布条取走。内鬼奄奄一息地抬起头，看向李泌，一言不发。

"今天一天，你带给我无数的消息，有好的，有坏的。现在我希望你能再通报一则消息给我——是谁把你派来靖安司？"

内鬼吐出两个字："蚍蜉。"

"可笑！"李泌提高了声音，"光靠蚍蜉，可做不到这一点。"他走近两步，语带威胁，"别以为来氏八法已经失传！说！是谁把你派来靖安司的？"

来俊臣传下来氏八法，是拷问刑求的八种苛烈手段，不过这些手段只在刑吏狱卒之间流传，读书人向来不屑提及的。李泌连这个威胁都说出口，可见是真急了。

通传不为所动："李司丞，你刚才说，我为了保全自己不惜杀害两人灭口，是怕死之人。但你有没有想过，还有另外一个可能？"

李泌眼神一闪。

"所有知情的人都得死。"通传咧开大嘴，露出一个瘆人的笑容，连舌头都伸了出来。

李泌立刻反应过来，急忙伸手去拦。可通传双颌一合，一下子就把自己舌头咬断，然后拼命吞了下去。那半截舌头滑入咽喉，却因为太过肥厚而塞在喉管里。监狱里的人急忙过去拍打其背部，可通传紧闭着嘴，任凭鲜血从齿缝流泻而出。没过多久，他痛苦万分地挣扎了几下，活活被噎死了。

是的，所有知情的人都得死，包括他自己在内。

监牢内外的人都一阵哑然，可摘下布条是李泌亲自下的命令，他们不知该如何反应才好。李泌面无表情地转过头："查一下，平日里谁和这个通传私下有来往，只要还活着，全给我带来！"

靖安司档案已毁，如今通传又自尽而死，想挖他的底，就只能寄希望于他平时流露出的蛛丝马迹了。

既不幸也幸运的是，那一场大火之后，靖安司剩下的人不算多，且多集中在京兆府养伤。所以赵参军没费多大力气，就召集到了平时跟通传有来往的十来个人。李泌扫视了一眼："怎么都是唐人？他就没和胡人来往过？"

赵参军说，吉温之前把胡人官吏都驱走了，说是为了防止有突厥内应。李泌眼睛一瞪："瞎胡闹，赶紧把他们找回来！"赵参军赶紧出去布置，李泌则留在监牢里，先问这十几个人。

这些人战战兢兢，以为要被严刑拷问。不料李泌态度还算好，只是让他们说说平日里对通传的了解，越详细越好。于是众人你一言、我一语，把知道的都和盘托出。

原来这个通传姓陆，行三，是越州人，别看在大殿内是个大嗓门，平日却是个寡言性子。众人只知道他是单身，一直未有娶妻，在京城这边也没什么亲戚。至于陆三怎么从越州来到京城，又是如何被选入靖安司，却几乎没人知道。只有一个人提及，陆三之前似乎在军中待过。

李泌反复问了好几遍，并没得到什么有价值的答案。他有些气恼地背着手，让他们继续想。正在逼问时，门被推开，又有几个胡人小吏忐忑不安地被带进来。他们就住在光德坊附近，所以第一时间被找回来了。

李泌让他们也回忆，可惜这些小吏回忆的内容，跟前面差别不大。陆三对唐、胡之人的态度，没有明显的倾向。大家的评价都很一致，这人沉稳知礼，性格和善，与同僚寻常来往也都挺多，但全是泛泛之交，没一个交往特别亲密的。同僚有个大病小灾婚丧嫁娶，从来不会缺了他的随份，偶尔谁有个拆借应急，他也肯出力帮忙，是个恩必报、债必偿的人。陆三自己倒没什么特别的爱好，偶尔喝点酒，打打双陆，也就这样了。

李泌站在一旁，忽然喊："停！"众人正说得热闹，被强行中止，都是一阵愕然。李泌扫视一圈，问刚才一句话谁说的？一个唐人小吏战战兢兢举起手来。

李泌摇摇头："再上一句，恩必报、债必偿那句。"众人面面相觑，一个五十多岁的粟特老胡站起身来，面色有些惶恐不安。

"偶尔谁有个拆借应急，他也肯出力帮忙，是个恩必报、债必偿的人——这是你说的吧？"

"是，是在下说的……在下曾经找陆三借过钱。"他的唐语说得生硬，应该是成年后学的。

"借了多少？"

"三千钱，两匹绢，借了两个月，已经还清了。"

李泌道："刚才你说他是个恩必报、债必偿的人，这是你的评价，还是他自己说的？"粟特老胡对这个问题有点迷糊，抬起头来，李泌道："咱们一般人都说有恩必报，有债必偿，你为何说恩必报、债必偿？"

老胡不太明白长官为何纠结在这些细微用字上，还不就是随口一说嘛，哪有什么为何不为何？他讪讪不知该怎么答。李泌道："你下意识这么说，是不是受到了陆三的影响？"

成年后学异国语言，很容易被旁人影响，往往自己都不自知。经过李泌这么一启发，老胡一下子想起来了："对，对，陆三老爱说这话，我这不知不觉就顺嘴学了。"

李泌若有所思，转过脸去对赵参军道："把他们解散吧。"

"啊？问出什么了？"赵参军一头雾水。李泌答非所问，随口诵出一段歌谣来："守捉郎，守捉郎，恩必报、债必偿。"一边说着，表情越发阴沉。

"有恩必报，有债必偿"，这本是市井俗语，流传甚广。守捉郎为了和自己名号的三个字凑齐，特意截去"有"字，只剩下"恩必报、债必偿"。全天下只有他们会这么说。

李泌一甩袖子，声音转而严厉："调一个百人骑队，随我去平康里！"

封大伦的移香阁，位于东城靖安坊——很讽刺的是，和靖安司同名——这里算是万年县的一个分界线，靖安坊以北，尽是富庶繁华之地；以南不是荒地就是游园别墅，居民很少，多是帮会浮浪子在其间活动。他把移香阁修在这里，既体面，也可以遥控指挥熊火帮。

这宅子是他几年前从一个商人手里买的。说是买，其实是巧取豪夺。虞部主事位卑利厚，在营造上稍微玩点花样，再加上黑道的力量，压榨一个没背景的小商人轻而易举。

移香阁是封大伦花了大力气去修缮的，最是风雅不过。因此他不乐意让熊火帮那些粗鄙之人靠近，只允许几个守卫在门口待着。

说是守卫，其实就是几个浮浪少年和混混，或蹲或靠，没什么正经仪姿。他们在门外听见院里主人一阵接一阵地狂吼和狂笑，不禁面面相觑。其中有个老成的说："也不怪主人这样。你们不知道，之前那个独眼阎罗曾经杀进咱们熊火帮总堂，杀了几百个好手，是咱们的大仇人。"

"几百人？"周围几个少年倒吸一口冷气，"咱们熊火帮上下都没有几百人吧？"

"嘻！我就那么一说！反正那疯子把咱们折腾得不轻，这回落到主人手里，不知得多凄惨呢。"老成的那人感叹了一句，旁人忽然耸了耸鼻子："好香啊。"

"废话，你第一天当值吗？这叫移香阁，墙里都掺着芸辉香草、麝香和乳香碎末。只要日头一照过来，就有异香升起。"

"不是……"少年又闻了闻，"味道是从对面传来的。"

其他守卫也闻到了，这是不同于移香阁的香味，味道更加浓郁，一吸入鼻子就自动朝着脑部而去。众人还没来得及分辨出香味的来源，脑袋已感觉有点涨晕，眼前略显模糊，似乎出现了美酒、美姬以及高头骏马等好物。他们靠在一起，呵呵地傻笑起来。

这时一个人影飞快地冲过来，手持一柄木工锤，朝着他们头上敲去。守卫意识迟钝，根本反应不过来，几下闷闷的重击，便全躺倒在地昏迷不醒。随即一个女子也出现在门口，她以布覆口，手里捧着一副正在燃烧的粗大燃香。

她把燃香掐灭，点了点头。拿锤子的男子这才把覆住口鼻的薄布扯掉，露出岑参的面孔，至于那女子，自然就是闻染。

岑参面色凝重地注视着那香："这就是传说中的迷魂香？"闻染摇摇头道："哪有一闻就倒的迷魂香，最多是迷幻罢了。这副迷幻香是用曼陀罗花、火麻仁和肉豆蔻果配成，只能让人变得有点迟钝，眼前产生幻觉，最多就这样了。"

"这足够了。"岑参抬头看了眼门楣，晃晃手里的锤子，自嘲道，"我岑参本来想做个仗剑游侠，想不到居然做起这种迷香宵小的勾当。"

闻染眼皮垂下："公子送到这里，已经仁至义尽了，接下来的事就让妾身自己完成吧。"岑参哈哈一笑，走在她面前："孤女报恩，以弱击强，这等好题材，我岂能袖手旁观。我不为大义，只为取材！"

他们的计划很粗糙，也很简单。闻染负责放烟，让敌人变迟钝，岑参负责动手。移香阁的格局很小，今天又逢灯会，守卫不会太多。只要那迷幻香真的管用，岑参有信心单枪匹马把封大伦给绑出来。

解决了门口的守卫之后，闻染蹲下来，把迷幻香插在门槛里，再次点燃。待得香气扩散了几分后，她再用一柄小团扇往里扇动。这种香颗粒很粗，行烟比较重，它会先在低处弥漫，再慢慢飘高。所以即使是在敞开的院子，也不必担心会被风吹散。

闻染让香飘了片刻，估算差不多已经扩散到整个移香阁了，然后冲岑参点了一下头。岑参一撩袍角，拿起锤子冲进门去，闻染紧紧跟在后面。

他先绕过照壁拐角，看到一个仆役正咧着嘴对着一棵树傻笑，起手一锤将其砸翻，然后冲到一处青砖地面的院落里，猛然站住了脚。随后而至的闻染，发出一声愤怒的尖叫。

这院落不大，可装饰得很精细，有木有水，一座精致香阁坐落在北边。可在这风雅至极的院落正中，却是一副血淋淋的残暴场面。

封大伦揪着张小敬的头发，一边叫着"阎罗恶鬼！去死吧！"，一边拿着匕首疯狂地朝他身上戳去。张小敬双手被缚，没有反抗能力，只能尽量挪动肌肉，避开要害。也许是心神激荡的缘故，那迷幻香对封大伦的效力格外明显。在他眼中，张小敬此时的形象大概是一只真正的地狱恶鬼。

也幸亏封大伦被迷幻香所迷，下手失去准头。张小敬虽然被戳得鲜血淋漓，但要害位置一直没事。

岑参和闻染本来只想来此绑架封大伦，没想到居然能碰到张小敬。岑参最先反应过来，一马当先，冲过去一锤砸飞了封大伦的匕首，然后一脚把他踹飞。闻染则飞扑在张小敬身上，放声大哭。

说起来，虽然两人一直在寻找对方，但这却是他们在十二个时辰之内，第一次真正相见。

张小敬睁开独眼，看到在冥冥中出现了闻无忌的面容，面带欣慰。随后是第八团的那些兄弟，一个个亲热地聚在云端，面目模糊。可很快他又看到，在闻无忌身边，突兀地出现了萧规的脸，他嚼着薄荷叶，一脸狰狞地望着他，有赤色的火焰自他体内钻出来。

张小敬骤然受惊，身体剧颤。那一瞬间，原本麻痹的嗓子陡然通畅了，一阵嘶哑的吼声从喉咙里冲出来，说不上是悲痛还是愤怒。

闻染见状，知道他也被迷幻香所影响，看到了心底的隐痛。她赶紧从鱼池里取来一些冰水，泼在他脸上，然后把绳索解开。张小敬这才注意到闻染的存在，他颤巍巍地抬起头，摸摸她的秀发，久久不能作声。

封大伦斜靠在移香阁前，眼神略有涣散。岑参一直警惕地盯着他，防止这个家伙逃走。

迷幻香的效力很短暂，很快封大伦便恢复了神志。这位虞部主事狞笑道："现在全城不知为何已开始戒严，你们就算把我绑住，也休想顺利离开。"

岑参脸色变了变，此前兴庆宫的骚乱他略有耳闻，街鼓声也听到了。封大伦说得一点不错，现在全城戒严，他们带着一位朝廷官员，只怕连坊门都出不了。

而今之计，只能把封大伦就地杀死，然后躲到戒严解除，再想办法将张小敬和闻染送出城。岑参暗暗盘算着，心神出现了一丝松懈。封大伦窥准这个时机，身体突然跃起，返身钻进移香阁，手一抬，将大门给死死闩住。

封大伦经营黑道多年，处处谨慎。这移香阁除了奢华之外，也安装了一些保命的手段。比如移香阁的入口木门，两侧门轴用四件铜页固定。只要人在里面把铁闩放下，外面的人除非拆下整扇大门，否则绝不可能踹开或砸开。

岑参冲到门前，踹了几下，大门却纹丝不动。封大伦隔着窗格哈哈大笑一番，掉头离开。岑参知道移香阁里一定藏着密道，可以通向别的地方。可他无计可施，只能看着这个罪魁祸首悄然消失。

岑参狠狠踢了大门一脚，回身对闻染急切道："快走，封大伦逃了，一定会叫人回来。"闻染点点头，和岑参一左一右，把张小敬搀扶起来，往外走去。

"我们先回闻记香铺，脚程快的话，还能在鼓绝前赶回去。"岑参大声道。这时张小敬却开口："不，我们去光德坊…"

"光德坊？不可能，那太远了！"岑参瞪着眼睛。

"我有紧要之事……要去告诉李司丞，快走。"张小敬的语气虚弱，但却非常坚定。闻染有些犹豫，可岑参却毫不留情："都什么时候了！你还惦记这个！先出去再说！"

他们两个搀着张小敬，迅速走到院落门口。刚迈出门槛，却猛然听到一声呼号，随即被一片金黄色的光芒晃花了眼。待得视力恢复，他们才看到，眼前突兀地出现了一大批龙武军士兵，光芒即来自朝阳在那一件件盔甲上的耀眼反射。

这些士兵在门前站成一个半圆形，弩机端平，弓弦绞紧，一副如临大敌的姿态。如果发起攻击的话，只消半个弹指，他们便会被射成刺猬。

在队伍的最前方，站着三个人。左边是陈玄礼，右边是永王，刚刚逃出去的封大伦满脸狞笑地站在最前面，朝这边指过来。

守捉郎在京城的落脚点在平康里的刘家书肆，旁边就是十位节度使的留后院。今日守捉郎先后损失了两个刺客、一个火师，还被人把据点搅得乱七八糟，可谓是颜面丢尽。

丢脸归丢脸，事情还要继续做。长安城昨夜动荡非常，他们得设法搜集情报，看到底发生了什么。守捉郎在京城的队正，一直在埋头收拾残局。

可就在这时，巷子外传来一阵阵急促的马蹄声，连整个地面都在微微颤动。队正是上过沙场的人，知道有骑兵逼近，连忙吩咐手下人去查探。

可还没等他们做出什么反应，整条巷子已被彻底封锁。

现在天色已亮，花灯已熄，百姓又都被赶回了坊内，城内六街如入夜后一样通畅宽敞。这一支马队发足疾驰，很快便赶到了平康里，在本坊铺兵的配合下，将这里团团包围。

守捉郎们十分惊慌，不知发生了什么。队正眉头一皱，起身走出巷子，迎面看到一位官员正往里闯，所有试图阻拦的守捉郎都被他身边的士兵推开。

队正刚要拱手说些场面话，却不防那官员扔过来一个圆形的东西。那东西在地上骨碌骨碌滚了几圈，到了队正脚面，这竟是一个人头，而且是新鲜割下来的。

那官员大声道："我是靖安司丞李泌。这人名叫陆三，是你们守捉郎的人？"

队正看出来了，这官员表面上很冷静，可内里只怕快要炸了。他直觉这事一定和之前的动荡有大关系，这种情况之下，守捉郎不能再严守那一套准则，否则会被狂暴的朝廷连根拔起。

队正迅速做了决断，老老实实道："在京城的守捉郎是有数的，在下不记得有这个名字，也不认得这张脸。"

不待李泌催促，队正主动取来名簿。李泌见这名簿笔墨陈旧，不可能是仓促间准备出来的，应当不假，里面确实没有这个名字。

李泌想了想，又问道："守捉郎会自己接生意吗？"

队正道："不可能，一切委托，都必须经过火师。"

"如果外来的，是不是京城地面就管不着了？"

队正一愣，李泌一下子就问到点上了。的确有这种可能，外地的守捉郎接了外地客人关于京城的委托，来到长安，这种情况，则不必经过京城火师。但是长安分部会提供一定基本协助，比如落脚点，比如向导和情报支持，但具体事项他们不过问，也不参与。

如果陆三是在外地接的委托，前来长安潜伏在靖安司里，那在京城火师里确实查不到什么根底。

"那些外地客人，以什么人居多？"

队正也不欺瞒："大豪商、边将、世家、地方衙署等。"李泌追问道："那么哪种外地客人，他们委托的京城事比较多？"队正终于犹豫起来，欲言又止。李泌进逼一步，语气凶狠："之前你们派人刺杀突厥右杀，已经触犯了朝廷忌讳，再不老实，这黑锅就是你们守捉郎来背！"

队正叹了口气，知道这位官员根本糊弄不过去，朝东边看了一眼，低声道："留后院。"

在刘记书肆的对街，是十座留后院。这些留后院背后分别站着一位节度使，代表了他们在京城的耳目。留后院相对独立于朝廷体制，他们既传送外地消息给中枢，也把中枢动态及时汇报给节度使。

若说哪个外地客户对京城的委托需求最大，则非这十座留后院莫属。

李泌微微动容，一牵扯到留后院，便与边事挂钩，这件事就变得更复杂了。他问道："那么你们与留后院之间的账款如何结算？"

这是一个极其精准的问题。若他一味追问委托内容，队正可以搪塞说不知情；但从财账这个环节切入，却有流水为证，很难临时隐瞒。

队正知道这问题问得刁钻，只得吩咐旁人取来火师那边的账簿，解释道："我们与留后院的账，每月一结。总部送单据过来，留后院按单据付账。到底是什么细项，除非是京城经手的委托，否则我们不知道。"

守捉郎在京城的据点，需要承担汇兑折买的事，把各地酬劳集中起来，换取粮草铁器等物运回边境守捉城，所以大账都从这里结。

"取来我看。"

李泌没有轻信队正的话。他带了几个老书吏，把近一年来的守捉郎账簿都拿过来，亲自查证。对一个秘密组织来说，这简直就是公开侮辱，可队正咬咬牙，没敢造次。

李泌下的指示很简单：找出一年来十座留后院与守捉郎的所有交易，减掉京城分部经手的委托，看看交易数字最高的那个是哪家留后院。

要知道，在靖安司安插一个眼线是件极困难的事，价格一定非常昂贵；如果要搞出蚍蜉这么大规模的计划，花费更是惊人。这个数字，会体现在交易额上。只要查一查，哪一座留后院花在外地委托守捉郎到京城做事的费用最高，结论便昭然若揭。

很快书吏们便得出了结论——平卢留后院。仅仅只是天宝二载，它付给守捉郎的费用就超过一万贯，其中京城委托所占只有不到两千贯。

"平卢……"李泌仔细咀嚼着这个名字。

相比起其他九位节度使来说，平卢节度使比较新，刚刚设立两年不到。它其实是从范阳节度使析出来的一个次级，只管辖十一个守捉城和一个军，治所在营州。

正因为它太新了，所以李泌一时间竟想不起来平卢节度使是谁，只好把探询的眼光投向队正。队正对这个自然很熟悉，连忙回答道：

"回禀司丞，平卢节度使的名字叫——安禄山。"

第二十四章

巳初

如果有仙人俯瞰整个长安城的话，他会看到，在空荡荡的街道之上，
有两个小黑点在拼命奔驰，一个向南，一个向东，两者越来越近，
然后他们在永崇宣平的路口交会到了一起。

天宝三载元月十五日，巳初。

长安，万年县，延兴门。

橐橐的脚步声响起，一大队卫兵匆匆登上城头，朝北方跑去。这一长串队伍的右侧恰好暴露在东边的朝阳之下，甲胄泛起刺眼光芒。远远望去，好似城墙上缘镶嵌了一条亮边。

为首的是延兴门的城门郎，他跑得很狼狈，连系铠甲的丝绦都来不及扎好，护心镜就这么歪歪斜斜地吊在前胸，看起来颇为滑稽。可是他连停下来整理仪容都不肯，一味狂奔，表情既困惑又紧张。

就在刚才，他们接到了一封诡异的来信。这封信是由一个叫阿罗约的胡人送来的，上面只写了一句话："天子在延兴北缒架。"还有一个靖安都尉的落款。城门郎觉得有点莫名其妙，天子？天子不是在勤政务本楼上吗？怎么会跑到那里去？这个靖安都尉又是谁？

可莫名其妙不等于置若罔闻。消息里有"天子"二字，城门郎无论如何都得去检查一下。尤其是在这个非常时期，一点疏漏都不能有。

他连忙调集了十几个卫兵，披挂整齐，自己亲自带队前往查看。队伍沿着城头跑了一阵，远远已经可以看到那个巨大的缒架。城门郎手搭凉棚，挡住刺眼的光线，隐约看到缒架旁边似乎趴着一个人，一动不动。

那人穿着赤黄色的袍衫，头发散乱，附近地上还滚落着一顶通天冠……看到这里，城门郎心里咯噔一声，看来那封信所言非虚。他步伐交错更快，很快便冲到了缒架旁边，距离那人还有数步之远时，突然又停住脚步，谨慎地观瞧。

虽然城门郎从未见过天子的容貌，可这袍衫上绣的走龙，通天冠前的金博山，足上蹬的六合靴，无一不证明眼前这人的至尊身份。他哪敢再有半分犹豫，赶紧俯身恭敬地把那位翻过身来。

天子仍旧昏迷不醒，不过呼吸仍在。城门郎简单地做了一下检查，发现他除了额头有瘀痕之外，并没什么大伤，这才放下心来。

这时旁边士兵传来一阵呼喊。城门郎转过头去，发现在缒架外侧，还吊着一个歪歪斜斜的大藤筐，里面躺着一位同样不省人事的美艳女坤道。更奇怪的是，在藤筐旁边的绞绳下端，吊着一具男子的尸体，在城墙上来回摆动。

城门郎把头探出城墙去，看到护城河的冰面上多了一个大窟窿，说明有人曾在这个位置跳下去过。

这么一个诡异的格局，让他百思不得其解。

不过这并不是最要紧的事，当务之急是把天子赶紧送回宫去，想必那边已经乱成一锅粥了。城门郎想到这里，不由自主地朝北方望去。天亮之后，城内的视野变得非常清晰。那太上玄元灯楼已消失不见，浓重的黑烟在兴庆宫的方向呼呼地飘着，蔚蓝的天色被弄污了一角。

城门郎直起身子，从手下手里接过旗子和金锣，先是敲响大锣，然后对着距离最近的一座望楼迅速打出信号。这个信号很快被望楼接收到，然后迅速朝着四面八方传去。一时之间，满城望楼的旗帜都在翻飞，锣声四起。若有人听明白，会发现它们传递的都是同一则消息：

"天子无恙！"

陈玄礼怨毒地注视着眼前这个被人搀扶的独眼男子，恨不得上去一刀劈死。

就是这个人，在百官之前把自己打昏；就是这个人，公然挟持了天子而走；就是这个人，让整个长安陷入极大的动荡。

对于一位龙武军的禁军将领，没有比这更大的侮辱了。

现在只消将指头微微屈下半分，这个犯下滔天罪行的家伙就会变成一只铁刺猬。可是陈玄礼偏偏不敢动，天子至今下落不明，一切还得着落在张小敬身上。这个浑蛋还不能死。

想到这一点，陈玄礼微微斜过眼去，永王就站在他的身旁，袍子上一身脏兮兮的烟污。这位贵胄的眼神死死盯着前方，也充满了愤怒的火焰。

陈玄礼想起来了，据说去年曾经有过一次大案，好像就和张小敬和永王有关，永王还吃了一个大亏，张小敬也被打入死牢。难怪之前在摘星殿内，张小敬会把永王单独挑出来杀掉。

不过永王的运气可真不错，居然从张小敬的毒手里活了下来。虽然陈玄礼对他如何逃生这件事，心中不无疑惑，可既然他还活着，就不必节外生枝——眼下天子的安危才是最重要的。

"张小敬，你已经被包围了，还不快快说出，你的同党把天子挟持到了何处？！"陈玄礼中气十足地喝道。

闻染和岑参一听，脸色同时一变。他们可没想到，张小敬居然挟持了天子？这可真是泼天一般的大案。可惊归惊，闻染抓着张小敬的手，反而更紧了一些。她悄声对岑参道："岑小哥，你快过去吧，我们不能再连累你了。"岑参这次没再说什么豪言，只是沉沉地"嗯"了一声。

挟持天子，这可是诛九族的大罪，不止会延祸到他一人。岑参就算自己不怕死，也得为家族考虑。

可他还没来得及做出什么反应，封大伦已经一马当先，怨毒地一指他们两个，大声喝道："他们两个是张小敬的帮凶！所有的事，都是他们搞出来的！"

封大伦并不清楚兴庆宫到底发生了什么，可他知道事涉天子，一定是惊天大案，必须得趁这个机会把这些家伙死死咬死！有多少脏水都尽量泼过去。

封大伦这一指控，让队伍里一阵骚动。陈玄礼抬起手厉声呵斥了一下，转头再次喝道："张小敬，快快说出天子下落，你还可留一个全尸！"永王站在一旁，双手垂在袖子里，眯着眼睛一言不发。

闻染咬着嘴唇，决定陪恩公走完这最后一段路。她忽然发觉臂弯一动，张小敬已经抬起了脖子，嘶哑着嗓子说道："你先放他们两个人走，我再说。"

陈玄礼大怒："你这狗奴，还想讨价还价？！"

"是。"

张小敬知道这一回决计逃不脱了，即使他现在表明身份解释，也无济于事。无论是陈玄礼、永王还是封大伦，都绝不会相信，也绝不会放过自己——但闻染和岑参是无辜的。

陈玄礼捏紧剑柄，怒气勃发。封大伦生怕他妥协，连忙提醒道："陈将军，这个死囚犯之前犯下累累血案，异常狡黠凶残，给他一丝机会，都可能酿成大祸。"他又转头对永王恭敬道："这一点，殿下可以佐证。"

永王冷哼了一声，既没反对，也未附和。封大伦觉得挺奇怪，永王对张小敬恨之入骨，为何不趁这个绝佳的机会落井下石？他转念一想，立刻明白了，反正眼下这局面张小敬死定了，永王自矜身份，不必再出手。不过永王不愿出手，不代表他不愿意见别人出手，这时可是送人情的最好时机。

封大伦计议已定，一步踏前："张小敬，你如今犯了不赦大罪，身陷大军重围，还敢抱持这等痴心妄想？我告诉你，如果你不说出天子下落，今天会死得很惨！不只是你，你身边的人会更惨！那个叫闻染的小娼妇，咱熊火帮每人轮她一遍，起码三天三夜，她身上每一个洞都别想闲着！"

说到后来，封大伦越说越得意，越说越难听。他对天子下落并不关心，只想彻底激怒张小敬，好让龙武军有动手的理由。不看到五尊阎罗的尸体，封大伦的内心便始终无法真正平静下来。

陈玄礼听封大伦越说越粗俗，不由得皱紧了眉头，不过也没出言阻止。他也想知道，这种话到底能不能逼出张小敬的底线。

封大伦唾沫横飞，说得正高兴。张小敬突然挣脱了闻染和岑参的搀扶，整个人向前三步挺立起了身体，独眼重新亮起了锋锐的杀意。封大伦猝不及防，吓得往后一跌，一屁股瘫坐到了地上，那种深入骨髓的恐惧重新弥散在四肢百骸。

张小敬身体摇摇欲坠，刚才那一下只是他强撑着一口气。闻染冲上来要扶他，却被他轻轻推开，他向对面开口道：

"陈将军，昨天的这个时辰，李司丞把我从死囚牢里捞出来，要求我解决突厥狼卫。你猜他用了什么理由来说服我？"张小敬的声带刚刚恢复，嘶哑无比，就像是西域的热风吹过沙子滚动。

陈玄礼一愣，不知道他为何突然说起这么一个无关话题。张小敬没指望他回答，自嘲地笑了笑，继续道：

"他先抛出君臣大义，说要赦免我的死罪，给我授予上府别将的实职，又问我恨不恨突厥人，给我一个报仇的机会。但这些东西，都没有打动我。真正让我下决定帮他的，是他说的一句话——今日这事，无关天子颜面，也不是为了我李泌的仕途，是为了阖城百姓的安危！这是几十万条人命。"

移香阁前一片安静，无论是将领还是龙武军士兵，似乎都被张小敬的话吸引住了。他们都有家人住在城中，都与这个话题密切相关。

"我做了十年西域兵、九年不良帅，所为不过两个字：平安。我孤身一人，只希望这座朝夕与共的城市能够平安，希望在这城里的每一个人，都能继续过着他们幸福而平凡的生活。所以我答应了李司丞，尽我全力阻止这一次袭击，哪怕牺牲我自己也在所不惜。"

说到这时，张小敬伸出右拳，在左肩轻轻一击。这个手势别人不知就里，陈玄礼却看得懂。他出身军中，知道这是西域军团的呼号礼，意即九死无悔。

可是这又能代表什么呢？陈玄礼毫不客气地反驳道："炸毁太上玄元灯楼，火烧勤政务本楼，戕杀亲王，挟持天子，这就是你所谓的平安？"

"陈将军，如果我告诉你，昨日到今天我所做的一切，都是在履行靖安都尉的职责，在极力阻止这些事，你会相信吗？"

陈玄礼怒极反笑："你在众目睽睽之下，与蚍蜉称兄道弟，如今说出这种鬼话，欺我等都是三岁小儿吗？"封大伦也喝道："你当初杀死万年县尉，我就知道是个嗜杀无行的卑劣之徒。如今侥幸蒙蔽上司，混了个靖安都尉的身份，非但不思悔改，反而变本加厉。死到临头才想起来编造谎言乞活，真当我等都是瞎子吗？"

他句句都扣着罪责，当真是刀笔吏一样的犀利功夫。就连陈玄礼听了，都微微颔首。

张小敬叹了口气，知道要解释清楚这些事情，实在太难。周围这些人，不会理解自己的处境，更不会明白今天他做出了多么艰难的抉择。

能够证明张小敬在灯楼里努力的人，鱼肠、萧规和那一干蚍蜉都死得干干净净。只有太真和檀棋，能间接证明其清白，可是她们会吗？即使她们愿意证明，天子会信吗？即使天子相信，朝廷会公布出来吗？

张小敬太熟悉这些人的秉性了。今天这么一场轰动的大灾劫，朝廷必须要找到一个罪魁祸首，才能给各方一个交代，维护住体面。萧规已死，对他们来说，最好的选择就是把张小敬抛出去做替罪羊——哪怕他们对他的贡献心知肚明。

上到天子，下到封大伦，他们都会毫不犹豫地推动这件事。张小敬实在想不出，自己还有什么解脱之道。

长安大城就好似一头狂暴的巨兽，注定要吞噬掉离它最近的守护者。想拯救它的人，必然要承受来自城市的误解和牺牲。

张小敬仰起头来，看了看清澈如昨日此时的天空，唇边露出一丝笑意。他掸了掸眼窝里的灰尘，低下头，看着陈玄礼缓缓道："罢了，人总得为自己的选择负责。我告诉你吧，蚍蜉已经死绝，天子和太真坤道平安无事。"

"在哪儿？"

"先让这两个人离开，我才会说。"

张小敬一指闻染和岑参，摆出一个坦荡的姿态。既然结局已经注定，他放弃了为自己辩说，只求他们能够平安离开。

不料封大伦又跳了出来："陈将军不要相信他！这家伙手段残忍，包藏祸心！如今突然说这种话，一定还有什么阴谋！"

陈玄礼盯着一脸坦然的张小敬，有些犹豫不决。这时永王却忽然开口道："以父皇安危为重。"

陈玄礼和封大伦同时愕然，永王这么一说，无异于同意放走闻染和岑参。不过他的这个理由出于纯孝，没人敢去反对。

于是陈玄礼做了几个手势，让士兵们让出一条通道米。闻染发出一声凄厉的哭声："恩公，你不能抛下我一人！我不走！"死死抓住他的胳膊。张小敬爱怜地摸了摸她的头，叮嘱道："咱们第八团就这点骨血，替我们好好活下去吧。"

他一边说着，一边伸出手去，猛地切中了闻染脖子。闻染嘤咛一声，昏倒过去。

张小敬对岑参道："麻烦你把她带走吧，今天多有连累。"岑参这时不敢再逞什么英雄，知道再不走，会惹出天大的麻烦，便沉默着搀起闻染，往外走去。

封大伦有些不情愿，不过他转念一想：先把张小敬弄死，至于闻染嘛，只要她还留在长安城，日后还怕没熊火帮折磨的机会吗？

岑参托着闻染，慢慢走在龙武军士兵让出的通道间。两侧的士兵露出凶狠的神情，岑参只能尽量挺直胸膛，压服心中的忐忑。他走到一半，忽然回头看了一眼，看到张小敬仍旧笔直地站在原地，双手伸开，那一只独眼一直注视着这边。

出于诗人的敏感，他有一种强烈的感觉，张小敬已心存死志。只要闻染一离开视线，他与这世界上的最后一根线便会断开，从此再无留恋。岑参虽然对这个人不甚了解，可从与闻染、姚汝能等寥寥几人的接触，知道他绝非封大伦口中的一个卑劣凶徒那么简单。背后的故事，只怕是山沉海积。

他发出一声深深的叹息，英雄末路，悲怆绝情，这是绝好的诗材。可惜诗家之幸，却非英雄之幸，强烈的情绪在他胸膛里快要爆炸开来。

就在这时，忽然远处传来金锣响动，锣声急促。一下子，移香阁前的所有人的注意力都被吸引过去。他们看到远处望楼上旗号翻飞，而且不止一处，四面八方的望楼都在传递着同一个消息，整个长安上空都几乎被这消息填满了。

有懂得旗语的人立刻破译出来，禀报给陈玄礼："天子无恙。"陈玄礼又惊又喜，忙问详情，可惜望楼还没来得及提供更详尽的细节，只知道是延兴门那边传来的消息。

封大伦飞速看向张小敬，脸上满是喜悦。天子无恙，这家伙已经失去了最后一个要挟的筹码，可以任人宰割了！

张小敬微微苦笑一下。给延兴门传消息的是他，结果没想到这个善意的举动，却成了自己和另外两个人的催命符。

但他束手无策。

"李司丞，那件事没办法告诉你了，但我总算履行了承诺。"张小敬喃喃自语，闭上了眼睛，迎着锋矢，挺起胸膛朝前走去。

封大伦压根不希望留活口，他一见张小敬身形动了，眼珠一转，立刻大声喊道："不好！钦犯要逃！"

龙武军士兵们的精神处于高度紧绷状态，猛然听到这么一句，唰地下意识抬起弩机，对着张小敬就要扣动悬刀。

就在这千钧一发之际，一个声音忽然从人群后面飞过来：

"住手！"

"安禄山？"

李泌对这个名字很陌生。队正赶紧又解释了一句："他是营山杂胡，张守珪将军的义子。"

一听是胡人，李泌眼神一凛。胡人做节度使，在大唐不算稀罕，但也绝不多见。安禄山能做到这个位子，说明很有钻营的手段。可是，这家伙不过一介新任平卢节度使，怎么敢在长安搞出这等大事？实在是胆大到有点荒唐。李泌总觉得道理上说不通，其中必然还有曲折。

"平卢留后院在哪里？你随我去。"李泌举步朝外走去，队正虽然不情愿，但看他杀气腾腾，也只能悻悻跟从。

守捉人的据点对面，就是十座留后院。这里是诸方节度使在京城的耳目和日常活动所在，平时俨然是一片独立区域，长安官府管不到这里。可今天街巷里忽然多了一批旅贲军士兵，气势汹汹地朝着里面开去，惊动了不少暗处的眼睛。

这里的人在京城消息灵通，看到这支队伍，不免联想到兴庆宫那场大乱。于是他们交换了一下疑惑的眼神，却都不敢发出声音。

在队正的引领下，李泌率众径直来到西侧第三所。这一所留后院的正中，飘动着一面玄边青龙旗，青色属东，玄边属北，恰好代表了平卢节度的方位所在。

一名旅贲军士兵走到门前，砰砰地拍打门板，不一时，出来一位褐袍的中年人。这中年人眉粗目短，颇有武人气度，但笑起来却像是一位圆滑的商人。他一开门，没等李泌开口，便深深施了一揖，口称万死。

李泌之前预想了平卢留后院的种种反应，可没想到居然是这样。他眉头一皱，不知该说什么才好。那中年男子已经直起身来，笑眯眯地自报了家门。

原来他叫刘骆谷，是这平卢留后院在京城的主事人，安禄山的心腹。李泌一听，立刻收起了轻视之心。这主事人上至百官动态，下至钱粮市易，无所不打听，手眼通天，虽无官身，势力却不容小觑。

李泌冷冷道："你口称万死，这么说你们早知道我的来意喽？"刘骆谷还是满脸堆笑，只说了两个字："寄祟。"

一听这两个字，李泌的脸色便沉下去了。

大唐的朝中官员，经常会涉及一些不宜公开的大宗交易。为了避免麻烦，他们往往会委托一些豪商代为操作，收支皆走商铺账簿——谓之"寄祟"。后来慢慢地，各地留后院也开始承接这类业务，他们是官署，没有破产之虞，而且节度使自掌兵权、财权，外人难以插手，保密性更高了一层。

刘骆谷这么一说，李泌立刻听懂了。守捉郎在平卢留后院过的账，其实是朝中某一位大员寄祟。这一位大员在京城之外的地方雇用守捉郎，但费用是走平卢留后院的账。这样一来，用人走京外，划账走京内，人、钱是两条独立的线。无论怎么折腾，这位大员都可以隐身事外，稳如泰山。

他唯一漏算的是，没想到刘骆谷这么干脆地把自己给出卖了……

李泌也问了同样的问题："你们为何这么干脆就把寄祟之人给卖了？"

刘骆谷正色道："寄祟之道，讲究诚信。本院虽从来不过问客户钱财用途，但若觉察有作奸犯科之事，也有向朝廷出首之责。昨夜遭逢剧变，惶惶不安，院中自然要自省自查一番。安节度深负皇恩，时常对麾下告诫要公忠体国，为天子劳心，若他在京，也会赞同在下这么做。"

他说得冠冕堂皇，但李泌听出来了，这是把留后院的责任往外摘，还暗示安禄山并不知情，而且他有圣眷在，不宜追究过深。这位刘骆谷倒真是个老手，消息灵通不说，一听到风声，立刻做好了准备，痛痛快快地表现出完全配合的姿态。

李泌确实不认为安禄山会参与其中，一个远在偏僻之地的杂胡，能折腾出多大动静？他现在最急切要知道的，是这位寄桌大员是谁。不料刘骆谷摇摇头："寄桌是隐秘之事，大员身份对我们也是保密。不过账上倒是能看出来一二。"

说完他亮出一本账簿。这账簿不是寻常的卷帙，而是把蜀郡黄麻纸裁成一肘见长的一片，片片层叠，再以细绳串起，长度适合系在肘后，适合旅途中随时查阅。一看这规制，李泌便知道定然不是伪造。

这是本总账，里面只记录了总额进出，没有细项。刘骆谷说他们只按照客户指示定向结款，至于这钱如何花，他们不关心——不过对李泌来说，已经足够了。

要知道，从突厥狼卫到虫蜉，从猛火油到阙勒霍多，这是一个极其庞大的计划。近百人的吃喝住行、万全屋、工坊、物料、装备、车马的采买调度、打通各处官府关节的贿赂、打探消息、遮掩破绽的酬劳，可以说，每一个环节的耗费，都是惊人的数字。

这么昂贵的一个计划，不可能是虫蜉那伙穷酸的退役老兵能负担得起的。这也是李泌一直认为他们幕后必还有人的理由之一。

守捉郎和平卢留后院在天宝二年的交割超过一万贯，其中京城用度只有两千贯。换句话说，这本总账上如果有八千贯左右的收支，八成是那位神秘寄桌人的手笔。

刘骆谷和李泌很快就找到了这一笔账：八千六百贯整，一次付讫，时间是在天宝二载的八月。

天宝二载九月，朔方留后院第一次传来消息，突厥狼卫有异动。同月靖安司成立，在各衙各署调拨人员。时间上与这一次支付恰好对得上。

李泌眼神变得锐利起来。大殿通传，大概就是在那时候混入靖安司的，各种线索完全都对得上。

一口镔铁横刀两贯，一件私造弩机八贯，一匹突厥敦马三十九贯。这是当前市面上的行情。这八千六百贯勉勉强强能支应这个计划的日常开销了。那位寄柔人也许还有其他支出，但应该不会走这里。

账自后面还附了一些注释文字。刘骆谷说，寄柔人一般不愿意露出真身，一般是和留后院约好交割地点和联络暗号，附在账后。李泌没有说话，低头扫过去，忽然视线在四个字上停住了。

这是留后院和这位寄柔人每次约定的见面地点：

"升平药圃。"

升平坊只有一个药圃，就是东宫药圃。

李泌默默地合上账本，递还给刘骆谷。刘骆谷惯于察言观色，发现旁边这位气势汹汹的靖安司丞，忽然敛去了一身的锋锐，变得死气沉沉。他关切地追问了一句："司丞可还要小院做什么？"

"不需要了。"

李泌有气无力地回答道，一直以来他所极力回避的猜想，却变成了一个严酷如铁的事实。他的手指在微微抖动，眼神一阵茫然。纵然他深有谋略，可面对这一变局，却不知该做什么才好。

这时，一阵清脆的锣声传来，这是望楼即将有重要的消息传来。李泌下意识地抬头去看，待他看清那旗语时，浑身猛然一颤，如遭雷击。

"天子无恙！"

刘骆谷也注意到了这个消息，正要向李泌询问，却愕然发现，对方已经不见了。

一连串急促的脚步声在留后院响起，李泌以前所未有的高速跑出去，翻身上马，扬鞭就走。附近的旅贲军士兵们呆立在原地，眼睁睁看着他一骑绝尘而去，面面相觑，不知所措。

没有指示，没有叮嘱，这位靖安司的主帅就这么莫名其妙地离开了。

在马背上的李泌抓着缰绳，现在什么都顾不上了，他只有一个目标——东宫药圃，太子所在的东宫药圃。

那一声"住手"传来，及时止住了龙武军士兵的射势。如果再晚上半个弹指，恐怕张小敬已经被射成了筛子。

无论是陈玄礼、永王还是封大伦，都循声望去。他们看到一位额头宽大的官员穿过人群，正朝这边匆匆走来，还走得一瘸一拐。他的衣着都沾满烟灰，一看就知道也是从勤政务本楼幸存下来的。在他身后紧跟着一个戴面纱的美貌女子。

陈、封和永王同时叫出了他的名字："元载？"

不过三个人的语气，略有不同。永王是淡漠，只当他是一个普通臣子；陈玄礼是不屑里带着几丝赞赏，毕竟元载及时通报军情，才能让龙武军第一时间进入勤政务本楼；至于封大伦，语气里带着一半亲热、一半喜悦。

之前幸亏有这家伙施展妙手，封大伦才能成功脱开误绑王韫秀的罪过，并把张小敬逼得走投无路。现在元载突然出现在这里，就能让十拿九稳的局面，再钉上一颗稳稳的钉子。

虽然不知道为何他会叫停射向张小敬的弩箭，但以这家伙的手段，一定是想到了更好的阴毒法子吧？封大伦想到这里，满脸笑容地张开双臂，亲热地迎过去。不料元载却抬手让他稍等，封大伦恍然大悟，赶紧退后，不忘朝张小敬那看一眼——那独眼阎罗依然站在原地，束手待毙。

元载先朝永王、陈玄礼各施一礼，然后面无表情地开口道："本官代表靖安司，前来拘拿灯轮之案的罪魁祸首。"

这个举动并不出众人意料。张小敬本来就是靖安都尉，他的叛变是个极大的污点，靖安司若不亲自拘拿，面子里子只怕都要掉光。

不知何时，元载手里多了一副铁铸的镣铐，哗哗地晃动着。他上前几步，把镣铐往对方头上一套，铁链恰好从两边肩膀滑开，缠住手腕。

"法网恢恢，疏而不漏！"元载大义凛然地喝道。

在场众人包括张小敬都是一惊，因为元载的镣铐，居然挂在了封大伦的头上。

"公辅，你这是干什么？"封大伦惊道，想要从镣铐链子里挣脱开来。元载冷冷道："你的阴谋已经败露，不必再惺惺作态了。"

"你疯了！罪魁祸首是那个张小敬啊！"封大伦惊怒交加。

这时陈玄礼忍不住皱眉道："元载，你这是何意？莫非这个封大伦，是张小敬的同伙？"元载摇摇头："不，这家伙是蚍蜉的幕后主使，而张小敬是我靖安司的靖安都尉，他从未叛变，只是卧底于蚍蜉之中罢了。"

"荒唐！"陈玄礼勃然大怒，"他袭击禁军，挟持天子，这都是众目睽睽之下做出的事情，当我是瞎子吗？！"他猛地按住剑柄，随时可以掣剑而出，斩杀这个奸人。

元载的眼底闪过一丝畏惧，可稍现即逝："这是为了取信于蚍蜉，不得已而为之。"

"何以为据？！"

元载笑道："在下有一位证人，可解陈将军之惑。"

"谁？他说的话我凭什么相信？"

"这人的话，您必然是信得过的。"元载转过头去，向永王深深作了一揖，"永王殿下。"

永王一直歪着脑袋，脸色不太好看。可在元载发问之后，他犹豫再三，终于不太情愿地开口对陈玄礼道："适才在摘星殿里，张小敬假意推本王下去，其实是为了通知元载，砸掉楼内楼。"

陈玄礼恍然，难怪摘星殿会突然坍塌，难怪永王能在张小敬手里活下来，居然是这么一个原因。

永王对张小敬抱有很深的仇怨，他既然都这么说，看来此事是真的。想到这里，陈玄礼又看了一眼永王的脸色，心中如明镜一般。若是元载不来，这位亲王恐怕不会主动站出来佐证，只会坐视张小敬身死。

越是这样，越证明元载所言不虚。

"那他挟持天子的举动……"陈玄礼又问道。

元载从容解释："蚍蜉其时势大，张小敬不得其间，只得从贼跟随，伺机下手。如今天子无恙，岂不正好说明他仍忠于大唐？在下相信，等一下觐见陛下，必可真相大白。"

他的话，和张小敬刚才的自辩严丝合缝，不由得别人不信。陈玄礼只得挥一挥手，让士兵们先把弩机放下，避免误伤。

这时挂着镣铐的封大伦发出一阵撕心裂肺的吼声："就算张小敬没叛变，和我有什么关系！"元载缓缓转过脸去，面上挂着冷笑，全不似两人第一次见面时的亲切。

"虞部主事张洛，你可认识？"元载忽然问。

封大伦愣了一下，点了点头。这是他的同事，两个人都是虞部主事，只不过张洛没什么手段，地位比他可低多了。所以这次灯会值守，才会推到了他头上。

元载道："就在灯楼举灯之前数个时辰，他被莫名其妙挤下拱桥，生死不知。我问过值守的龙武军，那些进入灯楼的工匠，用的竹籍都是你签发的。"

封大伦一听就急了。虞部主事不多，文书繁重，所以平级主事有时候互相帮忙签发，再平常不过。封大伦敢打赌，如果仔细检查那些进入灯楼的工匠竹籍，几个主事的名字肯定都有，甚至还有虞部员外郎的签注，又不只是他一个。

可是元载现在说话的方式，任何人听了，都会觉得是封大伦杀了张洛，然后给蚍蜉签发竹籍以便其混入灯楼。没等封大伦开口辩解，元载又劈口道："若无虞部中人配合，贼人怎么会搞出这么大的事来？"这一句反问并无什么实质内容，可众人听来，封大伦俨然成了隐藏官府中的贼人内奸。

"你这是污蔑我！"

"你刚才那么卖力指认张小敬是贼人，难道不是要陷害忠良？"元载别有深意地反问了一句。封大伦脱口而出："我要他死，那是因为……"说到这里，他一下顿住了。

"那是因为什么？"元载眯着眼睛，好整以暇地追问了一句，封大伦却不敢说了。

再往下说，势必要牵扯出去年闻记香铺的案子，以及昨天永王指使元载过来陷害张小敬的小动作。封大伦看了一眼永王，发现对方面色不善，他知道如果把这事挑出来，只怕结局更惨。

封大伦简直要疯了，怎么永王和元载一下子就成了敌人？把张小敬弄死，不是符合所有人的利益吗？三个人明明都是站在同一条船上，怎么说翻就翻了呢？

他突然跑到陈玄礼面前，咕咚跪下，号啕大哭："陈将军，您都看得清楚，明明是张小敬那恶贼蒙蔽永王，您可不能轻信于人啊！"

陈玄礼将信将疑。从感情上来说，他恨不得张小敬立刻死去；可从理性上说，元载分析得很有道理。他沉思片刻，开口对元载道："你可有其他证据？"

元载微微一笑，侧身让开，他身后那位戴着面纱的女子走到了众人面前。她缓缓摘下面纱，露出一张俏丽面容——正是王忠嗣之女，王韫秀。陈玄礼对她的遭遇略有耳闻，知道她刚被突厥狼卫绑架过，是被元载所救，才侥幸逃回。

元载恭敬地对她说道："王小姐，在下知道您今日为贼人唐突，心神不堪深扰。但此事关乎朝廷安危，只好勉强您重临旧地，指认贼凶。如有思虑不周之处，在下先再次告罪。"

王韫秀的脸颊微微浮起红晕，轻声道："韫秀虽是女子，也知要以国事为重。一切听凭安排便是。"

周围的人莫名其妙，不知道王韫秀这么突兀地冒出来，到底是什么意思。只有封大伦的脸色越来越凄惨，嘴唇抖动，身子动弹不得。

元载带着王韫秀来到移香阁旁边的柴房，推开门，请她进去看了一圈。王韫秀进去不久，便浑身颤抖着走出来，低声道："没错，就是这里，我被绑架后就是被扔在这里……"

陈玄礼一听这话，眼神立刻变了，再看向封大伦时，已是一脸嫌恶。

王韫秀是被突厥狼卫绑架，居然被放在移香阁旁边的柴房里。这到底意味着什么，不必多说。突厥狼卫和蚍蜉之间，本来就有着说不清道不明的联系，再联想起虞部主事张洛的遭遇和竹籍签发，真相呼之欲出，证据确凿。

封大伦瞪圆了眼睛，简直要被气炸了。绑架王韫秀，根本是个误会，你元载还帮我遮掩过，没想到这家伙反手一转，就把它说成了与突厥勾结的铁证。

封大伦还要争辩，可竟不知如何开口。

元载列举的那几件事，其实不是误会就是模棱两可，彼此之间并无关联。可他偏偏有办法让所有人都相信，这是一条严谨的链条，完美地证明了封大伦是个奸细，先帮突厥人绑架重臣家眷，再暗助蚍蜉工匠潜入灯楼，所有的坏事，几乎都是他一个人干的。

他还记得，当初元载构陷张小敬时，几条证据摆出来，板上钉钉，让他佩服不已。没想到数个时辰之后，他又摆出几条证据，却得出一个完全相反，但同样令人信服的结论。

封大伦开始是满心怒意，越想越觉得心惊，最终被无边的寒意所笼罩。翻手为云，覆手为雨。证据在元载手里，简直就是一坨黄泥，想捏成什么就捏成什么。莫非来俊臣的《罗织经》，是落在了他的手里不成？

"身为朝廷官员，还在长安城内结社成党，暗聚青壮，只怕也是为了今日吧？"元载最后给他的棺材上敲上一枚钉子。这一句话，基本上注定了熊火帮的结局。

"我是冤枉的！他在污蔑！永王！永王！你知道的！"封大伦豁出去了，嘶声冲永王喊道，现在只有永王能救他。

永王无动于衷。当初闻记香铺的事，说到底，是封大伦给他惹出的乱子，现在能把这只讨厌的苍蝇处理掉，也挺好。

陈玄礼一看永王的态度，立刻了然。他手指一弹，立刻有数名士兵上前，把封大伦踢翻在地狠狠抽打，还在柴房里找来一根柴条塞进他嘴里，不让他发出声音。

痛苦的呻吟声很快低沉下去，封大伦满脸血污地匍匐在地上，蜷缩得像一只虾。这位虞部主事抬起一只手，像是在向谁呼救，可很快又软软垂下。

陈玄礼对此毫不同情。昨晚那一场大灾劫，朝廷需要一个可以公开处刑的对象，张小敬不行，那么就这个封大伦好了。眼下证据已经足够，虽然其中还有一些疑点，但没有深究的必要。

元载带着微笑，看着封大伦挣扎，像是在欣赏一件精心雕琢的波斯金器——果然运气仍旧站在他这一边啊。从此整个长安都会知道，在拯救了天子的孤胆英雄被陷害时，有一位正直的小官仗义执言，并最终帮英雄洗清冤屈，伸张了正义。

在他身后不远处的人群里，檀棋头戴斗笠，表情如释重负，眼神里却带着一股深深的惧意。

其实他们早就赶到移香阁附近了，檀棋一看张小敬、闻染、岑参三人被围，急忙叫元载过去解释。可元载却阻住了她，说时机未到，让她稍等。一直到张小敬即将被射杀，望楼传来急报，元载这才走过去，施展如簧之舌，挽回了整个局面。

檀棋原来不明白，为何元载说时机未到，这时突然想通了。

他在等，在等天子无恙的消息。

元载那么痛恨张小敬，却能欣然转变立场前来帮助，纯粹是因为此举能赢得天子信赖，获得天大好处——若天子出了什么事，这么做便毫无意义，反而有害。

所以他一直等待的时机，就是天子的下落。天子生，元载便是张小敬的救星；天子死，元载就是张小敬的刽子手。

这个元载，居然能轻松自如地在截然相反的两个立场之间来回变化，毫无滞涩。檀棋一想到如果消息晚传来一个弹指，这个最大的友军便会在瞬间变成最危险的敌人，就浑身发凉——这是何等可怕的一头逐利猛兽啊。

"人性从来都是趋利避害，可以背叛忠义仁德，但绝不会背叛利益。所以只要这事于我有利，姑娘你就不必担心我会背叛。"元载在龙池旁说的话，再次回荡在檀棋脑海里。

这时龙武军的队伍发生了一些骚动，檀棋急忙收起思绪，抬起头来，看到张小敬居然动了。

刚才元载词锋滔滔时，张小敬一直站在原地，保持着出奇的沉默。一直到封大伦被擒，他才似从梦中醒来一般，先是环顾四周，然后迈开脚步，蹒跚着朝外面走去。

龙武军士兵没有阻拦，他们沉默地分开一条通道，肃立在两旁。

张小敬的嫌疑已经洗清，此前的事迹自然也得到了证实。旁人不需要多大的想象力，就能猜到他所承受的危险和牺牲。朝廷什么态度不知道，但在这些士兵的眼中，这是一位令人敬畏的英雄。

他浑身沾满了被封大伦戳出的鲜血，那些瑰色斑斓，勾勒出了身体上的其他伤痕：有些来自西市的爆炸，有些来自灯楼的烧灼，有些是突厥狼卫的拷打，有些是与蚍蜉格斗的痕迹。它们层层叠叠，交错在这一具身躯之上，记录着过去十二个时辰之内的惊心动魄。

他虚弱不堪，走起路来摇摇晃晃，唯有那一只独眼，依然灼灼。

"呼号！"不知是谁在队伍里高喊了一句。唰的一声，两侧士兵同时举起右拳，齐齐叩击在左肩上。陈玄礼和永王表情有些复杂，但对这个近乎僭越的行为都保持着沉默。

檀棋注视着这番情景，不由得泪流满面。可她很快发现不太对劲，张小敬不是漫无目的地往前走，而是朝着自己径直走来。这个登徒子居然认出来藏在人群中的自己？檀棋一下子变得慌乱起来，呆立原地手足无措。

他要干什么？我要怎么办？他会说些什么？我该怎么回答？无数思绪瞬间充满了檀棋的脑子，聪慧如她，此时也不知该如何才好。

这时张小敬走到檀棋面前，伸出双手，一下子抓住了她的双肩，让她几乎动弹不得。檀棋在这一瞬间，几乎连呼吸都不会了。

"登徒……"檀棋窘迫地轻轻叫了一声，可立刻被粗暴地打断。

"李司丞，李司丞在哪里？"张小敬嘶声干哑。

檀棋一愣，她没料到他要说的是这个。张小敬又问了一句，她连忙回答道："我此前已从望楼得知，公子幸运生还，重掌靖安司。不过现在哪里，可就不……"

张小敬吼道："快去问清楚！再给我弄一匹马！"

他的独眼里闪动着极度的焦虑，檀棋不敢耽搁，急忙转身跑去靖安坊的望楼。

死里逃生的岑参抱着闻染走过来，他目睹了一个人从穷凶极恶的钦犯变成英雄的全过程，心潮澎湃，觉得这时候如果谁送来一套笔墨，就再完美不过了。可惜张小敬对他不理不睬，而是烦躁地转动脖颈，朝四周看去。

萧规临终的话语，始终在张小敬的心中熊熊烧灼，让他心神不宁，根本无心关注其他任何事情。

这时元载凑过来，拍拍他的肩膀，满面笑容："大局已定，真凶已除，张都尉辛苦了，可以放心地睡一觉了。"

"真凶另有其人！"张小敬毫不客气地说道。

元载的笑容僵在了脸上，这个死囚犯到底在说什么啊？我花了那么大力气帮你洗白，还找了一个完美的幕后黑手，你现在说另有其人？

元载看看那边，陈玄礼在指挥士兵搜查移香阁，永王不知何时已经离开。他暗自松了一口气，揪住张小敬的衣襟低声吼道："你这个笨蛋！不要节外生枝了！"

话音未落，忽然传来一声啪的脆响。

元载捂住肿痛的脸颊，瞪大了眼睛，几乎不敢相信。这家伙居然动手扇了自己一个耳光，自己可是刚刚把他给救出来啊！

"这是代表靖安司的所有人。"张小敬冷冷道。

元载正要发怒，却看到张小敬的独眼里陡然射出锋芒。元载顿觉胯下一热，那一股深植心中的惧意，到现在也没办法消除。元载悻悻后退了几步，离那个煞星远一点，揉着脸心想别让这副窘态被王韫秀看到。

这时檀棋气喘吁吁地跑过来："平康坊传来消息，公子可能正要前往升平坊东宫药圃！"她的手里，还牵着一匹黄褐色的高头骏马。

没人知道李泌要去哪里，只有刘骆谷猜测大概和最后提及的地名有关。这个猜想，很快便反馈给所有的望楼。现在是白天，百姓又已全部回到坊内，路街之上空无一人。望楼轻而易举，便捕捉到了李泌的古怪狂奔之身影。

得到这个消息之后，张小敬强拖起疲惫的身体，咬牙翻身上马。檀棋也想跟去，可还未开口，张小敬已经一夹马肚子，飞驰而去，连一句话也未留下。

檀棋忧心忡忡地朝远方望去，那晃晃悠悠的身影，似乎随时都会跌下马来。

从平康坊到升平坊，要南下四坊；而从靖安坊到升平坊，只需东向两坊。

李泌先行一步，但张小敬距离更近。

如果有仙人俯瞰整个长安城的话，他会看到，在空荡荡的街道之上，有两个小黑点在拼命奔驰，一个向南，一个向东，两者越来越近，然后他们在永崇宣平的路口交会到了一起。

两声骏马的长声嘶鸣响起，两位骑士同时拉住了缰绳，平视对方。

"张小敬？"

"李司丞。"

两个人的表情不尽相同，眼神里却似乎有无数的话要说。

老天爷好似一个诙谐的俳优。现在的天气，就像十二个时辰之前两人初次见面时一样晴朗清澈。可有些东西，已经永远发生了改变。

自从张小敬在酉时离开靖安司后，两个人只见过一次，且根本没有机会详细相谈。虽然彼此并不知道对方具体经历了什么事，但他们相信，如果没有对方的努力，长安城将会是另外一副样子。

两人从来不是朋友，但却是最有默契的伙伴。他们再度相见，没有嘘寒问暖——现在还不是叙旧的时候。

"我要去东宫药圃，太子是背后一切的主使。"李泌简明扼要地说道。他的语气很平静，可张小敬看得出来，他整个人就像太上玄元灯楼一样，就快要从内里燃烧起来。

一听到这个地名，张小敬独眼倏然睁大，几乎要从马上跌下来。李泌抖动缰绳，正要驱马前行，却被张小敬拦住了。

"不要去，并不是他。"张小敬的声音干瘪无力。

李泌眉头轻挑，他知道张小敬不会无缘无故这么说。

"萧规临死前留下一句话，一句会让长安城变乱的话。"

"是什么？"

张小敬没有立刻回答，而是仰起头来，向着东方望去。此时艳阳高悬青空，煊赫而耀眼，整个长安城一百零八坊都沐浴在和煦的初春阳光下。跟它相比，昨晚无论多么华丽的灯轮都变得如同萤火一样卑微可笑。

李泌顺着张小敬的视线去看，在他们站立的永崇宣平路口东侧，是那一座拱隆于长安正东的乐游原。它宽广高博，覆盖宣平、新昌、升平、升道四坊——东宫药圃，正位于乐游原南麓的升平坊内。春日已至，原上郁郁葱葱，尤其是那一排排柳树，在阳光照拂之下显露出勃勃绿色。

"只消再来一阵春风，最迟到二月，乐游原便可绿柳成荫了。"张小敬感叹道。

"你到底想说什么？"李泌不耐烦地追问。

张小敬叹了口气，缓缓吟出了两句诗："不知细叶谁裁出，二月春风似剪刀。"

一听到这个，李泌整个人霎时僵立在马上。

碧玉妆成一树高，万条垂下绿丝绦。不知细叶谁裁出，二月春风似剪刀。长安上至老翁下到小童，谁不知道，这是贺知章的《柳枝词》。身为长安的不良帅，在这一个诗人云集的文学之都办案，不懂点诗，很难开展工作。所以萧规一吟出那两句诗时，张小敬立刻判断出了他说的是谁。

可这个揭示出的真相，未免太惊人了。

负责长安策防的靖安令，居然是这一切的幕后主使？这怎么可能？

张小敬一直对此将信将疑，以为这只是萧规临死前希望长安大乱的毒计。可当他一听到李泌说要赶去东宫药圃时，便立刻知道，这件事极可能是真的。萧规在临死之前，并没有欺骗他的兄弟。

"东宫药圃……东宫药圃……我怎么没想到，这和东宫根本没什么关系，明明就是为了方便贺监啊。"李泌揪住缰绳，在马上喃喃自语。

东宫药圃位于升平坊，里面种植的药草优先供给东宫一系的耆宿老臣。贺知章的宅院设在宣平坊，初衷正是方便去药圃取药——自然也方便跟留后院接头。他被东宫这两个字误导，却没想到与这里关系最密切的，居然是靖安令。

"没想到……这一切的背后，居然是贺监。他图什么？他凭什么？"张小敬实在想不通。

现在回想起来，贺知章在靖安司中，确实对李泌的行事有诸多阻挠。虽然每一次阻挠，都有一个冠冕堂皇的理由，但从效果来看，确实极大地推迟了对突厥狼卫的追查。

可是这里，有一个说不过去的疑点。

"我记得贺监明明已经……呃，重病昏迷了啊。"

张小敬别有深意地看向李泌。

十四日午正，李泌为了获得靖安司的控制权，用焦遂之死把贺知章气病回宅去休养。然后在申正时分——即张小敬被右骁卫抓走之后——李泌前往乐游原拜访贺知章，希望请他出面去和右骁卫交涉，但遭到拒绝。

接下来在那间寝室发生的事，就显得扑朔迷离了。

对外的说法是，贺知章听说靖安司办事遭到右骁卫阻挠，气急攻心，昏迷不醒。李泌借此要挟甘守诚，救下张小敬。可张小敬知道，在李泌的叙述里存在着许多疑点，贺知章绝不会为自己的安危这么上心，他突然昏迷不醒，只有一个原因——李泌。

华山只有一条路，巨石当道，想上去就得排除掉一切障碍。

"你确定他真的昏迷了？"张小敬问。

李泌注意到张小敬的眼神，冷冷道："药王的茵芋酒虽是奇方，可一次不宜饮用过多，否则反会诱发大风疾。"

这算是间接肯定了张小敬的疑问。

张小敬的脑海中，浮现出一幅惊人的画面。贺知章气喘吁吁地躺倒在床，而李泌手持药盏，面无表情地把黄褐色的药汤一点点灌进去，然后用枕头捂住他的嘴，等着病情发作。贺知章的手开始还在拼命舞动，可后来慢慢没了力气……

"你确定他不是伪装骗你？"张小敬问。

李泌十分肯定地点了点头。他现在像是一尊脸色灰败的翁仲石像，浑身一点活力也没有。半晌，李泌方才缓缓开口道："我记得你问过姚汝能一个问题：倘若舟行河中，突遇风暴，须杀一无辜之人祭河神，余者才能活命，当如何抉择？你的回答是杀——我的回答也一样。"

李泌这一番话，张小敬几乎在一瞬间就听明白了。

为了拯救长安，张小敬出卖了小乙，在灯楼几乎杀了李泌，而李泌也因为同样的理由，对贺知章下手。为了达成一个更重要的目标，这两个人都义无反顾地选择了悖德之路。可此时看到李泌的痛苦神情，张小敬才知道，他心中背负的内疚，不比自己轻多少。

两个人都清楚得很，这是一件应该做的错事，可错终究是错。每一次迫不得已的抉择，都会让他们的魂魄黯上一分。

"可是……"张小敬皱起了眉头，"如果贺监确实重病，这此后的一切事情，又该如何解释？

一抹浓浓的自嘲浮现在李泌脸上："也许是贺监的计划太妥帖了，妥协到即使他中途昏迷不醒，计划一样会发动。他算到了所有的事，却唯独没预料到，我会突然下这么狠的手。"

他说到这里，不由得苦笑起来。

焦遂之死，表面上看是李泌故意气跑了贺知章，其实是贺知章借机行事，找个理由退回乐游原宅邸。他本打算坐镇指挥接下来的计划，可没想到李泌会突然来访，更没想到他会胆大包天，对自己下手。

两个人连番的误会，演变成了一个极其诡异的局面。幕后主使者在计划发动前就被干掉，而计划却依然按部就班地执行起来。

这真是一件讽刺的事。

李泌和张小敬立在马上，简短地交流了一下。先前他们两个人各有各的境遇，都只摸到了黑幕一角。如今两人再次相见，碎瓦终于可拼出整片浮雕的模样。

贺知章应该在长安城布下了三枚棋子，一枚是突厥狼卫，一枚是蚍蜉。前者用来转移视线，后者用来执行真正的计划。还有一枚，是靖安大殿的内鬼通传，必要时刻来配合蚍蜉走出关键一步。

以贺知章的地位和手段，悄无声息地做出这一系列安排并不难。

"贺监前一阵把京城的房产全都卖了，我们都以为他是致仕归乡，富贵养老，谁想到他是把钱通过守捉郎，投到蚍蜉这里来了。"李泌道。也只有如此，才能解释为何蚍蜉的能量会大到了这般地步。

"可是……"张小敬还是想不明白，"他为什么要做这样的事？"

贺知章得享文名二十余年，无论圣眷、声望、职位都臻于完满，又以极其隆重的方式致仕。一位风烛残年的老者，为何要铤而走险做出这样大逆不道的事情呢？

"直接去问他就是！"

李泌陡然扬鞭，狠狠地抽打了马屁股。坐骑惊得一跃而起，朝着乐游原疾驰而去。张小敬早预料到了他会有这样的反应，也抖动缰绳跟了上去。

贺知章一直留在乐游原的宅邸里，不曾离开。这一天发生的事太多了，无论他是否真的昏迷，这两个人都需要当面去跟他了结。

昨晚有许多达官贵人登上乐游原赏灯，原上道路两侧全是被随手丢弃的食物残骸和散碎彩绸。八个马蹄交错踢踏在这些垃圾上，掀起一团团尘土。两骑毫无停滞，直奔东北角的宣平坊而去。一路上，张小敬顺便把移香阁的事情说了一下，李泌却未发表任何评论。

宣平坊很好找，只要望着柳树最密之处去便是。那里是全城柳树最多的地方，有一个别号叫作柳京。两人奔跑了一段，远远看到一片繁茂的柳林。在绿柳掩映之中，可以看到一座黑瓦白墙的精致宅邸。

这附近的地势不太平坦，按说马匹走到这里，应该要减速才对。可李泌像是疯了一样，不停抽打马匹，让速度提升，直扑那座宅院。

就在这时，那座宅院的大门徐徐开启，一个人从里面走出来。他似乎早预料这两骑会到来，恭敬地立在门楣之下，叉手迎候。

两骑越来越接近宅邸，这时张小敬却突然觉得哪里不对，他抬起头来，嗅到了一丝令人不安的气味。

"李司丞，慢下来！"

张小敬高声喊道，可李泌却充耳不闻，扬鞭疯驰，转瞬间便已穿过柳树林，直奔宅邸而去。张小敬一看追赶不及，手掌焦虑地往下一摆，无意中碰到一件硬器。他低头一看，居然是一把挂在马肚子侧面的短弩。

檀棋是从龙武军随行的马队里给张小敬弄到的坐骑，马身上的辔头武装都还未卸掉。张小敬毫不犹豫，摘下短弩，咔嚓一下弩箭上弦，对着前方扣动悬刀。

咻的一声，弩箭飞了出去，在一个弹指内跨越了十几步，钉在了李泌坐骑的右侧。坐骑发出一声哀鸣，前蹄垮塌。李泌一下子从马背上被甩下去，在地上狼狈地打了几个滚。

李泌还未明白发生什么，张小敬已飞驰而至，直接从马上跳下来，抱住李泌朝着旁边的一处土坑滚去。而他的坐骑因为强烈的惯性继续向前，轰地撞在一棵柳树上，筋裂骨断。

在下一个瞬间，柳林中的那座恬静宅邸一下子爆裂开来，赤红色的猛火从内里绽放，向四面八方喷射出亮火与瓦砾，一时间飞沙走石，墙倾柳摧，在乐游原顶掀起一阵剧烈的火焰暴风。

没想到，这宅邸里，居然还藏着一枚威力巨大的猛火雷。

张小敬拼命把李泌的头压下去，尽量紧贴坑地，避开横扫而来的冲击波。头顶扑簌簌地沙土飞扬，很快两个人都被盖在厚厚的一层土里。

等到一切都恢复平静，张小敬这才抬起头，把脑袋顶上的土抖落。眼前的景色已发生了翻天覆地的变化：柳林倒伏，石山狼藉，那原本雅静的原上宅邸变成了一片断垣残壁，袅袅的黑烟直升天际。至于门前守候之人，自然也被那火兽彻底吞噬，粉身碎骨。

"哈哈哈哈……"

张小敬听到一阵诡异的笑声。这笑声是从身下传来，开始很小声，然后越来越大声，到最后几近疯狂。李泌躺在坑底，脸上盖满了泥土，在大笑声中肌肉不住地颤抖着，让灰土变化成各种形状，神情诡异。

"闭嘴！"

张小敬恶狠狠地吼了一声，伏低身子，谨慎地朝四周望去。他万万没想到，贺知章居然连自己的宅邸都安排了猛火雷，如果敌人安排了什么后手，现在就该出来了。李泌却摇摇头："不会有埋伏了，不会有了。我已经想明白了，想明白了……"

"为什么？你又发现了什么吗？"他问。

李泌的笑声渐低，可却说了一句莫名其妙的话："张小敬，你可知道，我一个修道之人，为什么重回俗世，接掌靖安司？"

"为了太子？"

李泌轻轻点了一下头："不错，为了太子，我可以牺牲一切。"然后他停顿了一下，语气变得奇妙："贺监也是。"

"啊？"张小敬闻言一惊，这是什么意思？难道贺知章还是个忠臣不成？

"我之前见到李林甫，他对我说了一句话，叫作'利高者疑'，意思是说，得利最大的那一位，永远最为可疑。遵循这个原则，我才会怀疑这一切是太子策动。但现在看来，我想差了……这个利益，未必是实利，也可以是忠诚。"

张小敬眉头紧皱，不明白他是什么意思。李泌索性躺平在坑里，双眼看着天空，喃喃说道：

"幕后的主使者在发动阙勒霍多之前，做了两件事。一是让我在灯楼现身，把太子诱骗到了东宫药圃，这个你是知道的；二是用另外一封信，把李林甫调去安业坊宅邸。两人同时离开春宴，你觉得他的用意是什么？"

张小敬皱眉细想，不由得身躯一震。

贺知章做出这样的安排，用意再明显不过。一旦天子身死，太子便可以堂而皇之地登基。而中途离开的李林甫，自然会被打成灾难的始作俑者，承担一切罪名。

贺知章从来不是为了自己的利益，也不是为了自己家族的利益。他苦心经营的一切，都是为了太子。

"没想到贺监这位太子宾客，比你这供奉东宫的翰林还要狂热……"张小敬说到这时，语气里不是愤懑，而是满满的挫败感。可下一个瞬间，李泌的话却让他怔住了。

"不，不是贺监。"李泌缓缓摇了一下头。

"什么？不是？可一切细节都对得上……"

"利高者疑，这个利益，未必是实利，也未必是忠诚，也可能是孝顺。"李泌苦笑着回答，伸手向前一指，"真正的幕后黑手，是贺监的儿子，贺东。"

"那个养子？"

"贺监愿意为太子尽忠，而他的儿子，则为了实现父亲尽忠的心愿，用他自己的方式去尽孝。"李泌的语气里充满感慨，却没继续说透。

张小敬完全不知该说什么好了。这个猜测简直匪夷所思，已经完全超出了正常人的思路，只有最疯狂的疯子才会这么想。

"能搞出阙勒霍多这么一个计划的人，难道还不够疯吗？"李泌反问。

"你这个说法，有什么证据？"

李泌躺在土坑里，慢慢竖起一根手指："你刚才讲：元载诬陷封大伦时，提出过一个证据，说灯楼的竹籍，都是由他这个虞部主事签注，因此才让蚍蜉蒙混过关。这个指控，并不算错，只不过真正有能力这么做的，不是封大伦这个主事，而是贺东——他的身份，正是封大伦的上司，虞部的员外郎啊！"

这一个细节，猛然在张小敬脑中炸裂，他的呼吸随之粗重起来。这么一说，确实能解释，为何蚍蜉的工匠能在灯楼大摇大摆地出没，有贺东这个虞部员外郎做内应，实在太容易了。

"还有安业坊那所有自雨亭的豪宅，隐寄的买家身份一直成疑。而贺东作为贺监养子，不入族籍，但贵势仍在，由他去办理隐寄手续，再合适不过。

"贺监病重，长子贺曾远在军中，幼子尚在襁褓，唯一能代他出席春宴的，只有贺东。如果现在去查勤政务本楼的宾客名单，一定有他的名字。也只有他，能不动声色地在宴会上放下两封信，将太子李亨与右相李林甫钓出去。

"可能贺东明知我对他的父亲下手，居然隐忍不发，还陪着我去甘守诚那里演了一出逼宫的戏。那时候，恐怕他早就知道蚍蜉会对靖安司动手，暗地里不知冷笑多少回了。而我还像个傻瓜似的，以为骗过了所有人——蚍蜉杀我的指令，恐怕就是从贺东那里直接发出的。"

一条条线索，全都被李泌接续起来了。那一场爆炸，仿佛拨开了一切迷雾，一位苦心经营的孝顺阴谋家，慢慢浮出了水面。可张小敬实在无法想象，这一场几乎把长安城翻过来的大乱，居然是一个木讷的大孝子一手策划出来的。

"我不相信，没有贺监的默许和配合，贺东不可能有这么强的控制力。"

张小敬还想争辩，李泌盯着他，苦涩地摇了摇头："这个答案，我们大概永远不可能知道了。"

"为什么？贺监虽然昏迷不醒，可只要抓住贺东……呃！"张小敬话一出口，便意识到了答案，因为李泌一直望向那一片刚刚形成的断垣残壁，烟雾袅袅。

"刚才站在门口那位，就是贺东本人。他到死，都是个孝顺的人啊。"

刚才那一场爆炸实在太过剧烈，贺东站在核心地带，必然已是尸骨无存。以他的孝行，知道阴谋败露后，绝不能拖累整个家族，死是唯一的选择。

两人慢慢从坑里爬起来，互相搀扶着，朝已成废墟的贺宅走去。这一路上满地狼藉，碎砾断木，刚才的美景，一下子就变成了地狱模样。贺东的尸骨，已随着那离奇的野心和孝心化为齑粉。那一场震惊全城的大乱，居然就是从这里策源而起。

十二个时辰之前，他们可没想到过，竟是这样一个结局，竟会在这里结局。

两个人站在废墟里，却不知寻找什么才好，只得呆然而立。贺东在自尽前，肯定把贺知章给撤走了，他一个孝子可不能容忍弑父的罪名。不过现在就算找到贺知章，也毫无意义。老人病入膏肓口不能言，到底他对养子的计划是毫不知情，还是暗中默许，只怕会成为一个永久的谜。

李泌扶住只剩下一半的府门，忽然转头向着半空的轻烟冷笑，像是对着一个新死的魂灵说话："贺东啊贺东，你可以安心地去了。你的阴谋不会公之于众，无辜的贺家不会被你拖累，会继续安享贺监的荣耀和余荫，一切都不会变。"

张小敬的独目猛然射出精光："为什么？！这么大的事，怎么会如此处理？"

"正因为是这么大的事，才会如此处理。"李泌淡然道，眼神依然盯着半空的轻烟，"天子如此信任的重臣亲眷卷入长安之乱？朝廷的脸面还要不要了？难道天子没有识人之明？"

"可是……"

"正月初五，天子已经郑重其事地把贺监送出长安城，他已经在归乡的路上，不在长安。这个事实，谁也不敢去否认。所以最终被推出来的替罪羊，应该就是你说的那个无关痛痒的封大伦。至于贺东，会被当成这一次变乱的牺牲者之一，被蚍蜉的猛火雷炸死……呵呵。"

张小敬为之哑然。

李泌朝废墟里又走了几步，俯身捡起半扇烧黑的窗格，摆弄几下，又随手抛开："可惜此事过后，靖安司是肯定保不住了，我大概也要被赶出长安去。不过你放心，我答应给你赦免死罪，就一定会做到；檀棋想跟你，也随她，我将她放免——只可惜了太子，他以后的处境，只怕会越发艰难啊……"

张小敬直起身子，走到李泌身边。他的肩膀在颤抖，嘴唇在抖，眼神里那压抑不住的怒焰，几乎要喷薄而出。李泌以为他要对自己动手，坦然挺直了胸膛。

不料张小敬一咬牙，一脚踢飞了那半扇窗格，几乎怒吼而出：

"天子、太子、皇位、靖安司、朝堂、利益、忠诚……你们整天考虑的，就只是这样的事吗？"

"不然呢？"李泌歪歪头。

"这长安城居民有百万之众。就为了向太子献出忠诚，为了给父亲尽孝，难道就可以拿他们的性命做赌注吗？你知道昨晚到现在，有多少无辜的人被波及吗？到底人命被当成什么？为什么你们首先关心的，不是这些人？为什么你对这样的事，能处之泰然？"

面对这突如其来的狂暴质问，李泌无奈地叹了口气。他拍拍手，晃晃悠悠地走到宅邸的边缘。这里几乎是乐游原的最高点，可以远眺整个城区，视野极佳。

李泌站定，向远处广阔的城区一指，表情意味深长："你做了九年不良帅，难道还不明白吗？这，就是长安城的秉性啊。"

张小敬突然攥紧五指，重重一拳将李泌砸倒在地。后者倒在贺宅的废墟之间，嘴角流出鲜血，表情带着淡淡的苦涩和自嘲。

张小敬从来没这么愤怒，也从来没这么无力。他早知道长安城这头怪兽的秉性，可从来没有真正喜欢过。他无时无刻不在试图挣扎，想着不被吞噬，却总是会被撕扯得遍体鳞伤。

忽然，从头顶传来几声吱呀声。张小敬抬起头来看，原来李泌倒地时引发了小小的震动，贺府门框上那四个代表了门第的门簪摇摇欲坠，然后次第落地，在地上砸出了四个深深的坑。

李泌从地上艰难地爬起来，用袖子擦了擦嘴角的鲜血。刚才那一拳，可是把他打得不轻。不过李泌倒没生气，他的声音里透着深深的疲惫和心灰意冷：

"这一次我身临红尘，汲汲于俗务，却落得道心破损。若不回山重新修行，恐怕成道会蹉跎很久——你又如何？"

张小敬摇摇头，没有理睬这个问题。他一瘸一拐地穿过贺府废墟，站在高高的乐游原边缘，俯瞰着整个长安城。

在他的独眼之中，一百零八坊严整而庄严地排列在朱雀大街两侧，在太阳的照耀下熠熠生辉，气势恢宏。他曾经听外域的胡人说过，纵观整个世界，都没有比长安更伟大、更壮观的城市。昨晚的喧嚣，并未在这座城市的肌体上留下什么疤痕，它依然是那么高贵壮丽，就好像永远会这样持续下去似的。

一滴晶莹的泪水，从张小敬干涸已久的眼窝里流淌而出，这还是他来长安九年以来的第一次。

（全文终）

后 记 一

天宝三载，是一个平静的年份。在史书上，这一年几乎没有值得大书特书的事情。尽管在民间盛传长安有神火降临，带走了许多人，可官方却讳莫如深。

同时，天宝三载同样也是一个重要的年份，许多人——包括大唐自己——都在这一年发生了巨大的转折。

在这一载的四月，贺知章的马车返回山阴老家，不过贺府以老人舟车劳顿为由，闭府不接见任何客人。没过多久，竟传出贺知章溘然去世的消息，享年八十有四。家乡的父老乡绅只有机会读到老人回乡后留下的两首遗诗，谁都没能见到其本人。消息传到长安，天子辍朝致哀，满朝文武皆献诗致敬，这成为天宝三载的一桩文化盛事。

与此同时，远在朔方的王忠嗣突然对突厥发起了比之前猛烈数倍的攻势，大有踏平草原之势。鏖战数月，突厥乌苏米施可汗战败被杀，传首京师，其继位者白眉可汗也在次年被杀，余部为回纥所吞并。自此草原之上，不复闻突厥之名。

朔方激战连连之际，东北方向却是一片祥和。一个叫安禄山的胡将在这一载的九月升任范阳节度使、河北采访使，仍兼任平卢节度使，成为天宝朝中冉冉升起的一颗政治新星。他的忠诚无可挑剔，赢得了从天子到右相的一致认同，认为可以放心将河北一带交给他。

但这些都不是天子最关心的事。他在天宝三载的年底，正式纳太真于宫中，并迫不及待地于次年封其为贵妃。从此君妃相得，在兴庆宫中过着神仙眷侣般的生活。

靖安司作为一个临时官署，很快被解散。靖安司丞李泌上书请辞，离开长安开始了仙山求道之旅。这则逸事，一时在长安居民中传为美谈。中途他虽曾回返长安，但在杨国忠等人的逼迫下，又再度离开。

失去了最有力臂助的太子李亨，仅仅只过了两年太平日子。从天宝五载开始，右相李林甫接连掀动数起大案，如韦坚案、杜有邻案等，每一次都震惊朝野，牵连无数。太子先后失去多名亲信，甚至还被迫有两次婚变，窘迫非常。他忧虑过甚，双鬓都为之变白。

这种状况，一直持续到天宝十四载的安史之乱。李亨并未随天子去蜀中，而是逃至灵武登基，遥尊天子为太上皇。于是大唐形成了蜀中太上皇、灵武天子以及远在江陵的永王三股势力。

就在这时，久未现身的李泌再度出山，前来辅佐李亨，但坚决不受官职，只肯以客卿身份留任。在他的筹谋调度之下，李亨得以反败为胜，外败叛军，内压太上皇与永王，终于克成光复大业，人称李泌为"白衣宰相"。功成之后，李泌再度请辞，隐遁山林。在肃宗死后，代宗、德宗两代帝王都召他回朝为相，李泌数次出仕为相，又数次归隐。他一生历事玄、肃、代、德四位皇帝，四落四起，积功累封邺县侯。

除了李泌之外，在安史之乱中还涌现出另外一位传奇人物。此人并非中土人士，而是一位景僧，名叫伊斯。伊斯眼光卓绝不凡。他活跃于郭子仪帐下，在军中充当谋士，官至金紫光禄大夫，同朔方节度副使，试殿中监，赐紫袈裟。波斯寺于天宝四年改称大秦寺，景教在大唐境内的发展达到巅峰。建中二年，伊斯在大秦寺的院中立下一块石碑，起名为《大秦景教流行中国碑》，用以纪念景教传入中土的艰难历程。此碑流传千年，一直到了今日。

　　但无论李泌还是伊斯，若论起命运之跌宕起伏，皆不如元载来得传奇。天宝三载之后，此人仕途一路平顺，且以寒微之身，迎娶了王忠嗣之女王韫秀，一时哄传为奇谈。安史之乱开始后，元载趁时而动，抓紧每一个机会，获得了肃宗李亨的格外器重，跻身朝廷高层。在肃宗去世后，他又勾结权宦李辅国，终于登上相位，成为代宗一朝举足轻重的大臣，独揽大权。就连李泌，也没办法与之抗衡。

　　不过元载专权之后，纳受赃私，贪腐奢靡，行事无所顾忌。他的妻子、儿子也横行肆虐，骄纵非常。代宗终于忍无可忍，下令将其收捕赐死。元载死后，按大唐律令他的妻子可免死，可王韫秀却表示："王家十三娘子，二十年太原节度女，十六年宰相妻，谁能书得长信、昭阳之事？死亦幸矣！"遂与之同死。

　　但还有另外一些人，却没能像他们一样，在史书中留下些许痕迹。

　　安史之乱平定之后，在民间忽然出现了这样一本书，书名叫《安禄山事迹》，署名为华阴县尉姚汝能。不过这位作者的生平除了这本书之外，完全是一片空白，不知他是出于什么动机才写下这么一本书。

　　这本书记录的是安禄山的生平，分为上、中、下三卷，其中在下卷里，姚汝能提及了这样一件事：

　　天宝十五载七月十五日，叛军接近京城，玄宗率众仓皇逃离长安。行至马嵬坡时，太子李亨、龙武大将军陈玄礼等人密谋发动兵变，铲除奸相杨国忠。在这一天，杨国忠在马嵬坡驿站外面碰到了几个吐蕃使者，他正在跟他们说话，忽然周围拥出大批士兵，纷纷高呼杨国忠与吐蕃勾结。

　　杨国忠大惊，正要开口痛斥。在队伍中冲出一位叫张小敬的骑士，先一箭把杨国忠射下马，然后割下他的脑袋，把尸体割得残缺不全。

　　有了张小敬带头，士兵们士气大振，一鼓作气包围驿站，要求天子处死杨贵妃。玄宗迫于无奈，只得忍痛缢死杨贵妃，诸军这才退开。这，即是著名的马嵬坡兵变。

　　这次兵变，改变了许多人的命运。但那位首开先声的骑士究竟是谁，又有什么来历，后来命运如何，在书中却没有任何提及，仅留下一个名字，宛如横空出世一般。

　　也许，姚汝能在写到这一段时，忽然无法抑制内心的澎湃，遂信手写下这一名字。至于他为何如此，却不是后人所能知晓了。

后 记 二

　　这部小说的最早想法，来源于有人在知乎提的一个问题：如果你给《刺客信条》写剧情，会把背景放在哪里？

　　《刺客信条》是一个沙盘类的电子游戏，主角穿梭于一个古代或者近代的城市里，执行各种刺杀任务，我很喜欢玩。

　　当我看到这个问题时，脑子里最先浮现出来的，就是唐代长安城。

　　唐代的长安城对我来说，是一个梦幻之地。这是一个秩序井然、气势恢宏的伟大城市，三教九流、五湖四海的诸色人物云集其中，风流文采与赫赫武威纵横交错，生活繁华多彩，风气开放多元。在那里，任何事情都有可能发生，实在是一个创作者所能想到的最合适的舞台。

　　想象一个刺客的身影，在月圆下的大雁塔上跃下，追捕他的火红灯笼从朱雀大街延伸到曲江池，惊起乐游原上无数的宿鸟……这是一个充满了画面感的片段，神秘与堂皇同时纠葛，如果能写出来，这该是一件多么有趣的事情。

　　于是我信手写了几千字，最初只是简单地想开个脑洞，没想到越写越兴奋，一个长篇故事就这么悄然成形。随着故事进行下去，我的野心在膨胀。我试图让它节奏变得更快，让故事结构更加精密复杂，让每一个角色的特质更接近现代人的认知。说白了，我希望呈现出来的，不再是一个古装刺客冒险故事，而是一个发生在国际大都市的现代故事，只不过它凑巧发生在古代罢了。

幸运的是，长安正是这样一座具有超越了时空的气质的城市，它可以同时容纳古典与现代元素，并不会让人觉得违和。所以这个故事，逐渐从一个慢吞吞的古装传奇武侠剧，变成了一个古代反恐题材的快节奏孤胆英雄戏。为了让这一特质更加明显，我还重新把剧情做了切割，就像美剧《24小时》的分集方式那样，每半个时辰为一章，一共二十四章，正好是一天时间。

写这么一部作品，最大的挑战并不是故事的编织、人物的塑造，而是对那个时代生活细节的精准描摹。要让读者身临其境，真切地感受到一个活生生的长安城，作者必须要对那一段历史了如指掌：怎么喝茶、怎么吃饭、哪里如厕、怎么乘车，女子出门头戴何物，男子外出怎么花钱，上至朝廷典章制度，下到食货物价，甚至长安城的下水道什么走向、隔水的栏杆是什么形制，等等——要描摹的，其实是一整个世界，无论写得多细致，都不嫌多。

为此我战战兢兢地查阅了大量资料，光是专题论文和考古报告就读了一大堆，还先后去了西安数次实地考察，希望能距离那个真正的长安城更近一些。

在这里，要特别感谢于赓哲老师、惊鸿、扫书喵、森林鹿、黑肚皮小蹄等几位朋友的大力支持，他们提供给了我许多珍贵资料，还拨冗认真地阅读拙作，给出各种文字和剧情上的意见。这份用心，我一直铭感五内。对于一个业余的文史爱好者来说，能认识这样学识渊博又不吝赐教的朋友，真是太好了。